谨以此书献给

——所有的父亲母亲和家人们

我在北大荒。1968年冬，黑龙江富锦大兴农场。

家 记

肖复兴 著

中华书局

图书在版编目(CIP)数据

家记/肖复兴著. —北京:中华书局,2024.9. —ISBN 978-7-101-16742-9

Ⅰ.I267

中国国家版本馆 CIP 数据核字第 2024G2B063 号

书　　名　家　记
著　　者　肖复兴
责任编辑　董邦冠　刘冬雪
装帧设计　周　玉
责任印制　陈丽娜
出版发行　中华书局
　　　　　(北京市丰台区太平桥西里 38 号　100073)
　　　　　http://www.zhbc.com.cn
　　　　　E-mail:zhbc@zhbc.com.cn
印　　刷　北京盛通印刷股份有限公司
版　　次　2024 年 9 月第 1 版
　　　　　2024 年 9 月第 1 次印刷
规　　格　开本/920×1250 毫米　1/32
　　　　　印张 13⅜　插页 7　字数 286 千字
印　　数　1-8000 册
国际书号　ISBN 978-7-101-16742-9
定　　价　62.00 元

目　录

自　序

　　我五岁那年，生母去世。对于她，我竟然一点印象都没有。前些年，读到日本著名电影演员高峰秀子的自传——上小学的时候，我看过她主演的电影《二十四只眼睛》，印象很深，记得很清楚，是在大栅栏里的同乐电影院看的，便同时记住了她的名字——知道了她也是五岁那年生母去世。在这本自传里，她甚至还清晰记得，当初离开家跟着继母在开往东京的火车上，自己的脖子上挂着一个胶木的奶嘴。同样是五岁，她的记忆为什么那么好，记得那么多的事情，而且记得如此须眉毕现？

　　这让我非常惭愧。老来之后，常会想母亲的样子，很想也能像高峰秀子一样，搜寻出胶木奶嘴一样的细节来。但是，没有，什么也没有，母亲的样子，总是模糊的。很多时候，母亲的样子，是和姐姐的模样重叠。其实，更多是对姐姐思念的感情。因为姐姐就是在母亲去世的那一年，离开北京，只身去了内蒙古参加京包线的铁路建设，为的是帮助父亲挑起家庭生活的担子。那一年，姐姐才十七岁。

　　1989年夏天，继母去世。那一年，我四十二岁。生母去世之后不久，她便来到我的身边，和我相依为命生活了三十七年。特别是父亲去世后，我从北大荒回到北京，和她一起度过了她生命的最后十五年，艰辛与共，相濡以沫，对她的了解和感情，比生母要多。

1989年底，我写了一篇《母亲》，写的就是继母。这篇长达两万多字的散文，发表在次年上海出版的《文汇月刊》第一期。1992年，孙道临先生出任导演，将这篇作品搬上电影银幕，郑振瑶演我的这位继母。

1994年，天津教育出版社出版了我的一本散文集《情思小语》，书中收录了《母亲》一文。我将书寄给孙犁先生。没有想到，孙犁先生读完之后，给我写来一封鼓励有加的信：

复兴同志：

您的信来的快一些，我发信，是托人代投，有时耽误。

您的书，我逐字逐句读完第一辑，其他选读了几篇。在这本书中，无疑是《母亲》和《姐姐》写得最好。

文章写得好，就能感动人；能感动人，也就是有真实的感受，就是有真实的体验。这本是浅显的道理，但能遵循的人，却不多，所以文学总是无有起色。

关于继母，我只听说过"后娘不好当"这句老话，以及"有了后娘就有了后爹"这句不全面的话。您的生母逝世后，您父亲就"回了一趟老家"。这完全是为了您和弟弟。到了老家经过和亲友们商议，物色，才找到一个既生过儿女，年岁又大的女人，这都是为了您们。如果是一个年轻的，还能生育的女人，那情况就很可能相反了。所以，令尊当时的心情是痛苦的。

　　这篇文章，我一口气读完，并不断和我的身边的人讲，他们有的看过电影。当年《文汇月刊》我是有的，但因很少看创作，忽略了。又不看电影。

　　现在有的作家，感受不多，感想并不少，都是空话，虚假的情节，虚假的感情，所以，我很少看作品了。

　　谢谢您给了我一个机会，得读这样一篇好文章，并希望坚持写真实，不断产生能感人的文章。

　　即祝暑安！

　　　　　　　　　　　　　　　　　　　　孙犁

　　　　　　　　　　　　　　　　　　　　七月四日上午

　　孙犁先生的这封信，对我很重要。因为1992年我写了一篇《姐姐》，母亲和姐姐都写过了，唯独没有写父亲。我很想写写父亲，几经颠簸，却无从下笔。与母亲和姐姐相较而言，对于父亲，我是不大了解的。

　　孙犁先生在信中所说："您父亲……到了老家经过和亲友们商议，物色，才找到一个既生过儿女，年岁又大的女人，这都是为了您们。如果是一个年轻的，还能生育的女人，那情况就很可能相反了。所以，令尊当时的心情是痛苦的。"看到信的当时，只是感动，并未真正理解，更未深思，尤其是对于父亲"当时的心情是痛苦的"，没有认识到孙犁先生话中的含义。对于世事的认知，对于世人的理解，哪怕是你觉得很亲近的家人，也囿于年龄而只是涉水未深，却自以为五湖阅尽。那时，我四十五岁，已经人到中年。

时过经年，特别是人老之后，孙犁先生所说的父亲"当时的心情是痛苦的"这句话，再次盘桓在心中之际，写写父亲的念头也再次涌出。重新钩沉从小到大和父亲交往的点点滴滴，我发现，很多记忆，一直处于沉睡状态。英国学者柯林伍德在《历史的观念》一书中说："现在和过去之间的间隙之被连接，并不只是由于现在的思想有能力思想过去，而且也由于过去的思想有能力在现在之中重新唤醒它自己。"

除需要唤醒这些沉睡多年的回忆，还需要打捞不少已经失去的记忆。那些记忆，之所以失去，原因是多方面的，其中重要的还在于自己，自己对世事与人心、人性的认知。不仅仅在于记忆力的好坏，更在于思想和情感，很多失去的记忆，是自己思想和情感的筛子有意或无意地漏掉或回避的。柯林伍德说的"过去的思想"的能力，就是对那种浅薄甚至错误思想的认知与清理的能力。因此，打捞失去的记忆，同唤醒沉睡的记忆一样，都是一种能力。

只有这种被重新唤醒和打捞的回忆，对于今天才具有价值与意义，也才能够将现在和过去之间的间隙连接起来。这个重新唤醒和打捞的过程，需要自己勇敢去面对：面对父亲，面对时代，更面对自己的内心，特别是面对自己曾经的浅薄、懦弱、伤害、过失……这一切所缠裹形成的思想与情感，对于晚年的我，是痛苦的，也是有益的。

当日子和我一起变老的时候，我和父亲才有了一点点的接近，而这几乎付出了一辈子的代价，父亲早已远逝多年。我才明白，在这个世界上，亲人之间，离得最近，却也有可能离得最远。

2015 年夏天，我终于写出了《父亲》。这一年秋天，带着这个长达三万余字的初稿，我去美国看孩子。在清静的布卢明顿小城，2016 年的春节期间，我将《父亲》修改完，发表在 2017年的《人民文学》杂志上。

至此，《姐姐》《母亲》《父亲》都写完了。无论是这三个人，还是这三篇作品，对于我的人生和我的文学，都是重要的存在。从 1989 年到 2016 年，经过了二十七年，终于写完了，心里舒了一口气。这一年，正是我七十初度。

记得那年正月初七，最后改完《父亲》，关上手提电脑，走出房门，屋外大雪纷飞，漫天皆白，眼前一片迷蒙，恍惚中，不知此地何地，今夕何夕。

除《姐姐》《母亲》《父亲》这三篇，意欲将这些年我写的关于家的零散文字集成一书，便又加紧补写一些篇章，特别是关于弟弟和儿子、孙子的篇章，集成四辑，四世同堂，让一个家稍微完整地呈现在读者面前。

算一算，从最早写《母亲》的 1989 年，到本书最后一篇写孙子的《游泳记》的 2023 年，居然前后经过了三十四年。一本小书，一个作者所写的长长短短的文字，和日子一起长大，完成在这样悠长的岁月里。于我而言，这是绝无仅有的写了这样长时间的一本书。

过去常说家国情怀。这是我们中国人最讲究的，家和国是不可分开的。没有国，便没有家。同样，没有家，便也没有国，家是国的细胞。家的微观史，是国家和民族的历史不可或缺的组成部分。连自己的家都不甚了了，对国家就很难说得上更深的了解和感情。一滴水，哪怕只是浅近甚至浑浊的一滴水，也可以辉映着蓝天白云和太阳的光辉。这本小书，便是这样的一滴水。几代人的亲情，近一个世纪的风云变幻，让一个普通的家，充满人生况味和世事沧桑。从我的家，能看到社会的动荡和时代的变迁。所有的苦辣酸甜、聚散离合、跌宕起伏、生老病死，在我家是这样，想必在你家也大同小异吧……相信读者朋友会在这本小书中，和我的家人邂逅，也会和你的家人、和你自己相逢。

便将这本小书取名为"家记"。希望这个简单朴素的名字，读者朋友能够喜欢。相信每个人都有属于自己的"家记"，即使你没有写出，也记在你的心里。

2024 年 3 月 9 日写于北京

辑 一　母亲父亲（一）

母　亲

十年来，我写过许多篇有关普通人的报告文学。我自认为与他们血脉相连，心不能不像磁针一样指向他们。可是，我却从来没有想到，我可以，也应该写写她老人家。为什么？为什么？

是的，她比我写的报告文学中那些普通人更普通、更平凡，就像一滴雨、一片雪、一粒灰尘，渗进泥土里，飘在空气中，看不见，不会被人注意。人啊，总是容易把眼睛盯在别处，而忽视眼前的、身边的。于是，便也最容易失去弥足珍贵的。

我常责备自己：为什么现在才想起来写写她老人家呢？前些日子，她那样突然地离开人世，竟没有留下一句话！人的一生中可以有爱、恨、金钱、地位与声名，但对比死来讲，一切都不足道。一生中可以有内疚、悔恨和种种闪失，都可以重新弥补，唯独死不能重来第二次。现在，再来写写对比生命来说苍白无力的文字，又有什么用呢？

我仍然想写。因为她老人家总浮现在我的面前，在好几个月白风清的夜晚托梦给我。面对冥冥世界中她老人家的在天之灵，我愈发觉得我以往写的所有普通人的报告文学，渊源都来自她老人家。没有她，便没有我的一切。对比她，我所写的那些东西，都可以毫不足惜地付之一炬。

她就是我的母亲。

一

她不是我的亲生母亲。

1952 年，我的生母也是突然去世。死时，才 37 岁。爸爸办完丧事，让姐姐照料我和弟弟，自己回了一趟老家。我不到 5 岁，弟弟才 1 岁多一点儿。我们俩朝姐姐哭着闹着要妈妈！

爸爸回来的时候，给我们带回来了她。爸爸指着她，对我和弟弟说："快，叫妈妈！"

弟弟吓得躲在姐姐身后，我噘着小嘴，任爸爸怎么说，就是不吭声。

"不叫就不叫吧！"她说着，伸出手要摸摸我的头，我拧着脖子闪开，就是不让她摸。

我偷偷打量着她：缠着小脚，没有我妈漂亮，个高，而且年龄显得也大。现在算一算，那一年，她已经 49 岁。她有两个闺女，老大已经出嫁，小的带在身边，一起住进了我们拥挤的家。

后妈，这就是我们的后妈？

弟弟小，还不懂事，我却已经懂事了，首先想起了那无数人唱过的凄凉小调："小白菜呀，地里黄呀；两三岁呀，没了娘呀……"我弄不清鼓胀着一种什么心绪，总是用一种异样的、忐忑不安的眼光，偷偷看她和她的那个女儿。

不久，姐姐去内蒙古修京包线了。她还不满 17 岁。临走前，她带我和弟弟在劝业场里的照相馆照了张相片。我们还穿着孝，穿着姐姐新为我们买的白力士鞋。姐姐走了，我和弟弟都哭了。我们把失去母亲后越发对母亲依恋的那份感情都涌向姐姐。唯一的亲姐姐走了，为了减轻家中添丁进口的负担。她来了。我们又有妈妈了。

姐姐走后，她要搂着我和弟弟睡觉。我们谁也不干，仿佛怕她的手上、胳膊上长着刺。爸爸说我太不懂事，她不说什么。在我的印象中，她进我家来一直很少讲话，像个扎嘴的葫芦。出出进进大院，对街坊总是和和气气，从不对街坊们投来的芒刺般好奇或挑剔的目光表示任何不快。"唉！后娘呀……"隐隐听到街坊们传来的感叹，我心里系着沉沉的石头。我真恨爸爸，为什么非要给我和弟弟找一个后娘来！

对门街坊毕大妈在胡同口摆着一个小摊，卖些泥人呀、糖豆呀、酸枣面之类的。一次路过小摊，她和毕大妈打个招呼，便问我："你想买什么？"

我瞟瞟小摊，又瞟瞟她，还没说话，身边跟着她的亲生女儿伸出手指着小摊先说了："妈！我要买这个！"

她打下女儿的手，冲我说："复兴，你要买什么？"

我指着摊上的铁蚕豆，她便从毕大妈手中接过一小包铁蚕豆；我又指着摊上的酸枣面，她便又从毕大妈手中接过一小包酸枣面；我再指着小泥人、指着风车、指着羊羹……我越指越多。

我是存心。那时，我小小的心竟像筛子眼儿一样多，用这故意的刁难试探一位新当后娘的心。

她为难地冲毕大妈摇摇头："我没带这么多钱！"

我却嚷着，非要买不成。这么一闹，招来好多人看着我们。她非常尴尬。我却莫名其妙地得意，似乎小试锋芒，我以胜利而告终。

过了些日子，她的大女儿，我叫大姐，从天津来了。大姐长得很像她，待我和弟弟很好。我们一起玩时有说有笑也很热闹，大姐挺高兴。临走前整理东西，她往大姐包袱卷里放进几支彩线，让我一眼看见了。这是我娘的线！我娘活着的时候绣花用的，凭什么拿走？第二天，大姐要走时找这几支彩线，怎么也找不着了。"怪了！我昨儿个傍晌明明把线塞进去了呀！咋没了呢？"她翻遍包袱，一阵阵皱眉头。她不知道，彩线是我故意藏起来了。

送完大姐回天津，爸爸从床铺褥子下面发现了彩线，一猜就是我干的好事，生气地说我："你真不懂事，藏线干什么？"

我不知怎么搞的，委屈地哭起来："是我娘的嘛！就不给！就不给……"

她哄着我，劝着爸爸："别数落孩子了！兴是我糊涂了，忘了把线放在这儿了……"我越发得理似的哭得更凶了。

咳！小时候，我是多么不懂事啊！

二

几年过去了。我家里屋的墙上，依然挂着我亲娘的照片。那是我娘死后，姐姐特意放大了两张12寸的照片，一张她带到内蒙古，一张挂在这里。我和弟弟都先后上学了，同学们常来家里玩。爸爸的同事和院里的街坊有时也会光顾，进屋首先都会望见这张照片。因为照片确实很大，在并不大的墙上很显眼。同学们小，常好奇地问："这是谁呀？"大人们从来不问，眼睛却总要瞅瞅我们，再瞅瞅她。

我很讨厌那目光。那目光里的含义让人闹不清。

随着年龄的一天天增长，我的心渐渐盛满过多复杂的情感。我对自己的亲姐姐越发依恋，也常常望着墙上亲娘的照片发呆，想念着妈妈，幻想着妈妈又活过来同我们重新在一起的情景。有时对她会莫名其妙地发脾气。她从不在意，更不曾打过我和弟弟一个手指头，任我们向她耍着性子，拉扯着她的衣角，街坊四邻都看在眼里。

许多次，爸爸和她商量："要么，把相片摘下来吧？"

她眯缝着眼睛瞧瞧那比真人头还大的照片，摇摇头。

于是，我娘的照片便一直挂在墙上，瞧着我们，也瞧着她。她显得很慈祥。

头一次，我对她产生一种说不出的好感，但叫她妈妈一时还叫不出口。

那时候，没有现在变形金刚之类花样翻新的玩具，陪伴我和弟弟度过整个童年的只有大院里两棵枣树，我们可以在秋天枣红的时候爬上树摘枣，顺便可以跳上房顶，追跑着玩耍。再有便只是弹玻璃球、拍洋片了。我不大爱拍洋片，拍得手怪疼的；爱玩弹球，将球弹进挖好的一个个小坑里，很有点儿现在的高尔夫球、门球的味道。玩得高兴了，便入迷得什么都不顾了，仿佛世界都融进小小透明的玻璃球里了。一次，我竟忘乎所以将球搁进嘴里，看到旁的小孩子没我弹得准时兴奋地叫起来，"咕噜"一下把球吞进肚子里。孩子们惊呆了，一个孩子恐惧地说："球吃进肚皮里要死人的！"我一听吓坏了，哇哇哭起来。哭声把她拽出屋，一见我惊慌失措的样子，忙问："怎么啦？"我说："我把球吃进肚子里了！"一边说着，我又哭了起来。她很镇静，没再讲话，只是快步走到我身边，蹲下身子一把解开我的裤带，然后用一种我从未听过的、带有命令的口吻说："快屙屎，把球屙出来就没事了！"我吓得已经没魂了，提着裤子刚要往厕所跑，被她一把拽住："别上茅房，赶紧就在这儿屙！"我头一次乖乖地听了她的话，顺从地脱下裤子，蹲下来屙屎。小孩们看见了，不住地笑。她一扬手，像赶小鸡一样把他们赶走："都家去，有啥好笑的！"

　　这一刻，她不慌不乱，很有主意。我一下子有了主心骨，觉得"死"已经被她推走了，便憋足劲屙屎。谁知，偏偏没屎。任凭憋得满脸通红就是屙不出来。她也蹲着，一边看看我的屁股，一边看看我："别急！"说着，用手帮我揉着肚子："这会儿球也不能那么快就到了屁股这儿，刚进肚儿，它得慢慢走。我帮你搡搡肚子！"我不知道她为什么一直把揉肚子叫搡肚子，但她搡得确实舒服，以后我一肚子疼就愿意叫她搡。她不光搡肚子这块，还非得叫我翻过身搡后背。她说就像烙饼得翻个儿一样，只有两面搡才管用。这时候，我第一次感受到她那骨节粗大的手的温暖和力量。不知搡了多半天，屎终于屙出来了。多臭的屎啊！她就那样一直蹲在我的旁边，不错眼珠望着那屎，直到看见屎里果真出现了那颗冒着热气圆鼓鼓的小球时，她高兴地站起来，走回家拿来张纸递给我："没事了，擦擦屁股吧！"然后，她用土簸箕撮来炉灰撒在屎上，再一起撮走倒了。

孩子没有一盏是省油的灯，大人的心操不完。我们大院门口对面是一家叫泰丰粮栈的大院。它气派大，门前有块挺平坦宽敞的水泥空场。那是我们孩子的乐园。我们没事便到那儿踢球、抖空竹，或者漫无目的地疯跑。一天上午，它那儿摆着个大车轱辘，两只胶皮轮子中间连着一根大铁轴。我们在公园玩过踏水车的玩具，便也一样双脚踩在铁轴上，双手扶着墙，踩着轱辘不住地转，玩得好开心。可是，我们小孩能有多大劲呢？那大轱辘怎么会听我们摆布呢？它转着转着就不听话，开始往后滚。这一滚动，其他几个孩子都跳下去了，唯独我笨得脚一踩空，一个栽葱摔到地上，后脑勺着着实实砸在水泥地上，立刻晕了过去。

等我醒来时已经躺在医院里，身旁是她和同院的张大叔。张大叔告诉我："多亏了你妈呀！是她背着你往医院跑呀！我怕她背不动你，跟着来搭把手，她不让，就这么一直背着你。怕你得后遗症，求完大夫求护士的。你妈可真是个好人啊……"

她站在一边不说话，看我醒过来，伏下身来摸摸我的后脑勺，又摸摸我的脸。

不知怎么搞的，我的眼泪怎么也控制不住。

"还疼？"她立刻紧张地问我。

我摇摇头，眼泪却止不住。

"你刚才的样子真吓死人了！"张大叔说。

回家的时候，天早已黑了。从医院到家的路很长，还要穿过一条漆黑的小胡同，我一直伏在她的背上。我知道刚才她就是这样背着我，踩着小脚，跑了这么长的路往医院赶的。

以后许多天，她不管见爸爸还是见街坊，总是一个劲儿地埋怨自己："都赖我，没看好孩子！千万可别落下病根儿呀……"好像一切过错不在那大车轱辘，不在那硬邦邦的水泥地，不在我那样调皮，而全在于她。一直到我活蹦乱跳一点儿事没有了，她才舒了一口气。

这就是我的童年、我的少年。除了上学，我们没有什么可玩的。爸爸忙，每天骑着那辆像侯宝林在相声里说的除铃不响哪儿都响的破自行车，从我家住的前门赶到西四牌楼上班，几乎每天两头不见太阳。她也忙，缝缝补补，做饭洗衣，在我的印象中，她一直像鸵鸟一样埋头在我家那个大瓦盆里洗衣服，似乎我们有永远洗不完的破衣烂衫。谁也顾不上我们，我们只有自己想办法玩，打发那些寂寞的光阴。

一次，我和弟弟捉到几只萤火虫，装进玻璃瓶里，晚上当灯玩儿。玩儿得正痛快呢，院里几个比我大的男孩子拦住我们，非要那萤火虫灯。他们仗着自己人高马大，常常蛮不讲理欺侮我和弟弟这没娘的孩子。说实在的，那时我们怕他们，受了欺侮又不敢回家说，只好忍气吞声。这一次非要我们的萤火虫灯，真舍不得。他们毫不客气一把夺走，弟弟上前抢，被他们一拳打在脸上，鼻子顿时流出血来。我和弟弟一见血都吓坏了。回家路过大院的自来水龙头，我接了点儿凉水，替弟弟把脸上的血擦净，悄悄嘱咐："回家别说这事！"

弟弟点点头，回家就忘了。我知道他委屈。爸爸是个息事宁人的老实人，这回也急了，拉着弟弟要找人家告状。她拦住了爸爸："算了！"

我挺奇怪，为什么算了？白白挨人家欺侮？

她不说话。弟弟哭。我噘着嘴。

晚上睡觉时，我听见她对爸爸说："街坊四邻都看着呢。我带好孩子，街坊们说不出话来，就没人敢欺侮咱孩子！"

当时，我能理解一个后娘的心理吗？她就是这样一个人，一直到去世也没和任何人红过一次脸。她总是用她那善良而忠厚的心，去证明一切，去赢得大家的心。以后，院里大孩子再欺侮我们，用不着她发话，那些好心的街坊大婶大娘便会毫不留情地替我们出气，把那些孩子的屁股揍得"啪啪"山响。

这样一件事发生后，街坊们更是感叹地说："就是亲娘又怎么样呢？"

她一直怕人家说自己是后娘，待孩子不好，凡事都紧着我和弟弟。哪怕家里有点好吃的，也要留给我们而不给自己的闺女。我们的小姐姐老实、听话，就像她自己一样。小姐姐上学上得晚，十八岁这一年初中刚毕业。她叫小姐姐别再上学了，让小姐姐到内蒙古找我姐姐去，让我姐姐给介绍了个对象，闪电式便结了婚。现在越发金贵的一纸北京户口，就这样让她毫不犹豫地抛到内蒙古京包线上一个风沙弥漫的小站。那一年，我近十岁了，我知道她这样做为的是免去家庭的负担，为的是我和弟弟。

"早点儿寻个人家好！"她这样对女儿说，也这样对街坊们解释。

小姐姐临走时，她把闺女唯一一件像点儿样的棉大衣留下来："留给弟弟吧，你自己可以挣钱了，再买！"那是一件粗线呢的厚大衣，有个翻毛大领子，很暖和。它一直跟着我们，从我身上又穿到弟弟身上，一直到我们都长大了，再也用不着穿它了，她还是不舍得丢，留着它盖院子里冬天储存的大白菜。以后，她送自己的闺女去内蒙古。她没讲什么话，只是挥挥手，然后一只手牵着弟弟，一只手领着我。当时，我懂得街坊们讲的话吗？"就是亲娘又怎么样呢？"我理解作为一个母亲所做的牺牲吗？那是她身边唯一的财富啊！她送走了自己亲生的女儿，为的是两个并非亲生的儿子啊！

记得有一次，爸爸领我们全家到鲜鱼口的大众剧场看评戏。那戏名叫"芦花记"，是出讲后娘的戏。我不大明白爸爸为什么带我们来看这出戏。我一边看戏，一边偷偷地看坐在身旁的她。她并不那么喜欢看戏，也看不大懂，总得需要爸爸不时悄悄对她讲述一遍情节才行。我不清楚她看了这出演后娘的戏会有什么感触，我自己心里却倒海翻江，一下子滋味浓浓得搅不开。那后娘给孩子穿用芦花假充棉花却不能遮寒的棉衣，使我对后娘充满恐惧和厌恶。但坐在我身边的她，是这样的人吗？不是！她不是！她是一位好人！她是宁肯自己穿芦花做的棉衣，也决不会让我和弟弟穿的。我给我自己的回答是那样肯定。

我不爱听评戏。从那出《芦花记》后，我再也没看过第二场评戏。

妈妈！我忘记了是从哪一天开始叫她妈妈了。但我肯定是在看了这出评戏之后。

三

　　童年和少年，是永远回忆不完的，像是永远挖不平的大山。那时，我们因节节拔高而常常看不起目不识丁的母亲；常常会在不知不觉中忘记了她的存在。当一切过去了，才会看清楚过去的一切，如同潮水退后的石粒一般，格外清晰地闪着光彩显露出来。

　　小学高年级，我的自尊心，其实是虚荣心，突然胀胀的，像爱面子的小姑娘。妈妈没文化，针线活做得也不拿手，针脚粗粗拉拉的。从她来以后，我和弟弟的衣服、鞋都是她来做。衣服做得像农村孩子穿的，洗得干干净净。这时候，我开始嫌那对襟小褂土；嫌那前面没有开口的缅裆裤太寒碜；嫌那踢死牛的棉鞋没有五眼可以系带……我开始磨妈妈磨爸爸给我买商店里卖的衣服穿。这居然没有伤了她的心，她反倒高兴地说："孩子长大了，长大了！"然后，她带我们到前门外的大栅栏去买衣服。上了中学以后，她总是把钱给我，由我自己去挑去买。而她只是在衣服的扣子掉了的时候帮我补上；衣服脏的时候埋头在那大瓦盆里洗干净。

　　我甚至开始害怕学校开家长会，怕妈妈踩着小脚去，怕别人笑话我。我会千方百计地不要她去，让爸爸参加。如果实在没有办法，她必须去，我会在开会前羞得很，会后又会臊不答答的，仿佛很丢人。前后几天，心都紧张得很，皱巴巴的，怎么也熨不平。其实，她去学校开家长会的机会很少，但我仍然害怕，我实在不愿意她出现在我们学校里。反正，那时我真够浑的。

　　一年暑假，我磨着要到内蒙古看姐姐。爸爸被我磨得没办法，只好答应了。听说学校开张证明，便可以买张半费的学生火车票。爸爸去了趟学校，碰壁而归。校长说学生只有去探望父母才可以买半费学生票，看姐姐不行。我知道那位脸总是像刷着糨糊一样绷得紧紧的校长，他说出的话从来都是钉天的星。我们谁见了他都像耗子见了猫一样，躲得远远的。

妈妈说我去试试！

我不抱什么希望。果然她也是碰壁而归。不过她不是就此罢休，接着再去，接着碰壁。我记不清她究竟几进几出学校了。总之，一天晚上，她去学校很晚没回家，爸爸着急了，让我去找。我跑到学校，所有办公室都黑洞洞的，只有校长室里亮着灯。我走进校长室门，没敢进去。平日，我从不敢进一次校长室。只有那些违反校规、犯了错误的同学才会被叫进去挨训。我趴在门口听听里面有什么动静，没有。什么动静也没有。莫非没人？妈妈不在这里？再听听，还是没有一点儿声响。我趴在窗户缝瞅了瞅，校长在，妈妈也在。两人演的是什么哑剧？

我不敢进去，也不敢走，就坐在门口的石阶上等。不知过了多半天，校长的声音吓了我一跳："大妈！我算服了您了！给您，证明！我可是还没吃饭呢！"接着就听见椅子响和脚步声，吓得我赶紧兔子一样跑走，一直跑出学校大门。我站在离校门口不远的一盏路灯下，等妈妈出来。我老远就看见她手里攥着一张纸，不用说，那就是证明。

她走过来，我叫了一声："妈！"愣愣的，吓了她一跳。她一见是我，把证明递给我："明儿赶紧买火车票去吧！"

回家的路上，我问她："您用什么法子开的证明呀？"我觉得她能把那么厉害的校长磨得好说话了，一定有高招。

她微微一笑："哪儿有啥法子！我磨姜捣蒜就是一句话：复兴就这么一个亲姐姐，除了姐姐还探啥亲？不给开探亲证明哪个理？校长不给开，我就不走。他学问大，拿我一个老婆子有啥法子！"

"妈！您还真行！"

说这话，我的脸好红。我不是最怕妈妈去学校吗？好像她会给我丢多大脸一样。可是，今天要不是她去学校，证明能开回来吗？

虚荣心伴我长大。当浅薄的虚荣一天天减少，我才像虫子蜕皮一样渐渐长大成人。而那时候，我懂得多少呢？在我心的天平上，一头是妈妈，一头却是姐姐。尽管妈妈为我付出了那样多，我有时依然忘记了妈妈的情意，而把天平倾斜在姐姐的一边。莫非是血脉中种种遗传因子在作怪吗？还是心中藏有太多的自私？

大约五年级那一年，我做了一件错事。姐姐逢年过节都要往家里寄点儿钱。那一次，姐姐寄来30元。爸爸把钱放进一个牛皮小箱里。那箱是我家最宝贵的东西，所有的金银细软都装在里面。那时所谓的金银细软，无非是爸爸每月领来的70元工资，全家的粮票、油票、布票之类。我一直顽固地认为：姐姐寄来的钱就是给我和弟弟的。如果没有我和弟弟，她是不会寄钱来的。爸爸上班后，我趁妈妈不在家的时候，走近那棕色的小牛皮箱。箱子上只有一个铜钉锔，没有锁头，轻轻一掀，箱盖就打开了。我记得挺清楚，5元一张的票子六张躺在箱里，我抽走一张跑出了屋。那时，我迷上了文学，尤其是古典诗词。我从同学手里借了一本《千家诗》，全都抄了下来，觉得不过瘾，想再看看新的才解气。手中有5元钱一张"咔咔"直响的票子，我径直跑往大栅栏的新华书店。那时五元钱真禁花，我买了一本《宋词选》，一本《杜甫诗选》，一本《李白诗选》，还剩一块多零钱。捧着这三本书，我像个得胜回朝的将军，得意洋洋回到家，一看家里没人，把书放下便跑到出租小人书的书铺，用剩下的钱美美地借了一摞书。我忘记了，那时5元钱对于一个每月只有70元收入的全家意味着什么。那并不是一个小数字。

我正读得津津有味，爸爸突然走进书铺。我这才意识到天已经暗了下来。我这才发现爸爸一脸怒气，叫我立刻跟他回家。一路上，他走在前面，我跟在后面，活像犯了错的小狗，耷拉着耳朵、垂着尾巴。我知道大事不好。果然，刚进家门，爸爸便忍不住，把我一把按在床上，抄起鞋底子狠狠地打在我的屁股上。爸爸什么话也不讲。我不哭，也没有叫。我和爸爸都心照不宣，我心里却在喊："姐姐！姐姐！你寄来的钱是给谁的？是给我的！我的！"

我生平头一次挨打。也是唯一一次。

妈妈就站在旁边。她一句话也没说，就那么看着，不上来劝一劝，一直看着爸爸打完了我为止。

吃饭时，谁也不讲话，默默地吃，只听见嚼饭的声音，显得很响。妈妈先吃完饭，给爸爸准备明天上班带的饭，其实我天天看得见，但仿佛这一天才看清楚：只是两个窝头，一点儿炒土豆片而已。爸爸每天就吃这个。大冬天的，刮多大风、下多大雪，也要骑车去，不肯花5分钱坐车，我却像大爷一样5元钱大把大把地花。我忽然感到很对不起爸爸，觉得是我错了，我活该挨打。妈妈不劝也是对的，为的是我长个记性。

饭后，爸爸叮嘱妈妈："明儿买把锁，把小箱子锁上！"

第二天，那个棕色小皮箱没有上锁。

第三天，妈妈仍然没有锁上它。

在以后的岁月里，那箱子对我始终没有上锁。为此，我永远感谢妈妈。那是一位母亲对一个犯错误孩子的信任。对于儿子，只有母亲才会把自己的一切向他敞开……

四

我上初中的时候，正赶上三年自然灾害。那时，弟弟上小学三年级。我们正在长身体、要饭量的裉节儿。一下子，家里月月粮食出奇地紧张，我们的肚子出奇地大，像是无底洞，塞进多少东西也没有饱的感觉。

星期天，爸爸对我们说："今天带你们去个好地方！"

爸爸、妈妈领着我们兄弟俩来到天坛城根底下。妈妈一下神采焕发，蹲下来挖了两棵野菜。原来是挖野菜来了！爸爸口中念念有词："野菜更有营养！"我和弟弟谁也不信，都觉得那玩意儿很苦。挖野菜，妈妈是行家。她在农村待过好多年，逃过荒、要过饭，闹饥荒的岁月就是靠吃野菜过来的。她很得意地告诉我和弟弟这叫什么菜、那叫什么菜，那样子很像老师指着黑板告诉我们什么是正确答案。以后，我写小说时要写一段有关野菜的具体名字时问她，她依然眼睛一亮，得意地告诉我什么是菌菜、马齿苋、曲荬菜、苦苦菜、老瓜筋、洋狗子菜、牛舌头棵……

就是这些名目繁多味道却一样苦涩的野菜，充饥在妈妈和爸爸的肚子里。那时，从天坛城根挖来的野菜，被妈妈做成菜团子（用玉米面包着野菜做馅的食品），大多咽进她和爸爸的胃里，而把馒头和米饭让给我和弟弟吃。野菜到底是野菜，就在灾荒眼瞅着快要过去的时候，爸爸、妈妈却病倒了。

先是爸爸，患上高血压，由于饥饿，全身浮肿，脚面像被水泡过发酵一般，连鞋都穿不进去。他上不了班，只好提前退休，每月拿百分之六十的工资，全家只有靠爸爸的 42 元钱过日子了。紧接着，妈妈病了，那么硬朗的身子骨也倒下了。

我永远不会忘记那一夜。

那时，我正要初三毕业，弟弟小学毕业，正要毕业考试之际。一天半夜里，我被里屋妈妈一阵咳嗽刺醒，睁眼一看，见里屋的灯亮着。爸爸和妈妈正悄悄说着话。我听出来是妈妈吐血了。我再也睡不着，用被子捂着脸偷偷地哭了，又不敢哭出声，怕惊动弟弟和他们。我知道，这一切是为了我们。我们这些孩子有什么用！我们就像趴在他们身上的蚂蟥，在不停吸吮着他们的血呀！我们快长大了，他们的血也快被吸干了。

第二天上午，我对他们讲："爸！妈！我不想上高中了，想报中专！"上中专吃饭不用花钱，每月还能有点助学金。

爸爸一听挺吃惊："为什么？你一定得上高中，家里砸锅卖铁也要供你！"爸爸知道我初中几年都是优良奖章获得者，盼我上高中、上大学。

妈妈坐在一旁不说话，只是不断地咳。她每咳一声，都像鞭子抽打在我的心上。那一刻，我真想扑在她的怀里大哭一场。

爸爸又说："你听见了吗？一定要上高中！"他见我不答话，

生气地一再逼我答应。

我急了，流着泪嚷了句："妈都吐血了，我不上！"

这话让他们都一惊。妈妈把我叫到她身边，说："你听谁瞎嘞嘞？我没——！"

"您甭骗我了！昨夜里你们的话，我都听见了！"

她本来就不会讲瞎话，让我这么一说更不会遮掩了："妈妈没事！我以前身子骨好，你放心！上学可是一辈子的事。妈妈一辈子没文化，你可要……"她说着有生以来最多的一次话。她说得不连贯，讲不出什么道理，但我都明白。

"你快别惹你爸生气，你爸有高血压。听见不？就点点头说你上高中！"

她说着，望着我。我望着她蜡黄的脸上皱纹一道道的，心里不禁一阵阵抽搐。

"你快答应吧！"她急得掉出眼泪。

我不忍心她这样悲伤，近乎哀求一样对我说话，只好点了点头。

当天，爸爸把这事写信告诉了姐姐。就是从那个月起，姐姐每月寄来 30 元钱，一直寄到我到北大荒插队。我知道我只能上高中，只能好好学习，比别人下更大的苦功夫学！

爸爸一辈子留下有两件值钱的东西：一是那辆破自行车；另是一块比他年纪还要老的老怀表。他卖掉了这两样东西，给妈妈抓来中药。我卖掉了集起来的一本邮集，又卖掉几本书，换来一些钱，交到妈妈的手中。我想让妈妈的病快点儿好起来，心想妈妈会为我这么孝顺高兴的。谁知她听说我卖了书，什么话也没说，眼泪落了下来。弄得我不知怎么回事，一个劲儿问："妈，您怎么啦？……"

"你真不懂事啊！真不懂事！我为了什么？你说！你怎么能卖书呢？"

我讲不出一句话。妈妈，你病成这样子，想的还是要我读书！

"你答应我以后再也不干这傻事了！"

我只好点点头。

我升入高中。就在高一这一年下乡劳动中，我上吐下泻病倒了。同学赶着小驴车连夜把我送到长途汽车站。我回到家后几天高烧不退，昏迷不醒，可吓坏了爸爸妈妈。一位邻居对妈妈说："孩子是魂儿丢了。你得快替孩子招招魂儿！"妈妈赶紧脱下鞋，用鞋底子拍着门槛，嘴里大声反复叫着："复兴，我的儿呀，你快回来吧！复兴，我的儿呀，你快回来吧！……"然后不住叫我的名字："你答应啊！复兴，你答应啊！……"

躺在床头迷迷糊糊听见她在叫我，我不应声。我当时刚刚加入共青团，又是学校堂堂的学生会主席，自以为很革命，怎么能信招魂这迷信的一套呢？我不应声，妈妈便越发用鞋底子使劲拍门槛，越发大声叫："复兴，你答应啊……"那声音越发充满着紧张和急迫，直到后来嗓子哑了、带着哭音了。她是那样虔诚地相信我的魂还未被她招回。我的性子可真拧，或者说我的革命性可真坚定，妈妈就这样叫了我半宿，我硬是不应声。

弟弟在一旁急了，揎掇我："你快答应一声吧！"没办法，我只好有气无力地应了一声："呃！"妈妈长舒一口气，穿上鞋站起来走到我身边，说："总算把魂儿招回来了！没事了，你病快好了。"

病好之后，我说她："妈！大半夜的叫魂儿，多让人难为情。您可真迷信！"

她一笑："什么迷信不迷信！你病好了，我就信！"

这就是我的母亲！在所有人面前，我从来不讲她是后娘，也绝不允许别人讲。

我忽然想起这样一件事。那时，我在学校食堂吃一顿午饭，负责打饭、分饭。我们班有个眼皮有块疤瘌的同学，有一次非说我分给他的饭少了，横横地对我说："怎么给我这么点儿？你后娘待你也这样吧？"我气得浑身发抖，扔下盛馒头的簸箩，和他扭打了起来。我从来没和别人打过架，自小力气便弱。疤瘌眼是个嘎杂子琉璃球的个别生，很会打架。我知道我打不过他，可还是要打。结果，吃亏的当然是我，我被他打得鼻青脸肿。但他也没占什么便宜，一开始，他毫无准备被我朝他的小肚子上结结实实打了好几拳。

回到家，见我狼狈的样子，妈妈吓坏了，忙问："小祖宗，你这是怎么啦？"

"没什么！"我没告诉妈妈。但我觉得值得。我为妈妈做了点儿什么。虽然，也付出了点儿什么。

五

我是用爸爸的一条命从北大荒换回来的。

"文化大革命"中，我和弟弟分别到了北大荒和青海。那时，我们热血沸腾，挥斥方遒，一心只顾指点江山，而把两个老人那样毫无情义地抛在家里，像抛在孤寂沙滩的断楫残桨。我们只顾自己年轻，却忘记了老人的年龄。1973年秋天，和我弟弟回北京探亲，我刚刚返回北大荒不几日，而弟弟还在途中，电报便从家中拍出：父亲脑溢血突然病故在同仁医院。我们匆匆往家中赶，三个姐姐先赶到家。我进门第一眼便看见妈妈臂上带着黑箍，异常刺目。死亡，是那样突然、那样无情，又是那样真实。我的心一下子紧缩起来。

妈妈很冷静。听到爸爸去世的消息，她孤零零一个人赶到同仁医院。我们都是她的儿女啊，却没有一个人在她的身边。在她最需要我们的时候，我们却远在天涯，只顾各奔自己的前程。

好心的街坊问她："肖大妈，有没有孩子们的地址？找出来，我们帮您打电报！"她从床铺褥子底下找出放好的一封封信。那是我们几个孩子这几年给家中寄来的所有的信。她看不懂一个字，却完完整整保存得很好；虽目不识丁，却能从笔迹中准确无误辨认出哪封是我、是弟弟、是姐姐们寄来的。街坊们告诉我："你妈这老太太真是刚强的人，一滴眼泪都没掉，等着你们回来！"街坊就是按这些信封上的地址给我们几个孩子分别拍来电报的。

从北大荒奔回家中，我感到非常内疚。我的心中可曾装有几多老人的位置？父亲的丧事料理妥当，姐姐、弟弟分别回去了，我留下没走。也就是从那一夜起，我暗暗下决心，一定要办回北京，决不让妈妈一个人茕茕孑立，守着孤灯冷壁、残月寒星地生活！

我回到北京，开始了待业的生涯。姐姐又开始每月寄来30元。弟弟也往家寄来钱。我和妈妈真正相依为命的日子是从这时候开始的。以往，我觉得并没有像这时候一样感到心贴得如此近，感到彼此是个依靠，是不可分离的。

当我像家中的男子汉一样，要支撑这个家过日子了，才发现家里过冬的煤炉是一个小小圆孔小肚的炉子，早已经落后了十年甚至二十年。它无法封火，又无烟道，极易煤气中毒。院里没有一家再用这种老式简易炉子了。而妈妈却还在用！而我几次探亲，居然视而不见！我真是个不孝的子孙！我骂自己。我想起刚刚到北大荒正赶上冒着大雨收割小麦，双腿陷入深深的沼泽中，便写信让家里给我买双高勒雨靴寄来。买新的，没那么多钱；买旧的，得到天桥旧货市场，妈妈走不了那么远的道。那时候我怎么就没有想到呢？是妈妈托街坊毕大妈的儿子到天桥旧货市场帮我买的。我连想也没想，接到雨靴便穿在脚上去战天斗地了。这年冬天，又写信向家里要条围脖，好抵御北大荒朔风如刀的“大烟泡”。这一回，毕大妈的儿子到吉林插队了，妈妈没有了“拐棍”，只好自己到王府井，爬上百货大楼，替我买了一条蓝围巾。我怎么就没有想到呢？她是踩着小脚走去的呀！这已经是她力不胜任的事情了。我接到围巾时，发现那是条女式围巾，连围都没围便送给了别人。我怎么就没想到那是妈妈眯缝着昏花的老眼挑了又挑，觉得这条围巾又长又厚，才特意买下的，为的是怕我冷呀！当时，我什么都没想，随手将围巾送给了人，只顾嚼着那围巾里包裹的一块块奶糖……

我实在不知道人生的滋味，不知道妈妈的心。妈妈细致的爱如同润物无声的春雨，却只打在我那粗糙、梆硬如同水泥板的心上，没有渗进，只是悄无声息地流走了……

我望着那已经铁锈斑斑、残破不全的煤炉，一股酸楚和歉疚拱上嗓子眼。我对妈妈说："妈，咱买个炉子去吧！"

"买什么呀！还能用！"

"不！买个吧！这炉子容易中煤气！"

大概是后一句话打动了妈妈，同意去买个炉子。实际上，她是怕我中煤气。

莫非我的命就比她金贵吗？

我不知道那年头买炉子还要票，我也不知道妈妈找到街道办事处是怎样磨到了一张票。她和我从前门转到花市，就像如今买冰箱、彩电一样，挑了这家又挑那家。那时，炉子确实是家中一个大物件。最后终于买到一个煤球、蜂窝煤两用炉。我和妈妈一人一只手抬着这个炉子，从花市抬到家里，足足得走两里多的路呢。妈妈竟然那么有劲儿，想想她老人家都是70岁的人了呀。我家中有史以来第一次冬天生起这样正规的炉子。那是我家第一件现代化的东西。红红的炉火苗冒起来，映着妈妈已经苍老的脸庞，她那样高兴，身旁有了我，她像是有了底气。我回家为妈妈做的第一件事，便是买这个炉子。"且将新火试新茶"，我和妈妈新的生活就是从这炉子开始的。

我的待业生涯并不长，大约半年过后，我在郊区一所中学教书，每月可以拿到薪水42元5角。我将这第一个月工资交给妈妈，她把钱放进那棕色牛皮箱里，就像当年爸爸每月将工资交给她由她放好一样。节省是一门学问，是一项只有在人生苦难中才会磨练出来的本领。妈妈就有这种本领和学问。每月42元5角，两个人过日子并不富裕。她料理得有理有条，中午自己从不起火做饭，只是用开水泡泡干馒头和米饭，就几根咸菜吃；每天只买两角钱肉，都是留到晚上我下班回家吃。而我当时却偏偏还在迷恋文学，还要从这紧巴巴的日子里挤出钱来买书、买稿纸。每次从妈妈那小皮箱里拿钱，她从不说什么。每次我问："还有钱吗？"她总是说："有！有！拿去买你的书吧！"仿佛那箱子是她的万宝箱，钱是取之不尽的。

我清楚：我的书一天天增多，家里的日子一天天紧巴巴，妈妈脸上的皱纹一天天加深。

一天傍晚下班回家，还没进家门，听见一阵婴儿的啼哭声从屋里传出。谁的小孩？我们家任何亲戚都不曾有这样小的孩子呀！家里出了什么事？我心里很不安，走进家门，看见妈妈正给躺在床上的一个婴儿换褥子。

"妈！这是谁家的孩子？"

"我给人家看的。"

妈妈抱起正在啼哭的孩子，一边拍着、哄着，一边对我说。

"谁叫您给人家看孩子？"

"每月30元钱，好不容易托人才找到这活的！"妈妈说着，显得挺激动。那时，每月增加30元，对我家来说差不多等于生活水平翻一番呢。她抱着孩子，像抱着一面旗，很有些自豪，"这孩子挺听话，不闹人！孩子他妈还挺愿意我给看……"

"不行！您把孩子送回去！"我粗暴地打断妈妈兴头上的话。生平头一次，我冲妈妈发这么大火，"现在就送回去！"

妈妈也急了，泥人还有个土性呢，冲我也叫道："你还要吃人呀？"

"不行，您现在就把孩子送回去！"我不听妈妈那一套，铁嘴钢牙咬紧这一句话。我只觉得让年纪这么大的妈妈还在为生计操劳，太伤一个男子汉的尊严，让街坊四邻知道该多笑话我没出息、没能耐！

争吵之中，孩子哭得更响了。妈妈和我都在悄悄地擦眼角。最后，妈妈拧不过我，只好抱着孩子送回去了。她回来后，我们谁也不讲话。整整一晚上，小屋静得出奇。我心里很难受，很想找个由头对妈妈讲几句什么，却一句也说不出。

第二天清早，妈妈为我准备好早饭，指着我鼻子说了句："你这孩子呀，性子太犟！"昨天的事过去了。妈妈终归是妈妈。

傍晚下班回家，一进门，好家伙，家里简直变了样。床上、地上全是五颜六色的线团和绒布。本来不大的屋子，一下子被这些东西挤得更窄巴了。妈妈被这些彩色的线簇拥着，只露出半个身子，头发上沾满了线毛。

这一回，妈妈见我进屋就站起来，抖落一身的线毛，先发制人："这回你甭管！我一定得干！拆一斤线毛有×角钱（我忘记具体是几角钱了，只记得拆的线毛是为工厂擦机器的棉纱）。这点钱不多，每天也能添个菜！再说你爸一死，我也闷得慌，干点儿活也散散心。你不能不让我干！"

我还能说什么呢？妈妈的性子也够犟的！她从没上过一天班，没拿过一分钱工资。她一无所有，没有财富没有文化也没有了青春，正如现在那首歌里唱的：脚下这地在走，身边那水在流，可我却总是一无所有。她所有的只是一颗慈爱的心和一双永远勤劳不知累的大手。即使如今她老了，还将她那最后一缕绿荫遮挡我，将她最后一抹光辉洒向我。那些个小屋里弥漫着彩色棉纱的夜晚，给我们的家注满了温馨和愉悦。我就是这样坐在妈妈身旁，帮妈妈用废钢锯条拆着那彩色线毛。妈妈常笑我笨，拆得不如她快、不如她利索……

一次参加朋友的婚礼，招待我喜糖，里面有金纸包装的蛋形巧克力。说起来脸红，那时我还从未尝过巧克力。小时候，只有在过年时才能吃到硬水果糖，最好的也只是牛奶糖。嚼着另一种味道的巧克力，我忽然想起还在灯下拆线毛的妈妈，她也从来没吃过这种糖呀！我偷偷拿了两块金纸巧克力，装进衣兜里。婚礼结束后回到家，我掏出那两块巧克力对妈妈说："妈！我给您带来两块巧克力，您尝尝！"谁知衣兜紧靠身体，暖乎乎的身子早把巧克力暖化了。打开金纸只是一团黑乎乎、黏糊糊的东西了。我好扫兴。妈妈用舌头舔了舔，却安慰说："恶苦！我不爱吃这营生……"

我一把揉烂这两块带金纸的巧克力，心里不住地发誓：我一定让妈妈过上一个幸福的晚年。

六

妈妈病了。

谁也不会想到身体一直那么结实、心地那么宽敞的妈妈会突然发病，而且是精神病。

起初，我没有一点儿思想准备，一直不相信这残酷的现实。有时半夜，她蹑手蹑脚地走到我的床头，伏在我的耳边悄悄地说话，生怕别人听见："你听见了吗？隔壁有人在嘀咕咱娘俩，要害咱娘俩！"我坐起来仔细听，哪有什么声响！我劝她快睡觉："没有的事！"越说不信她的话，她越着急。一连几夜如此，弄得我心烦得很："妈！您耳朵有毛病了吧？没人嘀咕，咱又没招人家，没人要害咱们，也没人敢害咱们！"她一听就急了，先压低嗓门："我的小祖宗，你小点儿声，不怕人家听见！"然后生气地伸手捂住我的嘴。

"没有的事，您自个儿净胡思乱想！"我也急，不知该怎么向她解释才好。越解释，她越生气："怎么，我的话你都不信？我这么大年纪了还能胡说八道？你呀，你甭不信，你就等着人家来害你吧！"

我不知该怎么办才好。

突然，一天夜里，正飘着秋天凄苦的细雨。她又走到我床头，把我摇醒，说："快走！有人来害咱娘俩！"我把她扶到自己的床上，让她躺下，耐着性子说："妈！外面下雨了，您听岔了吧！快睡吧！别想别的！"她不再说什么，我也就放心回屋睡去了。

没过一会儿，我听见房门悄悄打开了。我以为她是看看窗外屋檐下的火炉，怕炉子被雨浇灭了。可是，过了许久，再听不见门开的声音，我的心陡然紧张起来，忙爬起身来跑到屋外。夜色茫茫，冷雨霏霏，没有一个人影。妈妈到哪儿去了？我的心一下沉落进冰窖里，从来没那么紧张过。我这才意识到事情比我原来想得要坏。我没了主心骨，慌忙拍响街坊张大叔的家门，他的两个孩子一听立刻打着手电筒跑出来，和我兵分三路去寻找。"妈！"我冲着秋雨飘洒的夜空不住大声呼喊。在北京城住了这么多年，我还从来没有这样可劲响亮开嗓门这样喊过。可是，除了细雨和微风掠过树叶的飒飒声外，没有妈妈的回声。我的心像秋雨一样凉，眼泪顺着雨水一起从脸上流下来。

就在我已经毫无希望往回家走时，半路上忽然望见有个人影坐在一个地坡上。走近一看，竟是妈妈！她的屁股底下坐着一个包袱卷。这显然是她早准备好的。我拉她回家。她不回。两位街坊赶来，说死说活，好不容易把她拽回了家。

街坊对我说："肖大妈这样子像是得了精神病呀！你得带她去医院看看呀！"

那是我第一次来到安定医院，当时北京唯一的精神病院。诊断结果：幻听式精神分裂。

我怎么也接受不了这残酷的现实。妈妈！您从不闹灾闹病，平日常说："你呀，身子骨还不抵我呢！"怎么会闹下这样的病呢？我开始苦苦寻找着答案，夜夜同妈妈一样睡不安稳。父亲去世后，谁能理解妈妈的心呢？她又从来不对任何人诉说自己的苦处，总是默默地忍着，将所有的苦嚼碎了，吞咽进肚里淤积着，直到淤积不了而喷发。老伴、老伴，人老了失去了患难与共的伴该是什么滋味？我才明白老伴这词的含义。而那一阵子，我光顾着忙，有时感到苦闷、孤独，常常跑到朋友家聊天，一聊聊到深夜才回家。有几次为了创作还跑到外地，一去几个星期，把妈妈一个人甩在家中。她呢？她的苦闷、孤独，向谁诉说？我没有想到应该好好和她聊聊，让她把淤积的心里的苦楚倒出来。没有。她从不爱讲话，我便以为她没什么话要讲。我只顾自己了，像蚕一样只钻在自己织的茧里。我太自私了！我不知道她心里装的究竟是什么，才使她神经再也承受不了重荷，像绷得太紧的琴弦一样断了……

我第一次感到自己并不了解妈妈。即使再老、再没文化、再忠厚老实的老人，也有自己的思想、情感。仅仅吃饱穿暖，并不是对老人最为挚切重要的关心和爱。

每天三次让妈妈吃药，成了我最挠头的难事。她一直不承认自己有病，尤其反感说她是精神病，最反对我那次带她去安定医院。再让她去，说死说活也不去，弄得我没辙，只好自己去医院挂号，把情况讲给大夫听，求人家把药开出，拿回家。见到药，她的话就是："吃哪家子药，没事乱花钱！"我递给她药，她一把扔到地上："我一辈子也没吃过什么药，身子骨不是好好的？"没办法，我把药碾成末放进糖水里，可她一喝还是能喝出来药味，便把杯往旁边一放，再不喝一口。我只好再想新招，把药放在粥里，再加大量的糖，一定盖过药的苦味，在吃饭时让她把粥喝进去。她喝了。她还从来没喝过这么甜的粥，指着我鼻子说："你把卖糖的打死了？"

吃完这药，她总是昏睡，有时口水止不住流。大夫讲这都是服药后的正常反应。我望着她那样子，揪心一样难受。她老了，确实老了。她像快耗完油的灯盏，摇曳着那样微弱的光，一切都是为了我们啊！在那些难熬的夜晚，我弄不清她究竟在想什么。她总是昏昏睡过之后，睁着被密密皱纹紧紧包围的昏花老眼瞅着

母亲的素描，蒋悦画。1989年。

弟弟去青海之前，父亲、母亲、我、弟弟，和崔大叔女儿小玉姐姐。1967年冬，北京粤东会馆我家前。

我，一言不发地瞅着我……

这是她有生以来第二次吃药。一次是那年吐血后。药力还真起作用，我见她的脸渐渐又红润起来。我以为她的身体又会像那次吐血后迅速恢复过来。我忽略了人已经老了十二三岁了呀，而且病也不一样：一个是累的病，一个却是心病呀！

一天下午，我正带着学生下厂劳动，校长突然给我挂来电话，要我立即回家，校长在家等我，有要紧的事。我的心一下子提到嗓子眼儿。校长亲自找我，说明事情的严重性。又是要我立即回家，我马上想到了妈妈！我骑着自行车从郊外赶到家，屋里挤满了人，一时竟看不到妈妈在哪儿。校长迎了出来安慰我："刚才电话里没敢对你说，你妈妈刚才要跳河，你千万不要着急……"下面的话，我什么也听不清了，脑袋立刻炸开。我赶紧拨开人群，见到妈妈钻进被子躺在床上，脱下来放在地上的棉裤已经湿到腰。"妈！"我叫着，她睁开眼看看我，不讲话。街坊们开导她说："肖大妈！您看您儿子不是好好的没事？您甭胡思乱想！"然后对我说："你快给肖大妈找衣服换换吧！"

好心的街坊告诉我，我才知道妈妈的病复发了。依然幻听，依然是恐惧，依然是有人要害我，这一次是听见有人已经在半路上把我害了，她一下失去依靠，觉得无路可走，竟想寻短见。她走到河边，正是初冬，河水瘦得清浅，离岸上有长长一段河堤。她穿着笨重的棉裤没有那么大气力走下去，而是坐在堤上一点点蹭下去的。河边上遛弯的人不知她要干什么，待她蹭到河里时，才意识到不好，赶紧跳下去把她救了上来……

我帮妈妈换上一条新棉裤，看见她的腿那样细，细得像麻秆，骨骼都凸凸地显出，格外明显。这么多年，我是第一次看见她的腿，居然这样瘦削得刺目，心里如万箭穿透。妈妈！您为什么要这样！小屋里散发着湿棉裤带有河水的土腥味。那一夜，我总想着妈妈蹚到河水中的那一幕。那一刻，她的脑子里想的是什么？她是否已经万念俱灰？是否感受到另一个世界父亲的召唤？我至今不得而知。我再次责备自己的无能，自己对妈妈缺少理解和关心，自己太大意了！以为病好转了，可这并不是一般的头疼脑热呀！谁能够妙手回春，替妈妈把病治好，我愿意献出自己的一切。

我再次把妈妈送到安定医院。

这次病好转后，我们娘俩谁也再不提这件事。那是一块伤疤，烙印在彼此的心上。每逢路过那条小河，我都对它充满恐惧。我十分担心她病情再次复发，曾对妈妈说："要不送您到天津大姐家住一阵日子吧！换换环境有好处！"她不说话，却果断而坚决地把手一摆：不同意。我便再也不提。我知道这是妈妈对我的信赖。我对她说："那您得听我的，还得接着好好吃药！"她点点头。每次吃药，皱着眉头吞下去，只是她要喝好多好多的水，那药就是在嗓子眼里转，迟迟才肯下去，那样子，让我感到像个小孩子。人老了，有时跟孩子一个样。

1978 年 11 月，我考入中央戏剧学院。报到日期到了，我拖到最后一天。那天，我很晚才离开家。妈妈不说话，默默看着我收拾被褥、脸盆和书籍。她不大明白戏剧学院是怎么一回事，反正上大学总是件大事，打我小时候起，上大学一直便是她和爸爸唯一的梦。我是吃完晚饭离开家的，她送我到家门口，倚在门旁冲我挥挥手。我驮上行李，骑上自行车便走了。天刚擦黑，新月升起，晚雾飘散，四周朦朦胧胧。风迎面打来，很冷，小刀片般直往脖领里钻。我骑了一会儿，不知是下意识还是第六感官的提醒，回头看了看，竟一眼看见妈妈也走出家门和院子，拐到了马路上，向我迈紧了步子。我立刻涌出一股难以言说的感情。我知道，这一夜，我住进学院，她将孤零零守着两间小屋，听着冷风像走得太疲倦的旅人一样拍打着门窗，她会是一种什么心情？儿子再次为自己的前程去挤上大学的末班车，妈妈怎么办？我又像十年前为了自己的前程跑到北大荒一样，把妈妈又甩在一边。只不过那次是知识不值钱，这次知识又值了钱，我像被风吹转的陀螺旋转着奔波，妈妈呢？她却一样孤寂地守候着，望着我陀螺般旋转着。这一次，她将要熬四年，四年苦苦地等待。等待什么？等待的是自己头发更花白、皱纹更深、身体更瘦削。我立刻跳下车，推着自行车回向她走去。这一刻，我真想不上什么劳什子大学！她却向我摆着手，不让我折回。我走到她身边，她仍然不停地摆着手。她不说一句话，只是摆着手，那手背像枯树枝在寒冷的晚风中抖动。

到学院报到之后，在宿舍里安置妥当。我睡在上层铺，天花板是那样近，似乎随时都有压下来的危险。我的心怎么也静不下来，像是被风吹得急速旋转的风车。望着窗外高高的白杨树枝不住摇动，我知道风越来越大了，便越发睡不安稳，赶紧跳下床跑出宿舍，骑上自行车一路飞快朝家中奔去。当我敲响房门时，听见妈妈叫了声："谁呀？"我应了声："是我。"屋里没开灯，只听见鞋拖地的声音，然后看见妈妈掀开窗帘的一角，露出皱纹密布像核桃皮一样的脸，仔细瞧瞧外面，认准确实是我，才将门打开。这时，我发现门被一根粗大木头死死顶着。这一刻，我真想哭。我知道，她怕。人老了，最怕的是什么？不是吃，不是穿，不是钱，不是病……是孤独。

这一宿，我没有回学院去住，而是和妈妈又守了一夜。我的心再也放不下，那根粗木头时时像顶在我的胸口上。我经常隔三差五地从学院跑回家，生怕万一出什么差错。妈妈看出我的担心，劝我不要这样三天打鱼两天晒网地上课，讲她没事，让我放心。我知道，总这样，我和她都得身心交瘁。我想把她送到天津大姐家，又怕她不去。再说人家也是一大家子人，对妈妈又是陌生的地方，她不愿去是可以理解的。但我实在怕我不在家时出什么意外。犹豫再三，我还是试探着对妈妈讲了。这一次出乎意料之外，她爽快地点点头，就像上次果断地摇头一样。我知道这都是为了我：在母亲的心中，只有儿子的事最重要，尤其是儿子的学业，是寄托她同父亲一并的期望。为了儿子，母亲能够做出一切牺牲。为了儿子，母亲她七十五岁高龄时又开始奔波，客居他方……

小屋锁上了门。我再回家时，小屋里是冰冷，是灰尘，是扑面而来的潮气。只要妈妈在，小屋便绝不是这样，小屋便充满生气、充满温暖、充满家的气息。哪怕我再晚回家，小屋里也总会亮着灯，远远就能望见，它摇曳着橘黄色的灯光，像一颗小小跳跃的心脏……

七

世上有一部书是永远写不完的，那便是母亲。

我不能再写下去了，那些喃喃自语，只能留给自己听，留给母亲听。

四年后大学毕业，到天津去接妈妈，我同妻子做的第一件事是给她老人家买了件毛衣，订了一瓶牛奶。生活不会亏待善良的人，妈妈的病好了，好得那样彻底，以后再也没有犯过，大姐和我们一样为妈妈高兴。虽然她喝牛奶像喝药一样艰难，总嫌它味太冲，但那奶毕竟使她脸色渐渐红润、光泽起来。生活，像一只历尽艰辛的小船，重新张起曾经扑满风雨的风帆，家中重新亮起那盏橘黄色如同心脏跳动着的灯光。

这几年，我能写几本小书了。那里大都写的是像我母亲一样的普通人。我知道这是为他们，为自己，也为母亲。当街坊或朋友指着新出版书上我的名字和照片高兴地向她夸赞、让她辨认时，她会一扬头："这不是复兴嘛！"然后又说："写这些行子有什么用，怪费脑子的，一天一天坐在那儿不动地方地写！他身子骨还不抵我呢……"

谁能想到呢？就是这样一个硬朗的身子骨，再没犯过其他什么病的妈妈，竟会突然倒下去，再也没有起来呢？

她已经八十六岁，毕竟上年纪了。她不是铁打的金刚，身体内各个零件一天天老化、锈损。我知道这一天迟早要来，却没想到会这样早，这样突然！头一天，她还把自己所有的衣服洗了，连袜子和脚巾都洗得干干净净，然后拣好新买的小白菜和一捆大葱，傍晚时站在窗前看着孙子练自行车，待我回家时高兴地告诉我："小铁学会骑车了，骑得呼呼往前跑……"谁会想到呢？这竟会是她留给我最后的话语。第二天傍晚，她却突然倒在床上，任我再怎么呼喊"妈妈"，却再也答应不了……

　　母亲去世的第二天清早，我走进她的房间，一眼看见床中间放着四个红香蕉苹果。那是妻子放上的。我不大明白为什么要放上这红苹果，却知道那床再不会有妈妈睡，再不会传来妈妈的鼾声了。我也知道那苹果是前两天我刚刚买来的，新上市的还挂着绿叶，妈妈还来不及尝上一口。我打开她的柜门，看见里面她的衣服一件件都洗得干干净净、叠得整整齐齐。仿佛她只是出去买菜，只是出一趟远门。她没有给孩子留下一点儿麻烦，哪怕是一件脏衣服、一条脏手绢都没有！在她人生灯盏的油将要耗尽之时，她想的依然是孩子们！孩子们！

　　什么是母亲？这便是母亲！母亲！

　　而我们呢？我们做儿女的呢？我们是如何对待自己的父母老人呢？尤其是如何对待像母亲一样忠厚、善良、从来不会讲话又从不多讲话的人呢？每个人的内心都是自己灵魂的审判官。我为此常常内疚，常常想起儿时种种不懂事、少年时的虚荣、对母亲看不起、长大成人后只顾奔自己的前程而把老人孤零零甩在家中，以及自己的自私和种种闪失……我知道，什么事情都会很快地过去，很快地被人遗忘。即使鲜血也会被岁月冲洗干净不留一丝痕迹，在死亡的废墟上会重新长出青草，开出花朵，而忘记以往曾经发生过的一切。我也会吗？会忘记陪我度过三十七个年头，为我们尝尽酸甜苦辣的人生况味的母亲吗？不，我永远不会！

　　我会永远记住她老人家的！

　　我将那些红香蕉苹果供奉在她的遗像前，一直没有动，一直到它们全部烂掉。

　　我的老家在河北沧县东花园村。三十七年前，妈妈便是从那里来到北京，来到我们身边，把我们抚养成人，与我们相依为命的。在乡亲们的关怀和帮助下，我将她的骨灰连同父亲和我亲娘的一并下葬在家乡的祖坟中间。在坟前，我和弟弟跪在那充满粘性的黄土地上，一起将我们俩合写的一本刚刚出版不久的新书《啊，老三届》点燃。纷飞的纸灰黑蝴蝶一般在坟前缭绕着，缭绕着……

　　　　　　　　　　1989 年 12 月 2 日写毕于北京和平里

父　亲

一

　　我对父亲最初的印象，是母亲去世之后第二年的清明节。那时，我六岁。一清早，父亲便催促我和弟弟赶紧起床，跟着他走到前门大街。那时，我家住在西打磨厂老街，出街口就是前门楼子，路很近，很快就在前门火车站前的小广场上，坐上5路公共汽车，一直坐到广安门终点站。

　　广安门外，那时是一片田野。我不知道前面是没有公共汽车了，还是有，父亲为了省钱没再坐。沿着田间的小路，父亲领着我和弟弟往前走。不知走了多远的路，反正记得我和弟弟已经累得不行了。那时，弟弟才三岁，实在走不动了。父亲抱起了弟弟，继续往前走。我只好咬着牙，跟在父亲的屁股后面走。开春的田地在翻浆，泥土松软，脚底上粘了一鞋底子的泥。记忆中的童年，清明节从来没下过雨，天总是湛蓝湛蓝的。在这样开阔的蓝天和返青发绿的田野背景下，父亲抱着弟弟，像一帧剪影，留给我童年难忘的印象。

一直走到了田野包围的一片坟地里，父亲放下弟弟，走到了一座坟前，从衣袋里掏出两张纸，然后，扑通一下跪在坟前。父亲突然矮下半截的这个举动，把我吓了一跳。

坟前立着一块不大的青石碑，那时我已经认识了几个字，一眼看见了碑的左下侧有一个"肖"字，一下子猜想到那上面刻的是父亲的名字，而碑的中间三个大字，我不认识，一直过了好几年，我才认识上面刻着我母亲的名字"宋辅泉"。又过了好几年，我才明白母亲名字的含义，我父亲的名字叫肖子泉，母亲的这个名字是父亲起的，是要母亲辅助父亲支撑这个家的。可是，母亲37岁就去世了。父亲比母亲大整整十岁，母亲去世的那一年，父亲47岁。

这个埋葬着我生身母亲的坟地，除了这块墓碑，再有就是旁边不远有一条小溪，之外，我没有别的印象了。之所以记住了这条小溪，是因为给母亲上完坟后，父亲要带着我和弟弟到这条小溪边来捉蝌蚪。小溪里，有很多摇着小尾巴的蝌蚪，黑亮黑亮的，映着春天的阳光，小精灵一样，晃人的眼睛。我和弟弟都盼望着赶紧上完坟，去小溪边捉蝌蚪。

那时候，我还不懂事。父亲每年清明都要到母亲的坟前来祭祀，还能理解；让我不可理解的是，父亲每一次来都要跪在母亲的坟前，掏出他事先写好的那两页纸，对着母亲的坟磨磨叨叨地念上老半天，就像老和尚念经一样，我听不清他都念的是什么，只见他一边念一边已经是泪水纵横了。念完了这两页纸后，父亲掏出火柴盒，点着一支火柴，把这两页纸点燃，很快，纸就变成了一股黑烟，在母亲的坟前缭绕，然后在母亲的坟前落下一团白灰，像父亲一样匍匐在碑前。

真的，那时候，我实在太不懂事，只盼望着父亲赶快把那两张纸念完，把纸烧完，就可以带我和弟弟去小溪边捉蝌蚪了。

让我更不理解的是，除了清明节来为母亲上坟，到了中秋节前，父亲还要来为母亲再上一次坟。而且，父亲照样是跪在坟前，掏出两页写满密密麻麻小字的纸，念完后烧掉。我当时常想，那两页纸写的都是什么内容呢？每一次写的内容是一样的吗？却像是惯性动作一样，每一次来给母亲上坟，父亲都要写这样长的信，念给母亲听，母亲听得到吗？父亲怎么有这么多的话要对母亲说呢？

这样做，打破了常人的习惯。因为一般人都是一年一次在清明节给亲人上坟，不会在中秋节再上第二次坟的。当然，长大以后，我明白了，这说明父亲对母亲的感情很深。但是，在当时，中秋前后，青蛙都已经绝迹，小溪边没有蝌蚪可以捉，又要走那么远的路，我和弟弟对母亲的思念，常常被对父亲的抱怨所替代。特别让我不能理解的是，为了省钱，给母亲上坟回来的时候，父亲常常是带着我们从广安门上车坐到牛街这一站就提前下车，然后，对我和弟弟说：你们是想继续坐车呢，还是走着回家？现在，咱们要是坐车坐到珠市口，一张车票是五分钱，要是不坐车，就用这五分的车票钱，到前面的菜市口，给你们买一包栗子吃。那时候，满街都在卖糖炒栗子，香味四散，勾我和弟弟的馋虫。我和弟弟抵挡不住栗子的诱惑，选择不坐车，用省下的这五分钱买栗子。

那时候，五分钱能买一包栗子，可是，常常是吃不到珠市口，栗子就吃完了。我和弟弟还想吃栗子。父亲说：从珠市口坐车，坐到前门，一张车票也是五分钱，你们要是不坐车，就可以用这五分钱再买一包栗子。我和弟弟当然又选择了栗子。就这样跟着父亲走回了家，天不知什么时候已经不知不觉黑了。父亲没有吃一口栗子。下一年中秋节前，父亲带我们去为母亲上坟，尽管知道要走那么远的路，一想到栗子，我和弟弟还是很愿意去。

现在想想，那时我和弟弟毕竟小，对母亲的印象是很模糊的，对母亲的感情，远没有父亲对母亲的感情那样深。父亲之所以用这种方法带我们去为母亲上坟，是为让母亲的在天之灵看看我和弟弟。这其实是父亲对母亲的一份感情。只是，我不懂。我更不清楚，父亲和母亲是怎么相爱的，又是怎么结婚的，在那些个战火纷飞的日子里，又是怎么样一路颠簸从信阳到张家口最后来到北京的。清明的蝌蚪，中秋的栗子，小孩子的玩和馋，和大人之间的感情拉开了距离。一直到父亲去世之后，我也并不了解父亲，更谈不上理解。似乎命中注定，我和父亲一直很隔膜，像是处于两个世界的人。童年母亲坟前对母亲那种迷迷糊糊又似是而非的感情，和父亲在坟前对母亲毫无掩饰而且是无法遏制的感情，只不过是我和父亲隔膜与距离的一种象征。

我只知道，母亲是河南信阳人，个子很高，从我家唯一存下来的她的照片看，她肤色白皙，应该属于漂亮的女人。父亲是在那里工作时，和母亲结的婚。那时，父亲在南京国民政府的财政局受训之后，来到信阳工作。1947 年，我出生后，父亲先到张家口，又紧接着到北平工作。父亲在北平安定下来，母亲抱着刚刚满月的我，带着我的姐姐随后投奔父亲。因为正是战乱时，张家口站人特别拥挤，母亲带着我们没有挤上火车，只好坐下一班的火车，火车开到南苑时停了下来，停了很久也没有开。一打听，原来上一班火车被炸了。而正在前门火车站接站的父亲，以为母亲和我们都在这列火车上，心急如焚。

很多年后，当姐姐对我讲起这件往事的时候，想象着当初的情景，我才多少理解了父亲对母亲的一份感情。

母亲突然的离世，对父亲的打击显然很大。那时，北京刚解放三年，日子刚安定下来不久。只是，那时，我太小，难以理解一个人到中年的父亲的心情罢了。母亲去世不久，父亲就回老家一趟，为我和弟弟娶回一个继母。继母比父亲大两岁，比母亲大十二岁。还有和身材高挑和清秀的母亲不同的是，继母缠足。

那时，我不懂得父亲为什么要娶回我的继母。我不懂得父亲所做的这一切，都是为了幼小的我和弟弟。

1994年，孙犁先生读完我的《母亲》一文，知道我小时候生母去世后父亲回老家为我和弟弟娶回继母的这段经历，来信说："您的童年，无论如何，不能说是幸福的，使我伤感。"然后，又驰书一封特别说："关于继母，我只听说过'后娘不好当'这句老话，以及'有了后娘就有了后爹'这句不全面的话。您的生母逝世后，您父亲就'回了一趟老家'。这完全是为了您和弟弟。到了老家经过和亲友们商议，物色，才找到一个既生过儿女，年岁又大的女人，这都是为了您们。如果是一个年轻的，还能生育的女人，那情况就很可能相反了。所以，令尊当时的心情是痛苦的。"

我写文章的时候，一直到文章发表之后，都没有曾经想到过一点点父亲当年那样做内心真实的感情，而只是一味地埋怨父亲。孙犁先生的信提醒了我，也是委婉地批评了我。真的，对于父亲，我一直都并未理解，一直都是埋怨，一直都是觉得自己的痛苦多于父亲。也许，只有经历过太多沧桑的孙犁先生，对于哪怕再简单的生活才会涌出深刻的感喟吧，而我毕竟涉世未深。我不懂得一个人到中年的父亲，选择一个比他年纪大的女人，作为我和弟弟的新母亲，是为了我和弟弟。我不懂得孙犁先生所说的父亲"当时的心情是痛苦的"。

当时间和我一起变老的时候，回想童年时父亲带我和弟弟为母亲上坟的那一幕，便越发凸显。父亲跪在母亲的坟前为母亲读信的那一幕，才越发让我心动。可惜，我从来不知道父亲在那两页纸上密密麻麻写的都是什么。但我可以想象得出来。想象得出来，又有什么用呢？人老了之后，才渐渐明白了一点人生，才和父亲有了一点点的接近，付出的却是几乎一辈子的代价。我才明白，在这个世界上，亲人之间，离得最近，却也有可能离得最远。

二

在我的印象中，父亲胆子很小，一直到他去世，都活得谨小慎微，有毒的不吃，犯法的不干，树上掉片树叶都要躲着，生怕砸着自己的脑袋。长大以后，当我知道父亲的这件事情之后，对父亲的印象有所改变。

父亲很年轻的时候，就独自一人离开家乡河北沧县，跑到天津去学织地毯。我的爷爷当过乡间的私塾先生，略有文化，他有两个孩子，一个是父亲，一个是父亲的哥哥。和一辈子守在乡下种田的哥哥不同，父亲在乡间读完初小，就想离开家乡。别人怎么劝都不行，他还是来到了天津。天津离沧县120里地，是离沧县最近的大城市。沧县很多人都曾经到天津跑码头，这个传统一直延续至今，现在天津的街头还能碰到不少打工者，操着沧县的口音。想想，父亲只身一人跑到天津学织地毯的情景，很像如今那些北漂。尽管时代相隔了近百年，年轻人的躁动的梦想和盲目的行为方式，基本相似。那时候的父亲，胆子并不小，性格里有很不安分的成分。

我一直在想，父亲为什么曾经会有这样不安分的性格？后来，为什么又将这种性格磨平，乃至变得如此谨小慎微呢？

受我爷爷当私塾先生的影响，父亲读书的时候，爱看一些杂书，特别是章回本的旧小说。我读小学的时候，在晚上我和弟弟睡觉前，他常常讲《三侠五义》《施公案》《水浒传》《聊斋志异》里的一些故事给我们听，也不管我们听懂听不懂，爱听不爱听。他也喜欢沧县地区有名的文人纪晓岚的《阅微草堂笔记》，他常讲一些他小时候听到的关于纪晓岚的民间传说。一直到现在我还记忆犹新，听他有声有色地说起纪晓岚小时候，有一位从南方来的大官，看见纪晓岚在田里放牛，大夏天的，还穿着一件破棉袄，摇着一个破芭蕉扇，觉得很可笑，就随口说了句：穿冬衣，拿夏扇，胡闹春秋。纪晓岚回了一句：到北地，说南语，不识东西。讲完这个故事，父亲呵呵地笑，他故意将"识"说成"是"，然后又对我们讲这里一语双关的意思，讲这个对子里的对仗，对得非常简单，又非常有趣。我和弟弟也觉得特别地好玩。父亲去世之后，整理他的极其简单的几件遗物，其中有一本旧书，就是《阅微草堂笔记》。

父亲从来没有对我讲过这类文学的书对于他的影响，他只是说自己从小喜欢读书，以此来教育我和弟弟要好好读书。所以，只要是我买书，他从来都不反对，读小学一年级的时候，他为我买的第一本杂志，是上海出的《小朋友》，那是一种很薄的画册。以后，我识字多了，他为我买《儿童时代》。再以后，他为我买《少年文艺》。这样三种杂志，成为我童年读书的三个台阶，应该说是父亲领着我一步步走上来的。

那时候，我家住的大院斜对门有一家邮局，是座二层小楼，据说，前身是清末在北京成立的第一家邮电所。那里卖这些杂志。跟着父亲到邮局里买这些杂志，成为了我童年和少年时代最快乐的事情。我想，以后我能写一些东西，最初应该是父亲在我的心里埋下的种子。父子两代人，总有一些相似的东西，影子一样叠印在彼此的身上，是遗传的基因，也是潜移默化的结果，是上一辈人未曾实现的梦想不由自主的延续。

偶尔一次，父亲对我说，在部队行军的途中，要求轻装，必须得丢掉一些东西，他还带着这些旧书，舍不得扔掉。说这番话的时候，其实，父亲只是为了教育我要珍惜读书，没小心说秃噜了嘴，无形中透露出他的秘密。当时，我在想，部队行军，这么说，他当过军人，什么军人？共产党的？还是国民党的？那时候，我也就刚读小学四五年级，一下子心里警惕了起来。如果是共产党的军人，那就是八路军，或者是解放军了，应该是那时的骄傲，他应该早就扯旗放炮地告诉我们了，绝对不会耗到现在才说。所以，我猜想，父亲一定是国民党的军人了。

事实证明了我的猜想没有错。

我家那时有一个黄色的小牛皮箱，我知道，里面放着粮票、油票、布票等各种票据，还有就是父亲每月发来的工资，都是我家的"金银细软"。有一天，我打开这个小牛皮箱，翻到了箱子底，发现了一本厚厚的相册，和一张委任状的硬皮纸。委任状上，写着北京市政府任命父亲为北京市财务局科员，下面有市政府大印，还有当时北京市市长聂荣臻手写体签名的蓝色印章。这是北京和平解放之后，对于像我父亲这样的国民党政府留下的人员接收时的证明。应该说，没有任何问题，问题出现在那本相册上。那是一本道林纸的厚厚的印刷品，当我打开相册，看见里面每一页都印着一排排穿着国民党军服的军官的蓝色照片。这样的国民党军服，只有在电影里才见过，是那些杀人不眨眼的刽子手才穿的军服。我一下子愣在了那里，小小的心，被万箭射穿。我几乎忽略掉了这本相册下面还压着四块袁大头银元。

读中学之后，我才渐渐弄清楚了。父亲在天津学织地毯，并没有多长的时间，他是觉得这样一天天织下去，没有什么前途，就投奔了在冯玉祥部队当军需官的一位亲戚（这位亲戚后来官居国民党少将，居住并逝世于上海）。父亲不安分的心，再一次蠢蠢欲动。因为他多少有一些文化，在部队里很快得到了提拔，最后当了一个少校军衔的军需官。抗战结束后的1945年，他从部队转业，集体到南京国民政府受训，然后到地方的财务局，一路辗转，从信阳到张家口到北平。

国民党，还是一个少校军官。这样的一个曾经拥有过的身份，对于我简直像一枚炸弹，炸得我五雷轰顶。

而这样的一个身份，如一块沉重的石头，一直压在父亲的档案里和父亲的心里。

我读初一的时候，已经是 1960 年。新中国伊始的许多政治运动，如三反、五反、反右等，都已经轰轰烈烈地过去了。父亲都平安无事，实在是不容易的事。后来，我才发现父亲写的那些交待材料一摞一摞的，不知有多少。父亲对我也不隐瞒，就放在那里，任我随意看。那里有他的历史，有他的人生。有一段时间，我非常好奇，曾经翻看父亲的这些交待材料，有很多都是重复的车轱辘话，不厌其烦地反复地讲，又要发自肺腑地深刻地讲。食不厌精、脍不厌细一般，不怕交待得琐碎，不怕检查得絮叨。父亲的字写得很小，又挤在一起，像火车站拥挤的人群，生怕挤不上车，眼睁睁地看着火车开跑，自己被无情地甩下。那些密密麻麻的钢笔字，有很多已经颜色变浅，甚至模糊，不知道为什么让我想起父亲带我和弟弟给母亲上坟时，他写的那两张纸的信上密密麻麻的字迹。同样也是不厌其烦地反复讲的车轱辘话，同样也是发自肺腑深刻讲的话，却是那样地不同。

读初三的时候，我十五岁，退了少先队之后，要申请加入共青团，首先一条，就是要和家庭划清界限。于是，步父亲后尘，如同父亲写交待材料一样，我不知写了多少对家庭出身、对父亲历史认识的报告，交给团支部，接受组织一遍遍的审阅、一次次的考验。我才知道，写这些材料，不是一件简单的事情。尽管那时我的作文写得不错，但是，这样的材料远比作文难写，总觉得写得枯燥，笔重千斤，心很累。但是，我并没有理解父亲写这些交待材料时候真正的心情。那时，我只顾自己的心情，觉得好多的委屈，埋怨自己为什么会摊上了这样一个父亲，却难以理解父亲的心情其实是更为复杂、更为疲惫不堪的。

想想，有时候，为了表现出来和家庭划清界限，还要做出一些决绝的举动，对父亲的伤害，就更不知晓了。

记得有一次，我们大院里住的一个在新中国成立以前曾经当过舞女的女人，突然和我们大院的油盐店的少掌柜生下一个私生女。从不多言多语的父亲，在家里和我妈妈悄悄地议论这事，说了句：王婶也不容易，一个女人带着两个孩子，日子怎么过呀！没有想到，他的话，被我听到了，我当时就反驳他：你站在什么立场上说话？还王婶、王婶地叫着？父亲立刻什么话也不说了，像霜打的茄子，蔫蔫地待在一旁。那时候，我不懂得上一辈人的历史，也不懂得生活的艰难，只知道阶级的立场，只知道要时时刻刻睁大眼睛，警惕着和父亲划清界限。

父亲的棱角就是这样渐渐被磨平的。年轻时候的不安分，本来就是摇曳在风中的一株弱小的稗草，更禁不住一阵又一阵风雨的洗礼了。而在这一番番的风雨中，父亲所要经受的，不仅来自时代和社会，也来自家庭，而在家庭中，主要是为了追求自己前途的我。

年轻的时候，谁没有过不安分的心思和性格呢？不安分，其实就是不安现状，渴求一种新的生活。年轻的时候，谁不像一株迷途而不知返的蒲公英一样盲目而莽撞呢？我长大了以后，要去北大荒插队之前，曾经和父亲当年一样，没有和他商量，就那样毅然决然地离开了家，父亲当时什么话也没有说，他知道说什么也没有用，眼瞅着我从小牛皮箱里拿走户口本，跑到派出所注销。我离开家到东北的那天，父亲只是走出了家门，便止住脚步，连大院都没有走出来。他也没有对我说任何送别嘱咐的话，只是默默地看着我离开了家。

现在想想，我就像父亲年轻时离开沧县老家跑到天津学织地毯一样，远方总是比家更充满诱惑，以为人生的理想和前途在未知的远方。尽管成长的历史背景完全不同，父子各自的性格以及一生的轨迹，总会有相同部分，命定一般在重合，就像父子的长相，总会有相像的那某一点或几点。

以后，看北岛的《城门开》，书中最后一篇文章是《父亲》，文前有北岛题诗："你召唤我成为儿子，我追随你成为父亲。"文中写道："直到我成为父亲……回望父亲的人生道路，我辨认出自己的足迹，亦步亦趋，交错重合——这一发现让我震惊。"读完这篇文章，我想起了我的父亲，眼泪禁不住打湿了眼睛。

三

父亲不善交往，也不愿意交往。每天骑着自行车，上班去，下班回，两点一线，连家门都不怎么出。只有退休之后，每天清晨天不亮就出家门，到天安门广场南面的花园练太极拳，才在大院里多了出出进进的次数。那时候，还没有建毛泽东纪念堂，在那个位置一直往南到前门楼子，是一片花园。从我家出来，走十来分钟就到。他到那里练拳，独自一人，面对花草树木和天安门与前门楼子，可以什么话也不用说。不知那时他的心里都想些什么，他从来没有对我讲过，我从来没有问过。他像一个独行侠，其实，他的身上没有一点儿侠的气质，倒像一个瘦弱的教书先生，尽管他练的拳脚很正规，而且，特意买了一双练功鞋，并在鞋帮上缝上两个带子，系在脚脖子上，以免使劲踢腿时把鞋踢飞。现在想想，自从退休后，那里是父亲唯一外出的地方，远避尘世，有花草树木相拥，那里是他的乐园，一直到他去世。

在我的印象中，父亲这一辈子似乎只有一个朋友，便是崔大叔。

崔大叔和父亲是一起在南京受训时候认识的，然后，两人一起到信阳、张家口和北京工作，一直都在一个税务局工作。崔大叔和他的妻子都是河南信阳人，我的生母，就是崔大叔两口子做的媒，和父亲相识结的婚。崔大叔先到北京找到的工作，然后邀请父亲前往北京。母亲带着我和姐姐从张家口来北京投奔父亲，起初没有住处，是先住在崔大叔家的。住了一段时间，父亲才在前门外西打磨厂的粤东会馆找到了房子搬的家。有意思的是，父亲带着我们全家从崔大叔家搬出，崔大叔到我家庆祝父亲乔迁新居的那天晚上，两个人都喝多了，一个小偷溜进我家外屋，偷走父亲新买的一袋白面，扛在肩上，大摇大摆地走出我们大院，一路上还和街坊们打着招呼，以至于街坊们都以为小偷是我家的什么亲戚。这事成为对父亲和崔大叔的笑谈。

只有和崔大叔在一起，父亲才会喝那么多的酒。一种新生活开始的兴奋，让他们两人都有些忘乎所以。

崔大叔是父亲唯一一个可以无话不谈的朋友。在我渐渐长大以后，父亲的话变得越来越少，几乎成了一个扎嘴的葫芦。因为，在那个阶级斗争的弦紧绷的时代里，他知道像他这样历史有"疖儿"的人，要谨防祸从口出。而且，因为和我越来越隔膜，父亲更是很少对旁人说起对我的评点。但是，我知道，他一定对我有他的看法，甚至是意见和不满。只有一次，春节在崔大叔家，父亲和崔大叔喝酒时，说到了我，我听见一句：复兴呀，我看他将来当老师！这让我有些奇怪，因为那时我还很小，刚上小学几年级，父亲怎么就一眼看穿断定我以后一定得当一名老师呢？

每年过年的时候，父亲都要带着我和弟弟去崔大叔家拜年。除此之外，父亲没有带我们到任何一家去拜年，足见崔大叔对于父亲的重要性。记得最清楚的是，每次去崔大叔家的路上，父亲都要教我见到崔大叔和崔大婶以及他家老奶奶的时候问候拜年的话。那时候，我的脸皮薄，特别害怕叫人，在路上一遍遍地重复着父亲教给我说的话，让这一路显得特别长。

其实，从我家到崔大叔家很近，过前门，从东南角到西北角，一条对角线，穿过天安门广场，走几步就到了。崔大叔家就住在那里一个叫作花园大院的胡同里。这个名字很好听，让我一下就记住，怎么也忘不了。崔大叔家的大院门前有一棵大槐树，总能够把老枝枯干慈祥地伸向我们。那院子是北京城并不多见的西式院落，高高的台阶上，环绕着一个半圆形的西式洋房，特别带着有宽宽廊檐的走廊和雕花的石栏杆，以及走廊外面伸出几长溜的排雨筒，都是在别处少见的，更是大杂院里见不到的景观。崔大叔就住在正面最大的房子里，里面是一个非常宽阔的大厅，一边一间小房间，全部铺着木地板。那个大客厅，更是属于西式的，中国人一般住房拥挤，哪儿还会弄出一个这么宽敞的客厅来。以后，崔大叔的孩子多了，客厅的两边便搭上了两张床，让孩子们睡在那里了。那时，他家的老奶奶，也就是崔大叔的母亲还健在，就住在刚进房门的那一间小屋里。老奶奶总要对我说："你爸你娘带着你刚来北京的时候，就住在我这屋子里，那时还没有你弟弟呢。"去一次，说一遍。

崔大叔人长得特别英俊，仪表堂堂，很高的个子，戴一副近视眼镜，知识分子的劲头很足，说话很开朗，特别爱笑，呵呵大笑的时候，仰着头，很潇洒的样子，让我觉得很有几分像当时正走红的乔冠华，特别是冬天，崔大叔穿一件呢子大衣的时候。

很长一段时间里，我对崔大叔并不了解，父亲也从不对我说崔大叔的经历，只是每年要带我和弟弟去给崔大叔拜年。

小时候，我不懂事，只是觉得那一年去崔大叔家，他家好像有了一些变化，到底有什么变化，我又说不清。后来，我仔细想了，是崔大叔没在家，每次去，他都会在家的，他都要烫上一壶酒，陪父亲喝上几杯的。为什么父亲带着我们特意去他家，他偏偏不在家呢？而且，又是春节，难道他不放假吗？

后来，发现父亲不仅仅是春节时带我们去，而是隔一段时间就去一次。奇怪的是，每次去，崔大叔都不在家，这在以前是绝对不可能出现的事情。这让我的疑惑越来越重，也越来越让我好奇。我问过父亲，父亲并不回答我，只是接长不短去崔大叔家，每次去，都和崔大婶在一旁低声说着什么，老奶奶在一旁叹气，不时地咳嗽。

在我的记忆里，大概就是前后这时候，老奶奶去世了。每次再去崔大叔家，因缺少了崔大叔爽朗的笑声，也因缺少了老奶奶温和的话语声和一阵阵的咳嗽声，让我觉得这个家不仅缺少了生气，还笼罩着一些悲凉的气氛。那是我十岁左右的事情了，一切雾一样迷离得那样似是而非，那样的遥远而弥漫着轻轻的叹息。

一直到我读了高中以后，我才对崔大叔有了一些认识和理解，那种突然之间撞在心头的残酷现实，让我认识了崔大叔，也让我认识了父亲。在同一个西城区税务局里，崔大叔混得比父亲要好许多，他曾经当过部门的一个小官，而且是一名经济师。但是，出头的椽子先烂，混得好的容易遭人忌恨。1957年反右时，父亲侥幸逃离，崔大叔却当了右派，被遣送到南口下放劳动，一般不允许回家。他和我父亲都是从旧社会里过来的人，在国民党的税务局干过事，加上他爱说，就这样莫名其妙地成为了右派。

我私下里曾经莫名其妙地涌出过这样奇怪的想法：是不是因为崔大叔人长得气派，也是成为右派的一个理由呢？在我小时候的印象里，在电影和小人书里，那些从国民党那里出来的人，都是猥猥琐琐的，或者像项堃演的国民党一样阴险，起码不应该长得这样堂皇。

我记得那时父亲在拼命地写检查材料。在税务局里，一定是谁都知道他和崔大叔非同一般的关系吧？父亲的谨小慎微，态度又极其恭顺，也就是他的性格帮助了他，好歹没有跟着崔大叔一起倒霉。父亲所能够做的，就是在崔大叔劳动改造的日子里，多去几次崔大叔家，看望崔大婶一家。在我长大以后，回想这一切的时候，就像看一幅老照片，拂去少不更事和时光落满的尘埃之后，才渐渐地清晰起来。崔大叔应该是父亲唯一的朋友。在父亲坎坷的一生中，他唯一能够相信，并且能够给他雪中送炭提供一些帮助的，只有崔大叔一个人。而在崔大叔蒙难的时候，他唯一能够做到的就是多去几次崔大叔家里看望。尽管父亲所做的这些如同一粒小小的石子投入河中，溅不起多大的水花，是那样的微不足道，却是父亲平淡乃至平庸的一生中最富有光彩的举动了。起码，父亲没有投井下石，将这一枚小小的石子砸向崔大叔。起码，在我看来是这样的。

崔大叔大概是由于劳动改造得好吧，没过几年——也许是过了好多年之后，在小孩子的记忆里，时间的概念和大人是不同的，更何况是崔大叔劳动改造那段艰难又不准回家的日子，一定就更显得漫长吧——便被摘下了右派的帽子，又重回到税务局工作。再去他家的时候，又能够看见谈笑风生的崔大叔了，我们两家的聚会便又显得那样愉快了。父亲和崔大叔多喝了两杯酒，都面涌酡颜了。也是，作为一般人家，图的还不就是一家子平平安安和团团圆圆？但是，他们两人再没有一次像那年父亲搬家后在我家喝多过。我想，他们或许年龄已经大了，再不是以前的时候了。

我从没有见过他们在一起交谈过去，不管是他们的伤怀往事，还是他们曾经的飞黄腾达，仿佛过去的一切都并不存在。也许，他们是有意在避讳我们孩子，过去的一切毕竟沉重，他们不愿意让那黑蝙蝠的影子再压在我们孩子的身上。也许，他们都相知相解，一切便尽情融化在那一杯杯酒之中了，所谓"功名万里外，心事一杯中"吧。

"文化大革命"中，我去北大荒，弟弟去了青海油田，崔大叔都是派了他们的大女儿小玉来送我们，一直把我们送上了火车，我们在车窗里掉下了眼泪，小玉在车窗外也跟着哭。小玉的年龄和我一般大，但比我工作得早，她初中毕业就到地安门商场当了一名售货员，那时候，崔大叔正在南口劳动改造。她早早地替家里分忧，担起了生活的担子。我和弟弟离开北京之前的那些日子里，小玉下了班后，一趟趟往我家里跑的情景，总让我忘不了。贫贱而屈辱的日子里，两代人的心便越发地紧密，让心酸中有了一点难得的慰藉。

我们离开北京没多久，她的两个妹妹分别去了内蒙古兵团和山西插队，最小的弟弟最后参军去了外地。和我家一样，她们家也只剩下了崔大叔老两口。我们再见到他们，只有在回家探亲的时候了。走进花园大院，一种从来没有过的凄凉感，不禁油然而生。坐在客厅里，从来没有显出来那样的空空荡荡，说话的回音在木地板上跳荡着，让我忍不住把话音放低。

那年的冬天，我从北大荒回来探亲，崔大婶看见我穿的棉裤笨重得很，棉花擀毡都臃在一起。她为我特意做了一条丝绵的棉裤，说我在北大荒那里天寒地冻的，别冻坏了，闹成了寒腿，可是一辈子的事。那棉裤做得特别好，由于里面絮的是丝绵，又暄腾又轻巧，针脚分外的细密。我接过来，感动得很，一再感谢她，并夸她的手艺好。她叹口气说：你的亲娘要是还活着，她比我做活儿好，活儿还要细呢！她说这番话的时候，我从她的眼睛里能够看到对往昔的一种回忆。

父亲去世的那一年，我还在北大荒插队，弟弟在青海油田，接到母亲打来的电报，我和弟弟星夜兼程往家里赶。我妈见到我时对我说，崔大叔和崔大婶听说父亲去世后，先来家里看望过了。他们担心老母亲一个人怎么应付这突然到来的一切。我到现在还清晰地记得崔大叔当时对我妈说过的话：老嫂子，有什么困难，需要我们做的事情，一定要说啊！每逢想起崔大叔这话的时候，眼泪总会忍不住润了眼角。

弟弟回来后，我们一起去崔大叔家，见到他们两口子，我和弟弟忍不住要落泪，忽然才觉得父亲去世了，他们是我们唯一的亲人了。

以后，我结婚，生了孩子，都曾经特意到崔大叔家去，为的是让他们看看。他们是我的父母一辈子唯一的朋友，现在，我们去看他们，也就等于让父母也看见我们长大了，已经成家立业了吧。他们看见后都很高兴，崔大叔连连地对我们说：好！多好啊，多快呀，你们都大了！崔大婶则一边抹着眼泪一边说：要是你亲娘活着，该多好啊！

似乎是一眨眼的工夫，我们都长大成人了，而他们却都老了。从税务局退休后，崔大叔一直都没有闲着，因为有技艺在身，懂得税务，又懂得财务，许多地方都争着聘他去继续发挥余热。后来，他参加了民主党派，还曾经当过一段时间的区政协或人大的代表。晚年的崔大叔，应该是充实的，也算是苦尽甜来吧，是命运对他的一种补偿吧。有时候，他会想起我的父亲，对我说：你父亲是个好人，他要还活着，该多好啊！我站在他的身边，不知该说些什么。我知道，他是看着我长大的，由于母亲去世得早，父亲也去世了，算一算时间，我和他接触的时间比父母都要长许多。在他经历的动荡而波折的一生中，他比我们这一代饱尝了更多的艰辛，但比我们乐观而达观地看待一切，并始终把他的关爱给予我和弟弟，默默替代着父亲的那一份责任，默默诉说着父亲的那一份心情。虽然，大多的时候，他并不说什么，但我能够感受得到，就像是风，看不到，摸不着，却总能够感受得到风无时无地不在吹拂着我的脸庞。我常常会记得，让我感动，而难以释怀。

我应该感谢父亲，是他让我拥有了这样一位长辈，在父亲不在的时候，替代了父亲的位置。我想，这应该是父亲做人的一种回报吧。

四

我小时候亲眼看到，父亲有三件宝贝。这三件宝贝都挂在我家的墙上。

一件是一块瑞士英格牌的老怀表。父亲从来没有揣在怀里过，却一直挂在墙上当挂钟用。那时候，家里没有钟表，就用它来看时间。我和弟弟小时候，常常会爬到椅子上，踮着脚尖，把老怀表摘下来，放在耳朵边，听它滴滴答答的响声，觉得特别好玩。

一件是一幅陆润庠的字，字写的什么内容，一点儿印象都没有了，只是听父亲讲过，陆润庠是清大学士，当过吏部尚书，是皇上溥仪的老师。

另一件是郎世宁画的狗，这个人是意大利人，跑到中国来，专门待在宫廷里画画。他画的狗是工笔画，装裱成立轴，有些旧损，画面已经起皱了，颜色也已经发暗，但狗身上的绒毛根根毕现，像真的一样，背景有树，枝叶茂密，画得很精细。

我不知道这两幅字画，父亲是怎样得来的，是什么时候得来的，从字画陈旧且保存不好的样子看，再从父亲喜爱又熟悉的样子看，应该年头不短了。

我猜想，父亲并不是为附庸风雅，或真的喜欢字画。他只是喜欢两幅字画的名气。值钱，使得这两幅字画的名气，在父亲的眼睛里，更形象化。父亲就是一个俗人。在一面墙皮暗淡甚至有些脱落的墙上，挂这样的字画，多少显得有些不伦不类。不过，这种不伦不类，让父亲心里暗暗自得。在税务局里所有二十级每月拿70元工资而且始终也没有增长的同一类职员里，父亲是得意的，起码，他拥有陆润庠、郎世宁，还有另一位，就是他的老乡——纪晓岚。

墙上的这两件宝贝，常常是父亲向我和弟弟炫耀他学问的教材。同时，也是父亲借此教育我和弟弟的机会。父亲教育我们的理论就是人生在世要有本事，所谓艺不压身。不管什么本事都行，就是得有本事，像陆润庠不当官了，写一手好字，照样可以活得挺好；像郎世宁画一手好画，在意大利行，跑到中国来也行。父亲常会由此拔出萝卜带出泥，由陆润庠和郎世宁说出好多名人，比如，他会说，同样靠一张嘴，练出本事，陆春龄吹笛子，侯宝林说相声，都成为雄霸一方的能人。本事有大有小，小本事有小本事的场地，大本事有大本事的场地，就怕什么本事都没有，只有人家吃肉你喝汤了。

在我小的时候，父亲不像我长大以后不怎么爱说话，而是话很多，用我妈的话说是一套一套的，也不怕人家烦。

父亲的教育理论中，这种成名成家的思想很严重。我大一点儿的时候，曾经当面反驳过他，他并不以为然，相反问我：不是成名成家，而是说本事大，对国家的贡献就大。你说说，到底是一个科学家对国家贡献大，还是一个农民对国家贡献大？我回答不上来，觉得他讲的这些也有些道理。一个科学家造原子弹成功，当然对国家的贡献，比只种出几百斤几千斤粮食的一个农民要大。但是，在我长大以后，还是把小时候听到父亲的这些言论，当成了反面材料，写进我入团的思想汇报里，在那些思想汇报里，我对父亲进行了批判。

现在回想起来，父亲的这些言论，一方面潜移默化地激励了我的学习，一方面又成为我入团进步的垫脚石。父亲的这些话，一方面成为开放在我学习上的花朵，一方面又成为笼罩在我思想上的乌云。在那个年代里，我的内心其实是有些分裂的。在这样的分裂中，对父亲的亲情被蚕食；把父亲的教育理论，作为批判的靶子，它常常冷冰冰地矗立在面前，可以随时为我所用。

父亲教育我和弟弟的另一个理论，也曾经潜移默化地影响着我，那就是他常说的本事是刻苦练出来的。那时，他常说的口头语，一个是要想人前显贵，就得背后受罪；一个是吃得苦中苦，才能享得福中福；一个是小时候吃窝头尖，长大以后做大官。

如果我的考试得了九十九分，父亲就会问我：你们班上有考一百分的吗？我说有，父亲就会说，那你就得问问自己，为什么人家考了一百分，你怎么就没有考一百分？一定是哪些地方复习得不够，功夫没下到家！你就得再刻苦！

父亲教育我和弟弟的方法，就是不厌其烦。父亲的脾气很好，是个慢性子，砸姜磨蒜，一个道理，一句话，反复讲。有时候，我和弟弟都躺下睡觉了，他站在床边，还在一遍又一遍地讲，一直讲到我和弟弟都睡着了，他还在讲，发现了之后，才不得不停下了嘴巴，替我们关上灯，走出了屋子。

弟弟不怎么爱学习，就爱踢足球，父亲不像说我一样说他，觉得说也没有用，便由着弟弟的性子，让他踢他的球。弟弟磨父亲给他买一双回力牌的球鞋，那是那个年代里最好的球鞋，一双鞋的价钱，比一双普通的力士鞋贵好多。父亲咬咬牙，还是给他买了一双。这对父亲来说，是不容易的，在我和弟弟的眼里，他从来以抠门儿而著称的，很难让他从衣袋里掏出钱来。我读中学的时候，他每月只给我三块钱，买公共汽车月票，就要两元，我便只剩下可怜巴巴的一元钱。过春节的时候，弟弟要买鞭炮，他会说：你买鞭炮，自己拿着香去点鞭炮，还害怕，你放炮，别人在一旁听响，所以，傻小子才买鞭炮放。他有他的花钱的逻辑和说辞，我和弟弟常在背后说他是要饭的打官司，没的吃，总有的说。

从王府井北口八面槽的力生体育用品商店买回一双白色高帮回力牌的球鞋，弟弟像得了宝，穿在脚上，到处显摆。父亲对他说，给你买了这双鞋，是要你好好练习踢足球，不管学什么，既然学，就一定把它学好！对于我和弟弟，在我们渐渐大了以后，父亲采取的教育策略也相应进行了调整和改变，他不再说那些大道理和口头语。说得好听一些，他是因材施教；说的通俗一些，就是什么虫就让他爬什么树。他认定了弟弟不是学习的料，既然喜欢踢球，就让他好好踢球吧，兴许也能踢出一片新天地。

初一的时候，弟弟没有辜负父亲给他买的那双回力牌球鞋，终于参加了先农坛业余体校的少年足球队。弟弟从业余体校回来，很兴奋地对父亲说，教练说了，我们练得好的，初中毕业就可以直接升入北京青年二队。父亲听了很高兴，鼓励他，把足球踢好，也是本事，你看人家张宏根、史万春、年维泗，就得好好练出人家一样的本事！

我家墙上的陆润庠和郎世宁，就这样成为了父亲教育我和弟弟的药引子，可以引出无数的说法，编着花儿地说明他的教育理论。

在父亲的心里，有一个小九九，是一碗水没有端平，而是偏向我的。他觉得弟弟学习不成，而我的学习不错，把我培养上大学，是他最大的希望。

六十年代，我读初中。父亲突然病了。那正是全国闹天灾人祸的时候，连年的灾荒，粮食一下子紧张，我家又有弟弟和我两个正长身体的男孩子，粮食就更不够吃，每个人每月定量，在我家，每顿饭要定量，要不到月底就揭不开锅。因此，每顿都吃不饱肚子。父亲和母亲都尽量省着吃，让我和弟弟吃，仍然解决不了问题。

有一天，父亲不知从哪里买来了好多豆腐渣，开始用豆腐渣包团子吃。团子，是用棒子面包着馅的一种吃食，类似包子。开始的时候，掺一些菜在豆腐渣里，还好咽进肚子里。后来，包的只是豆腐渣，那东西又粗又发酸，吃一顿两顿还行，天天吃，真有些受不了。可是，父亲却天天在吃豆腐渣，中午带的饭也是这玩意儿，最后吃得浑身浮肿，连脚面都肿得像水泡过一样。单位给了一些补助，是一点儿黄豆。但是，这点儿黄豆，已经远远地解决不了父亲身体的严重欠缺。他开始半休。等他的身体稍稍恢复了以后，他的工作被调整了。

但是，父亲一直没有对我们说，他是怕我们为他担心，也是怕自己的脸面不好看。直到有一天，我发现父亲下班回来没骑他的那辆自行车，才发现了问题。原来，父亲把这辆自行车推进委托行卖掉了。

父亲的那辆自行车，就像侯宝林说的相声里那辆除了铃不响哪儿都响的破老爷车，一直是父亲的坐骑。父亲上班的税务局是在西四牌楼，从我家坐公共汽车，去一趟要五分钱的车票，来回一角钱，父亲的这个坐骑，可以每天为父亲省下这一角钱。现在，这个坐骑没有了，他要每天走着上下班了。

大约就在这个时候，姐姐来了一封写得很长的信，家里一下子平地起了风波。姐姐想把我接到呼和浩特她那里上学，这样，家里少了一个人的开销，特别是我读中学之后，又想要买书，花费就更大一些，姐姐想用这样的方法，帮助父亲解决一些困难。

我不知道我自己的命运会有怎样的变化，从心里想，我很想念姐姐，能够到呼和浩特去，就可以天天和姐姐在一起了；只是，离开北京，离开熟悉的学校和同学，我又有些不舍得。而且，到一个陌生的新学校去，又有些担忧，况且，我们的学校是一所百年老校，是北京市的十大重点中学之一，姐姐帮助我选择的学校是他们铁路的子弟中学，教学质量肯定不如我们学校。我拿不定主意，就看父亲最后怎么决定了。

父亲没有同意，他没有像我这样的瞻前顾后，他以果断的态度给姐姐回了一封信，不容置疑地回绝了姐姐的好意。这对于一辈子优柔寡断的父亲而言，是唯一一次毅然决然的决定。或许，这是父亲性格的另一面，在年轻时军旅生涯中有所体现，只是那时还没有我，我不知道罢了。

父亲在给姐姐的信中说，他可以解决眼下的困难，他还是希望把我留在北京，以后在北京考大学，各方面的条件都会更好些。

姐姐没再坚持。其实，姐姐和父亲都是性格极其固执的人，如果不是固执，姐姐不会主意那么大，那么不听人劝，17 岁时就独自一人跑到内蒙古，在风沙弥漫的京包铁路线上奔波了一生。当时，我猜想，姐姐一定明白，在父亲的心里，我的分量很重，亲眼看到我考上大学，是父亲一直的期待。姐姐也一定明白父亲的想法，因为她只读了小学四年级，便开始参加工作了，父亲一直笃信自己的教育水平，不会相信她，更不会放心把我交到她的手里。

在我长大以后，我的想法有了改变，我猜想，除了对姐姐的不信任，和希望亲眼看到我上大学之外，他的心里一定在想，已经把一个女儿送到塞外了，不能再把一个儿子也送到塞外。在父亲的眼里和懂得的历史中，尽管呼和浩特是一座城市，毕竟无法和首都北京相比，不管怎么说，那里都是昭君出塞的地方。

　　我留在了北京。父亲继续步行，从前门到西四上班。日子，似乎又恢复了平静。只是，粮食依然不够吃，每月月底，是最紧张的时候，面对两个正在长身体的男孩子，父亲和母亲常常面面相觑，一筹莫展。

　　没有过多久，我发现墙上的那块英格牌的怀表也没有了。

　　又没过多久，墙上陆润庠的字和郎世宁的狗，也都没有了。

　　我知道，它们都被父亲卖给了委托行。那时，我妈吐血，为给我妈治病，也为治他自己的浮肿，要买一些黑市上的高价食品，父亲不得不卖掉了他仅有的三件宝贝。

　　我知道，父亲是希望用这样的方法，补我妈的身体，更为挽救自己江河日下的身体，希望尽快恢复原来的工作。

　　可是，这三件宝贝没有挽救得了父亲的身体。他的身体下滑得厉害，而且，黄鼠狼单咬病鸭子，又患上了高血压。税务局让他提前退休了。那一年，他57岁，离退休年龄还有三年。

　　退休那一天，我去税务局接父亲，顺便帮助他拿一些东西。我才发现，他被调整的工作，不再是税务局，而是税务局下属的三产企业，一个生产胶木产品的小工厂。在税务局旁边胡同里的一个昏暗的车间里，我找到了父亲，他正系着围裙，戴着一副白线手套挑胶木做的什么电源开关。听见同事叫他的名字，他抬起头来看见了我，站了起来，和同事打过招呼之后，和我一起走出车间。我能感到，车间里几乎所有人的目光都落在我和父亲的身上。我不清楚那些目光的含义，是替父亲惋惜，悲伤，还是有些幸灾乐祸？

　　那一天，我和父亲从西四一直走到前门，一路上，我和父亲什么话也没有说，就这么默默地走在车水马龙的大街上，想象着从新中国成立以后他一直是骑着自行车上班下班来往在这条大街上的。现在，工作没有了，自行车也没有了。我知道，父亲的心里一定很痛苦，他一定没有想到他自己会以这样的一种方式，告别了工作，提前进入了拿国家养老金的人的行列里。他一定不甘心，又一定很无奈。

我一直在想，按照父亲的教育理论，他这一辈子算是有本事的呢？还是没有本事的呢？如果说没有本事，父亲是凭着初小的文化水平，靠着自己的努力，从国民政府到新中国成立以来，一直担当起这一份工作的。如果说有本事，他却最后沦落到做胶木电源开关的地步，和他原来所学所干的工作相去甚远。他是被身体打败的呢？还是由于身体的原因而被单位借此顺坡赶驴一样赶下了山？父亲从来没有和我谈论过这些，而在那个年代，我也没有能力思考这一切。相反觉得让父亲提前退休，是组织对他的格外照顾。

很久以后，也就是父亲去世之后，税务局的工会派来一位老人来家里进行慰问。这个老人在税务局工作的年头很长，曾经和父亲一起共事，对父亲有所了解。他对我说起父亲，说你父亲脾气倔，工作认死理，他去人家单位收税的时候，据理力争，虽然得罪人，但是总能把税给收上来。他的话，给我留下的印象很深，但不知为什么，删繁就简，最后没有了收税，只剩下了得罪人。

父亲退休以后，开始练习气功和太极拳。他做事有定力和恒心。那时候，因为父亲提前退休，每月只能拿百分之六十的工资——42 元钱，家里的生活一下子变得更加拘谨。便把原来的三间住房让出一间，节省一些房租，家里就剩下两间屋子。清晨，是父亲练太极拳的时候；晚上，是父亲练气功的时候；雷打不动，无论什么情况，他都能坚持，特别是晚上，即使我和弟弟在外屋复习功课或说笑打闹有多吵多乱，他都会一个人在里屋练气功，站桩一动不动。

父亲的举动，让我很受触动。不仅是他的耐性和坚持，而是由于他的提前退休，让家里的日子变得艰难。我本想读高中将来考大学的，在初中即将毕业的时候，把这个念头打消了，想考一所中专或师范学校，上学可以免去学费，又能管吃住，帮助家里解决一点儿负担。父亲知道后，坚决不同意，说是砸锅卖铁也要供你上大学。你弟弟不爱读书也就算了，你学习成绩一直不错，绝不能因为我耽误了你！

我姐姐知道之后，每月从她的工资中寄来 30 元，说是补齐父亲退休前的工资，一定要我读高中、考大学。

我如愿考上了理想的高中，父亲多日阴云笼罩的脸上露出了笑容。

读高中的时候，我迷上了文学。我常常在星期天的时候逛旧书店。那时候，北京几家有名的旧书店，琉璃厂、东安市场、隆福寺、西单商场……我都去过。西四的旧书店，也是我常去的地方。父亲曾经工作过的税务局，就在书店旁边。路过它的大门的时候，让我想起父亲，想起父亲退休的那一天我来接他的情景，心里总会涌出一种酸楚的感觉。我都会暗暗地想，一定好好地读书，考上一个好大学，为父亲的脸面争光。

　　我的儿子读高中的时候，我曾经带着他到西四去过一趟，西四牌楼早就没有了，过西四新华书店不远，税务局还在，大门依旧。我指着这扇大门对我的儿子说：你爷爷以前就是在这里工作。

五

　　初三毕业的那年暑假，一天晚上，我已经躺在床上睡下了，父亲走进来，轻轻地把我叫醒。睁开惺忪的睡眼，望着父亲，不知有什么事情，都已经这么晚了。父亲只是很平淡地说了句：外面有人找你。就又走出房间。

　　我大了以后，父亲不再像我小时候那样砸姜磨蒜一样絮絮叨叨地教育我，他知道我不怎么爱听，和我讲话越来越少。初三那一年，我正在积极地争取入团，和他更是注意划清阶级界限。父亲显然感觉得出来，更是明显地和我拉开距离，不想让自己成为我批判的靶子，当然，更不想影响我的进步。因此，他和我讲话的时候，显得十分犹豫，不知该说什么才好。最后，索性少说，或者不说。

　　我穿好衣服，走出家门，看见门口站着一个女同学。起初，没有认出是谁，定睛一看，是我的小学同学小奇。她笑着在和我打着招呼。我们是小学同学，她是上四年级的时候，从南京来到北京，转到我们学校的。我们同年级，不同班。第一次见面的情景，立刻在她向我挥手打招呼的瞬间闪现。我们学校有几台乒乓球案子，课间十分钟，是同学们抢占案子的时候，每人打两个球，谁输谁下台，让另一个同学上来打。那时候，我乒乓球打得不错，常常能占着台子打好多个回合。那一天，上来的同学，劈头盖脸就抽了我一板球，让我猝不及防，我忍不住叫了声：够厉害的呀！抬头一看，是个女同学，就是小奇。

小学毕业，我们考入不同的中学，初中三年，再也没有见过面。突然间，她出现在我家的门前。这让我感到奇怪，也让我感到惊喜。看她明显长高了许多，亭亭玉立的，是少女时最漂亮的样子。

她是来我们大院找她的一个同学，没有找到，忽然想起了我也住在这个院子里，便来找我。但那一夜，我们聊得很愉快。坐在我家旁边的老槐树下，她谈兴甚浓，五十多年过去了，谈的别的什么都记不得了，唯独记得的是，她说暑假跟她妈妈一起回了一趟南京，看到了流星雨。我当时连流星雨这个词都没有听说过，很好奇问她什么是流星雨。她很得意地向我描述流星雨的壮观。那一夜，月亮很好，星光璀璨，我望着夜空，想象着她描述的壮观夜空，有些发呆，对她刮目相看。

谈不上阔别重逢，但是，少年时期的三年，正是人的模样、身材和心理、生理迅速变化的三年，时间过得很快，回想起来却显得很长。意外的重逢，让我们彼此都有一种异样的感觉。我们就是这样接上火，令我们都没有想到的是，我们的友谊，从那一夜蔓延到了整个青春期。高中三年，"文化大革命"两年，一直到我们分别到北大荒插队，整整五年的时间，从十六岁到二十一岁。

从那个夜晚开始，几乎每个星期天的下午，她都会到我家找我，我们坐在我家外屋那张破旧的方桌前聊天，天马行空，海阔天空，好像有说不完的话，窄小的房间，被一波又一波的话语涨满。一直到黄昏时分，她才会起身告别。那时，她考上北京航空学院附中，住校，每星期回家一次，她要在晚饭前返回学校。我送她走出家门，因为我家住在大院最里面，一路要逶迤走过一条长长的甬道，几乎所有人家的窗前都会趴有人头的影子，好奇地望着我们两人，那眼光芒刺般落在我们的身上。我和她都会低着头，把脚步加快，可那甬道却显得像是几何题上加长的延长线。我害怕那样的时刻，又渴望那样的时刻。落在身上的目光，既像芒刺，也像花开。

我送她到前门22路公共汽车站，看着她坐上车远去。每个星期天的下午，由于她的到来，变得格外美好，而让我期待。那个时候，我沉浸在少男少女朦胧的情感梦幻中，忽略了周围的世界，尤其忽略了身边父亲和母亲的存在。

所有这一切，父亲是看在眼睛里的，他当然明白自己的儿子正在发生什么事情，又在经历着什么事情。以他过来人的眼光看，他当然知道应该在这个时候需要提醒我一些什么。因为他知道，小奇的家就住在我们同一条街上，和我们大院相距不远，也是一个很深的大院。但是，那个大院和我们大院完全不同，从外表就可以看得出来，它是拉花水泥墙，红漆木大门，门的上方，有一个大大的五角星浮雕。这便和我所居住的那种广亮式带门簪和门墩的黑色老门老会馆，拉开了不止一个时代的距离。

其实，这一点我是知道的，每天上学下学，都要路过那里。但是，当时的我对这一点却根本忽略不计。对于父亲而言，这一点，是表面，却是直通本质的。因为居住在那个大院里的人，全部都是解放北京城之后进城的解放军的军官或复员军人和他们的家属。那个被称作乡村饭店的大院，是新中国成立之后拆除了那里的破旧房屋后新盖起来的，从新老年限看，和我们的老会馆相距有一两百年的历史。在父亲的眼里，这种距离是不可逾越的。不可逾越，从各自居住不同的大院就已经命定，地理里有无法更易的历史，地理里有难以摆脱的现实。我发现，每一次我送小奇到前门回到家，父亲都好像要对我说什么，却又都欲言又止。从那时我的年龄和阅历来讲，我无法明白父亲曾经沧海的忧虑。我和父亲也隔着一道无法逾越的历史与地理的距离。

有一天，弟弟忽然问我：小奇的爸爸是老红军，真的吗？那时，我还真不知道这个事实。我觉得老红军是在电影《万水千山》里，在小说《七根火柴》里，从没有想过老红军就在自己的身边。弟弟的问题，让我有些意外，我问他从哪儿听说的，他说是父亲和妈妈说话时听到的。当时，我不清楚父亲对母亲讲这个事实的心理。后来，在我长大以后，我清楚了，我和小奇越走越近的时候，父亲的忧虑也越来越重。特别是在北大荒插队的时候，生产队的头头在整我的时候，当着全队人叫道：如果蒋介石反攻大陆，肖复兴是咱们大兴岛第一个打着白旗迎接蒋介石的人，因为他的父亲就是一个国民党！

两个父亲，两个党，一个共产党，一个国民党。

后来，我问过小奇这个问题。她说是，但是，她并没有觉得父亲老红军的身份对自己是多么大的荣耀。她只是说当时父亲在江西老家，十几岁，没有饭吃，饿得不行了，路过的红军给了他一块红苕吃，他就跟着人家参加了红军。她说的是那样轻描淡写。在当时所谓高干子女中，她极其平易，对我一直十分友好，充满温暖的友情，即使是以后"文化大革命"格外讲究出身的时候，她也从来没有有些干部子女的趾高气扬，居高临下。那时候，我喜欢文学，她喜欢物理，我梦想当一名作家，她梦想当一名科学家。她对我的欣赏，给我的鼓励，表露于我的友谊和感情，伴随我度过青春期。

说心里话，我对她一直充满似是而非的感情，那真的是人生中最纯真而美好的感情。每个星期天她的到来，成为我最欢乐的日子；每个星期见不到她的日子，我会给她写信，她也会给我写信。整整高中三年，我们的通信，有厚厚的一摞。我把它们夹在日记本里，涨得日记本快要撑破了肚子。父亲看到了这一切，但是，他从来没有看过其中的一封信。

寒暑假的时候，小奇来我家找我的次数会多些。有时候，我们会聊到很晚，送她走出我们大院的大门了，我们站在大门口外的街头，还接着在聊，恋恋不舍，谁也不肯说再见。那时候，不知道我们怎么会总有说不完的话，长长的流水一般汩汩不断，扯出一个线头，就能引出无数条大路小道，逶迤迷离，曲径通幽，能够到达很远很远未知却充满魅力的地方。

路灯昏暗，夜风习习，街上已经没有一个行人，安静得像是睡着了一样。只有我们两人还在聊。一直到不得不分手，望着她向她家住的乡村饭店的大院里走去的背影消失在夜雾中，我回身迈上台阶要回我们大院的时候，才蓦然心惊，忽然想到，大门这时候要关上了。因为每天晚上都会有人负责关上大门。那样的话，可就麻烦了，门道很长，院子很深，想叫开大门，不是件容易的事情。很有可能，我得在大门外站一宿了。

当我走到大门前，抱着侥幸的心理，想试一试，兴许没有关上。没有想到，刚刚轻轻一推，大门就开了。我庆幸自己的好运气，大门真的还没有关闭。我走进大门，更没有想到的是，父亲就站在大门后面的阴影里。我的心里漾起一阵感动。但是，我没有说话，父亲也没有说话，就转身往院里走。我跟在父亲的背后，走在长长的甬道上，只听见我和父亲咚咚的脚步声。月光把父亲瘦削的身影拉得很长。

很多个夜晚，我和小奇在街头聊到很晚，回来时候，生怕大院的大门被关闭的时候，总能够轻轻地就把大门推开，看见父亲站在门后的阴影里。

那一幕的情景，定格在我的青春时代，成为了一幅永不褪色的画面。在我也当上了父亲之后，我曾经想，并不是每一个父亲都能做到这样的。其实，对于我和小奇的交往，父亲从内心是担忧的，甚至是不赞成的。因为在那讲究阶级讲究出身的年代，一个共产党，一个国民党，他们的水火不容，注定他们的后代命运的结局。年轻的我吃凉不管酸，父亲却已是老眼看尽南北人。

只是，他不说什么，任我任性地往前走。因为他不知道该如何说，他怕说不好，引起我的误解，伤害我的自尊心，更引起我对他的批判。更重要的是，他知道说了也不起什么作用。不同生活经历与成长背景的两代人，代沟是无法填平弥合的。那些个深夜为我等门守候在院门后面的父亲，当时，我不会明白他这样复杂曲折的心理。只有我现在到了比父亲当时年龄还要大的时候，才会在蓦然回首中看清一些父亲对孩子疼爱交加又小心翼翼的心理波动的涟漪。

六

"文化大革命"爆发的那一年，我高三毕业，正准备迎接高考。几乎是在一夜之间，上大学的梦想破灭了。这对于我和父亲，无疑是最大的打击。只是突然降临的大风暴，席卷我们而去，让我们无暇顾及个人梦想在风雨中的落花流水，是那样的无足轻重，又那样的无可奈何。父亲国民党少校军需官的历史，一下子格外彰显，像刻在父亲的脸上，也刻在我的脸上的一块罪恶的红字一样，让我和父亲都抬不起头来。

所谓的红八月中，到处都在抄家，到处都在批斗。在从学校往家走的一路上，很多大院的门口贴着墨汁淋淋的大字报，说是"庙小神通大，池浅王八多"，叫喊着把什么坏人揪出来示众。好像每个院子里都有坏人，不止一个，各式各样，五花八门。我们大院里最先被揪出来的人，是以前当过地主的后院主人，紧接着是当过舞女的王婶。我的心小把儿紧攥着，生怕哪一天，在大院外的墙上贴出揪出父亲的大字报。每天从学校回家，先要紧张地看看院门口的墙，没有父亲的大字报，才稍稍安心。那一面墙，成为我的晴雨表。

猜想，那时候，父亲的心里一定比我还要紧张。

为了表现积极，父亲主动上交了小牛皮箱里那四块银元。除此之外，他没有什么可以上交的了。那本南京受训时印有他身穿国军制服的相册，早被他毁掉了。

红八月终于过去了，父亲没有被揪出来批斗。我的心里一块石头落了地，便和班上当红卫兵的同学一起，冒充红卫兵去大串联了。当我从广州、衡阳、株洲，然后韶山和南京一路归来的时候，发现父亲和母亲正在院子里忙乎接待红卫兵的事情。那时候，很多外地的红卫兵串联到北京，住在我们大院各家里。

"文革"初期，父亲做了两件事，让我格外地吃惊。

一件是居然教会了我妈背诵毛泽东"老三篇"中的《为人民服务》。要知道，我妈是大字不识呀，能够全文一字不差地背诵下来《为人民服务》，与其说是我妈的奇迹，不如说是父亲的奇迹。在那个疯狂的年代里，什么样的事情，都有可能意想不到地发生。

一件是在我家的柜子和窗台之间，用火筷子在两根很粗的竹子上扎了眼儿，然后连上几块木板，成为了书架，前后可以放下两层我的一些书本。那时，我珍贵的藏书，有泰戈尔文集中的两本，还有就是从1919年到六十年代所有的儿童文学选集。这些书一直放在地上一个鞋盒子里，现在，终于堂而皇之地有了摆放它们的书架了。弟弟告诉我，这是他和父亲一起做的，竹子是南方来的红卫兵到北京串联走的时候留下来的，被父亲废物利用。

一直到现在，我都觉得这是父亲做得最古怪的一件事情，完全和他谨小慎微的性格不符。

这是我家的第一个书架。我有些惊讶，在那个年代里，父亲居然还有心做书架，惦记着我读书的事，而且敢于把这些书放在书架上。这是他在"文化大革命"中的得意之作。他从来相信艺不压身，到什么时候读书都是要的，更何况，这些书确实也不是什么封资修，见不得人。也许，这是父亲为我做这个简陋书架的心理依据。

这样平静的日子很快就到头了。秋天刚到的时候，我们大院里突然揪斗出一位工程师，说人家是反动权威。都是院子里新搬来的一个街道革委会的积极分子干的。所谓街道积极分子，在那时是一种特别的称谓，更是一种特别的身份。她们大多是家庭妇女，并不是街道居委会（"文化大革命"一来叫街道革委会）的正式工作人员，但因为家庭出身好，又积极为街道居委会跑前跑后干些宣传或收费或节日里站岗巡逻的事，被聘为街道积极分子。这些积极分子中，有不少是热心公益事业的人，但也有不少借此狐假虎威或为方便谋取私利的人。这个积极分子，就是人们忌恨的狐假虎威者。她找来一帮红卫兵，当天下午在我们大院里开批斗会。她来到我家，找到父亲，要求父亲下午参加大会，并且准备发言批判。我看见父亲在认真地写批判稿，写了好长的时间，密密麻麻的，足足写了有两页纸。其实，父亲和工程师平常没有什么来往，甚至连说话都很少，他对工程师的了解有限，真不知道那批判稿都写了些什么东西。

下午批判会在我们大院的后院开，那里房前有宽宽的廊檐和几节台阶，正好当成了舞台。批判会开始的时候，父亲第一个走上台发言，他身穿一身整齐的制服，激动地抖动着手中那两页纸，像是受惊的鸟不住纷飞的羽毛。然后，听见他的声音，那声音特别让我吃惊，突然地高八度，一下子非常尖利。我从来没有听见父亲这样说话过，平常他说话都是细声细语，怎么会突然变成了这样声嘶力竭呢？我知道，他是想表现自己，以划清界限的姿态，想拼命地站在革命阵营这方面来。可是，他的声音太刺耳了。我有些替他脸红，没有听完他的批判发言，就悄悄地溜出了大院。

父亲这样异常的表现，并没有能够保住自己。他是被那个街道积极分子给耍了。第二天清早，我出门要去学校，看见大门口外面那面墙上贴出了大字报，只有一张纸，但我一眼就看见了父亲的名字，然后看见了国民党和少校军需官的字样，是那样的醒目，飞奔而来的箭镞一样，直射入我的眼睛里。父亲步工程师的后尘，这一天下午，还是在我们大院，要开父亲的批斗会。

我害怕这个街道积极分子像找父亲一样，来家里找我写批判父亲的发言稿，然后让我登台发言批判父亲。一整天，我都没有敢回家。我记得特别清楚，上午我去学校，虽然在复课闹革命，但上课没有什么内容，下午就没事了。下午，我坐上5路公共汽车，从前门坐到广安门终点站，再从终点站坐回到前门，来回不停地坐，一直坐到天完全黑了下来，才像丧家犬一样悻悻地溜回大院，回到家里。父亲看到我回来，没有说话，他在找他在税务局工厂发的劳动手套。我猜想，明天，他将和我们大院的工程师、地主和舞女一起，去街道接受劳动改造了。整整一个晚上，谁都没有说话，一盏十五瓦的昏黄的灯下，全家静悄悄的，气氛凝滞了一样，非常压抑。

我不知道，对于这一连两天批斗会上的遭遇，父亲是怎么看待的，我从来没有和父亲交流过。我只知道我自己，那时的心情非常复杂和慌乱。我第一次看到了人心的险恶，对那个街道积极分子嗤之以鼻。我也第一次看到了父亲的另一面，居然为了保护自己可以这样声嘶力竭。同时，我也是第一次面对自己，害怕父亲被批斗，其实是害怕自己的身份进一步下跌。这样的胆怯，无力面对眼前发生的一切，只有选择了逃避。

也就是从那时候开始，我成为了"文化大革命"的逍遥派，彻底逃离了所谓的革命的漩涡，就像鲁迅批评柔石的小说《二月》中的主人公肖涧秋时说的那样，衣襟上溅了一点水花，就落荒而逃。我开始躲在一边，后来又跑到呼和浩特的姐姐家，偏于一隅，埋头在读书之中，尽可能找能找到的书读。而父亲则开始在街道修防空洞，每天干搬砖砌洞年轻人干的力气活儿。想想，那一年，父亲 61 岁。

第二年的年底，弟弟忍受不了这样压抑的气氛，先报名去了青海油田。又过一年的夏天，我也离开北京，去了北大荒。弟弟和我走的时候，父亲都没有送，也没有分别的一点嘱咐，只是走出了屋门，看着我们走去，连挥挥手都没有，显得是那样的麻木。

很久很久以后，我和弟弟谈起这些往事的时候，才觉得真正麻木的是我们。为了自己，我们那样坚决地选择了离开家，而且想离得越远越好，所谓是眼不见心不烦，企图寻找世外桃源，想躲个清静，而把已经年老多病的父亲和母亲毫无顾忌地丢在一旁，丝毫都没有想过，应该和他们一起患难与共，帮助他们度过他们的余生残年。年轻时的我们，被所谓"革命"的风鼓胀得身心膨胀。其实，更是自私和胆怯，如蛇一样悄悄地爬出心头，在一点点地蚕食着人性中对父母的亲情。

在那场疾风骤雨的"革命"中，父亲就是一条落水狗，可以被人任意欺凌。他的国民党和少校军需官，就是他的原罪。庆幸的是，父亲从来都不多言多语，而是逆来顺受，任劳任怨地修防空洞，工余的时候，还负责为这些戴罪劳动者读报。所以，他没有被遣送回老家，总算保住了他的老窝。但是，最后他付出的代价是，要换出他的房子。在我离开北京的第二年，那个街道积极分子对父亲说，你们的孩子都走了，用不了住那么大的房子，应该把房子交给工人出身的人住。父亲老老实实地交出了房子，住进了对门院子里两小间矮小的东房里。而那个批斗了父亲和工程师的街道积极分子，更是无理占据了工程师家一间宽敞的正房，给自己的女儿做了婚房。她的女儿嫁给了一个海军军官，似乎更为她虎上添翼，让她越发威风起来。

离开北京三年后的夏天，我从北大荒第一次回北京探亲。走进陌生的大院，来到父亲信中说的家门前，心里一阵心酸。我第一眼看到的是家门玻璃窗前的窗帘，是母亲用碎布一点一点地拼接起来的。打开门，被风吹动的那块像小孩褯子布一样的破窗帘，让我脸红。在我不在家的日子里，父母的日子过成了这样的狼狈不堪，而且被人欺负，不费吹灰之力，便被赶出自己的家门。

那时候，父亲还在修防空洞。母亲去把父亲叫回家。父亲看见我一脸被霜打的样子，很清楚我想的是什么，对我说：没被扫地出门赶回老家就是万幸。窝还在，你们回来探亲，还有个家。他轻描淡写地说，却说得我心里不是滋味。说着，父亲让母亲赶紧拿出瓜子和花生给我吃。母亲从床下拿出一个笸箩，里面盛满了葵花籽和带皮的花生。那时候，只有过春节每户才能买到半斤花生和瓜子。父母春节买的花生、瓜子不舍得吃，一直留到现在。都已经过去半年了，瓜子和花生放得有些哈喇味儿，但是，我还是装作挺好吃的样子咽进肚子里。

第二天，父亲又去修防空洞了。现在，父亲参与修的这个防空洞还在，成为了可以供人们参观的人防工程，长长而宽敞的防空洞，成为前门地区的一道景观。父亲却早已经不在了。那个防空洞的洞口就在街道办事处旁边，每逢路过它的时候，我都会想起父亲。人生的遭际，在历史的跌宕中有阴差阳错的选择；人心的险恶，在时代的动荡中有不由自主的表现，像排泄粪便一样忍无可忍，不能自已。前者，其实更多是出于个人生计的选择；后者，则更多是人性潘多拉盒子的乍开。我相信，每个人的心里都不会鲜花一片，只是，有的人不让或者少让心里藏着的魔鬼出来，而有的人愿意让魔鬼趁机出来兴风作浪，浑水摸鱼。一般而言，后者会活得放得开，什么时候都容易如鱼得水，甚至活色生香；前者会活得谨小慎微，甚至压抑，夹着尾巴做人，却总能让人踩住尾巴。父亲显然属于前者。

七

一年多以后，也就是 1972 年的冬天，我再次从北大荒回北京探亲。可能是一年多前回家时那个破窗帘对我的刺激太深，这一次回家，我想应该为父母做一点儿什么。

那时候，我的思想还处于阶级斗争理论的笼罩下，尽管已经松动，但脑子里还有阶级斗争这个弦，就像风筝还被线拽着。因此，我的这个念头，其实也是在矛盾中时起时伏。有时候，我会想，毕竟父亲当过国民党的少校军需官，国民党，是共产党的敌人，即使父亲被改造好，已经不会站在敌对的阵营里，但也不属于无产阶级阵营里的呀。有时候，我又会想，父亲真的就是在电影和小说里看到过的那种凶神恶煞的国民党吗？怎么看都不像。从我记事开始，父亲都是唯唯诺诺的，见谁都客客气气，走路都怕踩死蚂蚁，街坊们对他一直很友好。即使"文化大革命"开始，即使沦落到修防空洞了，除了那些街道积极分子直呼过他的名字，街坊们见到他，也还是客气地叫他肖先生。不过，我想，国民党是很狡猾的，会伪装的，也许，这只是父亲的一种伪装出的假象。

这是当时我真实的心理活动。按下葫芦起了瓢，自己跟自己较劲、打架。

我回到家之后，弟弟先给我寄了点钱，那时，他在青海油田当工人，有高原补助，工资高。弟弟来信说，让我用这钱给父亲买点儿好酒喝。我和弟弟都知道，父亲一辈子爱喝点儿小酒。父亲的酒量不大，可能年轻的时候酒量大些，这时候，一天只在晚上喝一次，八钱的小酒杯，他能喝一杯，却只喝半杯浅尝辄止。一瓶二锅头，可以喝半个月。但是，父亲喝酒，有自己的规矩，就是不管天冷天热，都得把酒烫上。他的理论是，冷酒伤身。记得我和弟弟小的时候，父亲每次喝酒的时候，把酒烫在开水碗里，烫好了，先不喝，而是把酒往桌子上先倒一点儿，然后划着一根火柴，在酒上一点，酒立刻燃烧起一团淡蓝色的火焰，蛇一样蠕动着，特别地好看。然后，他会用筷子蘸一点儿酒，让我和弟弟一人尝一口，常常惹得我妈说他，小孩子家的，喝什么酒。我和弟弟被酒辣得大叫，父亲端着酒杯呵呵地笑。那是一家子最开心的画面了。

弟弟在我之前回北京探过一次亲。那时，他买来了好多瓶名酒，给父亲喝，看到父亲难得地高兴，难得喝得面涌酡颜，便让我照方抓药，告诉我到哪里能买到这些名酒。拿着弟弟寄来的钱，我到弟弟指定的商店，买回来好几瓶名酒，有五粮液、古井贡、竹叶青，还有一瓶三花酒。这后一种酒，是我自作主张买来的，当时看到三花酒出产地是桂林。早就在贺敬之的诗中知道桂林山水甲天下，一直很向往，虽然没有去过，买一瓶酒回来尝尝，也像是去过了那里一样。

回到家，我找到几个酒杯，把每一种酒倒上一点儿，分别用开水烫好，让父亲每种酒都尝尝。看到父亲坐在桌旁，望着这一杯杯的酒在灯下泛着光，他的眼睛里也放着光，像小孩子一样兴奋，然后，依次端起酒杯，眯缝上眼睛，每杯抿上一小口，美滋滋地品味着。那一刻，真有点儿六根剪净，万念俱灭，所有的日子，都融化在这一杯杯酒中了。

他抿完三花酒，特别对我说：这种酒我从来没有喝过。我问他味道怎么样？他说不错，比五粮液柔和，有股甜味儿。我就又给他倒上一杯三花酒，也给自己倒上一杯，然后和他碰碰杯，一饮而尽。他说我，酒哪有这么喝的，得慢慢地品品。我看着他慢慢地品着，忘却了曾经发达或耻辱或悲凉的一切。

那情景，让我感到，父亲就是一个俗人，简直就像一个农民，一点都不像小说和电影里看到过的国民党坏蛋。

　　或许，在那一刻，无法泯灭的亲情，还是无可救药地占了上风，一种千古至今绵延存在无法剔除的人性中柔软的东西，让再冰冷的石头也能溶化了吧？

　　那时候，电影院里正在上演朝鲜电影《卖花姑娘》。相对于一演再演的《地道战》之类的老电影，这是一部新电影，演员演得好，里面的歌唱得也好听，特别叫座。我到大栅栏的大观楼电影院，买了三张电影票，请父母一起看这部电影。我妈没有显出多么地高兴，父亲却很兴奋。他已经好多年没有看过电影了。这部《卖花姑娘》，他在报纸上看过介绍，知道是一部很好看的电影，心里很期待。

　　我第一次看电影，还很小，没有上学的时候。是父亲带着我去看的，在长安街上的首都电影院，是他们税务局包场发的电影票，看的电影是《虎穴追踪》。而我第一次带父亲看电影，是父亲老的时候了。这一年，父亲六十七岁了。

　　坐在电影院里，看着父亲的侧影，忽然想起往事，心里有些愧疚。记得好几年前，大概是1961年年初的寒假，也是在这个大观楼电影院，那时它被改造成北京唯一一座立体宽银幕电影院。那时，演的电影是《魔术师的奇遇》。因为不仅是宽银幕，还是立体电影，进电影院后，要先发一副特殊的眼镜，戴上它，看电影的效果才是立体的，如果是水流就真的像是向你流过来一样，浪花能够溅湿你的衣服似的。所以，特别吸引人。排队买电影票的人非常多，我和弟弟一起去买票，长长的队伍像长蛇一样，都排到门框胡同了。可是，我和弟弟没有为父母买票。

　　年轻的时候，真的有很多幼稚和自私，表面上是为了革命，其实，心里想着的是自己，甚至可以是和自己没有任何关系八竿子都打不着的人，比如那时叫喊着要解放世界三分之二受苦受难的人民，却很少想到关心一下身边的父母。尤其是对于当过国民党少校军官的父亲，更是理所当然地冷落在一旁。这样做，没有觉得有什么不妥，相反觉得是阶级立场应有的表现。

　　年轻的时候，真的还有非常可笑的时候。《卖花姑娘》，现在来看，这是一部很会煽情的电影，卖花姑娘悲惨的身世和故事，让很多人感动，当时的电影院里嘤嘤哭声一片，有人甚至说，看《卖花姑娘》之前，得带一个手绢。那天，我看电影时擦完眼泪之后，瞥了一眼坐在身边的父亲，忽然发现他也在掉眼泪，在用手不停地擦着眼角。我心里在想，他是一个国民党呀，怎么国民党也会为贫苦的百姓掉眼泪呢？当时的我，就是这样可笑。那一年，我已经二十五岁。难道还是一个小孩子吗？却比小孩子还要可笑。

　　隔了几天，我就要回北大荒了。我想在我离开北京之前，带父母看一次京剧。因为我知道，父亲很爱看戏，小时候，他常常带我到鲜鱼口的大众剧场看评戏。我看的第一个评戏《豆汁记》，就是父亲带我看的。只是那时，除了样板戏，没有什么戏可演。我便在离家不远的肉市胡同里的广和剧场买了三张《红灯记》的京剧票。看戏的那天晚上，天下起了大雪。鹅毛般的大雪，没有阻挡住父亲看戏的热情，他和我妈相互搀扶着，跟着我来到了剧场。我带他们出来的时间早些，是想带他们先去离广和楼一步之遥的全聚德吃顿烤鸭。我和弟弟每次回京探亲的时候，都去过全聚德吃烤鸭，开牙祭解馋，却没有一次带父母去吃过，顶多带回一点儿吃剩下的烤鸭片。因为心里的愧疚，很多以前自己的不是，便都像沉在水底的鱼一样，一条条地浮出了水面，每条鱼都张着嘴，在咬噬着我的心。

马上就要离开北京了，心里的这种希望弥补的愧疚，越发沉重。真的，那是我有生以来第一次对父母涌出愧疚之情。特别是看到父母一天天见老，这种滋味更不好受，更折磨自己的心。父亲生我的时候，年龄很大，已经是四十二岁了。而我妈比他大两岁，比我的生母大十二岁，那一年已经六十九岁了。他们真的老了。而两个儿子，都在那么远的地方，一个在北大荒，一个在柴达木。遥远得让我觉得像是一声长长的叹息。

我所能够做的，就只有这一场《红灯记》，和这一顿烤鸭了。

那一天的大雪下的时间很长，一直到戏散了，雪还在下。纷纷扬扬的雪花中，父母搀扶着，一身雪花，蹒跚在西打磨厂街上的情景，成为了一幅画，总会在我的眼前晃动。那画面，让我感到的更多的是心酸。因为我这一辈子，只为父亲做过这样一件稍稍可以让他感到有些安慰的事情。在以前我生活的二十五年时光里，我没有为他做过一件事情，相反，却做过很多和他毅然决然划清阶级界限的无情事情。父亲好像从来不是作为我的生身父亲，存在于我的生活中，而是作为敌对的阶级，作为了一个我需要铁面无私审判的政治符号，存在于我写过的那些申请入团的思想汇报中。

落地无声的大雪，掩盖了街道上的坑坑洼洼，和落叶、垃圾、泥污等所有的肮脏。那一刻，眼前的一切，平坦、洁白得像一个童话里的世界。

那时候，我读过并背诵过苏轼的诗句：人生到处知何似，应似飞鸿踏雪泥；泥上偶然留指爪，鸿飞那复计东西。但是，那时，并没有读懂。现在想来，我和父亲，谁是飞鸿，谁又是雪泥呢？在我的人生二十五岁以来很长的一段时间内，我是把父亲视为雪泥的，他被当时的时代和社会无情地踏在泥中，也是被我无情地踏在泥中的。而我把自己却是看作飞鸿，要去远方展翅飞翔，不计东西的。那时候，语录里说的是，"广阔天地，大有作为"。那时候，歌里唱的是，"雄鹰展翅飞，哪怕风雨骤"。

八

第二年，也就是 1973 年的夏天，我再一次从北大荒回北京探亲。那时候，我已经有了女朋友，正在恋爱。她是天津知青，和我前后脚从北大荒回来探亲，我们两人商量好了，等我回到北京之后，她从天津来我家一次，我们一起去呼和浩特看我姐姐，然后再去天津到她家看看，最后一起乘火车回北大荒。这样的行程安排，是想让双方家长都看看，就像定亲一样，事情就这样定下来了。那时候的爱情，简单却不带任何杂质，纯净得像没有污染过的蓝天白云。

女朋友从天津动身的时候，我和很多一起到北大荒插队又正好一起回北京探亲的知青，到北京火车站接她。人很多，阵势很是浩大。女朋友下了火车，吓了一跳，没有想到居然这么兴师动众。我心里很清楚，这些伙伴是为我好，生怕女朋友第一次来我家，看到浅屋子破房那么寒酸，一下子失落，无所适从，甚至最后无可收拾。

这一列队伍浩浩荡荡，簇拥着我的女朋友走进我家大院，来到我家门前的时候，我注意到，尽管我的女朋友心里早有思想准备，但眼前所出现的破败和凋零，还是让她大吃一惊。不过，她是个懂事而且善解人意的女孩子，并没有把内心的惊讶表现出来，露出的依然是平常常见的笑容。那一年，她二十三岁，正是一个女人最好的年华。

那么多的人簇拥着一个年轻的姑娘，我家那两间小房根本无法挤得下。大家都站在院子里说说笑笑，引来了街坊四邻好奇的目光。我家来的这些人中，主角是谁，很快就被他们捕捉到，聚光灯一样的目光都集中在了我的女朋友身上。我看她倒是没有被这聚光灯照得有什么异样，在和我妈和大家亲热地轻松自如地聊着天。

让我多少有些奇怪的是，家里只有我妈在家。我问我妈我爸哪儿去了？她告诉我，给你买东西去了，这就回来！正说着，父亲拎着一网兜水果，已经走进院子，看到这一帮人，和大家打着招呼，大家立刻都闪到一边，像忽然抖开的一幅扇面，亮出中间一个空场，把我的女朋友亮了出来。

这是父亲和她第一次见面，也是唯一一次见面。我已经忘记了这样唯一的见面，具体是什么情景了。在一片嘈乱中，我只记得父亲没有进屋，就在院里的自来水龙头前接了一盆水，把网兜里的水果倒进盆中洗了起来，然后让大家吃水果。不知道为什么，那天见面的这个情景，让我记忆犹新，至今回忆起来，还像是发生在昨天一样。我记得是那样的清楚，父亲买的水果不多，几个桃，几个梨，还有两串葡萄。而且，我清晰地记得，一串是玫瑰香紫葡萄，一串是马奶子白葡萄。

我无法解释清楚，为什么这些水果，特别是那一串紫葡萄和一串白葡萄，这么多年过去，还会如此水灵灵地出现在我记忆中？

现在想来，可能因为这是父亲留给我最后的一点印象了。尽管当初我无法预测未来，根本不会想到这已经是父亲留给我的最后印象。但是，生命的轨迹，总会神不知鬼不觉显现在父子的亲情之中，在命运的冥冥之中。那是一种生命的感应，即使你当时迟钝得没有察觉，但那已经像一粒种子，悄悄地落入你的生命中，落入你的记忆中，在以后的日子里生根发芽，忽然有一天让你触目惊心而叹为观止。

非常奇怪，在梦中我常梦见我妈，却很少梦见过父亲。前年夏天，我在美国儿子家小住，一天夜里，居然梦见了父亲，这几乎是父亲去世之后唯一的一次和父亲的梦中相见。父亲的样子很清楚，与我童年、少年和二十多岁见到他时一个样子。穿着一身粗衣粗裤，紧紧地握着我的手，在跟我说着什么。但是，说的什么话，我一句也听不清。梦做到这儿，我醒了。屋外雷雨大作，而楼上的一岁半的小孙子正在哇哇啼哭。

很多天，这个梦一直缠绕在我的脑子里，我百思不得其解。我不明白，这个梦昭示着我什么。父亲究竟在和我说什么呢？是埋怨我当年对他无情的批判呢？还是述说当年辛酸中难得的温馨？还是嘱咐我他的处世箴言？……

同时，为什么那一夜突然雷鸣电闪？而且，恰恰那个时候，小孙子也醒了，在不停啼哭？或者，是生命又一个循环吧，我的儿子都没有见过他的爷爷，小孙子就更无法见到他的祖爷爷了。但是，血脉的延续，生命的轮回，基因的遗传，是命定的。无论是我，我的儿子，还是小孙子，我们都生活在他的影子里，生活在他的足迹中。所有的不幸也好，幸运也好；所有的错误也好，正确也好；所有的醒悟也好，愧疚也好，我们都一起经历过。它们在那雷鸣电闪中给我们以醒目的警示。

只是，那一夜的梦，以及对梦的认知，我再无法对父亲诉说。

我知道，其实，父亲一直在我心里，不仅是一个念想，一个回忆，更是一枚刺，刺痛我的心，永远无法从心头拔出。

就是那个夏天我带我的女朋友回家，深深地刺激了他。对于父亲来说，带给他的是美好，也是痛苦。他当然希望儿子有女朋友，但是，他知道，儿子有了女朋友，会在北大荒结婚成家，就再也回不来了。当时，对于未来，他是悲观的。"文化大革命"不知道何时才能到头，而他的身体已经每况愈下。

其实，那时候，知青返城之风，已经起于青萍之末，先行者，开始通过走后门参军，或办理困退病退，回到了北京。只是，这一切对于父亲而言，显得那样遥不可及。他没有这个能力了，因为他自顾不暇。偏偏这时候，我姐姐给父亲写来一封信，说别人家的孩子都已经从农村办回城里，你们老两口身边无一个子女，是符合知青返城的政策的，你应该去街道办事处问问。

姐姐的信，是压垮父亲的最后一根稻草。拿着姐姐的这封信，他不知道找谁去诉说，去求教，只能憋在心里，负担越来越重。我离开北京一个多月之后，正是秋收的日子，我正在地里收豆子，一封电报传到我的手里。父亲脑溢血去世。清早，他照例去天安门前的那个小花园练太极拳，突然一个跟头倒下，就再也没有起来。

我和弟弟，还有姐姐星夜兼程赶回北京。父亲躺在同仁医院的太平间里，眼睛还没有合上。他是死不瞑目呀。姐姐用手轻轻地合上了他的眼睛。

父亲的一生，就这样结束了。我不知道该如何评价他的一生。我只知道，在他的一生中，起码有二十多年是屈辱的，在这些屈辱中，有许多是时代和历史使然，却也有一些是我添加给他的。我无法对他请求原谅。我只是无法原谅自己。

父亲没有什么遗物。只是在他的床铺褥子底下，压着几张报纸和一本儿童画报，还有一个棕色牛皮纸的小笔记本。那时，我已经开始发表文章，这几张报纸上有我发表在当地的散文，那本画报上有我写的一首儿童诗，配了十几幅图。这或许是他生命最后日子里唯一的安慰。

在看我家那个装宝贝的小牛皮箱子时，我发现了姐姐写给父亲的那封信，放在箱子的最上面。在箱子的最底部，有厚厚的一沓子信。我翻开一看，竟然是我去北大荒之前没有带走的小奇写给我的信，是整整高中三年写给我的所有的信。

望着这一切，我无言以对，眼前泪水如雾，一片模糊。

不到半年之后，我从北大荒办回北京，在一所中学里当高中语文老师。命运，真的让父亲一语成谶，我到底还是当了老师。

第一天上班，找到那所偏僻的学校的时候，我在心里对父亲说，你为什么就不能再坚持一下呢？你为什么就不能等我回来呢？

又过了两年，"四人帮"被粉碎了。一切，并不像想象的那样好，但也不像想象的那样坏。在时代的变迁中，在生命的轮回中，曾经被风雨压弯的再弱小的草芥，也可以重新伸展起腰身，然后回黄转绿。

有一天，下班回到家，一位漂亮的年轻女警察，突然也前后脚地来到我家。我很奇怪，为什么警察光临？对于一个曾经长期担惊受怕的家庭而言，警察的出现，让这个家的气氛一下子凝固。我看见我妈有些惊讶，以为出了什么事情。我让女警察坐在我家唯一的椅子上，她很和蔼地问我："文化大革命"中，您家是不是上交过四块银元？我点点头，那是父亲干了好多年少校军需官留下的唯一财产。她接着说：现在清理"文化大革命"中上交的这些东西。要落实政策归还原物，没有原物的，要照价赔偿。您家呢，这四块银元，要给您四块钱。说着，她从包里掏出四块钱，并让我在签收单上签字。

这四块钱，连同父亲去世后税务局给予的抚恤金和补发的半年工资五百元，我一直存在家附近崇真观的银行里，那里离家很近，父亲一抬脚就到，他在世的时候，如果有钱，也是存在那个银行里的。一直到多年以后，崇真观被拆，银行被取消，才把这钱取出转存别的银行。我不敢花这个钱，这是父亲为我留下的唯一的财产。虽然不多，却带有他生命的温热。

粉碎"四人帮"后一年多，即1978年的春节，我和我的女朋友结婚。我们没有举办婚礼，只是请了几个朋友，姐姐派来她的女儿，晚上的时候，我们一起在家中和我妈吃了顿饭。白天，我到街上买了一点儿菜和两瓶酒，其中一瓶是三花酒。那曾经是父亲爱喝的一种酒，他说这酒很柔和，有股子甜味儿。

有这瓶酒摆在桌上，父亲好像也在了。

2015 年 6 月 9 日写毕于北京

2016 年春节改毕于布卢明顿

辑

二

母亲父亲（二）

粤东会馆老槐树 Liu Xinyu 2021年冬日

花 边 饺

　　小时候，包饺子是我家的一桩大事。那时候，家里生活拮据，吃饺子当然只能等到年节。平常的日子，破天荒包上一顿饺子，自然就成了全家的节日。这时候，妈妈威风凛凛，最为得意，一手和面，一手调馅，馅调得又香又绵，面和得软硬适度，最后盆手两净，不沾一星面粉。然后妈妈指挥爸爸、弟弟和我，看火的看火，擀皮的擀皮，送皮的送皮，颇似沙场点兵。

　　一般，妈妈总要包两种馅的饺子，一种肉一种素。这时候，圆圆的盖帘上分两头码上不同馅的饺子，像是两军对弈，隔着楚河汉界。我和弟弟常捣乱，把饺子弄混，但妈妈不生气，用手指捅捅我和弟弟的脑瓜儿说："来，妈教你们包花边饺！"我和弟弟好奇地看妈妈将包了的饺子沿儿用手轻轻一捏，捏出一圈穗状的花边，煞是好看，像小姑娘头上戴了一圈花环。我们却不知道妈妈耍了一个小小的花招儿，她把肉馅的饺子都捏上花边，让我和弟弟连吃带玩地吞进肚里，自己和爸爸却吃那些素馅的饺子。

那段艰苦的岁月，妈妈的花边饺，给了我们难忘的记忆。但是，这些记忆，都是长到自己做了父亲的时候，才开始清晰起来，仿佛它一直沉睡着，必须让我们用经历的代价才可以把它唤醒。

自从我能写几本书以后，家里的经济状况好转，饺子不再是什么圣餐。想起那些个辛酸和我不懂事的日子，想起妈妈自父亲去世后独自一人艰难度日的情景，我想起码不能再让妈妈吃的再受委屈了。我曾拉妈妈到外面的餐馆开开洋荤，她连连摇头："妈老了，腿脚不利索，懒得下楼啦！"我曾在菜市场买来新鲜的鱼肉或时令蔬菜，回到家里自己做，妈妈并不那么爱吃，只是尝几口便放下筷子。我便笑妈妈："您呀，真是享不了福！"

后来，我明白了，尽管世上食品名目繁多，人的胃口花样翻新，妈妈雷打不动只爱吃饺子。那是她老人家几十年一贯历久常新的最佳食谱。我知道唯一的方法是常包饺子。每逢我买回肉馅，妈妈看出要包饺子了，立刻麻利地系上围裙，先去和面，再去调馅，绝对不让别人插手。那精神气儿，又回到我们小时候。

那一年大年初二，全家又包饺子。我要给妈妈一个意外的惊喜，因为这一天是她老人家的生日。我包了一个带糖馅的饺子，放进盖帘上一圈圈饺子之中，然后对妈妈说："今儿您要吃到这个带糖馅的饺子，您一准儿大吉大利！"

妈妈连连摇头，笑着说："这么一大堆饺子，我哪儿那么巧能有福气吃到？"说着，她亲自把饺子下进锅里。饺子如一尾尾小银鱼在翻滚的水花中上下翻腾，充满生趣。望着妈妈昏花的老眼，我看得出来她是想吃到那个糖饺子呢！

热腾腾的饺子盛上盘，端上桌，我往妈妈的碟中先拨上三个饺子。第二个饺子妈妈就咬着了糖馅，惊喜地叫了起来："哟！我真的吃到了！"我说："要不怎么说您有福气呢？"妈妈的眼睛笑得眯成了一条缝。

其实，妈妈的眼睛实在是太昏花了。她不知道我耍了一个小小的花招，用糖馅包了一个有记号的花边饺。

那曾是她老人家教我包过的花边饺。

荔　枝

　　我第一次吃荔枝，是 28 岁的时候。那时，我刚从北大荒回到北京，家中只有孤零零的老母。站在荔枝摊前，脚挪不动步。那时，北京很少见到这种南国水果，时令一过，不消几日，再想买就买不到了。想想活到 28 岁，居然没有尝过荔枝的滋味，再想想母亲快 70 岁的人了，也从来没有吃过荔枝呢！虽然一斤要好几元，挺贵的，咬咬牙，还是掏出钱买上一斤。那时，我刚在郊区谋上中学老师的职，衣袋里正有当月 42 元 5 角的工资，硬邦邦的，鼓起几分胆气。我想让母亲尝尝鲜，她一定会高兴的。

　　回到家，还没容我从书包里掏出荔枝，母亲先端出一盘沙果。这是一种比海棠大不了多少的小果子，居然每个都长着疤，有的还烂了皮，只是让母亲一一剜去了疤，洗得干干净净。每个沙果都显得晶光透亮，沾着晶莹的水珠，果皮上红的纹络显得格外清晰。不知老人家洗了几遍才洗成这般模样。我知道这一定是母亲买的处理水果，每斤顶多 5 分或者 1 角。居家过日子，老人就这样一辈子过来了。不知怎么搞的，我一时竟不敢掏出荔枝，生怕母亲骂我大手大脚，毕竟这是那一年里我买的最昂贵的东西了。

我拿了一个沙果塞进嘴里，连声说真好吃，又明知故问多少钱一斤，然后不住口说真便宜——其实，母亲知道那是我在安慰她而已，但这样的把戏每次依然让她高兴。趁着她高兴的劲儿，我掏出荔枝："妈！今儿我给您也买了好东西。"母亲一见荔枝，脸立刻沉了下来："你财主了怎么着？这么贵的东西，你……"我打断母亲的话："这么贵的东西，不兴咱们尝尝鲜！"母亲扑哧一声笑了，筋脉突兀的手不停地抚摸着荔枝，然后用小拇指甲盖划破荔枝皮，小心翼翼地剥开皮又不让皮掉下，手心托着荔枝，像是托着一只刚刚啄破蛋壳的小鸡，那样爱怜地望着舍不得吞下，嘴里不住地对我说："你说它是怎么长的？怎么红皮里就长着这么白的肉？"毕竟是第一次吃，毕竟是好吃！母亲竟像孩子一样高兴。

那一晚，正巧有位老师带着几个学生突然到我家做客，望着桌上这两盘水果有些奇怪。也是，一盘沙果伤痕累累，一盘荔枝玲珑剔透，对比过于鲜明。说实话，自尊心与虚荣心齐头并进，我觉得自己仿佛是那盘丑小鸭般的沙果，真恨不得变戏法一样把它一下子变走。母亲端上茶来，笑吟吟地顺手把沙果端走，那般不经意，然后回过头对客人说："快尝尝荔枝吧！"说得那般自然、妥帖。

母亲很喜欢吃荔枝，但是她舍不得吃，每次都把大个的荔枝给我吃。以后每年的夏天，不管荔枝多贵，我总要买上一两斤，让母亲尝尝鲜。荔枝成了我家一年一度的保留节目，一直延续到三年前母亲去世。

母亲去世前是夏天，正赶上荔枝刚上市。我买了好多新鲜的荔枝，皮薄核小，鲜红的皮一剥掉，白中泛青的肉蒙着一层细细的水珠，仿佛跑了多远的路，累得张着一张张汗津津的小脸。是啊，它们整整跑了一年的长路，才又和我们阔别重逢。我感到慰藉的是，母亲临终前一天还吃到了水灵灵的荔枝，我一直认为是天命，是母亲善良忠厚一生的报偿。如果荔枝晚几天上市，我迟几天才买，那该是何等的遗憾，会让我产生多少无法弥补的痛楚。

其实，我错了。自从家里添了小孙子，母亲便把原来给儿子的爱分给孙子一部分。我忽略了身旁小馋猫的存在，他再不用熬到 28 岁才能尝到荔枝，他还不懂得什么叫珍贵，什么叫舍不得，只知道想吃便张开嘴巴。母亲去世很久，我才知道母亲临终前一直舍不得吃一颗荔枝，都给了她心爱的太馋嘴的小孙子吃了。

而今，荔枝依旧年年红。

苦　瓜

　　原来我家有个小院，院里可以种些花草和蔬菜。这些活儿，都是母亲特别喜欢做的。把那些花草蔬菜侍弄得姹紫嫣红，像是给自己的儿女收拾得眉清目秀，招人眼目，母亲的心里很舒坦。

　　那时，母亲每年都特别喜欢种苦瓜。其实这么说并不准确，是我特别喜欢苦瓜。刚开始，是我从别人家里要回苦瓜籽，给母亲种，并对她说："这玩意儿特别好玩，皮是绿的，里面的瓤和籽是红的！"我之所以喜欢苦瓜，最初的原因是它里面的瓤和籽格外吸引我。苦瓜结在架上，母亲一直不摘，就让它们那么老着，一直挂到秋风起时，越老，它们里面的瓤和籽越红，红得像玛瑙、像热血、像燃烧了一天的落日。当我掰开苦瓜，兴奋地注视着这两片像船一样盛满了鲜红欲滴的瓤和籽的瓜时，母亲总要眯缝起昏花的老眼看着，露出和我一样喜出望外的神情，仿佛那是她的杰作，是她才能给予我的欧·亨利式的意外结尾，让我看到苦瓜最终具有了这一朝阳般的血红和辉煌。

以后，我发现苦瓜做菜其实很好吃。无论是做汤还是炒肉，都有一种清苦味。那苦味，格外别致，既不会传染给肉或别的菜，又有一种苦中蕴含的清香，和苦味淡去的清新。

像喜欢院子里母亲种的苦瓜一样，我喜欢上了苦瓜这一道菜。每年夏天，母亲经常会从小院里摘下沾着露水珠的鲜嫩的苦瓜，给我炒一盘苦瓜青椒肉丝。它成了我家夏日饭桌上一道经久不衰的家常菜。

自从这之后，再见不到苦瓜瓢和籽鲜红欲滴的时候，是因为再等不到那个时候了。

这样的菜，一直吃到我离开了小院，搬进了楼房。住进楼房，依然爱吃这样的菜，只是再吃不到母亲亲手种、亲手摘的苦瓜了，只能吃母亲亲手炒的苦瓜了。

一直吃到母亲六年前去世。

如今，我依然爱吃这样的菜，只是母亲再也不能为我亲手到厨房去将青嫩的苦瓜切成丝，再掂起炒锅亲手将它炒熟，端上自家的餐桌了。

因为常吃苦瓜，便常想起母亲。其实，母亲并不爱吃苦瓜。除了头几次，在我一再地怂恿下，勉强动了几筷子，皱起眉头，便不再问津。母亲实在忍受不了那股异样的苦味。她说过，苦瓜还是留着看红瓢红籽好。可是，每年夏天当苦瓜爬满架时，她依然为我清炒一盘我特别喜欢吃的苦瓜肉丝。

最近，看了一则介绍苦瓜的短文，上面有这样一段文字："苦瓜味苦，但它从不把苦味传给其他食物。用苦瓜炒肉、焖肉、炖肉，其肉丝毫不沾苦味，故而人们美其名曰'君子菜'。"

不知怎么搞的，看完这段话，我想起了母亲。

酸 菜

又到了冬天，又到了吃酸菜的时候。

如今吃酸菜，只有到副食店里去买，每袋一元八角，是那种经过高速发酵的科技产品。方便倒是方便了，而且颜色白白的，清清爽爽，只是觉得味道怎么也赶不上母亲渍过的酸菜。也曾经到私人那里买过人工渍过的酸菜，质量更是没有保证。还曾经到过专门经营东北风味菜肴的饭店买过酸菜炒粉或酸菜氽白肉，过细的加工，倒吃不出酸菜的原汁原味了。

渍酸菜，的确是一门学问。每年到了冬天，大白菜上市以后，母亲都要买好多大白菜储存起来。一般，母亲都是把颗大、包心的好菜，用废报纸包好，再用破棉被盖好，剩下那些没心或散心、帮子多又大的次菜，用来渍酸菜。酸菜的出身比较贫贱，和母亲那些居家过日子的普通妇女一样。

我家有个酱红色的小缸，是母亲专门用来渍酸菜的。那缸的历史几乎和我的年龄不相上下，因为打我记事时起，母亲就用它来渍酸菜。每年母亲渍酸菜，是把它当成大事来办的，因为几乎一冬全家的酸菜熬肉或酸菜粉丝汤或酸菜馅饺子，都指着它了。母亲先要把缸里里外外擦得干干净净，然后烧一锅滚开的水，把一棵白菜一刀切开四瓣，扔进锅里一渍，捞将出来，等凉后码放在缸里，一层一层撒上盐，再浇上一圈花椒水。这些先后顺序是不能变的，而且绝对不让人插手帮忙。最后，在缸口包上一层纸，不能包塑料布或别的什么，说那样不透气，酸菜和人一样，也得喘匀了气才行，渍出来才好吃。

那时候，只关心吃，不操心别的，不知道母亲到底渍酸菜要渍多少时候，便没有把母亲这门学问学到手。只记得不到时候，母亲是不允许别人动她这个宝贝缸的。当她的酸菜渍好了，亲手为全家做一盆酸菜熬肉或酸菜粉丝汤，看着我和弟弟狼吞虎咽，吃得香喷喷，满脸的皱纹便绽开一朵金丝菊。对于母亲来说，渍酸菜是变废为宝，是把菜帮子变成了上得席面的一道好吃的菜，是用有限的钱过无限的日子，并把这日子尽量过得有滋有味。那时候，是母亲的节日。

母亲渍的酸菜伴我度过整个童年、青年，甚至大半个壮年时期。自从母亲那年的夏天突然去世，我再吃酸菜只有到副食店里去买了。

母亲渍的酸菜确实好吃，不像现在买的酸菜，不是不酸，就是太酸；不是硬得嚼不动，就是绵得没嚼头。其实，酸菜不是什么上等的名菜，母亲渍酸菜的技术是年轻时在老家闹饥荒时学来的，她好多次说那时候渍的酸菜是什么呀，净是捡来的烂菜帮……像现在的孩子不爱听父母讲过去的陈芝麻烂谷子一样，那时我也不爱听。母亲去世之后，我自己也曾经学着渍过酸菜，但那味道总不地道。我知道，艰苦时学到的学问是刻进骨髓的，平常的日子只能学到皮毛。

如今，我只有到副食店里去买酸菜。如今，只有母亲渍过大半辈子的酸菜缸还在。

豆 腐 渣

我家住的那条老街上，有一家豆腐坊，离我家很近，几步道，路北。豆腐坊开在一个大杂院的最外面，临街，有高台阶，一个大磨盘和一根粗木杠，还有一色白豆包布，总是被风吹得鼓胀着，船帆一样张扬，老远就能看见。最早的时候，用驴拉磨，后来不用了，他们自己拉磨。豆腐坊一早就开张，卖豆腐和豆浆，豆腐渣不卖，不知道处理到哪儿了。有人说卖到乡下喂猪去了，不知确否。

六十年代困难时期，豆腐坊开始破例卖豆腐渣，门前居然排起了长队。饥肠辘辘的人们，忽然发现豆腐渣可以充饥。我父亲也从那里买回一些豆腐渣。豆腐渣，白花花的，远看和豆腐差别不大，只是是松散的，像一团蓬松的白沙子。近看，很粗，并不是那么白，有些发黄，像那时人们缺乏营养的脸色。

我不知道，父亲会把豆腐渣派上什么用场，豆腐渣也能够做饭或者做菜吃吗？是的，我没吃过豆腐渣，但父亲母亲他们年轻时候都吃过，特别是在饥荒逃难的时代。

母亲用豆腐渣掺上点儿菜叶，下锅放点儿油和葱花，炒着吃。说实在的，一点儿都不好吃，粗粗拉拉的，还有一股呛鼻子的酸味。

看我和弟弟不爱吃，父亲改了章程，用豆腐渣掺上点儿菜叶，撒上盐，倒上点儿酱油，点上几滴油，用手把它们团成一个圆球，用和好的棒子面，包成菜团子，上锅蒸熟，掀开锅盖，满屋子是豆腐渣的味儿。那味儿，不那么好闻，依然是呛鼻子的酸味，散也散不去。

菜团子，以前母亲包过，我吃过，那时，即使没有肉，一般也是用大白菜或卞萝卜做馅，谈不上好吃，起码可以下咽。用豆腐渣包的菜团子，真的难以下咽。里面包裹那么多的豆腐渣，粗粗拉拉的，那一点儿盐、酱油和菜叶，杯水车薪，根本掩盖不住豆腐渣的味道。

父亲给我和弟弟每人倒上了一点儿醋，说蘸上醋就好吃了。

我和弟弟蘸上了醋，并没有觉得好吃，豆腐渣的味道依然浓重地堵在嗓子眼儿。但是，看着父亲和母亲大口大口吃着菜团子，我们也只好把一个那么大的菜团子吞进肚子里，度过那饥肠辘辘的年月。

豆腐渣馅的菜团子，伴随我度过了大约一两年的时光。幸亏不长。那时候，我正读初中。

后来，路过豆腐坊，看不到人们排队买豆腐渣了。我很好奇，想看看他们磨豆子时候豆腐渣是怎么出来的，但我没有看到，磨盘里淌下来的是豆浆。

十多年前，重返故地，豆腐坊虽然不在了，但旧址还在，在破败门前的高台阶上，还遇到老街坊，站在那里聊会儿天。说起豆腐坊，说的更多的不是从他家那里买的豆腐和豆浆，而是不约而同都说起了豆腐渣。那个年月，大家都吃过豆腐渣。

去年夏天，我再次回老街看看，那里已经拆平，变成开阔的马路了。豆腐渣，彻底只存在于遥远的记忆里了。

豆 包 儿

如今的豆包儿，很少有人在家里自己做了，一般都会到外面买。外面卖的豆包儿，馅大多用的是红豆沙，这种红豆沙，是机械化批量生产的产物，稀烂如泥，豆子是一点儿也看不到的，自然，红小豆的豆粒那种沙沙的独有嚼劲，也就大减，甚至索性全无。要想尝到那种嚼劲和味道，只有自己动手将红小豆下锅熬煮，不用说，这样传统的法子，费时费力又费火，谁还愿意做这种豆包儿？

在北京，唯有柳泉居、丰泽园几家老字号的豆包儿，一直坚持用这样的传统方法熬制豆馅，制作豆包儿。就因为费时费力又费火的缘故，如今柳泉居小小的豆包儿，一个卖到两元钱，价钱涨了不少。而且，皮厚馅少，塞进嘴里，那种豆粒的沙沙感觉，让位给了皮的面香。这绝对不是老北京豆包儿的做法，老北京的豆包儿，讲究的是皮薄馅大。这和包饺子的道理一样，主角必须得是馅，一口咬下，满口豆香，才能够吃出豆包儿独有的味道。

小时候，我吃的豆包儿，都是母亲做的。那时候，包豆包儿不会经常，一般要在改善一下生活的时候。春节前，必定是要包上满满一锅的。上锅之前，母亲还要在每一个豆包儿上面，点上一个小红点儿；出锅的时候，豆包儿变得白白胖胖，小红点儿像用指甲草或胭脂花抹上的小红嘴唇，格外喜兴。豆包儿，便显得和节日氛围一样的喜气洋洋了。

因此，每一次母亲包豆包儿，都会像过节一样，在我家是件大事。包豆包儿的重头戏，在于熬馅。我家有一口炒菜的大铁锅和一个蒸馒头的铝锅，熬豆馅必得用铁锅，至于有什么道理，母亲是讲不出来的，只是说用铁锅熬出的豆馅好吃。说完之后，母亲觉得说得好像没有说服力，会进一步解释：你看炖肉是不是也得用铁锅？没有用铝锅的吧？这样解释之后，她觉得道理已经充足了。

熬豆馅的重头戏，在于熬的火候。红小豆和凉水一起下锅，一次要把水加足。不能在熬到半截时看着水不够，一次次频繁加水逗着玩！母亲这样说的时候，同时把枣下进锅里。枣早就用开水泡好，一切两半，去核去皮。我老家在河北沧县，出金丝小枣，但母亲从来不会用这种金丝小枣，用的是那种肉厚实的大红枣。用小枣煮出的豆馅，没有枣的香味。那种金丝小枣，母亲会用它来蒸枣馒头。

水开之后，大火要改小火，还要用勺子不停地搅动，免得豆子扒锅。豆子不能熬得过烂，烂成一滩泥，豆子的香味就没有了。也不能熬得太稀，太稀包不成囫囵个儿不说，豆子的香味也就没有了。母亲包的豆包儿，馅一般会比较干，不会有那种黏稠的豆液出现，开花之后的红小豆的豆粒的存在感非常明显，咬起来，沙沙的，豆子虽然被煮烂了，但是小小的颗粒还在，没有完全变成另一种形态，很实在的豆子的感觉和豆子的香味，会长久在嘴里回荡，不像现在卖的豆包那样稀软如同脚踩在泥塘里的感觉。按照那时母亲的话说，那是把豆子给熬得没魂儿了！按照我长大以后开玩笑对母亲说的话是，就像唱戏，那样的豆馅是属于大众甜面酱的嗓子，您熬的这豆馅属于云遮月的嗓子。

豆馅熬得差不多了，放糖，是放红糖，不能放白糖。吃豆包和吃年糕不一样，吃年糕要放白糖，吃豆包必须放红糖。这个规矩，是从上辈那里传下来的，是不能变的。只是，在闹灾荒的那几年，买什么糖都得要票，不是坐月子的或闹病的，红糖更是难淘换。没有办法，只好改用糖精，豆馅的味道差得太多，母亲嫌丢了自己的脸，那几年，豆包儿很少包了。

我长大以后，特别是大学毕业之后，自以为见多识广，建议母亲再包豆包儿熬馅的时候，加上一点儿糖桂花，味道会更好的。母亲不大相信，在她的眼里，糖桂花那玩意儿是南方货，包元宵和汤圆在馅里加一点儿可以，她包了一辈子豆包儿，从来没有加过这玩意儿。别遮了味儿！她摇摇头说，坚持她的老法子。我说服不了她，由她去。别遮了味儿，母亲话的意思是，豆包儿的馅，要体现豆子的本味。

如今，母亲去世多年，买来的豆包儿都会加有糖桂花，母亲包的没有糖桂花的豆包儿，却再也吃不到了。

腊　八　蒜

过年，无论穷富贵贱，哪一家都得吃顿饺子。吃饺子，旁边必得备一碟腊八蒜。这几乎是所有中国人过年的讲究。年夜饭里，饺子是必不可少的绝对主角，腊八蒜便是饺子的最佳搭档。

腊八蒜，为什么必得腊八这一天泡？我的猜度，是因为按照我们中国的传统，一进腊八就算是过年了。过去老北京有这样的民谣："老太太，别心烦，过了腊八就是年。"也就是说，腊八是过年的门槛，这个节点决定了这一天的重要性。所以，腊八这一天，重要的节目，除了熬腊八粥，就是要泡腊八蒜。腊八粥是腊八这天吃的，腊八蒜则是为了大年三十就饺子吃的。一为过年的祭奠，一为过年的准备，年在这样铺垫之中才显得庄重而令人期待。

想一想，谁家年三十的饺子可以离得开腊八蒜呢？一尾尾小银鱼似的饺子出了锅，端在盘子里，旁边再放上一碗汪汪的腊八醋，一碟湛青旺绿的腊八蒜，光从色彩的对比上，就让人看着高兴。

为什么只有腊八那天泡的蒜，到了年三十的夜里才会这样地绿，我一直不明就里。但是，确实是这样的因果关系。以我的经验来看，如果不是腊八那天泡的蒜，怎么泡都不会那么绿了。有好几个冬天，过了腊八才想起泡腊八蒜，心想不过才过了几天，但是，就是泡不绿了，年三十吃饺子时候拿出来，总是灰绿灰绿的，雾霾的天一样，像蒙上层灰。

母亲在世的时候，是不会忘记腊八那天泡腊八蒜的。母亲总要到腊八晚上才会泡蒜。这是她老人家的规矩，说是这时候泡的蒜才会绿，白天就差多了。至于原因，她也说不清，我猜想这只是她的一厢情愿，泡腊八蒜难道还得像入朝退朝一般讲究时辰？或者像赶火车一样，错过了点儿，火车就开跑了不成？母亲只是笑，依旧抱紧了她泡腊八蒜的时辰不松手。

母亲泡腊八蒜，还要讲究买的蒜，必须是那种紫皮的，而且是不能长芽的，那种蒜泡出来，不会那么脆。这原因，母亲说得出来，长了芽的蒜，就像是发育过的大人，当然没有小孩子那么嫩。

也不能买那种独头蒜。那种蒜，泡出来辣。

还有一条，买的醋，必须得是天津出的独流醋。

最后一条，把剥好的蒜放进醋里，要再加一点儿白糖。

母亲做的腊八蒜，规矩还真不少，就像戏里的一个角儿出场前，师傅要三令五申，嘱咐再三，哪怕这个角儿只是个挎刀的配角。不过，母亲泡的腊八蒜，确实好吃，又香又脆，还有一<u>丝丝</u>

的甜味儿。

母亲过世后，我也曾经按照她老人家的这套规矩和程序泡腊八蒜，只是，泡出的腊八蒜，怎么也不是母亲泡的那种滋味了。后来想，大概是我把母亲每年泡腊八蒜的那个坛子给扔掉了的缘故。那个坛子是酱色的，粗陶做的，个头儿挺大，占地方，搬家的时候，就把它丢掉了。

腊八蒜，不是什么大菜，只是诸多配菜中的一种而已。但是，泥人还有个土性呢，小小的腊八蒜，也有自己的脾气秉性。都说是石不可言，花能解语，看似没有生命的东西，和人的心情与感情，有时候是相通的。腊八蒜也是一样，不仅认蒜，认醋，认器物，认时辰，也认人。

那年春节过后，从北京到美国看孩子，到一家中国餐馆吃饭，吃的饺子，餐馆还挺讲究，特意上来一碟腊八蒜。那蒜灰头灰脸的，见不着一点儿绿模样。我问老板：您这腊八蒜怎么长成这模样？从山东来的老板对我说：就是怪了，每年泡出的腊八蒜，怎么泡也泡不绿！

腊八蒜，还认地方呢。

菜粥从来味最长

　　读陆游诗，看到他晚年很爱喝粥，说是"豆粥从来味最长"。不禁想起母亲，母亲在世的时候，晚年也爱喝粥。不过，陆游说的豆粥，在她老人家那里，不是经常熬的，因为豆比较贵，便常熬一般的米粥。她喜欢在粥里放一些菜叶，再放一点儿酱油和盐，出锅的时候，撒一点葱花，点一滴香油，一顿晚饭便齐了，连菜都省下了。

　　这种熬粥喝粥的习惯，自我的童年起。在我家，是从来不会熬白米粥的。那时候，母亲常会熬一锅这样的菜粥，春天放菠菜，夏天放芹菜，秋天放萝卜，冬天放白菜，反正是有什么菜就放什么菜。母亲的那口大铁锅，像是太上老君的炼丹炉，放什么菜，都能熬一锅香喷喷的粥出来。

　　每年腊八那一天晚上，母亲不再熬菜粥，会熬一锅腊八粥，粥里奢侈地放进各种豆、大枣、栗子、花生和红糖，起锅的时候，再撒上一些青红丝。那青红丝，我一直不知道是用什么做的，细如发丝，特别好看，不仅起点缀作用，还甜丝丝的，特别好吃。

菜粥里，我最爱吃菠菜粥，春天的火牙儿菠菜非常嫩，菜头上火牙儿那一点红红的尖，在粥里显得那么鲜艳。芹菜粥，我不爱喝，有股中草药味儿，芹菜老了，嚼不烂。最不爱喝的是白菜粥，尽管母亲熬粥的时候，放的是白菜叶，不放白菜帮，但总觉得有一股子土腥味。

闹自然灾害那几年，家里的粮食不够吃，肚子里总是饿得咕咕叫，才知道即使是放了菜帮的粥，也是好吃的。开始的时候，不知道，母亲熬的白菜帮子粥，是特意给我和弟弟喝的。她给我和弟弟盛满两大碗之后，往粥里再放一些野菜，自己和父亲一起喝。后来，我发现之后，责怪母亲，母亲忆苦思甜，对我说：年轻的时候逃荒，向人家讨饭吃，能喝到这样一碗野菜粥，就念佛了！然后，她又说，野菜粥的味道不错，还有营养呢，只是你们喝不惯！

那时候，白米定量，母亲熬的更多的是棒子面的菜粥。如果粮店有卖棒子渣的，会熬棒子渣粥，这种粥有嚼劲，比棒子面粥好喝，只是放进了菜，味道就会大减。母亲为了让我和弟弟爱喝，想出新法子，将棒子面加水和成面团，然后切成小四方块，母亲称之为"嘎嘎儿"，放进滚沸的锅里，加上菜，熬成一锅我从来没有喝过的粥，母亲叫它"嘎嘎儿"汤。显然，比棒子面粥和棒子渣粥要好吃，主要是样子和味道都新鲜得多了。

母亲晚年得了幻听式的神经病，大夫开的药，她嫌苦，不爱吃。每天劝她吃药，成了最难的事情。有时候，被我逼得没办法，她只好接过药片，我以为她吃了，其实，我一转身，她就把药片扔到床底下了。这样类似小孩子的把戏被我发现，我生气地责备她，她总会说：我一辈子都没吃过什么药，身子骨不是挺好的吗？最后，我想出这样的一招：把药片碾碎，放进她最爱喝的菜粥，或放了好多白糖的白粥里，看着她咕咚咚地喝进肚里，才放下心来。对于母亲来说，粥的作用不仅是喂饱肚子，是养生，还能养病，这算是母亲这一辈子喝过最不一样的粥了。

如今，母亲不在了，没有人再熬她曾经熬过的那些菜粥、腊八粥和"嘎嘎儿"汤了。偶尔，我会熬一些菜粥，是学习广州人煲粥的方法，先将白米在清水里泡一夜，再放进锅里上火慢熬，熬的时候，点几滴色拉油，然后放些新鲜的青菜，粥熬得极其烂糊，几乎见不到米粒，非常香。有时候，会放进肉丝和皮蛋块，学广州人做的皮蛋瘦肉粥，或放进新鲜的虾和海蟹，熬一锅海鲜粥。有一次，放进从武汉带回的红菜薹，味道新鲜，别具一格。只是，这些花样繁多进化好多的粥，母亲一样也没有喝过。

腊八的时候，我也会熬一锅腊八粥，八宝果料，应有尽有，要比以前丰富得多。可惜，再也买不到青红丝了。缺少了青红丝的腊八粥，不再是母亲的腊八粥了。

母亲的月饼

中国的节日，一般都是和吃联系在一起的。这和中国传统的节气相关，每一个节日，都和节气呼应着，便每一个节日都有一个和节气相关联的吃食做主角。又快到中秋节了，主角当然是月饼。

记得小时候每到中秋节，特别羡慕店里卖的自来红、自来白、翻毛、提浆，那时就只有这种传统月饼老几样，哪里像如今又是水果馅又是海鲜馅，居然还有什么人参馅，花脸一样百变时尚起来。可那时中秋的月饼在北京城里绝对的地道，做工地道，包装也地道，装在油篓或纸匣子里，顶上面再包一张红纸，简朴，却透着喜兴，旧时有竹枝词写道："红白翻毛制造精，中秋送礼遍都城。"

只是那时家里穷，买不起月饼，年年中秋节，都是母亲自己做月饼。说老实话，她老人家的月饼，不仅远远赶不上致美斋或稻香村的味道，就连我家门口小店里的月饼的味道也赶不上。但母亲做月饼总是能够给全家带来快乐，节日的气氛，就是从母亲开始着手做月饼弥漫开来的。

母亲先剥好了瓜子、花生和核桃仁，掺上糖桂花，再加上用擀面棍擀碎的冰糖渣儿，撒上青丝红丝，最后浇上香油，拌上点儿湿面粉，切成一小方块一方块的，便是月饼馅了。然后，母亲用香油和面，用擀面棍擀成圆圆的小薄饼，包上馅，再在中间点上小红点儿，就开始上锅煎了。怕饼厚煎不熟，母亲总是把饼用擀面棍擀得很薄，我总觉得这样薄，不是和一般的馅饼一样了吗？而店里卖的月饼，都是厚厚的，就像京戏里武生或老生脚底下踩着的厚厚的高底靴，那才叫角儿，那才叫作月饼嘛。

每次和母亲争，母亲都会说："那是店里的月饼，这是咱家的月饼。"这样简单的解释，怎么能够说服我呢？便总觉得没有外面店里卖的月饼好，嘴里吃着母亲做的月饼，心里还是惦记着外面店里卖的月饼，总觉得外面的月亮比自己家里的圆，这山望着那山高。其实，那时候哪里知道，母亲亲手做的月饼，是外面绝对买不到的月饼。当然，明白这一点是在我长大以后，小时候，孩子都是不大懂事的。

好多年前，母亲还在世的时候，中秋节时，我别出心裁请母亲动手再做做月饼给全家吃。其实，是为了给儿子吃。那时，儿子刚刚上小学，为了让他尝尝以往艰辛日子的味道，别一天到晚吃凉不管酸。

多年不自己做月饼的母亲来了情绪，开始兴致勃勃地做馅、和面、点红点儿，上锅煎饼，一个人"拳打脚踢"，满屋子香飘四溢。月饼做得了，儿子咬了两口就扔下了。他还是愿意到外面去买商店里的月饼吃，特别嚷嚷要吃双黄莲蓉的。

如今，谁还会在家里自己动手做月饼？谁又会愿意吃这样的月饼呢？都说岁月流逝，其实，流逝的岂止是岁月。

母亲和莫扎特

今年是莫扎特诞辰 250 周年，我想起了 17 年前夏天的一件事。母亲和莫扎特，是冥冥中的命运，把他们连在一起。其实，母亲目不识丁，根本没有想过这个世界上曾有过一位莫扎特。

那一年的夏天最难熬，我常去两个地方打发时光：一是月坛邮票市场，一是灯市口唱片公司。抱着邮票回家，邮票不会说话，任你摆弄，母亲只是悄悄坐在床头看我，看困了，便倒下睡着了，微微打着鼾。唱片不是邮票，买回来是要听的，而且，常觉得音量太小难听出效果，便把音量放大，震得满屋摇摇晃晃；又常在夜深人静时听，觉得那时才有韵味，才能把心融化。

母亲常无法休息。我几次对老人说："吵您睡觉吧？"她总是摆摆手："不碍的，听你的！"我问她："好听吗？"她点着头："好听！"其实，我知道，一切都是为了我。她总是默默地坐在床头，陪我听到很晚。母亲并不关心那个大黑匣中的贝多芬、马勒或曼托瓦尼，母亲只关心一个人，那便是我。

八月一天的黄昏，我又来到了灯市口，偶然间看到一盘莫扎特《安魂曲》的 CD。我拿了起来，犹豫了一下，买还是不买？这是莫扎特最后一部未完成曲，拥有它是值得的，但是，我实在不大喜欢莫扎特。我一直觉得他缺少柴可夫斯基的忧郁，勃拉姆斯的挚情，更缺少贝多芬的深刻。我知道这是我的偏执，但在音乐面前喜欢与不喜欢，来不得半点虚假。

这一天黄昏，我空手而归，母亲还好好的，正坐在厨房里的小板凳上帮我择新买的小白菜和嫩葱。我问她："今晚您想吃点什么？"她像以往一样说："你想吃什么就做什么吧！"几十年，她就是这样辛苦操劳，却从不为自己提一点点要求。我炒菜，她像以往一样站在我旁边，帮我打下手。晚饭后我听音乐，她像以往一样，坐在床头默默陪我一起听，一直听到很晚，很晚……

谁会想到，第二天老人家竟会溘然长逝呢？母亲依然如平日一样默默坐在床头，突然头一歪倒在床上，无疾而终，突然得让我的心一时无法承受。

丧事过后，我想起那盘《安魂曲》。莫非莫扎特在启迪我母亲即将告别这个世界，灵魂需要安慰？而我却疏忽了，只顾咀嚼个人的滋味？我很后悔没有买。如果买下那盘《安魂曲》，让母亲临别最后一夜听听也好啊！我甚至想，如果买下这盘唱片，也许能保佑母亲不会那样突然而去呢！

我真感到对不住莫扎特。我真感到对不住母亲。

不要执意追求什么深刻，平凡、美好本身不就是一种深刻吗？母亲太过于平凡，但给予孩子最后一刻的爱，难道不也是一种深刻吗？我看到梅纽因写过的一段话，说莫扎特的音乐"像一座火山斜坡上的葡萄园，外面幽美宁静，里面却是火热的"。我没有理解莫扎特，也没有理解母亲。

我鬼使神差又跑到灯市口，可惜，那张 CD 没有了。

日子飞逝，母亲竟离我 17 年了。如今，盗版 CD 臭了街。

窗前的母亲

在家里，母亲最爱待的地方就是窗前。

自从搬进楼房，母亲很少下楼，我们都嘱咐她，她自己也格外注意，知道楼层高，楼梯又陡，自己老了，腿脚不利落，磕着碰着，给孩子添麻烦。每天，我们在家的时候，她和我们一起忙乎着做饭等家务，脚不拾闲儿，我们一上班，孩子一上学，家里只剩下她一个人，没什么事情可干，大部分的时间里，她是待在窗前的。

那时，母亲的房间，一张床紧靠着窗子，那扇朝南的窗子很大，几乎占了一面墙，母亲坐在床上，靠着被子，窗前的一切一览无余。阳光总是那样的灿烂，透过窗子，照得母亲全身暖洋洋的，母亲就像一株向日葵似的特别爱追着太阳烤着，让身子有一种暖烘烘的感觉。有时候，不知不觉地就依在被子上睡着了。一个盹打过来，睁开眼睛，她会接着望向窗外。

窗外有一条还没有完全修好的马路，马路的对面是一片工地，恐龙似的脚手架，簇拥着正在一层层盖起的楼房，切割着那时湛蓝的蓝天，遮挡住了再远的视线。由于马路没有完全修好，来往的车辆不多，人也很少，窗前大部分时间是安静的，只有太阳在悄悄地移动着，从窗子的这边移到了另一边，然后移到了窗后面，留给母亲一片阴凉。

我们回家，只要走到了楼前，抬头望一下家里的那扇窗子，就能够看见母亲的身影。窗子开着的时候，母亲花白的头发会迎风摆动，窗框就像一个恰到好处的画框。等我们爬上楼梯，不等掏出门钥匙，门已经开了，母亲站在门口。不用说，就在我们在楼下看见母亲的时候，母亲也望见了我们。那时候，我们出门永远不怕忘记带房门的钥匙，有母亲在窗前守候着，门后面总会有一张温暖的脸庞。即使是晚上很晚回家，楼下已经是一片黑乎乎的了，在窗前的母亲也能看见我们。其实，她早老眼昏花，不过是凭感觉而已，不过，那感觉从来都十拿九稳，她总是那样及时地出现在家门的后面，替我们早早地打开了门。

母亲最大的乐趣，是对我们讲她这一天在窗前看见的新闻。她会告诉我们今天马路上开过来的汽车比往常多了几辆，今天对面的路边卸下好多的沙子，今天咱们这边的马路边栽了小树苗，今天她的小孙子放学和同学一前一后追赶着，跟风似的呼呼地跑，今天还有几只麻雀落在咱家的窗台上……都是些平淡无奇的小事，但她有枣一棍子没枣一棒子地讲起来会津津有味。

母亲不爱看电视，总说她看不懂那玩意儿，但她看得懂窗前这一切，这一切都像是放电影似的，演着重复的和不重复的琐琐碎碎的故事，沟通着她和外界的联系，也沟通着她和我们的联

系。有时候，望着窗前的一切，她会生出一些东一榔头西一棒子
的联想，大多是些陈年往事，不是过去住平房时的陈芝麻烂谷
子，就是沉淀在农村老家时她年轻的回忆。听母亲讲述这些八竿
子都打不到一起的事情的时候，让我感到岁月的流逝，人生的沧
桑，就是这样在她的眼睛里和窗前闪现着。有时候，我偶尔会
想，要是把母亲这些都写下来，才是真正的意识流。

　　母亲在这个新楼里一共住了五年。母亲去世以后，好长一段
时间，我出门总是忘记带钥匙。而每一次回家走到楼下的时候，
总是习惯地望望楼上家的窗前，空荡荡的窗前，像是没有了画幅
的一个镜框，像是没有了牙齿的一张瘪嘴。这时，才明白那五
年时光里窗前曾经闪现的母亲的身影，对我们是多么的珍贵而温
馨；才明白窗前有母亲的回忆，也有我们的回忆；也才明白窗前
该落有并留下了多少母亲企盼的目光。

　　当然，就更明白了：只要母亲在，家里的窗前就会有母亲的
身影。那是每个家庭里无声却深情动人的一幅画。

五十年前那一夜

六十年前，1973年秋天，我在北大荒，弟弟在青海。我们热血沸腾，挥斥方遒，一心只顾指点江山。那时候，我和弟弟回北京探亲后，我刚刚返回北大荒不几日，而弟弟还在返回青海的途中，父亲突然去世的电报就打来了。那天的黄昏，我正在地里收豆子，落日的光芒，明亮得那么刺眼，照得大地一片金黄。

家里只剩下了母亲一个人。好心的街坊问她："肖大妈，有没有孩子们的地址？找出来，我们帮您打电报！"

从床铺褥子底下，她找出放着的一封封信。那是我们几个孩子这几年给家中寄来的所有的信。她看不懂一个字，却完完整整保存完好；虽目不识丁，却能从笔迹中，准确无误辨认出哪封是我或弟弟寄来的。我回到家后，街坊们告诉我："你妈这老太太真是刚强的人，一滴眼泪都没掉，就等着你们回来。"街坊就是按照信封上的地址，给我和弟弟打去了电报。

匆忙赶回家，母亲正孤零零呆坐在床前，看见了我，站起身来，缓缓地走到我的面前，望着我半天没有说话。家里从来没有过这样的安静，静得我直想落泪。过了一会儿，母亲才对我说道：你先去谢谢人家街坊，人家帮忙拍的电报！

这时候，我才忽然发现母亲已经老了，头发花白了，皱纹像菊花瓣，密密地布满在瘦削的脸上。算算她的年龄，这一年，她整整七十岁了。年轻和壮年的时光，一去不返，我却以为她还不老，还可以像以前一样为我们操劳奔波。

我们把两个老人那样毫无情义地抛在家里，像抛在孤寂沙滩的断楫残桨。我们只顾自己年轻，却忘记了老人的年龄。

那天晚上，我和母亲睡得很晚。一直到她催我：快睡吧，你回家跑了这么老远的道儿！我说：好，就睡，您先睡吧！

我确实没有一点儿睡意，心里乱得很。看着母亲钻进被子，脱掉外衣，忽然，看见她里面穿的内衣，是我读中学时候的运动衣，棕色，翻领，已经很旧，掉了颜色，而且破了洞，被她缝补上了补丁。补丁是几小块蓝布，和运动衣的颜色不一样，在昏黄的灯光映照下，格外刺眼，像飞出来几块蓝色的箭镞，扑簌簌直射向我。我的心一阵紧缩，强忍着，没有在母亲的面前掉下眼泪。

我呆呆地望着她，望得她有些发愣，连忙摆摆她那枯枝一样的手臂，催促着我：快去睡吧，那么远的道，坐车跑了两天，怪累的了！

那一晚，那一幕的情景，真的深深地刺激了我。母亲脱掉外衣，伸出枯瘦的手臂，映在墙上的影子，像一幅棱角尖锐的木刻画，总也忘不掉。以前，我觉得跑到了北大荒，以为只有自己痛苦，却竟然忘掉了母亲是怎么艰辛度日的。那时候，我也觉得自己很无能，居然让年老的母亲穿自己丢掉不穿的破衣裳。

我感到非常内疚。我的心中可曾装有几多老人的位置？父亲的丧事料理妥当，弟弟回青海了，我留下没走。就是从那一夜起，我暗暗下决心，一定要从北大荒办回北京，决不让母亲一个人茕茕孑立，守着孤灯冷壁、残月寒星生活！一定要让母亲以后的日子过得好一些！

人生如梦，流年似水，转眼整整六十年过去了。母亲已经走了三十四年。如今，我也老了，年龄已经和当年的母亲一样大了。那一夜那一幕的情景，却总像刻在我的脑子里一样，只要一想起母亲，就会忍不住浮现在眼前。而且，居然还会在我老年后的梦中重现。梦中的我泪流满面。

面对母亲，我真的很惭愧。我曾写下这样一首小诗：

> 夜梦频频老母亲，魂惊未定乱如云。
> 曾寻野菜充饥腹，也补寒衣度苦辛。
> 陌巷浅屋黄叶落，凄风冷雨白头贫。
> 那年重返家门后，愧疚心存几十春。

春节写给母亲的信

1974 年的春节，我是在北大荒过的。半年前，父亲突然去世，我回到北京陪母亲，一直没有再回北大荒。这一次，我是来办理调动返城的关系的。却没有想到赶上了暴风雪，无法回北京和母亲一起过年了。大年初一的晚上，我给母亲写了一封信。

这是我第一次给母亲写信，也是唯一的一次。母亲不识字，这是以前我没有给她写信的理由。但那一天，我责怪并质疑自己这个自以为是的理由。我的心里充满了牵挂，我们家姐弟三人，流落四方，一个在内蒙古，一个在青海，一个在北大荒，以前即使我们都不在家，毕竟父亲在，而这个春节却是母亲生平第一次一个人形单影只地过了。

特别是这一天，在北大荒，五个同学买了 60 斤猪肉，美美地又吃又喝；第二天，也就是大年初二，我们几个同学还要回到我们最初插队落户的生产队，那里的人早早宰好了一头猪，要做一道丰盛的杀猪菜，专门为我饯行。热闹的场景，红红火火的年味儿，让我越发想起家中冷清的母亲，她一个人该怎么过这个春节呢？虽然，前几天，我已经托一位离邮局最近的同学，替我给她寄去40元，希望能够在春节前收到，但她那样一个节俭惯的人，舍得花这笔钱吗？独自一人，又能用这钱买些什么呢？

　　天远地远，漫天飞雪中，我的心思被搅得飘荡不定。我从来没有像那一夜那么想念母亲，一种从来没有过的相依为命的感觉，袭上心头。我才意识到自己以前是怎样地忽略了母亲，在我离开北京到北大荒的那六年里，没有一个春节是陪她过的。我自以为"八千里外狂渔父"，我自以为"天涯何处无芳草"，我自以为她总也不老而我永远年轻，我自以为只有自己的事情为大而她永远不会对我提什么要求。我不知道一个孩子的长大，是以一个母亲的变老和孤独地嚼碎那么多寂寞的夜晚为代价的。父亲的突然去世，才让我恍然长大成人，知道母亲的那一头如同牵着风筝的线，风筝飞得再远，心也是被那一颗心牵着的。

　　那时候，我马上就到27岁了。我才发现，以前我是不孝，而此刻我是无能和无助，我没有任何其他的法子来排遣我的愁绪，来帮助天各一方的母亲，唯一可以做的，就是写一封信给她。按照传统的规矩，没过正月十五就都算是过年，我希望母亲能够在正月十五前收到它。

　　我给母亲写了一封信。她看不懂，就让她拿给我在北京的同学读给她听，让她知道我对她的想念和牵挂，希望她能够过一个好年。第二天一清早，托人顶着风雪以最快的速度到县邮局，给母亲寄一封航空信。

　　在这封信里，我告诉母亲我在北大荒的情况，特别告诉了她：

五个同学买了 60 斤猪肉，另外还有队里的人宰好了一头猪，等着我去，好为我送行。所有这一切，都是为了让她放心。同时，我问她北京下雪了吗？一个人出门一定要注意，路滑别跌倒了。我问她的年过得怎么样，寄去的那 40 元钱收到了吗，就把那钱都花了吧，特别嘱咐她"做饭做菜多做点儿，多吃点儿，多改善点儿伙食，不要怕花钱"。我又告诉她在京的两个特别要好也特别叮嘱过的好朋友的电话，就写在月份牌上，一个在左面，一个在右面，有什么事就给他们两人打电话，有急事就让他们给我发电报……

我忽然发现，自己变得婆婆妈妈起来了。我从来没有对母亲这样细心过，而以前这样的细心，都是母亲给予我的，一封信写得心里格外伤感和沉重。

我不知道母亲接到我写给她的这封信后是什么样的心情。事后朋友告诉我，他到家里看望母亲的时候，母亲拿出了这封信让他读后，只是笑着说了句："五个人买 60 斤猪肉，怎么吃得了呀！"

我从北大荒回到北京，她没有再提及这封信。只是 1989 年的夏天母亲去世之后，我在她的遗物中发现了这封信，她把信封和信纸都保存得好好的，平平整整地压在她的包袱皮里。

我从小就知道这个海昌蓝的包袱皮，它对母亲来说很金贵，所以我从来都没有动过它，猜想里面包着她的"金银细软"。那天，我打开它，发现里面包着的是：她已经不算年轻时候的和她老姐姐的一张合影，一件不知是什么年代的细纺绸的小褂，几十斤全国粮票，和几百块钱（那是我有时候出门留给她的零花钱），还有就是这封信。

母亲染布

母亲从沧县农村老家来北京的时候，带来几块乡间织就的粗布，月白色，纹路较粗，但很结实耐用。她把布染了，做成裤褂。不过，只是她自己穿，大概觉得我和弟弟不喜欢，城里人都是到布店里买布做衣裳的。她从来没去过一家布店。

我读小学之后，记事多了起来，印象里，总是看母亲在洗衣盆里染她的粗白布。她从街坊那里打听到，前门大街有一家杂货店卖染料，让我带着她到那里。是一家叫洪盛兴的杂货店，在大栅栏南边一点儿，紧靠着高台阶的新华书店，里面什么染料都有，才知道那时候染布自己做衣裳的人家很多。

以后的日子里，母亲不知去那里买过多少次染料，已经轻车熟路。长大以后，弟弟去青海柴达木之前，要买个箱子带东西，母亲对我说：洪盛兴杂货店里，有卖一种柳条箱子，便宜。我去了那里，真有柳条箱，每个十元。不知道母亲怎么记得这么清楚，她只是去买染料的呀。

买来染料，一小包，粉末状，母亲回到家，把它放进温水里冲开，再倒进泡着白布的洗衣盆里，用水浸泡好长时间。那时候，我家有一个挺大的洗衣盆，砖红色的瓦盆，很沉，而且容易磕碰打碎，但我家洗衣服、洗澡都靠它，所以，她每一次用它染布，都很小心。在我小时候的记忆里，总是看她蹲在洗衣盆前，埋头染布，把袖子挽在胳膊肘上面，双手像活塞一样不停地动，把胳膊染得很蓝。

染布，要一遍又一遍不停地换水，一遍又一遍不停地洗布，直至盆里的水由墨一样深深的颜色变淡为止。不可能彻底让水变清，只要变淡，就可以了。就是这样变淡，也需要好多次接水、换水、倒水。看着她一个人端着那么大那么沉的瓦盆，心里的感觉是有些复杂的。那时候，不觉得母亲是为了节省钱，才这样辛苦染布，给自己做衣裳，相反，觉得没面子，因为全院没有一家还会用这样原始的方式染布，更不会穿这种自己染的布做成的衣裳。

母亲的布染成的颜色，她叫成海昌蓝。我一直不清楚海昌蓝这三个字，是不是应该这样写；也不清楚这到底应该是一种什么颜色。我看到母亲染成的布，晾晒在屋外的绳子上，晾干后的颜色，比一般我们穿的衣服那种深蓝浅好多，由于染色不均匀，上面会出现一些更浅的蓝色甚至是白色的斑点。

母亲就是自己一个人穿着自己染成的布做成的裤褂，穿了好多年。记得父亲说她别这样费事，买块现成的布做衣服吧！但是，她没听，还是这样做。蹲在我家大瓦盆前染布，成为了我们大院一景。

　　一直到后来姐姐有一次回北京，到大栅栏里的瑞蚨祥给她买了块蓝布、一块黑布和一块白布，母亲的染布生涯才算结束。我已经记不清那是哪一年的事情了。反正是我和弟弟都已经长了好高以后的时候。

　　不再染布了，母亲做的那几件裤褂，还在穿，一直穿到破了、不能再穿为止。她便把这几件衣服撕成好几块，其中磨得薄的，撕得碎的，就把它们打成袼褙。她是先用面粉和上水，坐在炉子上，熬好糨糊，然后，把这些碎布用糨糊一层层粘好，铺在我家面板的后面，等它们晾干，就成了一块厚厚的袼褙。用袼褙可以做鞋底和鞋帮。做鞋底最费事，先用废报纸剪成鞋样，照着鞋样剪袼褙，要剪好几个鞋底的样子，摞在一起，然后，她戴着顶针，用大号的针开始纳鞋底子，一针一针地把这几层袼褙结实地纳在一起。在纳鞋底子的过程中，会不时地把针在头发上梳几下。小时候，她这样的动作，让我觉得像是为了刀快，要在磨刀石上磨刀一样，感到非常新奇。

　　母亲一直穿自己用这法子做的鞋。这样破旧衣服的废物利用，打袼褙、剪鞋样、纳鞋底……这样古老的做鞋方式，是她在老家乡间年轻时候学到的本事，纳鞋底的时候，可能会让她想起以往的岁月吧。

　　母亲把那几件破衣裳剪下来的大一些的布，剪成四方形，用线镶了边儿，做了几块包袱皮。这也是乡间的传统。记得她最初从沧县来北京的时候，就夹带着这样的包袱皮。即使以后生活好了起来，家里有了箱子、有了柜子，她依然用她的包袱皮。这是她的习惯，也是老家老一辈人的传统。

母亲去世后，拉开她的衣柜门，里面还有这样一个包袱皮。包袱皮里装的是她的"金银细软"，是她认为珍贵的东西。

生命不仅属于自己

　　母亲已经去世好多年了，怪得很，还是在梦中常常见到，而且是那样清晰，母亲一如既往地绽开着皱纹纵横的笑容向我说着什么。一个人与一个人的生命就是这样系在一起，并不因为生命的结束而终止。

　　母亲的晚年，曾经得过幻听式的精神分裂症，折腾得她和我都不轻。记得那一年母亲终于大病初愈了，那时，我刚刚大学毕业，留在学校里教书。好几年一直躺在病床上，母亲消瘦了许多，体力明显不支，但总算可以不再吃药了，我和母亲都舒了一口气。

　　记不得是从哪一天的清早开始，我忽然被外屋的动静弄醒，有些害怕。因为母亲以前得的是幻听式的精神分裂症，常常就是这样在半夜和清晨时突然醒来，跳下床，我真是生怕她的旧病复发，一颗心禁不住一下子提到嗓子眼儿。我悄悄地爬起来往外看，只见母亲穿好了衣服，站在地上甩胳臂、伸腿、弯腰，有规律地反复地动作着，那动作有些笨拙和呆滞，却很认真，看得出，显然是她自己编出来的早操，只管自己去练就是，根本不管也没有想到会被人看见。我的心里一下子静了下来，母亲知道锻炼身体了，这是好事，再老的人对生命也有着本能的向往。

大概母亲后来发现了她每早的锻炼吵醒了我的懒觉，便到外面的院子里去练她自己杜撰的那一套早操。她的胳臂、腿比以前有劲儿多了，饭量也好多了，蓬乱的头发，也梳理得整齐多了。正是冬天，清晨的天气很冷，我对母亲说："妈，您就在屋子里练吧，不碍事的，我睡觉死。"母亲却说："外面的空气好。"

也许到这时我也没能明白，母亲坚持每早的锻炼是为了什么，以为仅仅是为了她自己大病痊愈后生命的延续。后来，有一次我开玩笑说她："妈，您可真行，这么冷，天天都能坚持！"她说："咳，练练吧，我身子骨硬朗点儿，省得以后给你们添累赘。"这话说得我的心头一沉，我才知道母亲所做的一切是为了孩子，她把生命的意义看的是这样的直接和明了。

在以后的很多日子里，我常常想起母亲的话，和她每天清早锻炼身体的情景，便常让我感动不已。一直到母亲去世的那一天，她都没有给孩子添一点累赘。母亲是无疾而终，临终的那一天，她如同预先感知即将到来的一切似的，将自己的衣服，包括袜子和手绢都洗得干干净净，整齐地叠放在柜门里。她连一件脏衣服都没有给孩子留下来。

也许，只有母亲才会这样对待生命。她将生命不仅仅看成自己的，而是关系着每一个孩子，她就是这样将她的爱通过生命的方式传递着。

我们常说一个人和一个人感情是可以相通的；其实，一个人和一个人的生命更是可以相连的。

母亲的学问

我从北大荒插队回到城里，挨过了一段待业的日子，终于找到了一份工作：在一所中学里当老师。每月 42 元 5 角的工资，这是我拿到的第一份工资，以后每月都把工资如数交给妈妈。我和妈妈两人就要靠这每月 42 元 5 角的工资过日子。

这时候，我的一个同学在旧书店里看见有一套 10 卷本的《鲁迅全集》，20 元钱。他知道我喜欢书，肯定想要这一套《鲁迅全集》，怕别人买走，便替我买了下来。20 元钱买一套《鲁迅全集》，确实不贵，但以当时我家的生活水平来看，20 元将近占了我一个月工资的一半，刚刚交给妈妈的工资，我怎么好意思再要回将近一半的钱来买书呢？

我有些犹豫，心里却惦记着这套《鲁迅全集》。大概像所有孩子的心事都瞒不过母亲一样，妈妈看出了我的心事。她从装钱的小箱子里拿出了 20 元钱递给我，让我去买书。她说你放心，我这儿有过日子的钱，你不用操心！

　　后来，我知道那是妈妈从每月那可怜巴巴的 42 元 5 角的工资里一点点节省下来的。

　　妈妈把 42 元 5 角经营得井井有条，沙场秋点兵一样，让这 42 元 5 角每分钱都恰到好处地派上用场；让这个已经破败得千疮百孔的家，重新张起了有些生气的风帆。

　　那时，水果才几毛钱一斤，妈妈从来不买，她只买几分钱一斤的处理水果，在我还没有到家的时候，把水果上那些烂掉的、坏掉的部分用刀子剜掉，用水洗得干干净净，摆在盘子里等我回来一起吃。

　　有一次，妈妈洗好了、剜好了这样一盘新买来的小沙果，恰巧，我的几个学生找到我家来看我，我赶紧把这些小沙果拿进了里屋，我有些不好意思让学生看见我生活的寒酸。偏偏妈妈没觉得这样有什么不好，她从里屋里把沙果又端了出来，招待学生们吃。我觉得很伤我的自尊，心里很别扭。

　　等学生走后，我向妈妈发脾气，赌气不吃那盘烂沙果。妈妈听着，没说什么，只是默默地吃着那盘烂沙果。

　　事后，我有些后悔冲妈妈发脾气。我虽然亲身经历着生活的艰难，但我并不真正懂得生活，我不懂得生活其实是一天接连一天的日子，不管每一天是苦是乐、是希望着还是失望着、是有人关心还是被人遗忘……都是要去过的，而要过的每一天，最起码的要求就是节省。

　　节省和节约不一样。节约，是自己还有一些东西，只不过不要大手大脚一下子用完花光；节省不是这样，节省是东西本来就这些，很少，要在短缺局促的方寸之间做道场。节约，像是衣柜里有许多服装，只是不要光穿那些漂亮的豪华的衣服，要拣些朴素的穿；节省，却是根本没有那么些衣服，甚至没有衣柜，必须要将破旧的衣服补上补丁来穿。节约是自我约束的一种品质，节省却是一门从艰辛生活中学来的学问，在平常的日子里，尤其是在富裕的日子里很难学到的了。

那确实是妈妈的一门学问。

母亲的世界

1975年夏天，我从前门搬到洋桥，尽管离陶然亭公园不远，但明显属于城乡接合部的郊区。如今，那里已经成为高楼林立的闹市。沧海桑田，半个来世纪的时间造化，足以看见城市化进程的足迹，不止雪泥鸿爪那么浅显。

洋桥往北一点，有一座小石桥，从西北蜿蜒而来的凉水河，从这里往东南拐弯儿，一直流向如今繁华的亦庄开发区。再往北一点，叫四路通，这是一个很好听的地名。听作家从维熙对我讲，他年轻时候劳改在这里劳动，那时更是荒僻的乡村。这里有一个火车通行的岔路口，京沪线、京包线、东北线往来的火车都要经过这里。所以，别看这个路口不大，车流量大，路口的横杆常常是横躺下老半天不起来，阻挡上下班的人流车流。

那时，我在一所中学里教书，每天必要路过这个路口，无论骑自行车还是坐公交车，总会被挡在那横杆前，一堵堵半天，焦急的心伴着火车隆隆声一起在这里轰鸣。便常想这个地名，四路通？真是具有反讽的意味。后来，我专门写了一篇小说《岔路口》，发表在《人民文学》杂志上。

从前门搬到洋桥，完全是我的主意。我去北大荒插队后，街道积极分子，俗称"小脚侦缉队"中的一位，欺负我父亲的历史问题和母亲的年老无力，"公然抱茅入竹去"，抢占了我家老屋，把父母挤进逼仄的小屋。父亲病故后，我从北大荒回到北京，住进小屋，忍受不了窗前全院用的水龙头整天水声哗哗不断。正好洋桥有一位复员转业的铁道兵，孩子要上小学了，他希望让孩子到城里上个好学校，看中了我家边上的第三中心小学，便和我各取所需换了房子。

我以为这是一个好的选择，离开了我的伤心之地，应该也是母亲的伤心之地。便在暑假母亲去姐姐家小住的时候，麻利儿地搬了家。等接母亲回来，以为会给母亲一个惊喜，殊不知母亲并不情愿，只是没有表达。前门住了几十年的老街老院老屋，纵使有占领老屋的得志小人，毕竟还有好多善良的老街坊。一种故土难离的感情，在母亲心头升起。这是住进洋桥没几天，母亲向我提出想回老院看看时，我才感觉到的。

1984 年，我从洋桥搬家至和平里，好心的同学怕母亲坐搬家的大卡车颠簸，特意开着一辆小轿车接母亲。那是母亲第一次坐小轿车，也是母亲最后一次看到前门。车子从永定门开出一直向北，穿过前门外大街，从前门楼子东侧驶向天安门广场。母亲最后看了一眼高耸的前门楼子，多么熟悉的前门楼子，父亲就是在前门楼子后边的小花园（如今建成了毛主席纪念堂）里，清早练太极拳，一个跟头倒地，脑溢血去世的。

　　都说年轻的时候不懂爱情，其实，年轻的时候，最不懂父母。生理年龄上有代沟，又赶上那样一个年代，更把代沟扩大。自以为是，又自私膨胀的年轻人，常常会把年老的父母像断楫孤舟一样抛在沙滩上。

　　搬到洋桥的第二年赶上唐山地震。母亲惊醒喊起我来，小屋幸好无恙，只是屋檐下的蜂窝煤被震倒一片。那时，洋桥这一片地铁宿舍的人全都住进空场上搭建的简陋地震棚。幸好是夏天，住的时间不长。母亲没有说什么，但在她的眼光里，我看出了多少有些埋怨，好像对我说：看你搬的这个好地方，要是在咱们老院，不会这样的。老屋虽旧，结实得很！

　　地震之后没几天，我的一位小学同学，阔别多年之后，到前门老院找我没有找到，问清街坊我搬家洋桥的新址，执着地找到这里。她是我童年的好友，"文化大革命"动荡中去了东北，一别经年，在哈尔滨读了大学物理系，毕业后在哈尔滨工作，这一年到上海出差，途径北京，才有了这次意外的重逢。母亲自然熟悉她的。赶巧那天晚上，我们那一排房子突然停电，很多人都从屋里出来。她跟着我也出了屋，自告奋勇地对我说：有梯子吗？我上去看看。我找来梯子，跟在她身后爬到房顶。电线就晃晃悠悠地横在上面，不知她怎么三鼓捣两鼓捣，电路接通了，电灯亮了，房下面一片叫好声。

　　老友走后，母亲对我叹口气说：要是还住老院，用得着人家这样好找？还让人家登高上房给你修电线？我看得出，母亲还是怀念老街老院老屋。童年伙伴的突然造访，让她的这一份怀念加强了。

这只是我一时的感觉，并没有放在心上。人老了，都会念旧。我们都还不老，不也念旧吗？不念旧，我的这位童年的好伙伴，何必那么远费那么多周折跑到洋桥来看我？我没有想到，除了念旧，还有孤独，已经如蛇一样悄悄地爬上母亲的心头，吞噬着母亲的心。毕竟这里没有母亲认识的一个人，特别是白天人们上班后，更显得寂寥，只有远处不时传来的阵阵火车鸣笛声，能打破这死一样的寂静。我没有想到，对于老人，孤独是可怕的，对于母亲这样柔弱又内向的人，病魔已经借助孤独，逼近母亲。只是，我一无所知。

正是这种孤独的折磨于心，才让母亲患上了幻听式精神分裂症。记得很清楚，搬到洋桥不到两年，1977 年初的一天，我正带着学生在一所工厂学工劳动，学校的一位领导急匆匆地找到我，对我说：你家里有点儿事，让你赶快回家！领导没敢告诉我出了什么事，回到家一看，屋子里围着好多人，还有一位警察。才知道，母亲从家里走出，走到北边不远的凉水河前，想投河自尽。她觉得我已经被害，自己无法再活了。河边有一道很陡很长的慢坡，母亲无法走下去，她是坐着慢慢地蹭下去，蹭到河里的。初冬的河水还没有结冰，而且很浅。母亲只是半个身子浸泡在河水里，被人发现，救了上来。

母亲的棉裤已经湿透，好心的街坊帮助母亲脱下棉裤，看着母亲枯瘦的光腿伸进被子里，我的心一阵绞痛，才意识到母亲病了，病得不轻了。

我带母亲到安定医院，那里是北京精神病专科医院。医生告诉我，母亲患的是幻听式精神分裂。那一刻，我后悔这次搬家。

我只想到自己，没有设身处地地想想年老孤独的母亲，从熟悉的前门搬到洋桥这个陌生的郊区。

时隔多年之后，我读到布罗茨基回忆他童年的文字，说到彼得堡市区和郊区的巨大差别，他写道："来到郊区，你离这个世界上的一切更远，来到真正的世界。"这句话，可能对于别人算不得什么，却让我有些触目惊心。我想起了母亲那年的病。这句话的前半句，说的是母亲，"来到郊区，你离这个世界上的一切更远"，母亲确实是离这个世界上的一切更远了，孤独感才更重，病才袭上门来。这句话的后半句，说的则是我，来到郊区，我以为来到真正的世界，却是以母亲的病为代价。

布罗茨基在这句话的前面，还说了这样两句话："郊区，这是世界的开始，而不是它的结束。这是习惯性世界之结束，但这是当然大得多、多得多的非习惯性的世界之开始。"洋桥，虽然住了不到八年的时光，对于我却意义非同寻常。它让我认识到了习惯性的世界的结束，也认识到了非习惯性的世界的开始。对于我，习惯性的世界，其实就是自我为中心的世界，习以为然；非习惯性的世界，则是他人的世界，或者说是客观的世界。从习惯性到非习惯性的变化，是从自我的世界跳出来认识真正客观的世界，尽管有些残酷，却是我告别青春期的重要节点。母亲以她的生病为代价，帮助我成长。

一年多之后，1978 年，我考入中央戏剧学院。报到是 11 月的一个周日，我一直拖到吃完晚饭，才离开家。骑着自行车，刚到屋后的拐角处，下意识地回了一下头，看见母亲正倚在墙角，显然是我出门后她紧接着也出了门。我赶紧跳下车，推着车走到她的跟前。她挥挥手让我赶紧走。我报到之后，找到分配的宿舍，只有靠门的上铺。那一晚，睡在上面，怎么也睡不着，只听见窗外白杨树的大叶子被风吹得哗哗地响。我爬了起来，跳下床，骑上自行车，往洋桥赶。学院在棉花胡同，离洋桥二十来里，不算太远，我赶到家时，却推不开门，呼喊着母亲，母亲打开门，我才看见门后顶着粗粗的一根木棒。我的心悬到嗓子眼儿，眼泪一下子滚落出来。

我和母亲商量，送母亲先到姐姐家住，母亲同意了。四年的时光，母亲以她的牺牲帮助我大学毕业。母亲更帮助我认识了从未认识的非习惯性的世界，也帮助我认识了母亲的世界。

温暖的劈柴

那一年，父亲病故，我从北大荒回到北京，还不到三十岁，也还没有结婚。那时候，我没有意识到母亲已经老了。那时候，我还年轻，心像长了草，总觉得家里狭窄憋屈，一有空就老想往外跑，好像外面的世界真的很精彩，可以让自己散心，也能够让自己成材，便常常毫不犹豫地把母亲一个人孤零零地甩在家里。母亲从来不说什么，由着我的性子，由我没笼头的马驹子似的到处散逛，在她的眼里，孩子的事，甭管什么事，总是大的。

都说年轻时不懂得爱情，其实，年轻时最不懂得的是父母。

那时候，我在一所中学里当老师，有一次，放寒假了，我没有想到有时间了，可以在家里多陪陪已经老迈的母亲，相反觉得好不容易放假了，打开了笼子的鸟，还不可劲儿地飞？便利用假期和伙伴们到河北兴隆的山区玩了一个多星期。

回来的那天，到家已经是晚上了。推门进屋，屋里黑洞洞的，没亮灯。正纳闷，听见一个老爷子的声音：是复兴回来了吧？然后听见火柴噌噌响了好几声，大概是返潮，终于一闪一闪的，点亮了炉膛里的劈柴。正是冬天，我才感到屋里一股冷飕飕的寒气。

说话的是邻居赵大爷，年龄比母亲还要大几岁，身板很结实。我摸到开关，打开了电灯，才看见母亲蜷缩在床上的被子里。赵大爷对我说：你妈两天没出门了，我担心她一人在家出什么事，进你家一看，老太太感冒躺在床上起不来了，炉子也灭了，这么冷的天，人哪儿受得了呀。这不赶紧找劈柴生火，连灯都没顾得上开。

炉火很快就生着了，火苗噌噌地往上蹿，屋子里暖和了起来，被子里的母亲也稍稍舒展了腰身。赵大爷一身的灰和劈柴渣儿，母亲对我说多亏了你赵大爷。我连忙谢他，他说街里街坊的，谢什么呀，快给你妈做饭吧。母亲连连摆手，说嘴里一点儿味儿没有，不想吃，让我先坐壶开水。我往水壶里灌好水，坐在炉子上，回过头看了一眼瘦弱的母亲，心里充满愧疚。

赵大爷出门前，回头对我说：你要不先到我家拿点儿劈柴去，你家的劈柴没有了，我刚才找了半天，才找出一点儿，刚刚够点着火炉子，省得明天火要是又灭了，你没的使。

我跟着他走到他家，他抱来满满一怀劈柴放到我的怀里，送我走出他家院门的时候，对我说了这么一句话，如今三十多年过去了，我还清晰地记得。他说：复兴呀，原来孔圣人说，父母在，不远游，现在别说是你们年轻人了，就是搁谁也做不到，但改一个字，父母老，不远游，还是应该能做到的。

　　那天的晚上，没有星星，天很黑，很冷。走在回家的夜路上，耳边老响着赵大爷的这句话。心里很惭愧，怀里的劈柴很沉，但很暖。

佛手之香

那个星期天，我在潘家园旧货市场外面的街上，买了一个佛手。那时，这条街和市场里面一样热闹，摆满了小摊，其中一个小摊卖的就是佛手。卖货的是个山东妇女，十几个大小不一有青有黄的佛手，浑身疙疙瘩瘩的，躺在她脚前的一个竹篮里，百无聊赖的样子，伸出来长短不一、粗细不均的枝杈来勾引人们的注意。很多人不认识这玩意儿，路过这里都问问这是什么呀，这么难看，扭头就走了，没有人买。我买了一个黄中带绿的大佛手，她很高兴，便宜了我两块钱，对我说：我是大老远从山东带来的，谁知道你们北京人不认！

这东西好长时间没有在北京卖了。记得第一次见到它，起码是四十多年前了。那时，我还在读中学，是春节前，在街上买回一个，个头儿没有这个大，但小巧玲珑，长得比这个秀气。那时，父母都还健在，把它放在柜子上，像供奉小小的一尊佛，满屋飘香。

　　我不知道佛手能不能称之为水果。它可以吃，记得那时我偷偷掐下它的一小角，皮的味道像橘子皮，肉没有橘子好吃，发酸发苦，很涩。那时，我查过词典，说它是枸橼的变种，初夏时开上白下紫两种颜色的小花，冬天结果，但果实变形，像是过于饱满炸开了，裂成如今这般模样。它的用途很多，可以入药，可以泡酒，也可以做成蜜饯。那时我买的那个佛手没有摆到过年，就被父亲泡酒了，母亲一再埋怨父亲，说是摆到过年多喜兴呀。

　　以后，我在唐花坞和植物园里看到过佛手，但都是盆栽的，很袖珍，只是花一样让人观赏的。插队北大荒时，每次回北京探亲结束都要去六必居买咸菜带走，好度过北大荒没有青菜的漫长冬春两季。在六必居我见过腌制的佛手，不过，已经切成片，变成了酱黄色，看不出一点儿佛指如仙的样子了。

　　我们中国人很会给水果起名字，我以为起得最好的便是佛手了，不仅最形象，而且最具有超尘拔俗的境界。它伸出的权权，确实像佛手，只有佛的手指才会这样如兰花瓣宛转修长，曲折中有这样的韵致。在敦煌壁画中看那些端坐于莲花座上和飞于彩云间的各式佛的手指，确实和它几分相似。前不久看到了残疾人艺术团表演的千手观音，那伸展自如、风姿绰约的金色手指，确实能够让人把它们和佛手联系到一起。我买的这个佛手，回家后我细细数了数，一共二十四支手指。我不知道一般佛手长多少佛指，我猜想，二十四支，除了和千手观音比，应该不算少了。

　　我把它放在卧室里，没有想到它会如此的香。特别是它身上的绿色完全变黄的时候，香味扑满了整个卧室，甚至长上了翅膀似的，飞出我的卧室。每当我从外面回来，刚刚打开房间的门，香味就像家里有条宠物狗一样扑了过来，毛茸茸的感觉，萦绕在身旁。我相信世界上所有的水果都没有它这种独特的香味。在水果里，只有菲律宾的菠萝才可以和它相比，但那种菠萝香味清新倒是清新，没有它浓郁；有的水果，倒是很浓郁，比如榴莲，却有些浓郁得刺鼻。它的香味，真的是少一分则欠缺，多一分则过了界，拿捏得那样恰到好处，仿佛妙手天成，是上天的赐予，只有天国境界，才会有如此如梵乐清音一般的香味。

西方是将亨德尔宗教色彩浓郁的清唱剧《弥赛亚》中那段清澈透明、高蹈如云的《哈利路亚》，视为天国的国歌的；我想我们东方可以把佛手之香，称之为天国之香。这样说，也许并非没有道理，过去文字中常见珠玉成诗，兰露滋香，我想，香与花的供奉，是佛教的一种虔诚的仪式，那种仪式中所供奉的香散发出的香味，大概就是这样的吧。《金刚经》里所说的处处花香散处的香味，大概也就是这样的吧。

它的香味那样持久，也是我所料未及的。一个多月过去了，房间里还是香飘不断，可以说没有一朵花的香味，能够存留得如此长久。越是花香浓郁的花，凋零得越快，香味便也随之玉殒色残了。它却还像当初一样，依旧香如故。但看看它的皮，已经从青绿到鹅黄、到柠檬黄、到芥末黄、到土黄，到如今黄中带黑斑斑点点了，而且，它的皮已经发干发皱，萎缩了，像是瘦筋筋的，只剩下了皮包骨。想想刚买回它时那丰满妖娆的样子，让我感到的却不是美人迟暮的感觉，而是和日子一起变老的沧桑。

它已经老了，却还是把香味散发给我，虽然没有最初那样浓郁了，但依然那样清新沁人。那一刻，我忽然觉得它老得像母亲。是的，我想起了母亲，四十多年前，我第一次见到佛手的时候，母亲还不老。

金妈妈杏

杏树，在我国是个古老的树种，起码在孔子时代就已经很常见，孔子讲学的地方叫作杏坛，四围就种满了杏树，可见是和古柏一样神圣的树。非常奇怪的是，如今北京的孔庙里尽是柏树，没有一株杏树。

"小楼一夜听春雨，深巷明朝卖杏花。"说明宋时陆游客居京城的时候，城里或城边还是有杏树的。诗里说的京城，是杭州。如今，无论杭州还是北京城，大街小巷都很难找到一株杏树，杏树都被赶到了北京城外的山上。出北京城，往北走，过了平谷和顺义，到了怀柔和密云，才能够见到山上一片片的杏林。

我不知道杏树的沦落出自何时，也不知道杏在众多水果中的地位是否也同样在坠落。和苹果、葡萄、香蕉、梨这样的大众水果相比，杏可卖的时间极短。因为难以保存，很容易烂，一个杏烂，很快就会烂掉一筐。卖水果的，一般都不愿意卖杏。在北京，一年四季，什么水果都可以买到，真正属于时令水果的，就只剩下了杏。杏黄麦熟时节，水果摊上，卖杏只会卖那么短短的半个来月，香白杏卖过后，黄杏一上市，基本就到了尾声。而且，卖的都是尖顶上带青的杏，为的是可以多保存几天。可是，和苹果、梨不一样，杏必须得是树熟才好吃，放熟的，就是两个味儿了。

很多年以前，我到兰州，赶上杏熟时节，满街好多卖杏的，有一处在纸牌子上写着"金妈妈杏"。我见少识短，第一次见到这个名字，见杏里面还有这样人情味浓的品种，不觉好奇，便买了他家的杏。卖主儿一边给我称杏，一边说：算是你有眼光，这是我们甘肃的名产，敢说是全中国最好吃的杏！不信你就尝尝吧！

那杏金黄金黄的，有的一面带有一丝丝隐隐的金红，颜色油亮，像抹了一层釉。而且，个头儿很大，我从来没有见过这么大的杏，一斤才有十来个。关键是确实好吃，绵沙沙的，甜丝丝的，还有一股难以言传的清香。那香不像花香那样轻浮或过于浓郁，而像是经过沉淀之后慢慢浸透进你的心里的。

卖杏的看着我美美地吃了第一个杏后，说：没骗你吧？

我问他为什么叫金妈妈杏，他答不上来，说：反正我们这里都这么叫！妈妈呗，还有比妈妈更亲更好的吗？杏和人是一个样的！

我自幼喜欢吃杏，每年杏上市那短短的几天，都不会放过。那时候，杏很便宜，几分钱就能买一斤。比起枇杷、荔枝这样富贵的水果，杏属于贫民的水果，连带着我童年的记忆。

我到北大荒插队，两年多之后，才第一次回北京探亲。是夏天过后的初秋，回到家，寒暄后，吃过饭，我爸我妈从床铺底下掏出了一个纸箱，不知道箱里藏着什么宝贝。打开箱子一看，是花生瓜子。那个年月，只有过春节时，才有花生瓜子供应，每户半斤花生半斤瓜子。我知道，这是父母过春节时候买的，没舍得吃，一直留到现在，等着我回来吃。

我妈蹲下身子，伸出手，扒拉开花生瓜子，我看见了，埋在下面的是杏干，已经完全没有了杏的金黄色，变成土褐色，萎缩着，蜷曲着，像雾霭中弯弯的月牙。她手捧着一把杏干让我吃。我妈知道我从小爱吃杏，吃不到树熟的鲜杏，她便晾了这么多的杏干，等我回来吃。

我吃了花生瓜子和杏干。放的时间有大半年，花生和瓜子都有了哈喇味。但是，杏干没有放坏，酸甜酸甜的，很好吃。

他们问我：怎么样？我连连点头说：好吃！

可以说，到北大荒那六年，我也几乎都没有和杏失约，即使吃不到树熟的鲜杏，毕竟还有我妈晾晒留下的杏干。

只是最近这几年到美国去看望孩子，时间都安排在春天和夏天，没能吃得上杏。美国自己没有什么杏树，超市里很少见到杏，即便有，也卖得很贵，而且味道远不如北京的香白杏、大黄杏，更赶不上金妈妈杏。那几年，每每到杏黄麦熟时节，我都非常想念北京的香白杏和大黄杏。当然，还有金妈妈杏。

今年，杏黄麦熟时节，孩子从美国回北京，没有错过吃杏。由于我喜欢吃，连带着孩子也跟着吃。他连连说好吃，比美国的杏好吃！

陪孩子一起到密云的黑龙潭玩，在售票处的门外，正好遇到一位卖杏的老大娘，她蹬着一辆三轮车，车上的两个大柳条筐里装满了杏，那杏个头儿不大，黄澄澄的，在午后热辣辣的阳光下格外明亮，特别是和她那一头白发对比得过于醒目。

我对于杏没有免疫力，忍不住走了过去。其实，上午经过怀柔，我刚买过杏。老大娘笑吟吟冲我说：都是刚从树上打下来的，甜着呢！青的也甜着呢！你尝一个！说着，她掰开一个青杏递在我的手里。

我吃了这个青杏，真的很甜。便和她聊起天来，知道自打杏熟之后，她天天骑着三轮车到这里来卖。我问她家种多少棵杏树。她说：那我可没数过，每年这个季节，能打几千斤吧！我说：这么多杏，怎么不让你家老头儿来卖？都是你自己一个人蹬车来卖？她一摆手，说：我家老头儿这些年一直在外面打工，哪儿顾得过来。我说，让你孩子来卖呀！她又说：眼睛都指望不上，还指望眉毛？孩子考上了大学，结了婚住在城里，现在正忙活他们自己的孩子呢！

每年这几千斤杏，都是您自己一个人蹬着车跑这里卖的？都能卖得出去吗？我非常吃惊地问她。

她有些欣慰地告诉我：还真的差不多都卖出去了，借着黑龙潭这块地方，来的游人多。我卖得便宜，挣点儿是点儿，给儿子养孩子添点儿力呗！他也不容易！说着，她拿起一个黄杏让我尝：不买也没事，都是自家的玩意儿！

我尝了，要说甜和香，比不上金妈妈杏，但说味道，比金妈妈杏更让我难忘。那一刻，我想起了金妈妈杏。

然后，她像忽然想起来，对我又说：实在卖不出的，我就晾成杏干，到时候也能卖出点儿钱。

她说到了杏干，让我立刻想起了我妈为我晾的杏干。

妈妈，已经走了三十年。

蓝　围　巾

不知为什么，最近一些日子总想起那条蓝围巾。

我怎么也想不起来，是在什么时候什么地方，怎么把它弄丢的了。只记得，那时候，我在北大荒，收到这条蓝围巾，打开包裹，抖落出来一看，足有一米四长，逶迤在炕上，拖到地上，像一条蓝色的蛇，明显是一条女式的围巾。心里想，我妈也真是的，怎么买了一条女式的围巾。尽管是纯毛的，花了20元，我还是把它丢到一旁，一天也没有戴过。那时候，20元对于一般家庭不是一笔小数字。父亲退休后，每月的工资只有42元，也就是说，这条围巾花了父亲近一半的工资。

那应该是1970年或者是1971年的事。那时候，北大荒的冬天"大烟泡"一刮，冷得刀割一般难受。我写信向家里要一条围巾。当然，也是为了臭美。那时候，知青不讲究穿，但就像当年时兴假领子一样，戴一条好看点儿的围巾，不显山显水，却成为我们的一种暗暗的时尚。

　　就像我妈一直不知道我竟然是如此对待她寄给我的这条蓝围巾一样，我也不知道我妈寄我这条蓝围巾时所经历的心酸。一直到父亲去世，我从北大荒困退回北京，和我妈相依为命好几年之后，才在一次偶然的聊天中知道，原来这条蓝围巾上还有我妈的眼泪。

　　我妈是在王府井百货大楼买的这条蓝围巾。一辈子从来没有戴过围巾，甚至连一件毛线织的任何衣物都没有穿戴过的我妈，哪里懂得围巾的品种起码是要分男女的。她只想买最长最厚最贵的，认为那样才是最好的，最能抵挡北大荒的风寒。

　　买好围巾，正好有一位我们队上的北京知青，从北大荒回家探亲。我写信时告诉家里，如果围巾买好，就让他帮我带回北大荒。在信的末尾，我写上了这位知青家里的地址。他家离我家不远，也在前门附近的一条胡同里。但是，我只重视了知青身份的相同，却忽略了他家与我家的不同。我家只是普通人家，我父亲只是税务局的一个小职员，住在一个大杂院两间窄小的东房里。他家以前是一个资本家，住一个独门独户的小四合院，虽然经过了"文革"中的抄家，却是瘦死的骆驼比马大，大户人家的气势并未完全消失。我和我妈都以为是举手之劳的事情，到了那个四合院里，竟然成为了令人皱眉头的恼人的事情。因为我妈按照地址把围巾给人家送去的时候，人家没让给带，说是孩子带的东西已经很多了，行李包里放不下了。

　　怪我除了围巾还买了点儿六必居的咸菜，包好，夹在围巾里。可能是人家嫌沉。我妈这样对我说。

　　我说是，你让人家带围巾就带围巾，干嘛还非要带咸菜。我这样附和着我妈的话说，是想安慰她。我知道，我妈是想让我冬天吃饭时候有点儿就着下饭的东西，她从回家探亲的知青的口中知道，到了冬天，我们吃的菜只有老三样：土豆、白菜、胡萝卜，还都是冻的。经常的菜，就是炖一锅这样的冻菜汤，最后用淀粉拢上芡，稠乎乎的，我们管它叫"塑料汤"。

我不知道，我妈对我这样说，是为了安慰我。人家没有带给我那条蓝围巾，其实，并不是因为咸菜。

那天，我们队上的那位知青没在家，我妈见到的是他妈。他妈根本没有让我妈进屋，只是在院子里说了几句话，就把我妈打发回来了。

我妈虽然出身贫寒，又没有文化，但看人多了，也知道眉眼高低，尽管经过"文化大革命"，不讲究穿戴了，但从人家细致的衣服、白嫩的皮肤和飘忽的眼神，也看得出来，人家是在嫌弃自己呢。我妈听完人家这番话后，把围巾和咸菜包裹好，说了句那就不麻烦你了，便离开了那个小四合院。

那天，是腊月天，天寒地冻。我妈是缠足，抱着围巾和咸菜，踩着小脚，一步步走到他们的那个小四合院的。那天的情景，总让我觉得像是电影《青春之歌》里的余永泽没让乡下来的亲戚进屋，也是冷漠地让人家站在风雪之中的院子里。

那天，我妈没有回家，直接到了邮局。因为包围巾和咸菜的包上有我父亲写的我的名字和地址，我妈就求别人按照上面的字写在包裹单上，把围巾和咸菜寄给了我。

这件事，一直到我妈去世之后，听我弟弟讲，才知道全部真实的过程。那一年，我弟弟从青海探亲回北京，他的一个同事的妈妈带着十几斤香肠到我家，让我弟弟帮助带回青海。我弟弟面有难色，他自己这么多东西，这十几斤香肠不轻呢，便想只带其中一部分，让我妈给拦下了。等人家走后，我妈对我弟弟说，都知道你们青海那里一年四季难得有肉吃，人家才会让你带这么多，人家让你带，是对你的信任，别伤人家的心。然后，我妈对我弟弟说了让人家帮我带那条蓝围巾被拒的事情。

在我妈的一生中，蓝围巾只是一件小事。不知为什么，却总让我想起。在一个还存在出身地位和财富不对等的社会里，人和人之间，不平等是存在的，不经意之间对于他人自尊的伤害是存在的。我们要努力去做的是，居高不自矜，位卑不屈辱，在任何时候，对任何人，要有最起码的尊重，而努力避免不经意的伤害。

我只是想起那条蓝围巾的时候在想，如果在收到我妈寄给我那条蓝围巾的当时，知道了事情的真实原委，也许，我会好好珍惜那条蓝围巾，而不至于让它那么轻易丢失。

但也没准儿，那时还年轻，年轻时的心，没有经历过多的世事沧桑和人生况味，很多事情不会真正明白。

前些天，我路过前门，发现我家原来住的大院已经拆除，不由想起我们队上那个知青家的小四合院，便又拐个弯儿，上前多走了几步。那一整条胡同都拆干净了，变成了宽阔的马路。想想，是应该料到的。那个小四合院，我曾经去过两次。刚开始返城回京的时候，那个知青邀请我到他家去过。我不知道由于蓝围巾我妈受辱的事情，否则，我不会去的，去了，也会很尴尬。只记得正是秋天，长得很富态的他妈，大概早忘记了蓝围巾的事，

兴致勃勃地对我说，秋天到了，要贴秋膘，哪怕是袜子露脚后跟
了，借钱也得吃顿涮羊肉。可那时我和我妈还从来没有吃过涮
羊肉。

正是秋风起时，落叶萧萧，我想起了我妈。那天去他家见
他妈之前，中午刚吃完炸酱面，就了几瓣蒜，怕嘴里有蒜味，让
人家闻见了不高兴，妈妈临出门前特意嚼了嚼泡好的茶叶。这是
当年我妈对弟弟讲的。我知道，这是我妈的老习惯，她说茶叶可
以去味儿。可是，去味儿的茶叶，没能帮助得了我妈。我妈的精
心，抵不住他妈的轻心。

已经是四十多年前的事情了。我妈已经去世 26 年，他妈也
肯定早不在了，世事沧桑和人生况味都经历了，世事沧桑和人生
况味却依然还在，像磨出的老茧一样，轮回在新的一代和新的世
风中。

忽然想起了棉花

如今，在城里已经很少能见到棉花了。

这想法，是在偶然间一闪而过。闪过之后，我有些吃惊。人真的可以不需要棉花了吗？城市真的可以离开棉花了吗？在人类发展史上，棉花的出现，曾经是何等的重要，它让人终于可以不用树叶、兽皮遮羞、取暖，而用棉花纺线织布，创造出了衣服。

如今在城里，五颜六色的服装和时装，款式越来越新潮，面料用纯棉布的已经少得几乎看不见了。混纺品、化纤品，早开始粉墨登场。即使原来要絮棉花的棉衣，里面早用羽绒了；原来要弹棉花套的棉被，里面早用丝绵或太空棉了。

棉花，在城里越来越难见到了。

忽然意识到这一点，我不知道是有些伤感，还是高兴。是因为城市发展得太快、科技发展得太快，棉花已经被更新换代而显得落寞？还是因为我们已经越来越远离了淳朴天真的大自然，崇尚的再不是田野里热烘烘的阳光和晶莹湿润的雨露滋养出来的东西，而是那些人造的、合成的、经过分子式重新排列组合的化学反应之后的东西了？

如今，谁会再穿用棉花絮得老厚老厚笨重的棉袄棉裤呢？

棉花，当然渐渐离我们远去了。

记得小时候，甚至年轻的时候，在城里还能见到棉花。虽然不多，但是还能见到。那时，每年每人能有半斤棉花票，可以用这棉花票买到棉花。每半斤棉花用纸包一圈，两头露着雪白雪白的棉花，再用纸绳一系，从商店提到家，身上粘着好多棉絮，很像是从田间棉花地里走来。棉花很轻，半斤是不小的一包呢，蓬蓬松松，暄暄腾腾，提着棉花，连自己的身子都变得轻了，走起道来，像是踩着棉花一样飘乎乎的。买棉花总能给人带来轻松。大概因为棉花本来就轻松、洁白的原因吧，将人的心情也絮得绵软了。

那时候，鲜鱼口西口有一家叫作"黑猴"的百货商店，据说最早是有一只店家养的真猴，蹲在店门口的。后来，这只猴子死了，店家做了一只木猴，放在店里，成了镇店之宝。附近的人们常到这里买东西，把店名忘了，索性把店叫成了黑猴。这是家百年老店，离我家不远。我妈也常到这里买东西，也管它叫黑猴，自然，每一次买棉花，总会到这里。记得1975年搬家离开前门，我妈手里攥着半斤棉花票，舍不得浪费，最后一次到黑猴买棉花。我下班回家，在大院门口，老远就看见她手提着一包棉花回家，迎了上去，看见她的身上和头发上沾满了棉花，白花花的，在夕阳的光芒中闪闪发亮，像个圣诞老奶奶。

那时候，家里的棉被、棉衣，都是妈妈用棉花絮的。她老人家坐在床里边，把雪白的棉花摊开在自己身边，把棉花摊平，一层层絮下来，不一会儿，满床都是平展展的棉花了。她便像坐在一片白云彩里面了。而她的手上、眉毛上、头发上，沾满了棉花毛儿，满屋子里飘飞着棉花毛儿，处处看得见、闻得到来自田野的清新气息。尤其是当棉衣和棉被被絮好了新棉花，拿到院子里晾衣绳上一晾，穿在身上或盖在身上之后，能闻得见、感觉得到阳光的味道和分量，全是由于棉花可以像吸水一样将阳光吸到每一丝棉絮里去的呀……

如今，还能找得到这种感觉和乐趣吗？我们可以穿上羽绒服、盖上太空被，可以很保暖、很美观，但没有了棉花能给予我们的那种感觉了。

那时候，过年开联欢会时，我常和小伙伴们用棉花粘在嘴上和眼眶上面，当作白胡子、白眉毛，装扮成新年老人登台演节目。棉花，总能意想不到地帮助我们这些调皮的小孩子，便宜得不用花一分钱就成全我们好多好事。棉花，是我们童年要好的伙伴，温暖着伴我们长大……

如今的小孩子们，可以花几元钱，买上一大团棉花糖。雪白雪白的，像是棉花，毕竟不是真正的棉花。

偶尔，去鲜鱼口转转，西口的黑猴老店已经没有了。但是，站在老店旧址前，总会想起母亲，想起她最后一次到这里买棉花的情景，仿佛昨天。

带父母一起看戏

和父母一起看戏，一生中，只有两次。一次是童年时，到大众剧场看评戏《芦花记》；一次是青年时，到广和剧场看京戏《红灯记》。区别在于：前一次，是父母带我一起去；后一次，是我带父母一起去。

大众剧场和广和剧场，都是老戏园子，离我家都不远。大众剧场在鲜鱼口，以前叫天乐园。广和剧场在肉市胡同，以前叫广和楼，明朝就有了，历史比天乐园要久，那时候叫查楼。新中国成立以后，在原址新盖起了水泥高楼，老模样是看不出来了，但"广和剧场"的大字，竖排，立在高楼中央，四周镶着灯，夜晚明亮，很是醒目，老远就能看见。

广和剧场，离我家更近，出西打磨厂西口，往南拐进肉市胡同，走不了几步就到。那里，白天演电影，晚上演戏，主要演京剧。读小学和中学的时候，我在那里面看过好多场电影，那时候学生票很便宜，每张只要5分钱。我却从来没带父母到广和剧场看过一次戏，想都没有想过。

曾经有一年，我正读高中，春节之前，广和剧场前排着长队，队伍一直往南排到了鲜鱼口便宜坊烤鸭店的门前了。那天，天上飘着小雪，也挡不住这么多戏迷的热情。一打听，敢情是马连良的演出，怪不得排这么长队。回到家，吃晚饭的时候，和父母说起这事情，是当作新闻说的。父亲带着羡慕的表情感叹道：马连良嘛！当然有这么多人排队了！当时，我并没有想到，应该排队给父母也买张票，去广和剧场看看马连良。他们和我一样，想也没想。马连良，就在身边，但不属于他们。

他们自己从来没到广和剧场看过一场戏，连一场票价更便宜的电影都没有看过，舍不得花钱吧。那时候，一斤棒子面才 8 分钱，他们当然舍不得花那么多钱去看一场戏。

1972 年冬天，我从北大荒插队回北京探亲，突然想尽尽孝道，在广和剧场买了三张票，晚上带父母去那里看戏。那天，演的是革命样板戏《红灯记》，钱浩亮、袁世海、刘长瑜都出场了，应该是名角荟萃。

这是我第一次带父母看戏。他们也是第一次到广和剧场看戏，显得有些激动。母亲早早地就要做晚饭，我对她说：别做了，我们到外面吃吧，吃完了，直接看戏。

我带他们到全聚德烤鸭店吃烤鸭。小时候，姐姐从内蒙古回北京时候，带我和弟弟到这里吃过烤鸭。长大以后，我和弟弟分别去了北大荒和青海，前两年回北京探亲的时候，也一起到这里吃过烤鸭，前后都不曾带父母一起来过这里。我们只是把吃剩下的烤鸭带回家，让他们尝尝鲜而已。是他们把我们养大，我们做儿女的，却都是这样，对他们不在意，却觉得天经地义，理所当然。

那一年冬天，我即将25岁，才好像长大了一些，想起这些往事，忽然觉得对父母有些歉疚，特别是看到他们已经变得有些苍老了。

他们很高兴，跟着我来到了全聚德。全聚德紧挨着广和剧场，它的店堂也在肉市胡同里，大门开在前门大街上。我第一次带他们去全聚德吃烤鸭，他们也是第一次来这里吃烤鸭，是这辈子的第一次，而且，是唯一的一次。坐在餐桌旁边，望着他们吃烤鸭，不知为什么，我的心里酸酸的，不清楚是为了他们，还是为了自己。

吃完烤鸭，走出全聚德，天下起了雪。拐进肉市胡同的时候，我忽然想起读高中的那年春节前，为看马连良的戏，在这里排出那一列长队的盛景，不禁望了望身边的父母，有一种说不出的滋味。心里在想，如果那一年能排队为他们买票看看马连良的戏，该多好。七八年前，他们还没有显得这样苍老而步履蹒跚。而今，他们老了。马连良已经不在。

我们去了广和剧场。我们的座位在楼上。剧场里，比外面暖和多了。戏开演之后，母亲大概看不大懂，我看见父亲小声地不停给她讲解着戏中的内容。他们看得津津有味。这是他们头一次到这里来看戏，也是最后一次。

戏散之后，走出剧场，外面的雪下大了，纷纷扬扬的雪花，铺满一地，雪白雪白的，很厚一层。肉市小胡同里的灯很暗，地上的雪很滑，他们老两口互相搀扶着，一边走一边还在说着刚才戏里的事，显得兴致很浓，就这样走进西打磨厂，一直走回家。街上很静，没有什么人，雪地上，踩出了我们深深的脚印，在散了黄似的昏黄路灯映照下，一直刻印在我的记忆里。

第二年的秋天，父亲在前门楼子后面的小花园里打太极拳，一个跟头倒地，送到同仁医院，脑溢血去世。

和父母一起逛公园

和父母一起逛公园，一生中只有一次。

童年，曾有几次去中山公园，但只是父亲带我和弟弟一起去的，中山公园里有一个儿童游乐厅，父亲带我们坐旋转木马，母亲从来没有去过。

曾经有一次去颐和园，是父亲带我一个人去的，母亲和弟弟都没有去。那次印象最深，父亲带我走到十七孔桥旁，坐在湖边的石头上，拿出带来的面包和猪头肉，算是午餐。父亲还拿出一小瓶二两装的二锅头，他喝得很美，阳光在墨绿色的小酒瓶上闪闪发光，成为记忆里最美的闪光了。

1970年夏天，我第一次从北大荒回北京探亲，事先约好，弟弟也请假从青海回来一起相聚。那一年，我23岁，弟弟20岁。不知怎么，忽然想起从来没有和父母一起逛过公园，特别是没有带母亲来过公园。母亲已经来北京生活了将近二十年了，却从来没有去过北京任何一家公园。这样的念头，在心里掠过，针扎一样，有些不好受。

我和弟弟快离开北京前，有一天，我对弟弟说：咱们带爸妈一起去公园转转吧。

他望了我一眼，没有说话，有些发愣，显然没有想到我会提出这样的话题。

我也望着他，半天没说话，明白他心里是怎么想的。由于父亲的历史问题，弟弟一直很压抑，尤其到了"文化大革命"时期，出身更像块大石头压在心上，所以，他才在不到17岁就毅然决然地离开家，跑到那么远的柴达木去，为的就是摆脱这一道压在心头的沉沉阴影，和家疏远得很。那时候，我们都一样，把心里的怨恨，都倾泻在家里，觉得一切都是出身惹的祸，不曾也不敢责问那个时代。我们是一样的无知而懦弱。

停了一会儿，我又对他说：过两天，我们就离开北京了，还是带他们去公园转转吧，我们还从来没有带他们去过一次公园呢！

弟弟这才说话：去哪儿？

去动物园吧，咱妈从来没有见过那么多动物。

弟弟不再说话，从他脸上的表情看出来，并不情愿。

不管他愿意不愿意，我不容分说地对他说：就明天上午去吧，要不就没时间了！

我非要拉着他一起去，下一次再一起回北京，不知要等到什么时候了。不管怎么说，他们是我们的父母，我们活得压抑，他们活得更压抑。我们一走了之，眼不见心不烦，他们却要留在北京，留在憋屈的家里。我们能为他们做的，只不过是带他们去一次公园，别的什么也做不了。这还不行吗？我没说话，但在心里是这样对弟弟发问的。或许，他能明白。

见我说得这样坚决，弟弟不再说什么了，勉强点点头，答应了明天去动物园。

第二天上午，父母早早起床，准备好带的吃的。昨天晚上，我就对他们说了去动物园，看得出来，他们很高兴。毕竟是全家四口一起逛公园。

弟弟起得晚，我们等他起床，准备一起走。他却突然甩出一句：你们去吧，我不去了！

我很生气：说好的，为什么不去了？

他一梗脖子说道：我有事！说罢，转身就走出屋门。

爸爸妈妈都愣住了，不知如何是好。

我对他们说：咱们走！

拽着父母走出屋，走出我们住的那条老街，很近，就走到前门二路无轨电车站，坐上车，很快就到了动物园。那时候的动物园，人不多，无论是狮虎山、猴山，还是长颈鹿馆，都很清静，除了猴子欢蹦乱跳，老虎、狮子和长颈鹿，都很悠闲，不是在睡觉，就是在旁若无人地漫步。父亲非要带母亲去看"四不像"，一路走，一路讲解着。那种非驴非马的动物，样子很难看，不知他们为什么对它感兴趣。

但是，我看得出来，这只是一时的兴致，很多时候，他们的心情和我一样，并没有因为身边有那么多可爱的动物而高兴，相反，有些郁闷，又不敢表现出来，让彼此看到。

我心里有些埋怨弟弟。为什么昨天答应好的，今天又变卦了？陪父母一起逛逛动物园，就不行吗？就是你心里有再多的委屈，再多的不满，哪怕是违心，陪他们来一趟就那么难吗？再怎么说，难道你不是他们的孩子吗？别人瞧不起他们，我们要再往他们的伤口撒一把盐吗？

我不知道，那一刻父母心里是怎么想的，我猜得出来，弟弟没有来，他们的心里一定不好受。他们看到"四不像"时的快乐，甚至兴奋，是一时的。留在心里的阴影，是弟弟没有来。只是他们不说，装作很高兴的样子。

中午，我们坐在水禽馆前湖水边的柳树荫里吃东西。我忘记吃的是什么了，可能是母亲昨晚烙好的芝麻酱红糖饼。我小时候每一次学校组织春游，母亲总是烙芝麻酱红糖饼，让我带去吃的。

我们吃着午饭，都没有说话，我很想对他们说些什么，却不知说什么好。我想，他们一定也是这样。

眼前的湖水荡漾着涟漪，有白鹅和鸳鸯游来游去；身边有鸟鸣，清脆悦耳地从飞禽馆里传出来。四周显得很静，静得似乎能听到坐在身边父母心跳的声音。我想，他们一样，也能听到我心跳的声音。

忽然，我看到湖对面，影影绰绰，站着一个熟悉的身影。起初，我没敢相信，但是，定睛仔细看，确定了，是弟弟。不知道他什么时候来了。

我站起身来。他看见了我，沿着湖边，向我们走了过来。

清　明　忆

　　好多童年的事情，过去了那么多年，却依然恍若在眼前，连一些细枝末节，都记得特别清楚。记得父亲为我买的第一支笛子，是1角2分钱；买的第一本《少年文艺》，是1角7分钱；买的第一把京胡，是2元2角钱……那时候，家里生活不富裕，一家五口全靠父亲微薄的薪水维持，为了给我买这些东西，父亲掏出这些钱来，是咬着牙的。因为那时买一斤棒子面才几分钱，花这么多钱买这些东西，特别是花两块多钱买一把胡琴，显得有些奢侈。

　　读小学五年级的那一年，我爱上了读书，特别是从同学那里借了一本《千家诗》之后，我对古诗更是着迷。那时候，我家住在前门，离大栅栏不远，大栅栏路北有一家挺大的新华书店，我常常在放学之后到那里看书。那书架上琳琅满目的唐诗宋词里，我看中其中四本，最为心仪，总是爱不释手，拿起来，又放下，恋恋不舍。一本是复旦大学中文系编选的《李白诗选》，一本是冯至编选的《杜甫诗选》，一本是游国恩编选的《陆游诗选》，一本是胡云翼编选的《宋词选》。

每一次，翻完这四本书后，总要忍不住看看书后面的定价，《李白诗选》定价是1元5分，《杜甫诗选》定价是7角5分，《陆游诗选》定价是8角，《宋词选》定价是1元3角。四本书加起来，总共要小5元钱呢。那时候的5元钱，正好是我上学在学校里的一个月午饭的饭费。每一次看完书后面的定价，心里都隐隐地叹口气，这么多钱，和父亲要，父亲不会答应的。所以，每次翻完书，心里都对自己说，算了，不买了，到学校借吧。可是，每次到新华书店里来，总忍不住还要踮着脚尖，把这四本书从架上拿下来，总忍不住翻完书后还要看看后面的定价，似乎希望这一次看到的定价，会比上一次看到的要便宜了似的。

那时候，姐姐为了帮助父亲分担家里的负担，不到18岁就去了包头，到正在新建的京包铁路线上工作。她从她的工资里拿出大部分，开始每月给家里寄20元钱。那一天放学之后，母亲刚刚从邮局里取回姐姐寄来的20元钱。我清清楚楚地看见母亲把那4张5元钱的票子，放进了我家放"金银细软"的小箱子里。母亲出去之后，我立刻打开小箱子，从那4张票子里抽出一张，揣进衣兜，飞也似地跑出家门，跑到大栅栏，跑进新华书店，不由分说地，几乎是比售货员还要熟练地从书架上抽出那四本书，交到柜台上，然后从衣兜里掏出那张5元钱的票子，骄傲地买下了那四本书。终于，李白、杜甫和陆游，还有宋代那么多有名的词人，都属于我了，可以天天陪伴我一起吟风弄月、说山论河了。

　　回到家，我放下那四本书，心里非常高兴，就跑出去到胡同里和小伙伴们玩了。黄昏的时候，看见刚下班的父亲一脸铁青地向我走来，然后把我领回家。回到家，父亲把我摁在床板上，用鞋底子打了我屁股一顿。我没有反抗，没有哭，什么话也没有说，因为我一眼看到了床头上放着那四本书，知道父亲一定知道了小箱子里少了一张 5 元钱的票子是干什么去了。我知道，是我错了，我不该心血来潮私自拿钱去买书，5 元钱对于一个贫寒的家的日子来说是笔不小的数目。

　　挨完打后，我没有吃饭，拿着那四本书，跑回大栅栏的新华书店，好说歹说，求人家退了书。我把拿回来的钱放在父亲的面前，父亲抬头看了我一眼，什么话也没有说。

　　第二天晚上，父亲回来晚了，天完全黑了下来。母亲已经把饭菜盛好，放在桌子上，我们一家正等他吃饭。父亲坐在饭桌前，没有先端饭碗，而是从他的破提包里拿出了几本书，我一眼就看见，就是那四本书——《李白诗选》《杜甫诗选》《陆游诗选》和《宋词选》。父亲对我说："爱看书是好事，我不是不让你买书，是不让你私自拿家里的钱。"

　　六十多年的光阴过去了，我还记得父亲讲过的这句话和讲这句话的样子。那四本书，跟随我从北京到北大荒，又从北大荒到北京，几经颠簸，几经搬家，一直都还在我的身旁。大栅栏里的那家新华书店，奇迹般地也还在那里。一切都好像还和童年时一样，只是父亲已经去世整整五十年了。

辑三　姐姐弟弟

粤东会馆东跨院 FuXiNG 2023. 锋记

姐　姐

　　这个世界上最先让我感觉到至为圣洁而宽厚的爱，而值得好好活下去的，一个是母亲，一个是姐姐。

一

　　年轻时，姐姐很漂亮，只是脾气不好，这一点儿随娘。在我和弟弟落生的时候，娘都把姐姐赶出家门远远的到城外去，说她命硬，会冲了我们降生的喜气。我和弟弟都是姐姐抱大的，只要我们一哭，娘常常不问青红皂白先要把姐姐骂上一顿，或者打上几下。可以说，为了我和弟弟，姐姐没少受气，脾气渐渐变得躁而格外拧。

　　可是，姐姐从来没对我和弟弟发过一次脾气。即使现在我们已经长大成人，在她眼里依然还像依偎在她怀中的小孩。

　　姐姐的脾气使得她主意格外大，什么事都敢自己做主。娘去世的那一年，她偷偷报名去了内蒙古。那时，正修京包铁路线，需要人。那时，家里生活愈发拮据，娘去世后一大笔亏空，父亲瘦削的肩已力不可支。临行前，姐姐特地在大栅栏为我和弟弟买了双白力士鞋，算是再为娘戴一次孝，然后带我们到鲜鱼口的联友照相馆照了一张照片。

带着这张照片，姐姐走了，独自一人走向风沙弥漫的内蒙古，虽未有昭君出塞那样重大的责任，但一样心事重重地为了我们而离开了北京。我和弟弟过早尝到了离别的滋味，它使我们过早品尝人生的苍凉而早熟。从此，火车站灯光凄迷的月台，便和我们命运相交无法分割。

那一年，姐姐17岁。

第二年，姐姐结婚了。她再一次自作主张，父亲很是惊奇，也有些无奈。春节前夕，她和姐夫从内蒙古回到北京，然后回姐夫的家乡任丘。姐夫就是从那里怀揣着一本孙犁的《白洋淀纪事》参加革命的，人脾气很好，正好和姐姐形成鲜明的对比。

以后，我和弟弟便盼姐姐回来。因为每次姐姐回来，都会给我们带回许多好吃的、好玩的。我们还是不懂事的小馋猫呀！记得三年自然灾害时期，姐姐到武汉出差，想买些香蕉带给我们，跑遍武汉三镇，只买回两挂芭蕉。那是我第一次吃芭蕉，短短的，粗粗的，口感虽没有香蕉细腻，却让我难忘。望着我和弟弟贪婪地吃着芭蕉的样子，姐姐悄悄落泪。那时，我不明白姐姐为什么要落泪。

那一次，姐姐和姐夫一起来北京，看见我和弟弟如狼似虎贪吃的样子，没说什么。正是我们长身体的时候，肚子却空空的像无底洞，家里粮食总是不够吃……父亲念叨着。姐姐掏出一些全国粮票给父亲，第二天一清早，便和姐夫早早去前门大街全聚德烤鸭店排队。那时，排队的人多得不亚于现在办出国签证。我不知道姐姐、姐夫排了多长时间的队，当我和弟弟放学回家时，见到桌上已经摆放着烤鸭和薄饼。那是我们第一次吃烤鸭，以为该是世界上最好吃的东西了。望着我们一嘴油一手油可笑的样子，姐姐苦涩地笑了。

盼望姐姐回家，成了我和弟弟重要的生活内容。于是，我们尝到了思念的滋味。思念有时是很苦的，却让我们的情感丰富而成熟起来。

姐姐生了孩子以后，回家探亲的日子越来越少。她便常寄些钱来，父亲拿这些钱照样可以买各种各样的东西给我们，我却感到越发思念姐姐了。我们盼望姐姐归来已经不仅仅为了馋嘴，一股浓浓依恋的情感，已经长成枝繁叶茂的大树，即使无风依然要婆娑摇曳。

终于，盼到姐姐回来了，领着她的女儿。好日子太不禁过，像块糖越化越小，即使再精心地含着。既然已经是渴望中的重逢，命中必有一别。姐姐说什么也不要我和弟弟送，因为姐姐来的第二天，正是少先队宣传活动，我逃了活动，挨了大队辅导员的批评。那一天中午，姐姐带我们到家附近的鲜鱼口联友照相馆。照相前，她没带眉笔，划着几根火柴，用火柴上烧后的可怜的一点点如笔尖上点金一样的炭，分别在我和弟弟眉毛上描了描，想把我们打扮得漂亮些。照完相回到家整理好行装，我和弟弟送姐姐她们娘俩到大院门口。姐姐不让送了，执意自己上火车

站，走了几步，回头看我们还站在那里，便招招手说："快回去
上学吧！"我和弟弟谁也没动，谁也没说话，就那样呆呆站着，
望着姐姐的身影消失在胡同尽头。当我们看到姐姐真的走了，一
去不返了，才感到那样悲恸，依依难舍又无可奈何。我和弟弟悄
悄回到大院，一时不敢回家，一人伏在一棵丁香树旁默默地擦
眼泪。

我们不知在那里站了多久，一直到一种梦一样的声音突然在
耳边响起，抬头一看，竟不敢相信：姐姐领着女儿再次出现在我
们的面前，仿佛她早已料到会有这样的场面一样。她摸摸我们的
头说："我今儿不走了！你们快上学吧！"我们破涕为笑。那一
天过得格外长！我真希望它能够永远"定格"！

二

在一次次分离与重逢中，我和弟弟长大了。1967年底，弟弟
不满17岁，像姐姐当年赴内蒙古一样自作主张报名去青海支援
三线建设，一腔"天涯何处无芳草"的慷慨豪壮。姐姐以为他去
西宁一定要走京包线的，就在呼和浩特铁路站一连等了他三天。
姐姐等不及了，一脚踏上火车直奔北京，弟弟却已走郑州直插陇
海线，远走高飞了。姐姐不胜悲恸，把原本带给弟弟的棉衣给了
我，又带我跑到前门买了顶皮帽，仿佛她已经有了我也要走的先
见之明一样。我只是把她本来送弟弟的那一份挚爱与牵挂统统收
下了。执手相对，无语凝噎，我才知道弟弟这次没有告别的分
手，对姐姐的刺激是多么大。天涯羁旅，茫茫戈壁，会时时跳跃

着姐姐一颗不安的心。

就在姐姐临走那天夜里，我隐隐听到一阵微微的哭泣声，禁不住惊醒一看，姐姐正伏在床上，为我赶缝一件棉坎肩。那是用她的一件外衣做面、衬衣做里的坎肩。泪花迷住她的眼，她不时要用手背擦擦，不时拆下缝歪的针脚重新抖起沾满棉絮的针线……

我不敢惊动她，藏在棉被里不敢动窝儿，眯着眼悄悄看她缝针、掉泪。一直到她缝完，轻轻地将棉坎肩放在我的枕边，转身要去的时候，我怎么也忍不住了，一把伸出手，紧紧抓住她的胳膊。我本以为我一定控制不住，会大哭起来，可我竟一声没哭，只是一句话也说不出来，喉咙和胸腔里像有一股火在冲，在拱，在涌动……

我就是穿着姐姐亲手缝制的棉坎肩，带着她的棉衣、皮帽以及绵绵无尽的情意和牵挂，踏上北去的列车到北大荒的。那是弟弟走后不到一年的事。从此，我们姐仨一个东北、一个西北、一个内蒙古，离得那么远那么远，仿佛都到了天尽头。我知道以往月台凄迷灯光下含泪的别离，即使是痛苦的，也难再有了，而只会在我们各自迷蒙的梦中。

我和弟弟两个男子汉把业已年老的父亲孤零零甩在北京。当我们自以为的革命是何等辉煌之际，家正走向颓败。世态炎凉与人心险恶，是我万未料到的，以为红色海洋会荡涤出一片清纯和美好来。就在我离开家不久，父亲被人赶至两间破旧、矮小的房子里，原因是我家走了我和弟弟两个大活人，用不着那么大的空间，外加父亲曾经参加过国民党。老实又胆小的父亲便把家乖乖迁徙到这两间小黑屋中。最可气的是窗户跟前还有一个自来水龙头，全院人喝水洗涮全仰仗它，每天从早到晚的吵闹声使人无法休息，而且水洇得全屋地下潮漉漉的，爬满潮虫。

就在这一年元旦前夕，姐姐、姐夫来到北京开会。他们本可以住到招待所，看到家颓败到这种模样，老人孤零零如风中残烛，便没有住在别处，而在这潮漉漉、黑漆漆的小屋过夜，陪伴、安慰着父亲孤寂的心。这就是我和弟弟甩给姐姐的家。那一夜，查户口的突然不期而至，是为了给父亲要要威风看的。姐姐首先爬起床，气愤得很。查户口的厉声问："你是什么人？"姐姐嗓门一向很大："我是他女儿。"又问姐夫："你呢？"姐夫掏出工作证，不说一句话，他太清楚这些人的嘴脸，果然，他们客气地退去了。那工作证上写着中共党员、呼和浩特铁路局监委书记。

姐姐、姐夫走的那一天清早，买了许多元宵，煮熟吃时，姐姐、姐夫和父亲却谁也吃不下。元宵本该团圆之际吃，而我和弟弟却远走天涯。她回内蒙古后不时给父亲寄些钱来，其实那本该是我和弟的责任。姐姐也常给我和弟弟分别寄些衣物、食品，她把她的以及远逝的那一份母爱一并密密缝进包裹之中。她只要我常常给她写信、寄照片。

当我有一次颇为自得地写信告诉她我能扛起 90 公斤重的大豆踩着颤悠悠三级跳板入囤时，姐姐吓坏了，写信告诉我她一夜未睡，叮嘱我一定小心，千万别跌下来，让姐一辈子难得安宁。

有一次她看见我寄去的照片，穿着临走时她给我的那件已经破得不成样子的棉衣，补着那针脚粗粗啦啦实在难看的补丁，又

腰扎一根草绳时，她哭了，哭得那样伤心，以致姐夫不知该怎么
劝才好……

三

当我像只飞得疲倦的鸟又飞回北京，北京没有如当年扎旗放
炮欢送我一样欢迎我。可怜巴巴的我像条乞讨的狗一样，连一份
工作都没有，只好待业在家，才知道无论什么时候只有家才是憩
息地。

从我回北京那一月起，姐姐每月寄来30元钱，一直寄到我
考入大学。似乎我理所应当从她那里领取这份"工资"。她已经
有3个孩子，一大家子人。而那年我已经27岁！每月邮递员呼
喊我的名字，递给我这份寄款单时，我的手心都会发热发颤。仿
佛长得这么大了，我还是个嗷嗷待哺的孩子，30元可以派些大的
用场。脆薄的自尊与虚荣，常在这几张票子面前无地自容，又无
法弥补。幸亏待业时间不长，一年多后，我找到了工作，在郊区
一所中学教书。我把消息写信告诉姐姐，要她不要再寄钱，我已
经有了每月42元5角的工资。谁知，姐姐不仅依然按月寄来30
元钱，而且寄来一辆自行车，告诉我："车是你姐夫的，你到郊
区上班远，骑车方便些，也可以省点儿汽车钱……"

我从火车货运站取出自行车，心一阵阵发紧。这辆银色的自
行车跟随姐夫十几年。我感到车上有姐姐和姐夫的殷殷心意，直
觉得太对不起他们，不知要长到多大才不要他们再操心！

我盼望着姐姐能再来北京，机会却如北方的春雨般难得了。

只是有一次姐姐突然来到北京，让我喜出望外。那是单位组织她到北戴河疗养。她在铁路局房建段当管理员，平凡的工作，却坚持天天不迟到、不请假、坚守岗位，因此年年评什么先进工作者都要评上她。这次到北戴河便是对她的奖励，第一次，也是最后一次。十几年没见面了，姐姐明显老了许多，更让我惊奇的是，大热的天，她还穿着棉毛裤。我问她怎么啦？她说早就得了风湿性关节炎。其实，我们小时候，她的腿就已经坏了，那时候我没注意罢了。我们长大了，姐姐老了，花白的头发飘飞在两鬓。她把她的青春献给了内蒙古，也融入了我和弟弟的血肉之躯！

我和弟弟都十分想念姐姐。想想，以往都是她千里奔波来看我们。这次，我大学毕业，弟弟考取大学研究生，利用暑假，我们各自带着孩子专程去看望一下姐姐！这突然的举动，好让姐姐高兴一下！是的，姐姐、姐夫异常高兴，看见了我们，又看见了和我们当年一般大的两个孩子，生命的延续让人感到生命的力量。临离开北京前，我特意买了两挂厄瓜多尔进口大香蕉，那曾是小时候姐姐和我们最爱吃的。我想让姐姐吃个够！谁知，姐姐看着这样橙黄、硕大的香蕉，不舍得吃，非让我们吃。我和弟弟不吃，她又让两个孩子吃。两个孩子真懂事，也不吃。直至香蕉一个个变软、变黑，最后快要烂了，还是没人吃。没人吃，也让人高兴！姐姐只好先掰开一只香蕉送进嘴里："好！我先吃！都快吃吧，要不浪费了多可惜！"我从来没有吃过这样美味的香蕉！悄悄地，我想起小时候姐姐从武汉买回的那把芭蕉。人生的滋味真正品味到了，是我们以全部青春作为代价的。

昭君墓就在呼和浩特近郊，姐姐在这里生活了这么长时间，

姐姐去内蒙古前和我、弟弟合影留念。1952年秋，北京。

姐姐、我、弟弟和姐姐的女儿雅琴。1964年冬，北京。

却从来没有去过一次。我们撺掇姐姐去玩一次。她说："我老了，腿也不行，你们去吧！"一想到她的老关节炎腿，也就不再劝，我们去的兴头也不大，便带着孩子到城里附近的人民公园去玩。不想那天玩到快出公园大门，天突然浓云四布，雷雨大作。塞外的豪雨莽撞如牛，铺天盖地而来，那阵势惊人，不知何时才能停下来。我们只好躲在走廊里避雨，待雨稍稍小下来，望望天依然沉沉的，索性不再等雨过天晴，领着孩子向公园门口跑去。刚跑到门口，就听前面传来呼唤我和弟弟的声音。真没有想到，是姐姐穿着雨衣，推着车，站在路旁招呼着我们，后车座上夹满雨具，不知她在这里等了多久！雨珠一串串从打湿的头发梢上滚下来，雨衣挡不住雨水的冲击，姐姐的衣服已经湿漉漉一片，裤子已经完全湿透，紧紧包裹在腿上……

姐姐！无论风中、雨中，无论今天、明天，无论离你多近、多远，我会永远这样呼唤你，姐姐！

姐姐三忆

大皮鞋

去内蒙古一年以后的春节前，姐姐第一次回家看我和弟弟。

姐姐回到家的第二天，带我和弟弟到劝业场，那时候，在前门一带，劝业场是最大的一家商场了。姐姐给我和弟弟一人买了一双皮鞋。翻毛，高靿，系带，棕黄色。记得那么清楚，是因为这是我和弟弟第一次穿皮鞋，以前穿的都是妈妈亲手缝制的布鞋。

还记得很清楚，买鞋的时候，售货员阿姨对姐姐说：小孩子长得快，鞋买大一点儿的好，要不明年一长个儿，脚丫子长了，鞋穿不进去了，怪可惜的。

姐姐听从了售货员阿姨的建议，给我和弟弟买了两双大皮鞋。问题是，给我买的那双皮鞋，实在是过大了些，穿在脚上像踩着小船一样直逛荡。当时穿在脚上，还是挺高兴的，根本顾不上大不大，逛荡不逛荡。在我们大院所有孩子中，我和弟弟是第一个穿上皮鞋的呢。那时候过年唱的儿歌：过新年，真热闹；穿新衣，穿新鞋；戴花帽，放鞭炮……我也有了新鞋，而且是皮鞋，明天穿上它，可以在院子里显摆一下了，那将是我过得最快乐的一个春节。

年三十晚上，吃完饺子，放完鞭炮，大概是吃得撑了，我憋不住，跑去厕所拉屎。擦完屁股，刚提上裤子要走，一只脚丫子竟然像脱了壳的小鸡一样，从皮鞋里伸了出来，等我想赶紧再把脚丫子伸进鞋里去的时候，没有想到，脚丫子没有伸进去，反倒把鞋踢进茅坑里了。这皮鞋也实在太大了！

"哇——"的一下，我哭了起来。毕竟这双大皮鞋刚刚穿了没两天呀。我不知如何是好，望着茅坑，一个劲儿地哭，仿佛只要使劲儿哭，那只大皮鞋就能听见，就可以像鱼游上岸一样，自己从茅坑里上来，重新回到我的脚丫子上。

厕所就在我们大院里，离我家很近，大概我的哭声过于惨烈，惊动了四邻，很多人跑过来。第一个跑进来的，是我妈。她问清我怎么一回事之后，二话没说，立刻弯腰探身，伸手将那只皮鞋从茅坑里捞了上来，根本不管手上沾上了脏兮兮的屎尿。

我妈拎着这只臭烘烘的皮鞋回到家，先用清水洗净，然后，晾在窗台上，对我说：没关系，皮鞋晾干了，照样能穿。

姐姐在一旁笑了，对我说：都怨我，买的皮鞋太大了！

我爸却在一边开玩笑说：大皮鞋，大皮鞋嘛，就是得大点儿！

姐姐笑得更厉害了，她知道，爸爸和妈妈是心疼钱，买一双皮鞋，要花不少钱呢。

姐姐带我又去了一趟劝业场，可惜，人家过年关门休息。我多少有些扫兴，谁愿意穿一双臭皮鞋呢？

姐姐临离开北京回内蒙古前，还是带我到劝业场，买了一双新皮鞋。还是翻毛，高靿，系带，棕黄色。这双大皮鞋，一直穿到我读小学。

电开关和日记本

小时候，我特别想去内蒙古看姐姐。可那时候实在太小，无论是姐姐还是父母，都不放心我一个人独自坐火车，跑那么老远去内蒙古。即使我再想念姐姐，姐姐再想念我，都把我这样的愿望，一次又一次地扼杀在摇篮里。

架不住我锲而不舍，总是念叨，一个劲儿地磨他们。终于，在小学三年级的暑假，他们同意了。他们同意的原因，是我们大院里一个刚刚从幼儿师范毕业的大姐姐，正好要去呼和浩特看她哥哥，便让我跟着她坐上了火车，一路上有个照顾。那时候，我姐姐住在包头，从呼和浩特到包头这一段几个小时的火车，要我一个人独自闯荡了。不管怎么说，我终于来到了姐姐家。

那一年，在姐姐家，我干了一件傻事。

姐姐姐夫都上班去了，他们的孩子上幼儿园了，家里就剩下我一个人。无聊得很，在空荡荡的屋子里无所事事，忽然看见墙壁上电灯的开关。那时候，我真的什么也不懂，少见多怪，我家里和学校教室里的电灯开关，都是老式的长长拉绳开关，我没有见过这样安放在墙壁上按钮式的开关，它有一个四四方方白色的胶木外壳。心想它没有绳子，怎么连接到电灯上呢？就凭这个小小的按钮，怎么管着电灯的开和关呢？

我非常好奇，眼盯着它，百思不得其解。一个三年级马上要上四年级的小学生，觉得自己长大了很多吧，不知道怎么忽然心血来潮，想打开它，看看里面藏着什么机关奥妙。自以为是地想当一回小科学家，探索一下它的秘密。

我看到它的外壳上有两个小小的螺丝，就找来改锥，很容易起下螺丝，打开了外壳，看见里面有两根线，一红一黑，和我见过的拉一下电灯就亮的线绳开关不一样。真的是无知无畏啊，竟然立刻伸出手摸了一下，一下子手颤抖得发麻，才立刻想到，会不会是电线呀，自己被电着了呀！那样的话，可是要电死人的！我吓坏了，赶忙跑开，跑到厨房的水池前，打开自来水龙头，用凉水使劲儿地冲这根发麻的手指头。冲了老半天，手指不麻了，才回去把开关的外壳安上。

姐姐姐夫下班回家，我没敢告诉他们这件傻事。不知道他们后来发现没发现这个开关被我动过，反正他们一直没有说过。

这一年暑假，我也有一个意外的收获。我看见姐姐家里有一本漂亮的美术日记，外面还有一个精致的硬皮封套。这个发现，让我感到新奇，有些兴奋，觉得比那个开关更有吸引力，也更安全。

打开日记本，看到里面的纸张非常好，比我的作业本和课本，甚至比我买的书上的纸，都要白，要厚，而且光滑。中间还有好多彩色的插页，上面印着好多幅名画家的画作。那时候，我什么也不懂，从来没有见过这样多有名的画家的作品。我是第一次见到这么多好看的油画、国画、水彩画，还有木刻和剪纸，真是美不胜收，看得爱不释手。

我非常喜欢这本美术日记。姐姐看了出来，送给了我。那是她作为铁路局的劳动模范的奖品。拿着这本美术日记，我好长时间都没有舍得用，一直到我上中学之后，在上面抄录了我写的作文，成为了少年时代最好的纪念。

至今，这本美术日记还保存着，尽管经过了六十多年的颠簸，我从北京把它带到北大荒，又从北大荒带回北京，其中多次搬家，很多书，很多日记本，很多笔记本都丢失了，但是，这本美术日记还在。那是姐姐的美术日记，是姐姐的劳动模范奖品，是姐姐青春的纪念。

那条小路

如果问我小时候最大的愿望是什么？就是盼姐姐回来。因为每次姐姐回来，都会给我们带回许多好吃的、好玩的，让我暂时忘记心里的一切不快。我还真是只小馋猫呀！

那时候，出大院，往西走不了几步，穿过一条叫作北深沟的小胡同，往西一拐弯，有一条小路，是土路，路旁边，是明城墙下的护城河，河水蜿蜒荡漾，河边有垂柳和野花。沿着这条小路往西走不到一里，便是北京老火车站。新北京火车站没有建立之前，绝大多数进出北京的客车都要从这里经过。护城河的对岸，常常可以看见停靠或者驶出开进的列车，有时车头会鸣响汽笛，喷吐白烟，让这条清静的小路一下子活起来，有了蓬勃的生气。姐姐每年探亲，都是从这里的火车站下车回家的。只是，姐姐每年只有一次探亲假，我便常常一个人走在这条小路上，幻想着姐姐会突然回来，比如临时的出差，或者和我想念她一样也想念我了。她下了火车，走出车站，走在这条回家的必经之路上，我就可以接到姐姐了。

姐姐的北京话讲得好，最开始在铁路局当电话员。她结婚很早。我不知道，她为什么那么早结婚。爸爸知道，是为了减轻家里的负担。那一次，姐姐和姐夫一起来北京，看见我和弟弟如狼似虎贪吃的样子，没说什么。正是长身体的时候，肚子却空空的，像无底洞，家里粮食总是不够吃……父亲念叨着。姐姐掏出一些全国粮票给父亲，第二天一清早，便和姐夫早早去前门大街全聚德烤鸭店排队。我和弟弟放学回家时，见到桌上已经摆放着烤鸭和薄饼。那是我们第一次吃烤鸭，狼吞虎咽的样子，一定很可笑。那情景，总也忘不了。

盼望姐姐回家，成了我和弟弟重要的生活内容。于是，我们尝到了思念的滋味。思念有时是很苦的，却让我们的情感丰富而成熟起来。

姐姐生了孩子以后，回家探亲的日子越来越少。她便常寄些钱来，每月寄来30元钱。那时候，她每月的工资只有六十几元。见不到姐姐，越发思念姐姐了。我们盼望姐姐归来已经不仅仅为了馋嘴，一股浓浓依恋的情感，已经长成枝繁叶茂的大树，即使无风依然要婆娑摇曳。

长大以后，我读法国作家纪德的自传，看他写了这样一段：

"在溜达的时候，我们像做有点幼稚的游戏，假装去迎接我的某个朋友。这位朋友大概在很多人之中，我们会看见他从火车上下来，扑进我的怀抱，嚷道：'啊，多么漫长的旅行！我还以为永远见不到了呢。总算见到你了……'但都是一些与我无关的人从身边流动过去。"

记忆在读到这里的时候被唤醒，我立刻想起了那条通向护城河的小路。

想起我常一个人走在这条小路上，一直走到河边，然后沿着河边往西走，走到火车站。我像纪德所说的那样："假装去迎接我的某个朋友。这位朋友大概在很多人之中，我们会看见他从火车上下来，扑进我的怀抱……"

是的，我接的并不是朋友，而是我的姐姐；不是她扑进我的怀抱，而是我扑进她的怀抱，而是我跑过去，一下子扑进她的怀抱。

想起那条小路，童年的记忆，一下子复活了。

小提琴之梦

我初三的时候，母亲吐血，大病一场。姐姐知道后，很快寄来两件东西，一件是为母亲办的一张铁路职工家属的医疗证，在北京指定的铁路医院里看病，可以报销一半的医疗费；一件是给家里寄来三十元钱。从那以后，每月都会寄来三十元，一直寄到我去北大荒。

姐姐在信中对我说：母亲的病，家里的事，不用你操心，你只管好好学习，好好读高中，考大学！

以后，母亲每次去铁路医院看病，都是我陪着去。她的病好得很快，身体恢复得很快，她有些骄傲地对我说：我跟你说了嘛，我的身子骨好！

她说得没错，我带她去铁路医院，没有多少次，不到小半年的时间，吐血的病治好了，医生说是肺炎。以后，我想再带她去医院复查，她坚决不去了，说没病了，去医院干啥？白花钱！我对她说：您不是有医疗证嘛，能报销。她说：报销，不也只是报销一半？那一半不是花钱？

没有办法，我再也没有带母亲去过那个铁路医院。姐姐给母亲办的那张医疗证，再也没有用过。

初三的暑假过后，我如愿考上了本校汇文中学的高中，生活一下子又恢复到了正常的样子，家里的日子也好过了许多。这时候，藏在我心里一个愿望，像惊蛰后的小虫子一样，又钻出土，冒出头：便是想有一把小提琴。我从小爱好音乐，虽然都没有学好，但总想学几种乐器。小学的时候，见识少，只学了笛子和二胡，虽说都是"二把刀"，却兴趣浓郁。

上了中学，初一开学的第一天，第一次走进汇文中学，在礼堂里看到学校合唱队在唱《黄河大合唱》，非常震撼，又看到舞台一侧为大合唱伴奏的管弦乐队，那么多的西洋乐器，闪闪发光，看得我眼花缭乱，好多都不认识。不知怎么搞得，忽然觉得自己的那把二块二角钱买的二胡，有点儿寒酸，竟然一下子崇洋媚外，相中了乐队里的小提琴，觉得比二胡要高级许多，也漂亮得多。又觉得它们都是弦乐器，都用一把弓子拉琴弦，方法差不多，学起来应该不难。

但是，这只是我的一个梦想，一厢情愿而已，从来不敢对别人讲，更不敢和家里说。买一把小提琴得要多少钱呀！我曾经到前门大街的永义合乐器店里看过，一看那价钱比二胡贵出那么多，吓得连忙逃跑似地跑出来，从此，再也不敢进乐器店了。

初三这一年暑假，已经断了快三年念想的小提琴，死灰复燃般，又闯入我的梦里。细想起来，是因为有一天，在大街上遇到我的一个小学同学小奇和她的弟弟迎面走来。她家和我家住斜对门，离着很近，只是小学毕业后，她考入别的学校，再见面不过是前些天，暑假就要结束的一个晚上。她到我们大院找她的同学未果，顺便找我聊天，才又接上火。如果没有前几天的见面聊天，这一天街上相遇，纯属偶然，顶多简单打个招呼，也就过去了。谁让有前些天的见面呢，更何况她弟弟的身上背着把赫然醒目的大提琴，立刻吸引了我，便站在街头，一聊聊了半天，目光不住往大提琴上瞟，话题也不时落在大提琴上，一个劲儿问她弟弟的这把大提琴。才知道人家已经学了好几年了，这一天是刚刚从老师家学完琴回来。

这把突然出现在眼前的大提琴，又勾出了我的馋虫一般，勾出了我一直梦想的小提琴。心里暗暗想，如果我也学了小提琴好几年，现在不是已经也会拉小提琴了吗？那可是比拉二胡要高级得多，好听得多了！

但是，买一把小提琴，得花那么多钱啊！立刻，又想到了这个老问题，怎么敢向家里开口呢？妈妈的病才好，爸爸的浮肿也才消，生活依然紧张，怎么能拿得出额外的钱买小提琴呢？

一连几天，眼前总是浮动着同学弟弟背着的那把大提琴，脑子里总是映现着小提琴的影子，心里总是有些不甘。

唯一的希望，是向姐姐开口。又一想，妈妈病后，姐姐每月已经往家里寄三十元了，她一个月的工资才六十多元呀，怎么好意思再开口？

这样的想法，翻来覆去，折饼一样，在心里翻腾，折磨得我实在难受，又不知如何是好，也不知跟谁诉说才好。就这么折腾到快开学了，鬼使神差，竟然还是没憋住，给姐姐写了一封信，把想买一把小提琴的事告诉了她。小提琴，简直就像魔鬼，还是从我的心里无所顾忌地冲了出去。

信寄出去了就后悔，后悔自己怎么就这么沉不住气，怎么能够对姐姐这样狮子大张口？光想着自己了，是不是太自私了？

真的有点儿怕姐姐的来信。姐姐会怎么说呢？答应我买琴？她已经额外给家里每月寄三十元了，再横添一把小提琴的开销？她又不是开银行的，哪里那么富裕？不答应我的要求？以往，对我的任何要求，姐姐从来都不会不答应的呀，自从妈妈去世，长姐为母，她一直都是这样把她的这两个弟弟当成她的头等大事的呀！

没过多久，姐姐来信了。我从来没有这样忐忑地拿着姐姐的信，惴惴地拆开信封，里面两张纸，一张纸是写给我的，另一张纸是写给父亲的。姐姐小学都没有读完，就去工作了，但姐姐的字写得很好看。这大概是妈妈的遗传，妈妈绣花很巧，花旁绣上的字也很漂亮，姐姐也会绣花，字写得好看，便是自然的。每一次看到姐姐信上熟悉的字体，都感到特别的亲切。但是，这一次，我是那么的不安，甚至有点儿怕。

我先看写给我的那张纸，姐姐说，你马上上高一了，学习会紧张，如果你特别想学小提琴，而且想学到底，你就告诉姐姐，我就寄钱给你去买小提琴。看到这里，我忍不住哭了。

我又看了写给父亲的信。姐姐对父亲说，她想把我接到呼和浩特去她那里上高中，她已经和那里的铁路子弟中学联系过了，这样家里的生活会宽裕一些，而且，她也很想我，特别想让我到她身边。

　　读完信后，我有些发愣，因为这是我从来没想过的。但是，我立刻想，如果去呼和浩特上学，每天在姐姐身旁，该多好啊！从物质生活条件，从住房条件，姐姐都比我家要强好多。那时候，姐姐家已经住进楼房，是宽敞的三居室。我如果去那里，可以有自己的一间独立学习和生活的空间。我的心里是很想到姐姐那里去的。

　　让我更没有想到的是，父亲断然拒绝了姐姐的要求。在对待姐姐和我的要求方面，父亲从来都没有反对意见。当年，姐姐十七岁说走就走，离开北京，到了内蒙古去修铁路，父亲都没有说什么。但是，这一次，父亲坚决不同意姐姐的要求，一点回旋余地都没有。父亲也没有征求一下我的意见，第二天，就给姐姐写了回信。在我见到父亲的后半生生涯，这是父亲做的唯一一件最为果断的事情。父亲的性格是柔弱的，甚至是怯懦的，这让我当时特别奇怪，看到了父亲性格的另一面。

　　姐姐没再坚持。事后，父亲没有跟我做任何的解释。这件事，仿佛并没有发生过。

　　等我长大成人之后，回想这件事，才感到父亲当初的决定是对的。生活条件和教育条件相比较，后者永远比前者重要。无论如何说，北京的教育条件，尤其是我考入的汇文中学，是一所百年历史的老校，北京市当时十大重点高中，是与呼和浩特姐姐那里的铁路子弟中学无法相比的。长辈对晚辈的亲情，不能只是儿女情长，物质的富裕，宽敞的居住空间，比不上宽广的前程更重要。

　　父亲也看了姐姐写给了我的那张一纸短信，他没有说什么，在他看来，小提琴不是什么大事，学不学都没什么，我想怎么办就怎么办。在他的眼里，我学的笛子和二胡，学了好几年，也没有学出什么子丑寅卯来，再学小提琴，也一样只不过是玩玩罢了，学不出什么花儿来。虽然，父亲从未对我这样说，但我知道他心里一定是这么想的，早将我的小提琴之梦一眼洞穿。

其实，我的心里，也是这么想的。

我写信没有跟姐姐再提小提琴的事。我觉得姐姐信里说得对，小提琴只是我的一个梦，我并没有真正想学到底的决心。特别是升入高中，学习紧张，又有了新的爱好，小提琴的梦，更只是藏在心里。想想，比真正拥有它，感觉更美好。有些梦，只适合存在心里。

娘的四扇屏

姐姐八十大寿，我到呼和浩特姐姐家，第一次发现客厅的墙上多了两幅国画，一幅童子和牛，一幅展翅的飞鹰，都裱成立轴，尤其是牵牛的两个古代童子，面容清纯，憨态可掬，很是不错。一问，才知道是姐姐的大女儿退休之后上老年大学学画的。然后，姐姐对我说：这点随咱娘，咱娘手就巧，能描会画。说着她指指客厅的另一面墙，对我说，你看，那就是咱娘绣的。

我一看，墙上挂着四扇屏，也是以前我来姐姐家从来没有见过的。姐姐在她八十岁生日之前，把它们特意从箱子底搬了出来。

屏中是四面四季内容的传统丝绣，一看年代就够久远了，缎面已经显旧，颜色有些暗淡。但是，丝线的质量很好，依然透着光泽，比一般的墨色和油画色还能保鲜。

春绣的是凤凰戏牡丹。牡丹的枝叶，像被风吹动，蜿蜒伸展自如，柔若无骨；有趣的是凤凰凌空展翅，多情又有些俏皮地伸着嘴，衔着牡丹上面探出的一根枝条，像是用力要把这一株牡丹都衔走，飞上天空。右上方用红丝线绣着两行小字：牡丹古人称花王。

夏绣的是映日荷花。绿绿的荷叶亭亭，粉红色的荷花格外婀娜，还横刺出一支绿莲蓬。荷花上有一只蜜蜂飞舞，水草中有一只螃蟹弄水，有意思的是，最下面的浪花全绣成了红色。右上方也是用红丝线绣着两行小字：夏月荷花阵阵香。

秋绣的是菊花烹酒。没有酒，只有一大一小、一上一下两朵金菊盛开，几瓣花骨朵点缀其间，颜色很是跳跃。上面还有一只蝴蝶在花叶间翻飞，下面有一只七星瓢虫，倒挂金钟般在花枝下，像荡秋千。最底下的水里，有一条大眼睛的游鱼，有一只探出犄角来的小蜗牛，充满童趣。左上方用墨绿色的丝线绣着两行小字：菊花烹酒月中香。

冬绣的是传统的喜鹊登梅。五瓣梅花，绣成了粉红色、淡紫色和豆青色，点点未开的梅萼，红的，粉的，深浅不一，散落在疏枝之间，如小星星一样闪闪烁烁。喜鹊的长尾巴绣成紫色，翅膀黑色的羽毛下藏着几缕苹果绿，肚皮绣成了蛋青色。最下面的几块镂空的上水石，则被完全抽象化，绣成五彩斑斓的绣球模样了。依然是为了左右对称，在左上方用墨绿色的丝线绣着两行小字：梅萼出放人咸爱。

绣得真是清秀可爱。心里暗想，或许是"出"字绣错了，应该是"初"字。我知道娘的文化水平不高，好多字是结婚以后父亲教她的。

我问姐姐：这个四扇屏，以前我来过你家那么多次，怎么从来没有见过？

　　姐姐说，这也是前些日子她刚拿出来的，然后做了四个框，才挂在墙上的。然后，姐姐告诉我，这是娘做姑娘时候绣的呢。

　　姐姐从来称母亲做娘。或是母亲去世后，父亲从老家为我和弟弟娶回来继母的缘故吧，为了区别，我们都管继母叫妈，管生母叫娘。

　　我是第一次见到我娘的这个四扇屏。我娘死得早，37 岁就突然病故，那一年，我才 5 岁。我没有见过娘留下的任何遗物。在家里，只存有娘的一张照片，那是葬礼上的一幅遗照，成为联系我和娘生命与情感的唯一凭证。

　　说实在的，由于那时候年龄小，我的脑海和记忆里，娘的印象是极其模糊的。突然见到这四扇屏，心里有些激动，禁不住贴近墙面，想仔细看，忽然有种感觉，好像不知是这面墙热，还是四扇屏有了热度，一下子觉得有了一种温暖的感觉，好像就贴在娘的身边。

　　这面墙正对着阳台的玻璃窗，四扇屏上反光很厉害，跳跃着的光点，晃着我的泪花闪烁的眼睛，一时光斑碰撞在一起，斑驳迷离。春夏秋冬的风景，仿佛晃动交错在一起，很多记忆，蜂拥而至，随四季变换而缤纷起来。而且，本来似是而非早已经模糊的娘的影子，似乎也水落石出一般，在四扇屏上清晰地浮现出来。

　　从北京来呼和浩特之前，我已经在心里算过了，如果娘活着，今年整整一百岁。我对姐姐说了这话之后，姐姐一愣，然后说，可不是怎么着，娘二十岁生下的我，我今天都八十了。说

完，姐姐又望望墙上的四扇屏。她没有想到娘的一百岁，却正好
赶上了娘的一百岁。不是心里的情分，不是命运的缘分，又是
什么？

亏了姐姐的心细，将这个四扇屏珍藏了八十年。这八十年，
不要说经历了抗战和内战的战乱中的颠沛流离，就是"文化大革
命"的"破四旧"运动，也够姐姐受的了。四扇屏是娘留下来唯
一的遗物了。我才忽然发现，遗物对于人，尤其是亲人的价值。
它不仅是留给后人的一点仅存的念想，同时也是情感传递和复活
的见证。

我想起去年夏天曾经读过徐渭的一首七绝诗，当时觉得写得
好，抄了下来：箧里残花色尚明，分明世事隔前生。坐来不觉西
窗暗，飞尽寒梅雪未晴。他是写给自己亡妻的，看到箧里妻子旧
衣上的残花而心生的感受与感喟，却是和我此时的心情那样的相
同。有时候，真的会觉得冥冥之中的心理感应，莫非去年此时，
徐渭的诗就已经昭示了今天我要像他在偶然之间看到亡妻的遗物
一样，在突然之间和娘的遗物相遇？让相隔世事的前生，特别是
在娘一百岁的时候，和我有一个意外的邂逅？

只是，和姐姐相对而坐，面临的不是西窗，而是南窗；飞落
的不是梅花和雪花，而是一春以来难得的细雨潇潇。

我想，娘一定在四扇屏上看着我们。那上面有她绣的牡丹、
荷花、菊花和梅花，簇拥着她，也簇拥着我们。

核 桃 酪

那年，我去呼和浩特看姐姐，去之前打电话问她，需要从北京给她带点儿什么东西。她连说什么也不用带，我一再问她最想带点儿什么。姐姐不到十八岁就离开北京，独自去了塞外，最近是好多年没有回北京了，一定想念北京，想念北京她熟悉她喜欢的东西的。

被逼得没法子，姐姐想了想，说：你就带点儿核桃酪吧。

那时，我没有听说过核桃酪，更没有吃过，不知是一种什么东西，便问姐姐。姐姐告诉我：是一种老北京的小吃，像杏仁霜，也有点儿像奶酪，比杏仁霜稠，没有奶酪那样凝固。以前，在东安市场有卖的，你看看，还有没有？

我去了东安市场，早就没有卖的了。姐姐的记忆，是几十年前的老东安市场，如今，名字都早改成东风市场了。

我又去北京很多地方扫听，特别去了专门卖奶酪的梅园，和那时西四的小吃城，都没有淘换到姐姐想吃的核桃酪。

　　姐姐去了内蒙古几十年，退休都好几年了。饮食习惯，还是北京的口味居多，特别喜欢北京的点心和小吃。没有奶酪，我只好给她带去了一盒稻香村的点心。

　　但是，姐姐没有吃成的奶酪，影子一样，总在我心里盘桓。我没有见到这玩意儿，不知道是一种什么样子的东西，只能凭着核桃酪的名字去猜想，肯定是跟核桃相关。和杏仁霜做比较，应该也是将核桃碾碎，做成一样糊状的东西而已。不过，这只是瞎想而已，具体怎么个做法，是一窍不通的。不知道为什么，姐姐小时候吃过的核桃酪，这么多年，在北京城已经消失得无影无踪。

　　后来，读到梁实秋的《雅舍谈吃》，书里有一篇专门写核桃酪的文章，介绍她母亲为他们孩子做核桃酪的经过，介绍的制作过程很仔细，不复杂，但很麻烦，费时费力费工夫，一直想试试也做一回，一直没有耐下心来试验。

　　姐姐来北京了，这一次，她是下了决心来的，来一趟不容易，毕竟年龄不饶人。我也下决心照葫芦画瓢，依照梁实秋介绍的法子，实践了一次，做核桃酪。先要把核桃和红枣用滚开的水浸泡，剥下核桃和红枣的外皮，然后，晾干，把它们捣烂捣碎。后者相对容易些，剥皮很麻烦，核桃皮和枣皮都很顽固粘连在身上，不肯脱衣裸体示人似的，羞羞答答，十分难缠。关键一步，要把大米用凉水浸泡，梁实秋说是要用一天一夜的时间，之后，用豆包布包裹浸泡好的米粒，拧出米浆，不能要一点儿米的渣滓。最后，将米浆、核桃、红枣泥，放进锅里慢火煨。

　　我们中国的烹饪技法真是了得，方法细分，有煮、炖、熬、煲、煨……多种，不可混淆。其中煨是小火慢煮，要的是时间，这是一道工夫小吃。正因为这样麻烦，核桃酪如今断档，也就可以理解了。快餐时代，谁愿意做这样麻烦又赚不了大钱的吃食？

有了时间的加持，核桃酪才能够完成。它可不是像京剧里出将入相一般，只要一阵急急风的锣鼓点儿，就可以出场亮相，邀得挑帘红、满堂彩的。时间，成了核桃酪出场与完成的背景和过程，如一朵花，慢慢发芽长叶，最后开花，不可能一蹴而就，最后才将核桃、红枣和米浆的味道融合一起，变成了一种复合的味道。如果还是用花做比，有点儿像三色堇。

这是我第一次做核桃酪。姐姐喝了。我问她味道怎么样。她连说不错，几十年没喝过了，好喝！

我知道，姐姐是安慰我、鼓励我。我做得并不正宗，关键是核桃皮和红枣皮没有去净，煨出的核桃酪，沉淀在碗底有渣滓，影响口感。另外，梁实秋说他母亲做核桃酪用的是陶制的小锅，我家没有，但起码要用砂锅，我家也没有，只好用平常煮鸡蛋的不锈钢小锅，味道就差太多，无法替代和弥补。什么东西配什么东西，是有讲究的，是命定的，就像好马配好鞍，葡萄美酒要配夜光杯。有些菜肴，哪怕只是小吃，光看食谱，便想当然披挂上阵，是不行的，哪儿有那么简单、容易？就像做核桃酪，需要时间的加持。时间，是核桃酪做法和滋味的隐形秘器。

独　草　莓

　　在呼和浩特，姐姐住一楼。房前有块空地，种着一株香椿树、一株杏树和一株苹果树。退休之后，姐姐把这块空地开辟成了菜园。翻土，播种，浇水，施肥……每天乐此不疲。姐姐一辈子在铁路局工作，年年的劳动模范，局里新盖了高层楼，分她新房，面积多出三十多平方米。她不去，舍不得她的这片菜园。孩子们都说她，如今，一平方米房子值多少钱？你那破菜园能值几个钱？却谁也拗不过她，只好随了她。

　　我已经好多年没有见到姐姐了。今年，是姐姐的八十大寿，说什么也要来看看姐姐。想想63年前，1952年，姐姐17岁，只身一人来到内蒙古，修新建的京包线铁路。那时候，我才5岁，弟弟2岁，母亲突然逝去，姐姐是为了帮助父亲扛起家庭生活的担子，才选择来到了塞外。姐姐每月往家里寄30元钱，一直寄到我21岁到北大荒插队。那时候，姐姐每月的工资才有几十元钱呀。姐姐说起来当年她要来内蒙古前离开家时，我和弟弟舍不得她走，抱着她的大腿哭的情景，仿佛岁月没有流逝，一切都恍若目前。

来到姐姐家，先看姐姐的菜园。菜园不大，却是她的天堂，那里种着她的宝贝。特别是姐夫前几年病逝之后，那里更是她打发时光消除寂寞的好场所。菜园被姐姐收拾得井井有条。丝瓜扁豆满架，倭瓜满地爬，小葱棵棵似剑，韭菜根根如阵，西红柿、黄瓜和青椒，在架子上红的红，青的青，弯的弯，尖的尖……忍不住想起中学里学过的吴伯箫的课文《菜园小记》，真的是姹紫嫣红。这么多的菜，吃不完，送给邻居，成为了姐姐最开心的事情。

菜园旁，立着一个大水缸，每天洗米洗菜的水，姐姐从厨房里一捅一捅拎出来，穿过客厅和阳台，走进菜园，把水倒进水缸，备用浇菜。节省一辈子的姐姐，常被孩子们嘲笑，而且，他们劝她说现在菜好买，什么菜都有，就别整天忙乎这个了，好好养老不好吗。姐姐会说，劳动一辈子了，不干点儿活儿难受。想想，在风沙弥漫的京包铁路线上餐风饮露，这是她念了一辈子的经文，笃信难舍。再想想，人老了，其实不是享清闲，而是怕闲着，想有点儿事干，而且，这事干着又是快乐的，便是养老的最好境界。姐姐种的那些菜，便有她自己的心情浸透，有她往事的回忆，是孩子都上班上学去之后孤独时的伙伴，她可以一边侍弄着它们，一边和它们说说话。

夸她的菜园，就像夸她的孩子一样高兴。我对她的菜园赞不绝口。姐姐指着菜园前面绿葱葱的植物，我没认出是什么。她对我说，这里原来种的是生菜和小水萝卜，今年闹虫子，我把它们都给拔了，改种了草莓。不知怎么闹的，也可能是我不会种这玩意儿，你看，一春天都过去了，只结了一个草莓。

我跟着她走过去，伏下身子仔细看，才看见偌大的草莓丛中，果然只有一颗草莓，个头儿不大，颜色却很红，小小的，红宝石一样，孤独地藏在叶子下面，好像害羞似的怕人看见。

孩子们看着它好玩，都想摘了吃，我没让摘。姐姐说。我问她，干嘛不摘，时间久，回头再烂了，多可惜。姐姐笑着说，我心里盼望着有这么一个伴儿在这儿等着，兴许还能再结几个草莓！

相见时难别亦难，和姐姐分手的日子到了，离开呼和浩特回北京的前一天晚上，姐姐蒸的米饭，我炒的香椿鸡蛋，做的西红柿汤，菜都来自姐姐的菜园。晚饭后，姐姐出屋去了一趟菜园，然后又去了一趟厨房，背着手，笑眯眯地走到我的面前，像变戏法一样，还没等我猜，就伸出手张开来让我看，原来是那颗草莓。你尝尝，看味儿怎么样？姐姐对我说。

我接过草莓，小小的，鲜红鲜红的，还沾着刚刚冲洗过的水珠儿，真不忍心下嘴吃。姐姐催促着，快尝尝！我尝了一口，真甜！更难得的是，有一股在市场买的和采摘园里摘的少有的草莓味儿。这是一种久违的味儿。

弟弟三帖

膝上疤

　　我们大院的二道门后面，有一个挺豁亮的空场，一左一右种有两株老丁香树，一株开白花，一株开紫花，每年春天，花开得烂烂漫漫，热热闹闹，让我们孩子特别兴奋，那劲头儿一直能够蔓延到暑假，达到高潮。丁香树枝叶葱茏，撒下一地的绿荫，为我们绽放一片新天地。

　　暑假，这里是我们全院小孩子的舞台。趁着大人上班不在家，我们常常从家里偷出被单、床单，跑到空场上，把床单或被单挂在两株丁香树之间，当作舞台的幕布。在这里演节目，是我们一群孩子最开心的一种游戏。

　　那时候，我刚刚上小学，和几个半大小子、丫头躲在幕布后面，几个上中学的大姐姐是导演，指挥得我们团团转。她们也为我们化妆，不过是把指甲草揉碎了，挤出一手红红的汁，就往脸上和嘴唇上抹，然后划着火柴烧着一段吹灭了，用那火柴头上的炭灰把眉毛涂黑（这法子我姐姐带我和弟弟照相的时候早就试过）。我们便自以为真像演员了，演员都是要化妆的嘛。

记得有一次，我们正在幕布后面，大姐姐把指甲草往我们脸上抹的时候，床单大概没系牢，不知怎么忽然掉了下来，后台一览无余，逗得小崩豆儿们捧着肚子乐，算是演出的最高潮。

还有一次，我们在台上兴致勃勃正演着，台下一个小崩豆儿憋不住了，掏出小鸡鸡就尿，惹得大家不看我们演节目，光看他尿了。我们想尽办法叫大家看节目，怎么喊也不灵，一直到他把尿长长流水般尿完为止，大家的目光才又重新像小鸟一样飞回丁香树的枝头。

记忆里，我表演最精彩的节目是一首表演唱，歌名叫作"照镜子"。这是院子里的一位叫安琪的大姐姐教我唱的一首外国民歌，歌词至今还记忆犹新：

> 妈妈她到林里去了，
> 我在家里闷得发慌，
> 墙上的镜子请你下来，
> 仔细照照我的模样，
> 让我来把我的房门轻轻关上……

其实，这应该是一首女生表演唱，但是，虚拟的房门和镜子，让我特别感兴趣，觉得那才叫表演。一会儿面朝着这边装着照镜子，一会儿面朝那边装作关门，特别地来情绪。

　　不过，后来，总觉得唱歌跳舞并不是最高级的节目。真正的节目，应该是演戏，那才最高级。弟弟就是这样说的。我知道，这是因为在丁香树下唱歌跳舞没他的份儿，他心里不服气，才这样说的。不过，我觉得他说得有道理。

　　于是，放学跑回家，我就拉着弟弟，趁着爸爸妈妈不在家，把床当成舞台，我们两人跳到床上，演出我自认为精彩的大戏。那时，刚刚看过电影《虎穴追踪》和《扑不灭的火焰》，我们两人分别扮演《虎穴追踪》里的侦察员李永和和特务头子崔西正，演一场对手戏。

　　《虎穴追踪》是当年非常出名的电影，赵联演的侦察员李永和，李景波演的特务头子崔西正，演得都特别棒，让我难忘。可以说，这是我最早记住的两个演员，因为知道了他们两人的名字，以后李景波演的《新局长到来之前》，赵联演的《红旗谱》，才让我有兴趣去看。他们二位是我看电影和演戏的启蒙老师。

　　记得第一次看《虎穴追踪》，是暑假里和同学一起去新中国电影院看的。新中国电影院，在大栅栏南面的大小李纱帽胡同口，那地方离家稍微远点，要穿过粮食店街。那时候弟弟就像跟屁虫一样，我干什么事情，总想跟在我的屁股后面，听说我是去和同学一起看电影，更是非要跟着我一起去不可。我不想带他去，便和同学故意多穿了几条胡同，甩掉了他。谁想到，我买了电影票，刚从售票处出来，一眼看见了弟弟站在对面的胡同口，眼巴巴地望着我。不知道这家伙怎么就像甩不掉的小尾巴一样，跟着我们到了这里。他那望着我的眼神，让我的心一下子就软了下来。不忍心让他回家，我转身进了售票处，又买了一张电影票。

弟弟跟着我，一起看了好几遍《虎穴追踪》。电影里的内容和台词已经记得烂熟，弟弟演李永和，我演崔西正，演起来不费事。但演完之后，觉得光是动嘴皮子说，不过瘾，便想接着演《扑不灭的火焰》里一场汉奸蒋二和八路军蒋三的对手戏，谁想问题来了。

谁演蒋三，谁演蒋二，争执起来。我非要演八路军蒋三。弟弟不乐意，因为蒋三是弟弟，蒋二是哥哥，他一个劲儿地对我说：你是哥哥，怎么演弟弟蒋三？不合适！

我说他：在《虎穴追踪》里，你已经演了一回好人了，这一回，咱们得换换，我演一回好人！

这么一说，说得弟弟有点儿哑口无言。

我坚持演八路军蒋三，要不就不演了。弟弟拧不过我，没办法，只好去演哥哥蒋二。

演《虎穴追踪》还好说，侦察员和特务头子相互之间，就是唇枪舌剑来回地说的台词，我和弟弟早已经背得滚瓜烂熟，站在那儿，照着说就是；演《扑不灭的火焰》，有相互追逐的打斗戏，就热闹大发了。搏斗的时候，我们两人真的扭打在一起，打急了眼，我赶紧跳下床，弟弟也跟着跳了下来追我，追不上，他急了眼，顺手抄起地上的一个小板凳，不管三七二十一，朝我砸了过来，正好打在我的左腿膝盖上，立刻流出了血。弟弟傻了眼，等着爸爸回来挨说吧。

演戏演得我的左腿膝盖留下了一块小小的伤疤。

盖浇饭

离我家住的大院西边不远，南深沟胡同口，有一家叫广玉的老饭馆，据说民国时期就开在那里。它家做的是家常菜，味道不错，价钱便宜，生意一直很好，附近的街坊们常去那里打打牙祭。当然，得是富裕一些的人家。再阔绰的人家，对它看不上眼，得到我们这条老街的西口。那里有一溜儿好多家饭馆，专门招待从火车站出来的外地人，炒菜水平更高，南北风味都有。要不就干脆到前门大街去，吃那里的全聚德、一条龙、都一处、力力餐厅，或者新从上海迁来的老正兴，都是正经有名的老饭庄。

如我家这样贫寒而节省的人家，是从来没有去过广玉的。再便宜，也不如家里做的饭菜更实惠。从家里出来，只要到前门大街，必要经过广玉。我没有怎么特别注意过它，对它的关注远不如街旁的一棵老槐树，因为槐树会开花，还能够让我多看几眼，而它离我很远。

广玉饭馆，这辈子，我只进去过一次，是读初二的那年初冬。那时候，赶上连年自然灾害，家里的粮食总也不够吃，我和弟弟正是长身体要饭量的年龄，一天到晚，肚子里空荡荡，总觉得饿。有一天下午放学，路过广玉饭馆，一股饭菜的香味，像小狗一样从饭馆里蹿了出来，热乎乎地直扑进我的怀里。禁不住站在那里，肚子咕咕叫得更厉害。

那是我第一次仔细端详着它，才发现它有些特别。一般饭馆的厨房是在后面，它家厨房在前边，而且是明厨，临街。一整天开火点灶，里面很热，即使是天冷，只要不刮风下雪，也要窗户四开，好像成心让大家看见，吸引人们进去吃饭。炉火闪烁，油烟四起，蒸气翻腾，厨师颠勺翻炒的忙碌样子，一览无余，好像在上演煎炒烹炸的一台大戏。炒菜爆出的香味，更像放学之后一群调皮的孩子一样闹腾腾地窜到街上，横冲直撞到过往人们的鼻子里。

这样的情景，看得我有些目瞪口呆，嗓子眼儿里没出息地直咽口水。到底没有禁得住这一股股冲撞在鼻子里的香味的诱惑，鬼使神差，我走了进去。

还没有到饭点儿，里面没有几个客人。整个屋子挺宽敞，就是显得黑乎乎的，可能是多年烟熏火燎的缘故，也因为除朝街的一面有窗子，其余三面都是墙壁，光线明显不足，又正是黄昏时分，更显得很幽暗，心里忽然有些犯怵。姐姐回北京时，带我和弟弟去过前门的全聚德吃过烤鸭，除此之外，我从来没有独自一个人进过饭馆。便有些后悔，不该那么沉不住气走进来，怎么就那么馋？现在走出去，还来得及。

正想转身出门，一个声音传过来：吃点儿什么呀？

问话的是位阿姨。原来前面不几步，就是开票收钱的小柜台。阿姨站在小柜台的后面，看样子四十来岁，模样挺和蔼的。她这么一问，我不好意思后退离开了，只好硬着头皮走上前去，看见她身后的墙上挂着一块小黑板，上面用白粉笔写着菜谱和菜价。菜谱品种虽然并不很多，还是看得我满眼的雾水，不仅一种也没有吃过，好多都没有听说过。我不知道要吃什么。其实，心里想的是，我能吃什么？

你要吃点儿什么呀？阿姨又问了我一遍。

我被阿姨问得心里有些发慌，只是一个劲儿盯着黑板上的菜谱看，仿佛我真的像那么一回事，要认真地选一个好吃的菜尝尝。

我看到了最后一个菜名：盖浇饭，眼前忽然一亮。因为只有这个听同学说过，他们吃过，说是物美价廉。

每月家里给我有两块钱买公交车学生月票的钱，正好没有花，心想只要不贵就买一碗吃。看了看价钱，确实不贵，但要二两粮票。又一想，在学校食堂里吃饭时候找的粮票，有好几张零的。咬咬牙，就指着黑板，对阿姨说：我买一碗盖浇饭。

阿姨收了钱和粮票，开了一张手指宽的小纸条，递给我，然后，冲着前面的厨房清脆地喊了声：盖浇饭一碗！

我走到前面的厨房前，把纸条递给了大师傅，那纸条上面并没有写盖浇饭，只写了一个阿拉伯数字，像我们学生的学号一样。大师傅接过纸条，夹在一个木夹子上，很熟练地从饭锅里舀出一碗热腾腾的米饭，然后掀开一口锅的锅盖，舀出一勺黑红黑红的东西，极其夸张地把勺子高高举过头顶，把这股稠乎乎的浇头儿准确无误地浇在米饭上。冒着热气的浇头儿，滑下来一道弧线，如果是彩色的话，真像一道彩虹，看得我直发愣。

我端着热腾腾的盖浇饭，在靠窗的桌前坐下，慢慢地吃。这是我第一次吃盖浇饭，浓稠的浇头儿上，漂着几片黑木耳和海带，还有几片肥肉片。那时候，每人每月只发半斤的肉票，我都有好久没有吃过肉了，那肥肉片很香，吃起来，觉得比学校里和家里做的饭都要香。我慢慢地吃，咂摸着滋味，不舍得很快吃完。毕竟是第一次吃盖浇饭，以后，同学们再提起盖浇饭，我也可以对他们说我也吃过，没什么了不起的，就那么一个味儿！

忽然，窗前有一个影子，借助黄昏时晚霞的余光，沉甸甸压在这碗盖浇饭上。抬起头一看，是弟弟，脑袋趴在窗玻璃上，正瞪着眼睛看着我，看得我好像一下子人赃俱获被捉，一时不知如何是好。我慌忙垂下了头，不敢再和弟弟的眼睛对视。

过了好大一会儿，我抬起头来，窗外已经没有了弟弟的影子。

弟弟回家了，我也得赶紧回家。只是我舍不得碗底还剩下的盖浇饭，匆匆扒拉了几口，吃完之后，才起身离开了广玉饭馆。那时，我怎么这么馋，这么没出息呀！

那一晚，回到家，十分害怕弟弟当着爸爸妈妈的面，说起我在广玉饭馆吃盖浇饭的事情。我饿，他就不饿吗？

那天晚上，弟弟没有说。一连好几天，弟弟什么也没有说，甚至连问我一句都没有问。

家长会

在我的记忆里，从小学到中学，我的家长会，几乎很少有人参加，甚至从来就没人参加过。这是因为父亲工作忙，母亲缠足，出于自尊心和虚荣心，我也不愿意她去。当然，也是因为我的学习各方面都不错，从来没有让家长和老师操心，家长会上，家长来不来，没有引起老师格外的注意。

只是，我弟弟上了中学之后的家长会，大多数都是父亲派我代表他参加。在教室里满满堂堂的家长中，唯独我年龄那么小，像骆驼群里的小山羊，让那些家长们感到很好奇。我自己也感觉怪怪的，有时候会感到自己一下长大了，真像一个大人了。但更多的时候想起是给弟弟开家长会，便总有一种沉甸甸的心情在翻涌。

弟弟不是盏省油的灯，贪玩、调皮，家长会最后，自然少不了把我留下来，听他的班主任数落，以至后来我和他的班主任都很熟了。记得很清楚，他的班主任是位年轻的女老师，姓董，教音乐。

我弟弟读初一的时候，我读高一。刚升入高一这一年的初冬，一天下午最后一节自习课还没有下，教务处的一位老师来到教室找到我，我很奇怪，教务处只管课程表安排和学校后勤的工作，我从来没有和教务处的老师打过交道，不知道找我会有什么事情。老师告诉我：你弟弟的班主任刚才打来电话，打到我们教务处，让你放学后去一趟他们学校找她，说是有事！我心里有些犯嘀咕，又不是要开家长会，这时候找我会有什么事情呢。立刻，一个坏念头，像闪电一样掠过心头，大概是弟弟在学校惹什么祸了，要不老师绝对不会在平常的日子里突然找我。

放学后，我匆匆往弟弟的学校赶。他的学校在前门西，坐公交车要倒几次车，赶到学校，到老师下班的时候了，学生早已离开学校，暮色笼罩的校园里静悄悄、空荡荡的。我在音乐老师的办公室里找到董老师，董老师正在等我。

她先客气地对我说：真抱歉，把你请来了。这时候，我知道找你父亲，他还是会让你来的。

这话说得我苦苦一笑。

　　董老师接着说：你们这哥俩怎么这么不一样呢？今天，你弟弟在教室里踢球，把窗玻璃踢碎了一块！

　　我听了立刻心头禁不住一激灵，弟弟上了中学之后，参加了先农坛少体校的足球队，磨着父亲给他买了个足球。他跟打了鸡血似的，抱着他的足球，一天到晚没时没晌地踢。那时候，北京城内城的城墙还在，他们学校在城根底下，有皇上的时候，属于皇城内，寸土寸金，地方自然不大。他不仅在学校里踢球，而且还在教室里踢球。那是踢球的地方吗？不惹祸才怪呢！

　　没有想到，董老师的话还没有说完：我把他的球给没收了，放在办公室了。好家伙，他趁着我上课的工夫，翻窗进了办公室，把球又拿走了。我再找他，找不着了，不知道他是回家了，还是跑到别处踢球去了。这不，我只好把你找来了。你回家得好好说说你弟弟，帮助帮助你弟弟，不能让他再这样下去了！

　　我只有频频点头的份儿，脸臊得通红，好像惹祸的是我自己。听完董老师的批评，我逃跑似的赶紧离开校园。

　　他们学校离我家不远。穿过城墙和护城河，往东一拐，就到了我家住的那条老街。那时候，前门楼子前面的玉带桥还在，走在桥上的时候，夜色已经降临，西天的晚霞散尽最后一缕光芒，天说黑就一下子黑了下来。我的心也如夕阳一样沉沉垂落，眼前是一片茫茫的黑暗。

　　不知道弟弟这时候会回家吗，还是抱着他的宝贝足球，又跑到哪儿疯玩去了？我不知道自己回到家，见到他，该怎么对他说。告诉他董老师把我给找了去，数落了他今天惹的祸？我也不知道，这件事要不要告诉父亲。不告诉父亲，我能够如董老师所说的那样，帮助得了弟弟吗？告诉了父亲，就一定帮助得了弟弟，让他收收野马跑野了的缰绳，不再惹祸了吗？况且，还得赔被弟弟的破球踢碎了的玻璃钱，瞒着父亲，偷偷地跟母亲要吗？

站在桥头，我竟然不知不觉地站了好久。桥上，摆着小摊，点着电石灯，卖糖炒栗子和烤白薯的小贩，在不停吆喝着。糖炒栗子和烤白薯的香味，掺杂一起，在冷风中飘荡。

晚雾升腾起来，五牌楼苍茫的影子，巨人一样，在眼前朦胧地矗立，沉甸甸地压了下来。我的心里一时茫然不知所从。忽然想到，就这样下去，弟弟以后怎么办呢？难道玩能玩一辈子吗？踢球能踢一辈子吗？你真的能够踢出个年维泗或者张宏根来吗？学习不好，以后怎么考高中？考不上高中，如果再考不上中专，将来又能干什么呢？人活着，总不能只顾眼前，只知道玩，得想想自己以后的前途怎么办吧？

我忽然替弟弟担忧起来，想得那么远，竟然想到了未来前途这样的大问题。一个高一的学生，竟然真的替代了家长，替这个吃凉不管酸的弟弟操心起来。

一时，心里泛出一股子酸楚，居然忍不住流出了眼泪。赶紧转身抹去眼泪，匆匆地离开纷乱的桥头，向老街拐去。

回到家，弟弟没在家，不知道跑到哪儿去了。

宽银幕立体电影

我上初二那年寒假，我国第一部宽银幕立体电影《魔术师的奇遇》上映。宽银幕电影，以前看过，但是，宽银幕又立体的电影，从来没看过，不知道会是什么效果。听说进电影院之后每人先发一个特殊的眼镜，戴上眼镜之后，才能看出立体的效果，眼镜和银幕仿佛起了化学反应似的，非常奇特，我想象不出来究竟会是一种什么样子。再加上电影由陈强和韩非主演，这两个喜剧演员，当时很出名，以前看过《白毛女》里陈强演的黄世仁，《乔老爷上轿》里韩非演的乔老爷，都非常精彩，这次自然就更吸引我，非常想一睹为快。

当然，也不仅仅我想看这个电影，电影上映的消息，在《北京晚报》上一刊登，很多人都知道，宽银幕立体电影，大家都没有看过，当然都觉得新鲜，消息你传我、我传你，口口相传就传开了，连我母亲都听说了。她听说了这个消息，倒不是真想看这个电影，她很少看电影，只是看着大院里很多街坊纷纷打发孩子去买电影票，觉得很新奇。什么电影，这么吸引人？吃晚饭的时候，她这样冲我父亲念叨。我父亲很耐心、煞有介事地跟她解释什么是宽银幕和立体电影。

其实，父亲的解释，根本不是那么一回事，只是对着晚报上的描述照本宣科，又啰啰嗦嗦地没有说清。我自以为是地对母亲说：那电影你看着就跟真的一样！比如，飞机真的就像向我们飞来了，而且是像从我们的头顶上嗡嗡地飞过去一样，你要是一伸手，就能摸着飞机！这就叫立体！我也是凭自己的想象瞎说一气。

母亲听我这么一说，连忙摆手说道：怪吓人的，有什么看头！

说是这么说，我看得出来，母亲和父亲心里都想看这个电影呢。

这个电影，满北京城，只在大观楼一家电影院放映。大观楼在大栅栏里，离我家很近，所以我们看电影很方便，常去那里看电影。

那天早晨，吃过早点，我和弟弟早早就去大观楼买电影票。走在路上，我对弟弟说：帮咱爸咱妈也买张票吧。

弟弟有些奇怪，抬头望了望我，没说话。那时候，他上小学五年级，似懂事非懂事。但是，我明白他为什么奇怪，因为我和父母一起看电影，印象中只有一次，是父亲的单位发的票，在长安街上的首都电影院，看的电影是《虎穴追踪》。还是好多年前的事，我刚刚上小学不久，弟弟还没上学，没有带他去。记得我和父亲去晚了，进到电影院里，电影已经开始，我们摸着黑，服务员打着手电筒，带我们找到座位。记忆中，只有这样唯一一次和父亲看电影；和母亲，一次也没有。

我和弟弟长大以后，都是自己看电影，或者我和弟弟一起看电影，从来没有和父母一起看过电影。这原因，我和弟弟都很清楚，父亲在新中国成立之前当过国民党的军官，母亲的年龄比我们大很多，又是缠足小脚，我们的心里和他们隔膜得很，怎么会愿意和他们一起看电影呢？和父亲去看电影，让别人尤其是同学看见了，会说我没有和父亲划清界限；和母亲去看电影，也怕别人尤其是同学看见了，会嘲笑自己。

自尊心和虚荣心，就是这样伴随我们长大。看电影，不过是一面镜子，能够照见自己的心，即使别人看不见，自己却是看得清清楚楚的。

这一次，对于宽银幕立体电影《魔术师的奇遇》，母亲和父亲那样破天荒地议论，忽然让我想起了往事，觉得从来没有带父母一起看过一次电影，是自己脆薄的自尊心和虚荣心在作祟。其实，是自私的心理在作祟。这么一想，觉得有点儿对不住父母。

都已经上到初二，暑假过后，就上初三了，那一年，马上就到十五岁了。已经长大了，应该多少懂点儿事了。我翻涌在心里的这些话，一时对弟弟也说不清，便只对弟弟说了句：你没看出来吗？咱爸咱妈也想看这个电影呢！

弟弟没说什么，跟着我一起走进大栅栏，刚过瑞蚨祥大门口，就看见前面人很多，乌压压一片，人头攒动，很是热闹。再往前走一点儿，看见一溜儿蜿蜒的长队，已经排过了同乐电影院前的门框胡同了。上前一打听，才知道都是排队买《魔术师的奇遇》电影票的。好家伙！弯弯曲曲的队伍，从大观楼排到这里，足足有一两百号人了！我和弟弟以为来得够早的了，没有想到，还没到售票时间，就已经长龙一样排了这么长的队伍。

再一打听，一人只能买两张票，不过，我和弟弟两人，可以买四张票，带上父母来看电影，倒是没问题，只是这队排得也太长了。售票的时间还没到，看样子，没有小半天的时间，恐怕是排不上了。我对弟弟说：你先排着，我回家一趟，待会儿来接你！咱俩轮班排。弟弟点点头，我转身跑回家。

那时候，我和弟弟，一个爱学，一个爱玩，各得其所。我的时间观念很强，时间抓得也紧，有片刻的工夫，也要读书写作业，是全院公认用功的孩子。弟弟则贪玩，有一点儿时间就要疯跑。那时候，大观楼对面是广德楼，这是家老戏园子，当时已经改成演出相声的小剧场，随时可进可出，按照听相声的时间算钱，每十分钟两分钱，很便宜。这是弟弟常去的地方。对付这么长的队伍，我和弟弟各有自己打发时间的方法，我俩轮流排，终于把票买到手。

父母没有想到我和弟弟也给他们买了电影票。不过，我看得出，他们都很高兴。看电影那天，他们特意穿戴得干干净净，和我们一起出门。我们走出老街，过了前门大街，走进大栅栏，走到大观楼。一路上，虽然没有讲话，却是第一次一家四口走进电影院。

果然，进了电影院，先发给每人一副眼镜，那眼镜的镜片是茶色的，镜架和镜腿是纸板做的，看完电影，要把眼镜放在门口的箱子里，下一场电影循环使用。

　　我们都充满好奇的心思，望着舞台前的宽银幕，等待着电影的开始。那宽银幕似乎是弧形的，似乎比一般电影院的宽银幕要宽，不知道电影开始后，那上面会出现什么样的奇迹。水真的会从上面流出来吗？飞机会从上面飞出来吗？

　　电影开始了，先放映的加片（那时放映电影前都有加片，大多是新闻纪录片），是桂林风光片。印象最深的，是漓江水涌过来，真向我扑过来一样，要立刻打湿我的脸，淹没过我的头顶，让我禁不住往后仰了仰。我偷偷侧过脸，瞥了一眼父母，听见母亲轻轻说了句：真像真的一样呢！

　　父亲没有说话，全神贯注地盯着屏幕看。

　　弟弟掩着嘴，偷偷地笑了。

告状信和砖头

我们大院，有一个水房。这是北京老四合院的传统格局。各家都要到水房里打水。水管和水龙头，都在水房里面，即使冬天也不怕被冻，影响人们用水。人们打水的时候常会凑在一起，聊聊家长里短。水房，成了大院的公共客厅。

自从商家搬进我们大院，住在东面的两间东房之后，不知是得到了谁的允许，他们将水房安上了门窗，据为己有，成了他家的一间住房，只是将原在水房里的水管和水龙头伸出窗外，让人们打水。

这样的举动，改变了大院建筑的格局和人们既定的心理，让大院里的街坊十分不满。但商家老太太是我们街道的积极分子，别小瞧了这个街道积极分子，这是那个时代的产物，都是从各院的家庭妇女中挑选出来的，协助街道办事处做一些工作，组织学习宣传呀，收取各种杂费呀，检查卫生呀。国庆节就戴着红袖章、搬个小马扎坐在街头，维护治安。但是，更重要的工作是监督各家各户，有什么情况及时向街道办事处汇报。所以，这个街道积极分子，别看帽翅儿不大，没什么官衔，却在街道办事处拿补助费，走在整条街道上，威风得很，尤其是大院里那些没有工作的家庭妇女们和老爷们，特别是那些从旧社会过来有点儿这问题那问题、身上带点儿疤拉带点儿痄儿的人，见到她们都有点儿怵。于是，对于商家占领了我们大院的水房，大家不再说什么，睁一眼闭一眼。

商家有四个女儿，年龄分别相差有三四岁的样子，老闺女比我小五岁。奇怪的是，三个姐姐穿戴都十分漂亮，只有她永远一身灰不溜秋的旧衣服。更奇怪的是，他们一家人分别住在东厢房里，只有老闺女住在水房里。那时，水房不仅住老闺女，还被他们家改造成了厨房，白天做饭，晚上便成了她睡觉的地方。这是最让我们一群孩子忿不过的事情。我们始终弄不清楚商家为什么要这样狠心地对待她。

大院里那些好奇而快嘴的大婶和婆婆们，私下议论，老闺女不是商太太亲生的，是商先生的私生女，所以才遭受如此待遇。也有人说，是因为老闺女长得难看。这个疑团，雾一样，弥漫在商家和大院里，似是而非，始终也没有人弄得清楚。

我私下将她对比她那三个姐姐，她长得是有些难看，瘦小枯干，面色蜡黄，像根豆芽菜。但她有个好听而洋气的名字，叫曼莉。她家人真会起名字。

那时，她上小学二年级，上学背着一个洗得都褪色的蓝布书包，像贴在屁股后面的一块裤子布。放学回来，放下书包，就系上围裙，开始干活儿。她妈总是颐指气使地让她干这干那，她爸爸在一旁，屁也不敢吭一声。这么小的年纪，干这么多的活儿，有时候她妈还嫌她干得不好，举手就打，简直比使唤丫头还不如。街坊们没少这样骂商家两口子。最让人看不过去的是晚上睡觉，让曼莉睡在厨房里不算，还没有床，只能睡在吃饭用的小石桌上，连腿都伸不开。这是让我们一群孩子最不能理解也最不满的事情。

有一天，放学后，我刚回到家，见弟弟手里拿着一张纸，急匆匆跑进家门，一把把那张纸塞到我的手里，让我看。原来是弟弟起草的一封告状信，信的内容是替曼莉鸣不平，信里说起码应该和几个姐妹一视同仁，不应该让曼莉再睡在水房的小石桌上。夏天还好，冬天睡在上面多凉呀！信的最后，是一堆歪歪扭扭的签名，都是大院的孩子。大义凛然的联名告状信，告商家老太太一状。

怎么样？弟弟指着告状信问我。

我说写得不错！商家老太太做得实在太过分了！

那你就也签个名吧！弟弟指着告状信，又说。

我郑重其事地签上了自己的名字。第二天，弟弟把信寄到派出所。他和大院的孩子们，都在焦急地等待着派出所的警察降临到我们大院，调查此事，处理此事。

一连几天，没见警察，只见曼莉放学后，还在水房里忙碌地干活儿；晚上，还是睡在小石桌上。

终于，有一天，大院里来了一个女警察，径直走进商家。那一天下午，我放学到家，弟弟就跑过来告诉我，警察来了！我和弟弟都很兴奋，等待着大家的那封告状信能像一枚爆竹爆炸，蹿起冲天的烟火，可以好好教育教育这个恶老太太。

我们一群孩子围在商家的外面，竖着耳朵听，等待着我们期待的结果。那个女警察在商家待了好长时间，天快擦黑的时候才走。警察走出屋的时候，我们一群孩子如鸟兽散。我们看见商家老太太跟在女警察的屁股后面，屁颠儿屁颠儿的，恭恭敬敬地，一直把女警察送出大院的大门。

从大门口回来，这个恶老太太就站在水房门口，跳着脚地大骂：谁家的孩子有人养没人管，狗揽八泡屎，跑到老娘头上动土……

人们听她撒欢似地破口大骂，没有一个人劝，没有一个人管。我们不理她，看着她疯狗一样叫唤得没劲儿了，回屋完事。我们都等着后面的好戏看。弟弟尤其充满信心，对我说：反正警察来了！看她还能怎么样？

后来，警察再也不来了，事情不了了之，商家形势依旧。曼莉依然住在水房里，睡在小石桌上。

那时，我们还是孩子，哪里肯甘心，警察来了，还这样嚣张！特别是弟弟，最是愤愤不平，还想再写告状信。可是，大家想想这一封告状信没有起到一点作用，信心像撒了气的皮球，纷纷说写了也没用，咱们都是孩子，没人听咱们的！

于是，弟弟带着一帮孩子，夜里常爬上房，踩他们家的屋顶，学猫叫，吓唬他们。要不就是看见商家老太太要上厕所了，弟弟领着几个孩子，提前钻进厕所里，关上门，让她着急，再怎么拍打厕所的门，就是不开。我们大院里，就这样一个公共厕所。我们一帮孩子管这种方法，叫作"憋老头儿"。

以前，都是"憋老头儿"，"憋老婆儿"这还是头一次！憋得这帮孩子特别开心解气。弟弟回到家，兴冲冲地这样对我说。那时候，我们一帮孩子就是这样的可笑，忍住大人们的骂，无能为力，又想替天行道，只能干这样可笑的事情。

这一年，我读初二，弟弟读小学五年级。

我刚上高一那一年的秋天，一天放学晚了，回家时已是日落黄昏，老远就看见弟弟站在大院门口，见我走过来，弟弟就跑了几步迎我，对我说：曼莉死了，你知道吗？

我万分惊讶地愣住了，不敢相信这是真的。

弟弟告诉我，是从护城河捞上来她的尸体，听说全身都被水泡肿了。

我真的很吃惊。一个活生生的孩子，才刚上四年级的小学生呀！怎么就这样死去了呢？

护城河离我们大院很近，穿过三中心小学东边的小道，没多远，就走到了。我猜想，曼莉可能放学之后没有回家，就是顺着这条小道跑到护城河边。那天晚上，我一个人顺着三中心小学东边的这条有些弯弯曲曲的小道，跑到护城河边，想着曼莉可能就是从这里纵身一跃，跳进了河水里，心里很难受。她还那么小，怎么有这么大的勇气，跳进了秋天已经很凉的河水里了呀！一个读高一的学生，就是这样多愁善感，站在护城河边，无比感伤。

哥！忽然，我听到有人轻轻地在叫我。

回头一看，是弟弟，不知道什么时候，他站在我的身后。也许，他一直悄悄地跟着我。

弟弟告诉我，曼莉的尸体不是在这里发现的，是在东便门附近发现的。

除了母亲的死，这是我和弟弟童年少年时期见到的第一个死亡。母亲死时，我和弟弟年龄还小，记忆并不深刻。这一次，我和弟弟都长大了，记忆特别深刻。在我们的记忆里，除去母亲，这是我们大院里第一个人死去。死去的如果是寿终正寝的老人，也算不得什么，死去的是一个还在含苞待放的小姑娘呀。很长一段时间里，我和弟弟的眼前，总会浮现出曼莉的影子。走过水房前，我们的心里会涌出一阵伤感和愤恨。

我和弟弟，包括大院里所有的孩子和大人，谁也不知道曼莉是为什么而死的，但谁又都清楚曼莉是为什么而死的。我们一群孩子，对商家一家尤其是老太太充满了憎恶。谁知他们一家却跟什么事情都不曾发生过一样，没过多久，便在水房边上盖起了一间厨房，把水房里一切曼莉用过的东西，包括那张小石桌全部扔掉，然后重新装修一番，在地上墁上了方砖，作为他们家的客厅。那时候，她家的二姐正和一个海军中尉搞对象，天天晚上在里面跳舞。舞曲悠扬中，他们不觉得曼莉的影子会时时出现，瞪大了眼睛瞪着他们吗？

有一天晚上，听见商家老太太站在水房的门前破口大骂：是哪个小兔崽子把我家窗户玻璃砸碎了？有种的出来呀！当着我的面砸呀！明天我就找警察把你个兔崽子抓了去！

弟弟悄悄地走进屋门，冲我诡秘地一笑。不用说，这窗玻璃，肯定是他砸的了。

第二天清早，我和弟弟一起上学，路过水房，看见一地的碎玻璃碴子，星星点点，在清晨的阳光照射下反着光，觉得像是曼莉的滴滴眼泪。

　　碎玻璃碴子旁边，有半块红砖头，像弟弟愤怒的拳头。这是一个十三岁少年，爱恨情仇分明，又无奈而恣意的心情宣泄。

今朝有酒

我家以往并没有嗜酒如命的人。细想一下，也就是父亲在世的时候爱喝两口酒，不过是两瓶二锅头，要喝上一个月。八钱的小盅，每次倒上大半盅，用开水温着，慢慢地啜饮，绝不多喝。

如今，弟弟却迷上了酒。几乎不可一日无酒，而且常醉，醉得将胆汁都吐出来，他依然喝。命中注定，他这一辈子难以离开酒。辛弃疾词云："我饮不须劝，正怕酒尊空。"说他丝毫不差。家中并无此遗传因素，真不知他这酒是从何染上瘾的。

想想，该怨父亲。弟弟在家里属老小，小时候，一家人围在桌前吃饭，父亲常娇惯他，用筷子尖蘸一点儿酒，伸进他的嘴里，辣得弟弟直流泪。每次饭桌上这项保留节目，增添全家的欢乐，却渐渐让弟弟染上酒瘾。那时候，他才三四岁，还太小呀！

不满十七岁，弟弟只身一人报名到青海高原，说是支援三线建设，说是志在天涯战恶风，一派慷慨激昂。那一天，他到学校找我，我知道既然已经报名，一切是板上钉钉，无可挽回了。我们两人没有坐公共汽车，沿着夕阳铺满的马路默默地走回家，一路谁也没有讲话。那天晚上，母亲蒸的豆包儿，是我们兄弟俩最爱吃的。父亲烫了酒，一家人默默地喝。我记不得那晚究竟喝了多少酒，不过，我敢肯定，父亲喝得多，而弟弟喝得并不多。他还是个孩子，白酒辛辣的刺激，对于他来说，滋味并不那么好受。

三年后，我们分别从青海和北大荒第一次回家探亲，他高了我半头，酒量增加得让我吃惊。

那天，我们来到王府井。那时北口往西拐一点儿，有家小酒馆，店铺不大，却琳琅满目，各种名酒，应有尽有。弟弟要我坐下，自己跑到柜台前，汾酒、董酒、西凤、洋河、古井、三花、五粮液、竹叶青……一样要了一两，足足十几杯子，满满一大盘端上来，吓了我一跳。

我的脸立刻拉了下来："酒有这么喝的吗？喝这么多？喝得了吗？"

弟弟笑着说："难得我们聚一次，多喝点儿！以前，咱们不挣钱，现在我工资不少，尝尝这些咱们没喝过的名酒，也是享受！"

我看着他慢慢地喝。秋日的阳光暖洋洋、懒洋洋地洒进窗来，注满酒杯，闪着柔和的光泽。他将这一杯杯热辣辣的阳光一口一口地抿进嘴里，咽进肚里，脸上泛起红光和一层细细的汗珠，惬意的劲儿，难以言传。我知道，确如他说的那样，喝酒对于他已经是一种享受。三年的时光，水滴也能石穿，酒不知多少次穿肠而过，已经和他成为难舍难分的朋友。

　　想起他孤独一人，远离家乡，在茫茫戈壁滩上的艰苦情景，再硬的心也就软了下来。还是个没长大的孩子，就爬上高高的井架，井喷时喷得浑身是油，连内裤都油浸浸的。扛着百斤多重的油管，踩在滚烫的戈壁石子上，滋味并不好受。除了井架和土坯的工房，四周便是戈壁滩。除了芨芨草、无遮无挡的狂风，四周只是一片荒凉。没有一点儿业余生活，甚至连青菜和猪肉都没有。只有酒。下班之后，便是以酒为友，流淌不尽地诉说着绵绵无尽的衷肠。第一次和老工人喝酒，师傅把满满一茶缸白酒递给了他。他知道青海人的豪爽，却不知道青海人的酒量。他不能推脱，一饮而尽，便醉倒，整整睡了一夜。

　　从那时候起，他换了一个人。他的酒量出奇地大起来。他常醉常饮。他把一切苦楚与不如意，吞进肚里，迷迷糊糊进入昏天黑地的梦乡。他在麻醉着自己。其实，这是对自己命运无奈的消极。但想想他那样小，而且远在天涯，那样孤独无助，又如何要他不喝两口酒解解忧愁呢？"人间路窄酒杯宽"，一想到这儿，便不再阻拦他喝酒。世道不好或在世道突然变化的时候，酒都是格外畅销的。酒和人的性格相连，也与世道胶粘，怎么可以单怪罪弟弟呢？

　　这几年，世道大变。"四人帮"被粉碎之后，弟弟先是调到报社，然后升入大学、考上研究生。可是，"文章为命酒为魂"，他的酒量依然有增无减。我的酒与世道的理论在他面前一无所用。

　　他照样喝，时有小醉或大醉，甚至住过医院。家里最怕来客人，因为他往往会热情得过分，借此大喝一通，不管人家爱喝不爱喝，他非要把一瓶瓶如手榴弹排成一列的啤酒喝光，再把白酒喝到底朝天，直至不知东方之既白。我最担心过春节，因为那是他喝酒的节日，从初一喝到十五，天天面涌酡颜四起、酒气弥漫，让家人不知所从，似乎跟着他一起天天泡在酒缸里一般。有几次，从朋友家喝完酒归家，醉意朦胧，骑车带着儿子，儿子迷迷糊糊睡着了，他竟将儿子摔下去，自己却全然不知，独自一人一摇三晃、风摆杨柳一样骑回家。有一次，和头头脑脑聚餐，喝得兴起胆壮，酒后吐真言，将人家狗血淋头一通痛骂，最后又如电影里赴宴的共产党人，义愤填膺将酒桌掀翻……

这样的事虽只是偶尔发生，却让人提心吊胆。他妻子便给我写信求救。虽远水解不了近火，我依然消防队员般扑救。只是我一次次做着无用功，他一次次依然喝。我唯一能够做的，是他回北京住我这里，控制他的酒量。但是，晚上酒未喝足，见他躺在床上辗转反侧、半宿半宿亮着灯光看书那痛苦的样子，心里常动恻隐之情。他无法离开酒，就让他喝吧！喝痛快之后，他倒头就睡，宠辱皆失、物我两忘的样子，让人心里还好受些。不过，我常将这涌起的恻隐之情斩断在摇篮中。我实在不愿意他成为不可救药的酒鬼。我希望帮他克制这个液体魔鬼！

我发现我这一切努力都落空。弟弟不和我争执，任我老太婆一样絮絮叨叨数落，任我狠着心就不把他的酒杯斟满。他的心磁针一样依然顽强指向酒，万难更易。实在馋得要命，他便带上我的孩子，到外面餐馆里痛痛快快喝一顿，喝完之后嘱咐孩子："千万别告诉你爸爸！"和我一起外出，他说他渴了，我说那就喝汽水吧，他说汽水不解渴。我知道他在馋酒，只好让他喝。一大杯啤酒饮马一样咕咚咚下肚，他回去退杯时趁我未注意，偷偷回头瞧我一眼，匆忙再要半升一饮而尽，方才心满意足退出酒铺。

那年，我和他一起到新疆采访，开着会却找不见他。不一会儿，他手拎着个酒瓶，站在会议室的门前，实在是像立在一幅画框里，颓然得让人哭笑不得。我们到野外钻井队采访，那里不许喝酒，三天下来可把他憋坏了，刚出钻井队便跑进商店，不管什么酒先买上一瓶再说。钻进越野车，酒却找不见了。看他麻了爪一样在座椅上下前后翻找的样子，真有些好笑，仿佛守财奴找他的钱包、贵妇人找她的钻戒、当官的找他丢失的大印……他那样子引起大家一阵笑。说心里话，我心里很不是滋味。

我的孩子曾颇为好奇地问他："叔叔，喝醉了以后是什么感觉呀？"他说："有人醉后打架骂人，有人醉后睡大觉，而我醉后是进入仙境！"

他这样对我说："我喜欢林则徐这样一句话：'诗无定律须是将，醉到真乡始是侯。'"

我不知"醉到真乡"究竟是什么样子，便也难以进入他的仙境之中。或许，人和人的心真是难以沟通，即便是亲兄弟也如此。我知道他生性狷介，与世无争，心折寸断或柔肠百结时愿意喝喝酒；萍水相逢或阔别重逢时也愿意喝喝酒；独坐四壁或置身喧嚣时还愿意喝喝酒……我并不反对他喝酒，只是希望他少喝，尤其不要喝醉。这要求多低，这希望多薄，他却只是对我笑，竖起一对早磨起茧子的耳朵，雷打不透，滴水不进。

从小失去母亲，那么小独自一人漂泊天涯，怎不让人牵挂？

弟弟喝酒成了我的一块心病。虽明知说也无用，偏还要唠叨不已。外出见到那些醉酒的人，总不由得想起弟弟。某年路过莫斯科，见到夜晚时那么多酗酒的人被抬上警车狼狈的样子；又一年在巴塞罗那，遇到醉酒的摩洛哥人拉着我的胳膊云山雾罩和我攀谈的样子，都让我想起弟弟，莫非这便是"醉到真乡"？醉入仙境？我相信弟弟绝不至如此，他的真乡与仙境或许更妙，或许是一种解脱和升华，但我宁愿他不要这一切，而只像平常人一样将酒喝得适可而止，将酒视为一种普普通通的饮料。

今年秋天，弟弟千里迢迢来北京出差，虽长途跋涉，又几处换乘颇为不便，没带别的，竟带回一瓶瓷瓶的互助大曲。他掏出几经颠簸却保存完好的酒对我说："这是青稞酒，青海最好的酒！"我哭笑不得。

我们已经不再年轻。十七岁的少年痛饮只是往昔的一场梦。这次回家，我发现弟弟明显苍老许多，酒量已不如以前，往往几杯酒下肚，话稠语多，眼睛泛红而混浊，肩膀倾斜，手臂也不时隐隐发抖。我真担心这样喝下去，待他年老时会突然支撑不住的。他却一如既往，高声呼道："来，干杯！"

我无法干杯。虽然，我知道弟弟无限情感寄托于此。"功名万里外，心事一杯中"，是他曾经抄给我的一句唐诗。但是，我依然不能干。弟弟，我劝你也不要干，而放下你手中的酒杯。尽管这番话也许打不起一点儿分量，尽管这番话已经讲了一万遍，我仍然要对你再讲第一万零一遍！

你听到了吗？

复华断忆

2012 年清明节，遵照复华生前的愿望，我和复华的妻子与儿子，一起送复华的骨灰回青海，回了一趟冷湖。在这片荒凉又偏远的地方，复华生活和工作多年，最美好的青春期在这里随风散尽。

那天，见到了复华的朋友艾剑青。我以前没有见过他，他是驱车几百公里，从格尔木赶过来的，只是听说我们来，要过来看看我们，更为了看看复华。他带来一本《钢铁是怎样炼成的》，是二十世纪五十年代出版的旧书，封面已经破损，书页也卷角了。他告诉我，这本书是当年他和复华一起在冷湖时复华送给他的，那时他们都爱好文学。他一直珍藏着这本《钢铁是怎样炼成的》，珍藏着和复华的友情，以及在冷湖共同拥有的青春岁月。

我发现，艾剑青那样重感情，也发现，复华真的有个好人缘。后来听复华的妻子告诉我，每年清明节，艾剑青都会给她发短信问候，一起怀念复华。并不是所有的人，都能够几百公里穿越沙漠戈壁，只是为看一个人的；并不是所有的人，都能够在清明节记得发来一封短信，只是为纪念一个人的。

真的，我非常感动，为艾剑青，更为复华。

那一刻，我想起了复华。石油部的总地质师黄先训先生，右派刚刚平反，便要求来柴达木，因为他去过全国所有的油田，唯独没有来过青海油田。却在买好了火车票之际查出癌症晚期，病逝前要求把骨灰埋在柴达木的冷湖。复华是从广播里听到的这个消息，感动之余当晚写了那首《冷湖的上空多了一颗星》的诗。从那时开始，每年的清明，他都会一个人到冷湖的烈士公墓，去黄先训先生的墓前培土祭扫。

好人缘，是人们对复华的共识。复华的朋友多，不仅因为他和艾剑青一样重感情，更重要的是，他和艾剑青一样，对曾经伴随他们共度青春期的柴达木有一份深情。无论是谁，见过的，或没见过，只要是和柴达木有关系，他都会像是踩着尾巴头会动一样，禁不住感动而激动起来，乃至热泪盈眶。我便也就理解了他为什么一见到朋友就要那样纵情饮酒了，哪怕是到了晚年，到了病重的时候，依然会对酒一往情深。晚年放翁的诗有"百岁光阴半归酒，一生事业略存诗"，读了这句，多少也就能够理解他了。

1981年，我第一次来冷湖的时候，见到复华周围很多这样的朋友。那时，他们才刚过三十，正青春勃发。那时，我对复华有一种不解，因为在和朋友分别的时候，他总会忍不住要落泪，我想早已经不是小孩子了，干嘛要这样脆弱呢？见到艾剑青，我才明白了。因为看到艾剑青手里拿着那本破旧的《钢铁是怎样炼成的》时，我也忍不住要落泪。

　　1981年的夏天，那时候的冷湖，并没有让我觉得过于荒凉，大概就因为复华的身边有那么一大堆朋友的缘故吧。友情是一种奇异的燃料，可以点燃最琐碎枯燥的生活，和最平淡无奇的生命，让它们焕发光彩，并有了温热。有一次，在冷湖大道上一个叫"南北小吃店"的饭馆里，和复华以及一帮北京学生聚会。酒酣耳热之际，要每个人讲一个最让自己感动的故事。记得那天轮到复华讲的时候，他拉起了坐在他旁边的刘延德，说让刘延德讲讲他的故事吧，他的故事最感人！刘延德讲了一个枣红马的故事。那是一个感人的故事。刘延德冤屈入狱，只有那匹枣红马和他相依为命，在他出狱的时候，掏出身上仅有的钱，买了五个馒头，给枣红马吃了。我听了以后，非常感动，就是在那里，我认识了刘延德夫妇，后来写了《柴达木作证》，这篇文章被多次转载，很多人是从这篇文章中认识了我，成为了我和柴达木关系的铁证。我体会到复华对柴达木的感情，因为我的那一份感情，是首先由他传递给我的。

　　也就是在那前后，复华拿起了笔开始学习写作。他写出的东西，总要先寄给我，我的要求比较高，总是很不留情地提出很多意见，他不厌其烦地一遍遍修改。记得有一次他把稿子寄给我，因为稿子很长，他分别用了五个信封，才把稿子寄过来。那时，我正在中央戏剧学院读书，他的五封厚厚的信送到我的手里，正是课间休息的时候，全班同学看到了，都哈哈大笑，哪一个傻小子会寄五个信封来，就不会用一个大信封吗？写作是一门需要笨功夫的活儿，太聪明的人，其实不适于写作。复华属于那种愿意下笨功夫的人。他的作品就是在这样一遍遍修改磨砺中进步并逐

首都人民大会堂留影 1963.1 摄

姐姐回北京探亲，和我、弟弟、姐姐的女儿雅琴合影。1963年初，天安门广场。

我和弟弟。1970年夏，北京颐和园谐趣园。

渐成熟起来的。

很多年前，他从西安回北京探亲，那时他正在西北大学作家班读书，他带回一部稿子，是写北京学生在柴达木的。我看过后，对他说这是一部大书，你应该再沉淀一下，好好写，现在写得简单了，有些可惜。冷湖，是一个地球上原来根本没有的地名，是包括你们北京学生在内的一批批石油人到了那里，才有了这个地名，你应该写一部冷湖史！这部稿子，就在我家他的抽屉里放着，一放放了十多年。多年之后，他拿出书稿，重新书写，没有想到竟是他最后的两本书之中的一本，便是他最看重的《大漠之灵——北京学生在柴达木》。

他的另一本，即他最后的一本书，是《柴达木笔记》。这是他留下的两本关于柴达木厚重的书，也是继李季和李若冰书写柴达木之后的两本厚重的书。为柴达木，为他自己，值得了。从1980年他的处女作《冷湖的上空多了一颗星》开始，到《大漠之灵》和《柴达木笔记》为止，连缀起他这三十余年文学创作的轨迹。重读复华的这些作品，像看他短促人生的足迹，深深浅浅，却磁针一样始终顽强指向一个地方——青海柴达木。这恐怕是他最看重的也是他人生中最为浓墨重彩的一笔。我曾经说，复华的作品可以分为前后两部分，即在柴达木时候写的和离开柴达木回到北京后写的。如果说他在青海时的文字充满身在青海时难以抑制的激情，那么，回到北京的文字则浸透着对那片土地和那里的人们感怀至深的怀念，与离别后忧郁难解的情怀。

在书中，复华曾经写过这样的话："每次回到柴达木油田，看到在一毛不长的戈壁大漠上那林立的石油井架，我都会情不自禁地把它们看成一片林立的常青树。因为，我太爱它们了，我相信，那林立的井架中，有一座井架就是我。"如今，重读这样的文字，让我感动，让我想起他刚到柴达木时，穿着一身石油工人的工作服，戴着头盔，爬上采油五队高高的井架，照了一张照片寄给我的情景。那张照片，成为了他一生命定的象征，他和柴达木的不解之缘，如同井架立于戈壁一样，成为风吹不倒的坚毅标志。"井架就是我！"看到这里，总会让我心动不已。井架，和矗立井架的瀚海戈壁，就是复华生命存在的背景，也是他写作依托的背景。"井架就是我！"青春就这样一闪而逝，生命就这样令人猝不及防。重读这句话，我的心里百感交集。可以慰藉我们的是，他留下了这样能够灼热人心的文字。

在复华病重的时候，他一直咬牙，每天坚持写一段《柴达木笔记》。那时，他刚学会电脑打字不久，常常会将稿子发给我看。同时，他还写过这样一首诗，是他 61 岁生日那天写的一首诗。其中有这样两句："古稀未过心不休，神来之笔画白头。"我对他说"神来之笔画白头"这句写得好，写出我们年老了，依然乐观的态度，有想象力，神来之笔的神，既是命运，也是你的精神。他听我说完之后，沉默了一会儿，对我说，"古稀未过心不休"这句写得好。我问他为什么，他有些伤感地解释说：因为可能再也回不去青海了，所以心不休。

我一时说不出话来。我理解他对柴达木的感情，这一份感情，让他的文字凝重沉郁，有了来自心底深处的温度和力量；让他赢得了柴达木和柴达木那么多朋友对他的尊重。

最后一次住院之前，那是中秋刚过不久的秋天，那天，阳光很好，复华坐在医院花园里一张长椅上，指着来来往往的病人，对我说，很多病人都是走着进去、抬着出来的。他说得很平静，我在一旁听了却忍不住要掉泪。他说过："我不会怠慢生命、贻误时间，做到不怠世、不怨世、不恋世，平静平常于每一天。"我知道，这是他的生死观。但真正面对死神在叩门的时候，他居然还能这样平静，真的让我惊讶。我在想，如果换成是我自己，我能这样吗？

焦急等候住院的那几天，我一直在复华的家里，陪他说说话，尽量找些轻松快乐的话题，想分散他的注意力。我们聊起了童年的一些往事，让他想起了很多，他本来就是一个爱怀旧的人。他的记忆力很好，说起父亲曾经挂在墙上的那幅郎世宁画的工笔画狗，在困难时期被父亲卖到了典当行；说起了我们家住过的北京前门外的粤东会馆大院里，我家原来是主人的厨房，刚搬进时，灶台还在，拆灶台的时候，发现了几根金灿灿的东西，父亲以为挖出来金条，其实那是黄铜，是主人家为了吉利特意埋在那里的。说完，我们都忍不住笑了。

我对他说，这事我怎么不知道？他又说起另一件往事，那是我刚上初一的时候，他读小学三年级，有一天放学后，他突然跑回家对我说一起去广和电影院看电影，他说电影票都买好了，让我快点儿跟他走。我们俩跑出鲞庆胡同，快到电影院的时候，我才想起来问电影是什么名字。他说是《白山》，我还跟他说只听说有《白痴》，没听说过《白山》呀！他马上说怎么没有呀？然后抬起脚举手扇了我一个耳光，说，就是这个白扇呀。为他小孩子的这一恶作剧成功，扭头一溜儿烟地跑远。

第二天，我写了一首《和复华忆童年往事怀旧》的诗，抄好拿给他看："秋阳暖照满屋明，同忆儿时几许情。灶下挖金铜且土，院中扑枣紫还青。谁读书老孔夫子，独挂墙寒郎世宁。最忆那年看电影，白山一记耳光清。"谁知道，这是他看到的我写给他的最后一首诗。

快乐的往事，阻挡不住死神快速的脚步。那一天半夜，我梦见一只老虎在我家的门前，我开门时，看见它浑身是伤，还连中三枪。我在眼泪中惊醒，再也睡不着。尽管我并不迷信，但这个梦还是一连几日让我惊魂不定。毕竟复华是属虎的呀。一周以后，复华在医院里离我而去。

我知道，他去了他最想去的地方——柴达木。

冷湖之春

车过当金山，看见前两天刚落的雪，哈达一样飘在山上和路旁。到冷湖，迎接我的首先是风，足有八九级，刮得戈壁滩一片昏黄，正午的太阳被刮得仿佛醉汉一样摇摇晃晃。

这是我第四次到冷湖。

1967 年的冬天，我唯一的弟弟，不到十七岁，毅然决然地志愿报名，顶着纷飞的大雪从北京来到了这里，当一名石油修井工人。他寄回家的第一张照片，头戴铝盔，身穿厚厚的轧满方格的棉工作服，登上高高的石油井架，仿佛要摸着蓝天白云。他在信中告诉我的第一件事，是井喷抢险，原油如雨一样喷湿了他的全身，连里面的裤衩都浇得透透的。冷湖，就这样从那遥远的地方闯进了我的视线，变得含温带热，可触可摸，富于生命，富于情感，让我的心充满着牵挂、悬想和担忧。

1981 年，我在中央戏剧学院读书的最后一年，学院组织毕业实习。那时，是金山先生当院长，开明得很，让我们自己选择地方，只要不出国，哪里都行。我毫不犹豫地选择了冷湖。它是那样的遥远，从北京坐了三天两夜的火车，到达甘肃的柳园，弟弟早早等在了那个沙漠中孤零零的小站接我。又坐上一辆五十铃大卡车奔波了 250 多公里，翻过祁连山和阿尔金山交界海拔 3680 米高的当金山口，进入柴达木盆地再行驶 130 公里，才到达了冷湖。这 380 公里蜿蜒而漫长公路的四周，是一眼望不到边的瀚海戈壁，除了星星点点的芨芨草、骆驼刺和红柳有些灰绿色外，黄色，黄色，扑入眼帘的便都是起伏连绵平铺天边的沙丘单调的黄色。冷湖，是在这无边黄色沙丘包围中的一个小镇。

那一次，我在冷湖住了一个半月，走遍了冷湖的角角落落。我首先来到了被称之为冷湖这个地名的发源地，那是一片远没有青海湖大、也赶不上苏干湖和尕斯库勒湖宽阔的高原湖，是阿尔金山的千年积雪融化流下来而形成的湖泊。我去的时候是初秋，正是好季节，湖面上漂浮着蓝天白云，将一湖清新的绿都沉淀在了湖底。谁也不知道这片湖水在柴达木沉睡有多少年，一直到了 1956 年，新中国的第一批女子勘探队闯进了柴达木，勘探到了这里，才发现了它。只不过她们发现它的时候，赶上的是数九寒冬，风沙呼啸，湖水给予她们的是凛冽，她们便给它起了这样一个写实并且有些情绪化的名字——冷湖。这个名字冷冰冰的，多少有些不吉利，谁想到，第三年，1958 年 9 月 13 日，就在它旁边不远的五号构造区的地中四井喷油了，喷得冲天的黑色油柱，落在井架四周，不一会儿便成了一片汪洋油海，飞来的野鸭子误以为这里是冷湖呢，纷纷落下来，就被油粘住再也飞不起来了。地中四井是柴达木打出的第一口油井，年产量 32 万吨，现在看来并不多，但对当时石油年产量只有百万吨的中国来说，贡献是极大的。青海石油局浩浩荡荡地迁到了这里，给这里起个地名吧，冷湖就这样第一次画在祖国的版图上！冷湖，就是这样才渐渐平地起高楼，在一片荒沙戈壁上建设起来了，石油局的职工家属从全国各地涌来，最多时达到了六万多人，最多时井架达到1011个，其中726口井出了油。说那时井架林立，炊烟缭绕，人气大振，生气勃勃，冷湖再不是寒冷袭人的湖，而是一片沸腾的油海，并不夸张。可以说，冷湖是新中国建设初期生产力和生产关系以及国家与人的精神风貌的一面旗帜、一种象征。我曾多次对弟弟讲，冷湖就是一部史，你应该为冷湖写史。

岁月如流，人生如流，31年过去了。我第四次来到冷湖，却是捧着弟弟的骨灰盒来到了冷湖。去年底，弟弟病逝前嘱咐家人，一定要把他的骨灰撒回柴达木。赶在清明节，我来到冷湖。

首先来到采油五队，弟弟最早就是在这里工作、结婚、生子的。第一次来到这里时，采油树高高矗立，我还曾经和他一起爬上去，他告诉我那一年井架上的卡瓦落下来，正好砸在他的头顶，幸好戴着头盔。调回北京时，他把这顶砸裂的头盔带回，一直放在他家的书柜上。

虽然，我知道冷湖地区的油井基本开采完毕，柴达木石油开发的战略已经转移到了冷湖西部310公里的花土沟构造地带，多年前，就将六万职工家属撤离海拔三千米、缺氧三分之一的冷湖，把家搬到了敦煌。我也懂得建设同战争是有着相似的道理的，尤其是在这亘古无人的荒凉的戈壁滩上建设，同进攻是一样的，进攻必需，撤退也同样必需。不必为冷湖现在的荒芜而伤感。像是一个人一样，从青年走到老年，完成了人生的使命。它以前走得曾经是沧桑、是辉煌，它现在走得应该是属于悲壮。但眼前的采油五队是一片废墟，断壁残垣，满目凋零，还是有些为它伤感。如果从五十年代初期算起到现在，不过才60个年头。一个曾经那样轰轰烈烈的地方，就这样像一个搬空了道具和布景的舞台，像一株凋零了枝叶和花朵的大树，像一座陨落了星星和云彩的星空。

弟弟结婚时住的房子剩下了一面墙，透过凋败的窗框，可以看到不远处一座废墟，那是当年的注水站，旁边就是他和他的师父、他的徒弟经常爬上爬下的井架。厚厚的黄沙中，埋有小孩的鞋、大人的毡靴、旧报纸、破碎的酒瓶和罐头瓶盖。我还捡起几枚乳白色的鹅卵石，不是戈壁滩的前世大海留下的遗迹，就是当年弟弟他们一帮工人苦中作乐的装饰品，成为了这里曾经有过生命和生活的历史物证。

站在弟弟曾经住过的家的断壁残垣前，想起弟弟，想起出生在青海的诗人李南的诗句：

替我把青海再望一眼
当我死时　如果你还活着

心里百感交集，眼泪止不住流淌了下来。

风和阳光是向导，带我走进烈士陵园。它坐落在起伏的沙丘上，沙子已经掩埋了坟茔的一部分，有的坟前的墓碑已经残缺凋落，有的墓碑里镶嵌的烈士的照片被风沙吞噬。每一次来冷湖，我都要来这里，为了拜谒两位前辈。

一位是石油部新中国第一任总地质师陈贲，莫名其妙被打成右派，发配到这里来劳动改造。他没有被压垮，相反积极参与了这里的勘探开发，参与了冷湖地中四井的发现工作，坚持实践着并应验着他曾经被批判的"侏罗纪"的地质理论。以至后来整他的人也不得不对他另眼相看，来到冷湖，想找他谈谈，给他也给自己一个台阶。他却义正辞严地说，没什么好谈的，甩手而去，即使得罪了人家，为此迎接他的命运是紧接着连降两级，仍不改悔自己做人"宁作刚直的栋，不做弯腰的钩"的原则。这样一个对新中国石油事业有着卓越贡献的地质师，在"文化大革命"中冤死在冷湖，他忍受不了非人的批斗，选择了自杀也要留下自己刚正不阿的身影。

另一位也是石油部总地质师黄先训，他比陈贲的命运要好，赶上了拨乱反正的好时机，将自己头顶的右派和反革命的帽子摘了下来。平反之后，他唯一的要求是到柴达木盆地来一趟。作为总地质师，他跑遍了全国所有的油田，唯独没有来过青海油田。谁想到已经买好了去青海的火车票，却突然一病不起，查出是癌症晚期。临终之前，他摇着苍老瘦弱的手臂，要求将他的尸体埋藏在冷湖这座沙丘之上。

那是1980年，弟弟在采油队，在报纸上看到了黄先训先生这个要求，当晚写了一首诗《冷湖的上空多了一颗星》，寄给了《青海湖》杂志。稿子恰巧被送到也是刚刚右派平反的诗人昌耀手中，很快就发表了。那是弟弟发表的第一篇作品。冥冥之中，他们三人之间有了默契的感应，弟弟在冷湖的每一年清明节，都会到这儿来为黄先生扫墓。这一次，弟弟来不了了，站在黄先生的墓前，我和黄先生的女儿通了电话。风非常大，纸怎么也烧不着，最后是把打火机和纸一起塞进皮夹克里面，才点着，差点连皮夹克一起烧着。风立刻把纸吹跑，燃起火焰的黄纸像是火中涅槃的鸟。

我最后要求去原来的学校看看。学校门前的一片空场上，原来曾经种着一大片上百棵白杨树。那是一片不同寻常的白杨树。1970 年前，这片空场只是一片戈壁滩。学生们到了冬天用水把它浇成宽阔的溜冰场，是它唯一的用场。也曾有一年的春天在它的四周栽上一圈白杨树的小树苗，但在干旱缺水的戈壁滩都枯死了。1970 年的夏天，一个叫陈炎可的男人来到了这片空场上，他被委派的任务是给这片早已经枯死的树苗浇水。这不是当时人们对树苗的关心，而是对他的惩罚。原因很简单，他是当时的"现行反革命"，在被监督劳动改造，除了要给学校扫厕所、喂猪、修桌椅……再添上给死树苗浇水的活儿，总之不能让他闲着。

他是广州人，21 岁就自愿到这里当一名老师，却被无端打成了"现行反革命"。面对着这一片枯死的树苗，像面对着自己枯死的心，真有一份同命相连的象征意味。干完了所有要干的活儿，就到了晚上，挖好壕沟，接通学校里面的水源，让水流到这里，他计算好了时间大约要半小时，这段时间他才可以回去稍作喘息。半小时过后再回来，如果水未放满，他便打着手电接着放水。本来就是无用功，他和树都无动于衷，完全是一种机械作业。就在这时候，他读起了外语，也许这就是一份冥冥中的缘分，将他和树和外语一下子迅速地连结起来。他只是觉得和枯树苗天天夜晚相对实在无聊，为打发时间拿起了外语——是一本英文版的毛主席语录。谁想到大漠冷月，枯树孤魂，一一在清水中流淌起来了，奇迹便也在这清水中出现了。一个夏天和秋天过去了，他忽然发现那枯树苗的树根居然湿漉漉有了生机。他赶紧在入冬前给树苗浇了封冻水，他忽然对这片树苗、对自己荡漾起了信心。

四年过去了，浇了四年的水，读了四年的外语。日子像凝结住了一样，仿佛只成了一片空白。忽然有一天，他在水沟边读的外语，在一辆德国奔驰车出现故障翻出说明书外语谁也看不懂的时候，派上了用场，他的"现行反革命"的帽子莫名其妙地戴上，这一次又莫名其妙地平了反，他被调到局里当翻译。就在这一年的春天，他浇灌的那一片树苗终于绽开了生命的绿叶。在冷湖，在方圆几百里一直被黄色统治的戈壁滩，这是第一抹也是唯一一抹新绿。

第一次到冷湖，是弟弟带我见到陈炎可，那时候，他已经五十岁了。他带我到学校前看那片白杨树。上百棵白杨绿荫蒙蒙，阔大的绿叶迎风飒飒细语。他告诉我这里已经成了石油局的公园，晚上或假日，人们常到这里来。如今，学校已经是一片废墟，上百棵的白杨树大多枯死，但左右对称似的，一边剩下 8 棵，一边剩下 6 棵，还顽强地活着。人们在两边各砌起水泥台，为了浇水时防止水流失，保护着冷湖生命的遗存。大概戈壁环境所致，这 14 棵白杨长得和内地的白杨不一样，长得和我前三次见到的也不一样，树干的骨节越发突兀沧桑，像胡杨。

只可惜，我见不到陈炎可。而弟弟也只能隐约站在那白杨树的枝干后面，等待着四月枝条上即将萌发的绿意。

冷湖！我第四次来，我相信以后还会再来，因为弟弟还在这里。

在这世界上，有的城市在地图上消失了，比如特洛伊、庞贝，它们是因为战争和灾害而彻底没有了生命。如果冷湖有一天也在地图上消失了，它是因为发展和前进，它的生命还在。

回北京的列车上，写了一首小诗，记录我此次冷湖四月春行的心情和感情：

　　　　千里黄沙黯白云，清明无雨送归门。
　　　　青杨正忆冷湖在，红柳犹诗苦意存。
　　　　大漠孤烟烟作梦，长河落日日为魂。
　　　　当金山过谁家祭，一阵车笛雪纷纷。

辑 四

儿子孙子

老院 Fuxingor 2025 13.23 雲蜀

呱呱坠地

我们要孩子比较晚。因为包括马拉松的恋爱和结婚之后两地分居，生活一直处于动荡的状态，自己的生活还飘摇不定没有保证，哪儿敢要个孩子给自己拴上个累赘？

我的儿子小铁出生是在 1979 年。那一年，我 32 岁，他的妈妈 29 岁。

1978 年，他的妈妈刚刚大学毕业，我接着考上了大学。不管怎么说，生活总算稍稍稳定下来并有了盼头。也就是那时候，我开始了写作的生涯。有一篇报告文学，给当时的几家杂志投稿都被退了回来，已经丧失了希望，忽然接到了南京《雨花》杂志的主编顾尔镡先生的电报，要我到南京修改这篇报告文学。1979 年的夏天，我利用大一的暑假赶往南京，为发表我的第一篇报告文学而努力，那也是我从北大荒回到北京后第一次出门远游，兴奋和新奇，让憋屈的心像是一张揉皱的纸，一下子被风吹得平整整地展开，叠成了一个纸鸢，在空中畅快地飞翔。在火炉一般的南京，修改了文章之后，我兴致勃勃地到马鞍山、芜湖、巢湖玩了一圈，然后从南京回北京，乘火车路过泰山，又下车一口气爬上泰山的山顶。我不知道那时小铁正在他妈妈的肚子里，早就不耐烦地闹腾呢。

我在天津下了火车，那时，他的妈妈大学毕业分配在天津工作。因为改稿和路上游玩耽误的时间很多，开学的日子就在眼前。我在天津不敢久留，到后第三天，便准备赶回北京上课。真巧，这一天，小铁呱呱坠地了。他比预产期提前了 21 天，急不可耐地来到了这个世界上。

那一天上午，我要到火车站去时，他妈妈忽然感到不好，我赶紧送她来到医院，立刻便被送进产房。整整一个上午，由于缺氧，肚子里的孩子和妈妈一起在痛苦地折腾，不知孩子在里面是什么感觉，疼得他的妈妈忍不住时不时叫唤，我坐在医院的走廊里都能听见，坐立不安。

一位女医生从产房里走了出来，手里拿着一张纸，走到我的身边，让我在那张纸上签字。我看了看纸上的说明，是问保大人还是保孩子。我说当然是要保大人了，医生说，那孩子可就生死不保了，作为产妇的家属，你必须要在上面签字。这么多年过去了，如今小铁已经平平安安长大成人，但那个女医生的话"孩子可就生死不保了"，总也忘不了。那是一个小小的生命呀，她却说得那么冷漠，好像在说一个西瓜的生熟不保那么简单，而我那么老实听话地签下了自己的名字，竟然置生死于不顾，完全把孩子放在了一边。

整个一个上午，在医院弥漫着来苏水味儿的走廊里，我如坐针毡。产房只隔着一扇门，却隔着一道鬼门关似的，给我一种生死未卜的恐惧。不时会传来产妇的号叫，也有婴儿的啼哭声，从门里面荡漾出来，每一种声音都让我有撕心裂肺的感觉。

以后曾不知多少次，我对小铁说，你出生得竟这样难。

一直到下午两点多一点的时候，医生出来了，告诉我母子平安，是个男孩，6斤8两。孩子生出来时由于缺氧没有哭出声来，是医生打了他几下屁股，才勉强地哭出了声。

他一生下来，就被送到了保温室。一连几天过去了，他还在保温室里被监护着，问医生还需要多少时间才能出来，医生也没有把握准确地说出个日子。开学的日期已过，我不能再久留医院，只好和小铁尚未见面便作分别。医生很理解我的心情，破例允许我到保温室里看一眼孩子。当医生从一个个抽屉一样的保温箱里，把孩子抱出给我看时，说了一句："眉眼挺周正的。"我那时看不出他的眉眼有什么周正不周正，只觉得他很小很小的样子，就像一个暖水瓶大，一双大眼睛不知在望着什么地方，小小的胳臂上正打着吊针，忽然让我的心里涌出很疼的感觉。如果这时医生再让我在"保大人还是保孩子"或"孩子生死不保"的纸上签字，我是不会那么轻易就签字的了。

那一瞬间的印象，总好像恍若昨天，像电影里切换的镜头一样，一个暖水瓶一样大的孩子，一下子就长大了。

他妈妈比他还要早就出了医院。而他在那个保温箱整整待了12天。不知在那个白天白晃晃，夜晚黑洞洞、静悄悄的里面，究竟是一种什么样的滋味。

等我再见到孩子的时候，他躺在家里的床上，已经比在保温室里大了许多，一双大眼睛很明亮地扑闪着，只是不看我，而望着天花板，不知那上面有什么有趣的东西，值得那么盯住死死地看。

再一次到天津见到他，给我留下的印象，是他扶着床边慢慢在蹭，正在学走步。那时他和床差不多高，睁大眼睛望着我，任凭他妈妈和屋子里其他人告诉他这是你爸爸，使劲儿地让他叫我爸爸，他就是咬紧牙一言不发，显得我和他彼此都是那样的陌生。

小铁会说话，比起别的孩子都要晚得多。但他一学会说话，小嘴就巴啦巴啦说个不停。好像就是从那个时候开始，他和我一下子亲近起来，分别再长的时间，也不会显得陌生，只要一见到我，他会迫不及待地扑入我的怀里，向我说着分别之后他所有记得起来的有趣的事情。他让我第一次感到来自血缘的亲情，是其他任何感情都无法替代的，就像同一棵树上的两枚树叶、两颗果子，即使风不吹树不摇，彼此没有任何声音，血脉里流淌的是同一旋律，是任何感情无法取代的旋律，在相互的心中呼应着共同的回声。

也许，只有有了孩子，一个人才成为了完整的人，才会体会得到做父母的感情，而使得感情复杂和丰富了起来。孩子会让我们和他一起，在感情的天地里重新滋润、共同成长。我想这就是有孩子和没有孩子的人最大的不同，就像有星星的夜空和没有星星的夜空，虽然都属于夜晚，但含义绝对不一样。

在有了小铁的日子里，我们一家有过四年两地分居的艰苦光景。那些艰辛漫长的日子，因有了孩子而过得滋味异乎寻常起来。无论离开这座城市多么遥远，只要一想起孩子，便显得格外近，好像近在咫尺，一伸手就可以触摸到。如果分别的时间很长，只要一踏回到这座城市的土地，就会有一种浓郁的亲情扑面而来。那片西天正在燃烧的晚霞或是缀满星星的夜空下面，一下子好像都是那样亲切而熟悉，总会觉得就在哪朵晚霞中，或在哪颗星星下，站着的是孩子，在等你归来。

荔 枝 树

　　如今，荔枝在北京的夏天已经遍布街头，到处有卖。我小时候，荔枝还是物以稀为贵的稀罕物。在小铁小时候，也不像现在这样多见，起码在夏天的水果里，它是最贵的几种之一。也许，是那时我们的钱紧，买一斤荔枝花的钱，可以用来买好多别的更重要更需要的东西。

　　我已经忘记了什么时候，第一次给小铁买荔枝，反正是他上学前很小时候的事了。这种他没有见过的水果，让他格外新鲜。他非常爱吃，却又舍不得一下子都吃光，便把那一点荔枝藏在冰箱里，让那种清新甜甜的味道多回味一些日子。

　　吃完最后一颗荔枝的时候，小铁咂咂嘴问我："爸，荔枝是结在什么上面的？和苹果、桃一样，也是结在树上面的吗？"

　　我告诉他："是，是结在树上的。"

　　他又问我："您见过荔枝树吗？"

　　那时，我和他一样都没有见过荔枝树。我去南方的机会不多，仅有的几次，我也没有注意到荔枝树，哪里会想到有一天孩子竟然要问我这样的问题。当爸爸的怎么可能什么都知道，孩子却以为当爸爸的应该什么都知道。我只好冲他摇摇头。

他很遗憾的样子，说："不知道结这么好吃的荔枝树，是什么样子。"

我对他说："下次爸爸去南方，帮你仔细看看荔枝树是什么样子的。"

荔枝树只好在他的想象之中。

忽然，他指着刚才吐出的那颗褐色的荔枝核，问我："爸，您说荔枝树是不是和其他植物一样，也是种子发芽长大的？"

我说："当然。"

"那您说我要是把荔枝的核种在土里面，它是不是也能长出一棵荔枝树来？"

我本来想立刻说他，你这小脑瓜想什么呢？这怎么可能呢？话到嘴边又咽了回去，故意逗他说："你可以试试，没准儿真能长出来一棵荔枝树呢，那在咱们家里就能够吃到荔枝了，不用到街上去买了。"

他信以为真了，让妈妈立刻帮他找来一个小花盆，把一颗荔枝核种在里面。开始天天给它浇水，盼望它真的长出一棵荔枝树来。

我才发现小孩子的天真，是大人难以想象的，也才知道童话为什么能够在这个世界上诞生。每一个孩子都可以创造出许多童话的篇章来，每一个孩子自身都是一部童话，他们用天真的眼睛看待世界，用稚嫩的心感受世界，同我们大人是完全不一样的。

在他们童话中所创造的天真，是我们大人难以想象的。很多的时候，我们大人认为是不可能的，对于他们却是完全可能出现的奇迹。在孩子天真的心中，他们和我们生活在两个世界里。

小铁在盼望着他荔枝树的奇迹出现。

小芽真的拱出了花盆里的湿土。

两瓣绿绿的小叶也像小嘴一样长出来了。

小铁高兴地叫了起来，让我看，让妈妈看，让奶奶看，让所有来我家的客人看，看他的这个杰作。

叶子一天天长大，小芽一天天长高。如果以这样的速度，它多长时间能够长成一棵荔枝树呢？

小铁在他的小心眼儿里计算着。不管多少时间，只要长，总能够一点点长大，长成一棵荔枝树。他相信书中说的，一切植物都是从种子发芽长大的；他更相信童话书中说的，一切都会梦想成真。

我不忍心打消他的这一片天真，一个小核怎么可能长成一棵大树呢？它是需要树苗来培植的呀。

我早就想到最后的结局，荔枝树只能在孩子遥远的梦中，而不会出现在现实中。但绿茸茸的小苗总好像能够给孩子带来希望。我知道，荔枝树不在我们的世界里，只在孩子的世界里。

最后的打击是不可避免的，那棵小苗没有熬过荔枝在夏天上市，便枯萎了。孩子倒没有太大的伤心，一脸的怅惘却是雾一样地笼罩着。也许，孩子都是在这样一次次的天真遭到创伤后，逐渐长大起来的吧？成长必然伴随着痛苦，这种痛苦大多是这样童话和现实碰撞的痛苦，是天真被一层层磨蜕皮后的痛苦。我有时常想，作为家长，如果想多挽留一些孩子的童年时光，就应该注意有意识地多保留一些孩子的天真，允许他们天真的幻想，乃至天马行空的胡思乱想。因为最后一丝天真的消失，便是童年的结束。

小铁长大后，我曾经带他到南方，专门去看过荔枝林。站在那结满红嘟嘟果实的荔枝树下，他再没有了小时候梦想一颗荔枝核能够变成一棵荔枝树的天真了。他并不是那么太在意地望望高高的树梢和红红的荔枝，仿佛在看一个司空见惯的东西，而不是看一个他曾经寄托着梦想的童年伙伴。

紫　罗　兰

　　开始，我不知道我家附近还有一个那样大的苗圃，里面有着那样名目繁多的花草树木，不知道同样是城市燥热的阳光和空气，经过了浓郁的树叶筛下之后的味道和感觉是大不一样的。当然，我便不知道小铁放学之后常常光顾那里，一直疯玩到吃晚饭的时候。有时看他回到家一脸热汗腾腾或一副泥猴似的样子，并不知道都是那个苗圃惹的祸。

　　那时，小铁刚刚上小学，认识了一个叫杨铭的同学。杨铭知道这个苗圃，而且和小铁一样也喜欢植物。两个人对上了脾气，一拍即合，苗圃便成了放学之后最好的去处，成了他们的天堂。

　　我到现在也无法弄明白，那个苗圃给他们的乐趣到底在哪里。小铁很少对我讲，但只要杨铭来到我家，他们两人便没完没了地说呀说个不停。我知道，孩子上了小学，有了同学之后，开始和父母渐渐地拉开了一些距离。在这之前，孩子和父母可以无话不讲，但有了同学，他会觉得还是和同学讲更有共同语言，就像同为两片树叶，才能听懂彼此在风中的飒飒细语。而且，到了这个时候，孩子开始有了自己的小秘密，不愿意对父母讲，而愿意对同学讲。

我只是知道大概就是从那时起，小铁开始总往家里拿一些花花草草，种在花盆里，摆在阳台上，到处都是。反正是小孩子玩，我没有管他，也没有关心地问问他。他自己摆弄，自得其乐，好像那些花花草草是他统帅的千军万马。

有一天，他搬回来一枝紫色的植物，长长的叶子，细细的茎，还带着胡须一样的根。他进门就喊我帮助他赶紧找个盆，自己从书包里掏出早在外面挖好的一纸包土来，把这家伙栽在了盆里。看他一身土一脸土的样子，我催他去洗脸。他不动窝，先问我："爸，您知道它叫什么名字吗？"

我没搭理他，把他推去洗脸。

等他洗完脸回来，接着问刚才的问题："爸，您知道它叫什么名字吗？"一脸认真谦虚的样子。

我不知有诈，便也认真地看了看这个紫色的家伙，然后摇摇头说："不知道。"

他开始故意地讽刺道："您不是学问挺高的吗？怎么？连这个都不认识？"

我只好不知为不知，老实地说："我还真是不认识。"

他一脸坏笑地说："您不认识，我认识，我告诉您吧，它叫紫罗兰。"

"紫罗兰？"

我犯起了疑惑。紫罗兰，我在公园里见过，不是这样子呀。

我印象中的紫罗兰的茎，比这粗多了，有点儿像月季的茎一样，哪像它跟草一样。再说，叶子也不对，不是这种长长的，是那种针形，倒垂着，还有着毛茸茸的样子。但我不敢轻易地说这就不是紫罗兰，因为我知道他和杨铭这两个小家伙喜欢植物，光买的有关植物的书和自然百科词典就不老少，知道的乱七八糟的东西不比我少。

大概，小铁看出了我脸上的疑惑，就对我说："爸，您不信？"

我赶紧说："不是不信，是和我以前见过的紫罗兰不大一样。"

"您以为紫罗兰就一种样子？人家品种不能多几样？"

我服输，就叫它紫罗兰。

全家也都叫它紫罗兰。

除了小铁和杨铭，我们谁也不知道它实在是不叫紫罗兰。它到底叫什么名字，只有鬼知道。

那天，小铁和杨铭在苗圃里意外发现了它，把它挖了出来，两人谁也不认识它，却都喜欢它，因为它与众不同，在他们找到的那些植物中，没有比它的颜色更特殊、更漂亮的了。这么漂亮的植物，应该有个名字，他们便极其认真地想了半天，最后决定管它叫作紫罗兰，那劲头就像科学家给一颗新发现的星星命名一样。

紫罗兰成了他们的新伙伴。放学后，杨铭有时要到我家来，看看他们的这个新伙伴。他们关心的是它开没开花。在他们的想象中，既然叫作紫罗兰，那肯定是要开花的。他们特意查了少年百科词典里面关于紫罗兰的词条，词条上告诉他们紫罗兰是开紫色、紫红色或血青色的单瓣或双瓣的花朵的。他们便一厢情愿并且固执地认为，他们命名的紫罗兰，一定也得开出花来，即使开不出那种紫色、紫红色或血青色的单瓣或双瓣的花朵，怎么也得开出甭管是什么样子的花朵来。

于是，盼望它开花，成了日后一段相当长时间里小铁和杨铭心里的一件大事。每天早晨起床，每天下午放学，第一件事都不会忘记看看他的宝贝紫罗兰开没开花。以至以讹传讹似的闹得传染到全家人也都相信它是要开花的，便也跟着他们两人一起等候，它在哪一天能够突然奇迹般地绽放出新奇的花朵来。

但是，它始终没有开花。它就那样静静地待在我家，成心和大家比赛着耐心似的，向小铁和杨铭自以为是的想象挑战。

没有开花，一直都没有开花。

一直到这棵他们自认为是紫罗兰的植物枯萎，最后彻底死掉，也没有开花。

花开在他们的心里。

"挤狗屎"

"挤狗屎"，是一种很老的游戏。冬天，孩子们特别愿意玩这种"挤狗屎"游戏。所谓"挤狗屎"，就是一大帮孩子一个紧挨着一个，排成一长溜儿，顺着一个方向一起挤，看把谁从中给挤了出来。被挤出来的人，自然便是"狗屎"了。为什么在冬天这个游戏最受欢迎，因为天冷，用这种挤成一团的方法，连玩带取暖，一举两得。

当然，如今沉浸在激烈刺激又程序复杂的电脑游戏里的孩子看来，这实在是太原始单调的游戏了，对它不屑一顾，或根本就不知道有这么一种游戏。但是，在我小时候，常常玩这种"挤狗屎"的游戏，起码在小铁的小时候，还在玩这种游戏。

正是因为这个"挤狗屎"，小铁闯了祸。

那是在小铁刚刚上小学不久的事。当然，也是在冬天。只有在冬天，"挤狗屎"才会像热腾腾的包子出了锅。中午上学，孩子去得早，校门一般是不会早开的，女孩子愿意在校门前跳皮筋，男孩子便在校门前"挤狗屎"。哪个孩子正好站在校门前了，后面马上有一个男孩子跑了上来，往他身后一挤，把他挤着脸贴到了校门上面。然后，第二个孩子跟了上来，紧接着第三个、第四个……一会儿工夫，一个个的孩子，就像一串糖葫芦一样，挤出来一条长龙。他们一边齐声大叫着"挤狗屎！挤狗屎"，一边使劲地往前挤，挤出一身臭汗，以把谁挤出这条长龙为乐趣。

事情就在这时候发生了。

一个小男孩被挤了出来，后面的孩子使的劲太猛，长龙因突然出现的空隙使得后面的孩子受惯性作用往前冲，冲的劲头无法控制，孩子的重心失衡，开始先是一个孩子倒下，紧接着是后面的孩子跟多米诺骨牌一样纷纷倒下。怎么那么巧，小铁要倒地前，脚正好踩在了前面先倒下的孩子的手指上，把人家的小拇指给踩折了。

这孩子疼得哇哇大哭。小铁愣在那里。所有的孩子望着小铁，都傻了眼。

那天中午，我上班没在家，他妈妈正在家里。小铁哭丧着脸跑回家，极其害怕地告诉妈妈，他把同学的小拇指给踩折了。估计他想，等待着他的不是挨顿打，就是挨顿骂吧。

他妈妈一听就急了，拉着小铁跑到校门口，扶着人家孩子先到医院去看病。上好药，包扎好，送人家孩子回家。小铁的心小把紧攥着，最怕的是我晚上下班回家，要是知道了该怎么办。他知道我的脾气急，肯定不会轻饶他，他悄悄地拉着他妈妈的手说："别告诉我爸爸行吗？"

他妈妈说："那怎么行？出了那么大的事情，怎么能不告诉你爸爸一声？”

晚上，我回家了。他妈妈先把我叫到一旁，告诉了中午小铁闯的祸，然后对我说："再怎么说，事情已经发生了，你也别骂他打他，说说他就行了。"

我叹了口气。小男孩就是容易闯祸。也许，小铁算是闯祸少的。在我以后的记忆中，除了这一次，再有就是有一次他用小石头，把人家的窗户玻璃给砸破了，人家找上门来告状。一个孩子也许就是这样，在不断闯祸中长大的吧。

买上点儿水果和蛋糕，我让小铁去人家里看看。他不敢一人去，就让妈妈陪他去。我同意了，但是，必须得他自己向人家主动承认错误。现在，人家的家长也都回家了，甭管人家怎么说，自己都要老老实实承认错误，态度首先要好，求得人家的谅解。他都鸡啄米似的点头同意了。

那家人家离我家不远，是一个普通的工人家庭，非常通情达理，而且极其朴实热情，不管是孩子的妈妈还是爸爸，都不住地说："小孩子家哪有不淘气的，没有一盏省油的灯！小孩子的骨头长得快，没事的……"说得小铁自己先掉下眼泪，人家还得去劝他。

小铁回来对我说，人家真好，他非常内疚。他老实地对我说，开始时还有些委屈，觉得也不能全算是他自己的错，没有后面的人推他，他也不会踩到人家的手上。但是用不着再作什么解释，也用不着人家再说什么，他现在觉得全是自己的错，才让人家的手指折了，让人家那么疼。

我说你说得多好呀，爸爸听了你这样说，替你高兴。人家待你好，你要做得更好才对；人家原谅了你，不是说你犯的错误就不存在了，你应该用自己的实际行动，让人家满意。反正，那时我总是去一个布道的牧师的角色，不管他爱听不爱听，不住地向他讲述一个又一个的道理。做家长的都是这样，以过来人的身份，将人生的道理讲给孩子听，有时候孩子能够听进去，有时候孩子听不进去；有时候效果好些，有时候效果差些。

那个晚上，效果还不错，小铁听得很认真。我想大概因为人家的宽宏大量和朴实热情，他绝对没有想到，让他很感动，也很受教育。

我到现在都非常感谢那家人家，是他们让孩子从小开始明白如何宽以待人，如何平等相处。这些重要的人生体验，光靠父母去说，是无论如何也赶不上他人实际行动的潜移默化，给予孩子的帮助和教育更实际、更切实。

我日后常想，人家的孩子和我的孩子，都是独生子女，折的手指，十指连心呀，谁不心疼自己的孩子？如果人家不是这种态度，而是一种相反的态度，比如不依不饶，非得让我们赔偿，甚至闹到学校，让老师再去没完没了地批评小铁……会是一种什么样的情景呢？还会有孩子现在这样由衷的内疚，还会让孩子学到在平常的日子里学不到的东西吗？

人生常常会出现许多偶然性，就像一阵风吹来，往这边吹，一株蒲公英的种子可能就往这边飞走了；往那边吹，蒲公英的种子可能就往那边飞走了；命运就这样，在不知不觉之中拐了弯儿。所以，有时一次不经意的举动，也许能够影响一个人的一生，哪怕仅仅是一个善意而宽厚的微笑，有时或许能够改变一个人对这个世界的基本态度。我真是应该好好感谢那家人。小铁更应该感谢才是。

在这个充满着越来越多误解、隔膜、冷漠乃至仇恨的世界，宽宏地对待他人，善意地对待他人，心里常存对别人的愧疚之情，和对生活的感恩之意，对于一个人，尤其是一个正在长大的孩子来说，该是多么的重要和难得。

那个孩子的手指伤好了之后，和小铁成为了朋友。有时候看他们两人到我家来玩，有时候看他们两人跑到外面疯跑疯玩的样子，我的心中常常涌出一种无法言说的感动。

只是，他们再没玩过"挤狗屎"了。不是他们不想玩，是我坚决不让小铁再玩这种游戏了。也许，是我有点儿因噎废食。

我、妻子和儿子小铁。1985年夏，西安大雁塔。

妻子和儿子小铁。1985年夏，西安华清池。

拥你入睡

儿子上初一以后，忽然一下子长大了。换内裤，要躲在被子里换；洗澡，再也不用妈妈帮助洗，连我帮他搓搓后背都不用了。

我知道，儿子长大了，像日子一样无可奈何地长大了。原来拥有的天然的肌肤之亲和无所顾忌的亲昵，都被儿子的长大拉开了距离，变得有些羞涩了。任何事物，都有一些失去，才有一些得到吧。

有一天下午，儿子复习功课，累了，躺在我的床上看电视。他实在是太累，刚看了一会儿，眼皮就打架了。他忽然翻了一个身，倚在我的怀里，让我搂着他睡上一觉，迷迷糊糊中嘱咐我一句："一小时后叫我，我还得复习呢！"

我有些受宠若惊。儿子许久没有这种亲昵的动作了。以前，就是一早睡醒了，他还要光着小屁股钻进你的被窝里，和你腻乎腻乎。现在，让你搂着他像搂着只小猫一样入睡，简直类似天方夜谭了。

　　莫非懵懵懂懂中，睡意朦胧中，儿子一下失去了现实，跌进了逝去的童年，记忆深处掀起了清新动人的一角？让他情不由己地拾蘑菇一样拾起他现在并不想拒绝的往日温馨？

　　儿子确实像小猫一样睡在我的怀里。均匀的呼吸，胸脯和鼻翼轻轻起伏着，像春天小河里升起又降落的暖洋洋的气泡。

　　我想起他小时候，妈妈上班，家里又拥挤，他在一边玩，我在一边写东西。玩着玩腻了，他要喊："爸爸，你什么时候写完呀？陪我玩玩不行吗？"我说："快啦！快啦！"却永远快不了，心和笔被拽走得远远的。他等不及了，就跑过来跳在我的怀里，用带有几分央求的口吻说："爸爸！我不捣乱，我就坐这儿，看你写行吗？"我怎么能说不行？已经把儿子孤零零地抛到一边，寂寞了那么长时光！我搂着他，腾出一只手接着写。

　　那时候，好多东西都是这样搂着儿子写出来的。他给我安详，给我亲情，给我灵感。他一点儿也不闹，一句话也不讲，就那么安安静静倚在我的怀里，像落在我身上的一只小鸟，看我写，仿佛看懂了我写的那些或哭或笑或哭笑交加的故事。其实，那时他认识不了几个字。有好几次，他倚在我的怀里睡着了，睡得那么香那么甜，我都没有发现……

　　以后我常常想起那段艰辛却温馨的写作日子，想起儿子倚在我怀中小鸟一样静谧睡着的情景。我觉得我写的那些东西里有儿子的影子、呼吸，甚至有他睡着之后做的那些个灿若星花的梦……

　　儿子长大了。纵使我又写了很多比那时要好的故事，却再也寻不回那时的感觉、那一份梦境。因为儿子再不会像鸟儿一样蹦上你的枝头，那么纯真地倚在你的怀里睡着了。

如今，儿子居然缩小了一圈，岁月居然回溯到几年前。他倚在我的怀里睡得那么香甜、恬静。我的胳膊被他枕麻了，我不敢动，我怕弄醒他，我知道这样的机会不会很多，甚至不会再有，我要珍惜。我格外小心翼翼地拥着他，像拥着一支又轻又软又薄又透明的羽毛，生怕稍稍一失手，羽毛就会袅袅飞去……

并不是我太娇贵儿子，实在是他不会轻易地让你拥他入睡。他已经长大，嘴唇上方已经长起一层细细的绒毛，喉结也已经像要啄破壳的小鸟一样在蠕动。用不了多久，他会长得比我还要高，这张床将伸不开他的四肢……

蓦地，我忽然想起儿子小时候曾经抄过的诗人傅天琳的一首诗，其中有这样几句：

> 你在梦中呼唤我呼唤我
>
> 孩子你是要我和你一起到公园去
>
> 我守候你从滑梯一次次摔下
>
> 一次次摔下你一次次长高
>
> 如果有一天你梦中不再呼唤妈妈
>
> 而呼唤一个陌生的年轻的名字
>
> 那是妈妈的期待妈妈的期待
>
> 妈妈的期待是惊喜和忧伤

我禁不住望望儿子，他睡得那么沉稳，没有梦话。我不知他在睡梦中此刻是不是在呼唤着我。我却知道会有这么一天，拥他入睡的再不是我，而在他的睡梦中会"呼唤一个陌生的年轻的名字"。亲爱的儿子，那将如诗人所写的，是爸爸的期待，爸爸的期待是惊喜又是忧伤。哦，我亲爱的儿子，你懂吗？此刻的睡梦中，你梦见爸爸这一份温馨而矛盾的心思了吗？……

　　一个小时过去了，我没有舍得叫醒儿子。

在书店

一

小铁上幼儿园，我常会在黄昏时候接他。离幼儿园不远，有一家书店。书店的旁边，有一个冷饮亭。书店里，有一处专卖各种报纸杂志，花花绿绿地摆满架子。有这里买画报，大概是小铁最早和书店的亲密接触。

小铁爱吃雪糕，也喜欢看《幼儿画报》《幼儿童话》《小朋友》……每次到了那里，只要看见它们，就非买不可。这样的画报，一般每个月或每半个月出一本，架不住品种多，出版日期不一样，便轮番上阵，几乎不出一星期就会有新面孔出现，招呼着小铁去那里，磨我掏腰包。

那时候，日子过得并不富裕，我便和他妈妈商量，得有个限制，让孩子自己去选择，要买吃的，就不能买画报。这样，让他知道过日子的艰难，也看看他到底是最喜欢哪一种，给他来一个小小的测验。

商量妥当，我接他从幼儿园出来，来到书店的门前。他又像以往一样，想鱼和熊掌两样都要。我对他说："爸爸兜里的钱不够了，咱们一家子一个月还得过日子呢，你必须从吃的和画报两样里选择一样。"

他大眼睛眨了眨，望望我，看得我的心不住发软。那一天很热，尤其是看见好多家长接了孩子，都给孩子买雪糕，心想自己对孩子是不是有些太苛刻了？但我很快就把一时浮上水面的恻隐之心，像把皮球压进水里一样压了下去。

孩子虽小，但察言观色的本领很大。"爸爸……"他叫了我一声。

我咬咬牙，握住他的小手，继续坚决地说："你挑吧，只能买一样。"

短暂的犹豫如风逝去，他磨蹭了一会儿，只好说："那我就买画报吧。"

我替他买了那本《幼儿画报》。他立刻看了起来，看了一路，爱不释手。

回到家，我先让他喝了一大杯凉白开水，有些心疼地问他："渴了吧？"

他摇摇头："不渴。"继续看那本《幼儿画报》，仿佛那里面有无数有趣的东西吸引着他，有战无不胜的孙悟空的金箍棒，帮他战胜了让他馋涎欲滴的雪糕。

二

小学四年级的春节，小铁想去逛地坛庙会。我说好啊，收拾收拾，咱们一起去！他摆摆手说：不用你们跟着，我和同学约好了，一起去逛地坛庙会。

那时候，我家住在和平里，离地坛不远。小铁刚刚学会骑自行车，骑车的兴致正高。和同学一起骑上自行车，一路风驰电掣的感觉很爽。

出门前，小铁跟我要钱，我给了他三十元。逛庙会，总要买点吃的玩的，那时候，大长串的糖葫芦，呼呼转响的风车，孩子最喜欢。把风车插在自行车的车把上，迎风哗哗直响的声音，对于孩子而言，就像春之声。在三十多年前，三十元，不算是个小数目。那时候，我们每个月的工资也就是两三百元。

逛了一下午，小铁回来了，没见他带回大长串的糖葫芦和风车，也没见他带回别的年货，只抱回了三本书，一本《战国策》，两本《韩非子全译》，说是新华书店在庙会上开设摊位，他是从那里买到的，三本书一共花了二十九元五角。三十元，只剩下五角钱。

我连买一串羊肉串的钱都不够了！小铁冲我抱怨说。

但我看得出，他抱着这三本书爱不释手的样子，很有些得意。

三

前门大街，是一条明清时就热闹繁华的老街。在这条一里地长的老街上，有三家书店。老街中段路东，是新华书店儿童门市部，它的北面是上海迁来的老正兴餐馆、南面是普兰德洗染店，三家店一直坚持到二十世纪九十年代。

新华书店儿童门市部，专卖儿童图书。小铁上小学的时候，我常带他到这里买书。很多书都是从这里买的，在这里，他买到了他渴望的《少年百科辞典（生物卷）》，厚厚的一大本抱回家，像是意外得宝。

小学四年级，一次作文，老师布置了这样一个题目——《第一次刷白球鞋》。娇生惯养的孩子哪里刷过呀！他挺认真，为写作文，第一次自己刷起了白球鞋，把一盒白鞋粉都用光了，也没有刷好鞋。他便让妈妈再买一盒白鞋粉，要接着刷，接着写。他和妈妈约好，放学后，在新华书店儿童门市部碰头。

那一天下午放学之后，我和小铁先到新华书店儿童门市部买几本书，然后等他妈妈。我们两人坐在书店门外的台阶上等，等了半天，他妈妈也没来。准是下班晚了，路上又堵车，我安慰孩子，顺便问他这篇作文打算怎么写。好在刚从书店里买了新书，他坐在那儿看书。一直等到日落黄昏，一街车水马龙，人流来往。三十多年时光过去了，我还记得夕阳的光芒在孩子手中的书页上，萤火虫似的一闪一闪地跳跃。

四

初二的时候，放学之后或星期天，小铁常一个人或约上同学去逛书店。骑上自行车，从学校出发，花市书店、东单路口的中国书店、灯市口的旧书店、隆福寺的旧书店……一路风光看不尽，总会有踏花归来马蹄香般的收获。

春节前的一个星期天，他和同学来到东单北口路西的中国书店，看到了一套三大本《二十六史大词典》，非常喜欢，便将售货员叫了过来，请他将这厚厚一套书拿过来，看看定价，290元呢，太贵了吧？小心翼翼地把书递还给售货员，恋恋不舍地离开书店，心里一直惦记着这套《二十六史大词典》。

春节，小铁有了300元的压岁钱。过完年，开学的第一天，中午放学，他没有去食堂吃午饭，而是先跑到中国书店，生怕这套《二十六史大词典》被人买走。走进书店，看见书架上，这套书依然"健在"。

他招呼着售货员，兴冲冲地指着这套《二十六史大词典》，说：我买这套书！

售货员把书从书架上拿了过来，对他说：小朋友，这套书要290元呢，你有这么多钱吗？

他从衣袋里掏出那300元，递给售货员。

售货员忍不住冲着他笑了。

五

上中学后，我发现小铁特别爱逛书店。那时候，东单、西单和前门一带的新华书店、中国书店和旧书店，都还在。这些书店，我读中学时候也常去。世代的轮回，时光潮水一般退去，它们如礁石一样，坚守在原地不动，成为我们两代人成长的见证。在一座城市里，书店真是一种特殊的存在，别看不怎么起眼，对于很多人来说波澜不惊，但对于一个正渴望读书的孩子，却充满那样神奇的魔力而不可或缺，是其他地方不可取代的。

小铁去这些书店，一般都会"贼不走空"一样，买回一两本书回家。我知道，买书的钱，是从他自己的午餐费里节省出来的。我很担心他吃得不好，弄坏身体，便对他说：买书是好事情，饭也要吃好，买书的钱不够，我再给你！

他当然高兴。于是，我让他实报实销，他去书店买书的热情更加高涨。后来，他索性对我说：实报实销太麻烦，你最好还是跟我一起去书店得了！

在书店，有我相陪，他可以随便挑，随便买，钱由我付，他不再担心兜里的钱够不够，可以随心所欲买书。

在书店，有我相陪，他气粗胆壮地向售货员要这本或那本，再不用受气或白眼。自己一个人来时，常会因为人小而被瞧不起，一怕他看不懂，二怕他没钱。

在书店，有我相陪，他可以一显自己挑书的手艺和眼光。他的后背和他手上的书，都落有我的目光，他便像演员登台有了观众而自得其乐。

在书店，有我相陪，他像个大人，又像个孩子，在两者之间跳跃。我和他的目光，在书架或书页之间相撞，心心相通。

有一次，从书店里出来，他对我说：我要是百万富翁就好了，用不着百万，几十万也行，我就把书店里所有的书都买齐！

有一次，说好了下周日带他去琉璃厂的中国书店，那里的古书最多。他非常高兴，一开始琢磨买什么书，二嘱咐我多带点儿钱！

和小铁一起逛书店，是他的节日，也是我的节日。

六

小铁大学毕业后到美国读博，我去看望他的时候，他带我去他常去的书店看看，都是专卖旧书的二手书店。

一处是鲍威尔书店。紧邻芝加哥大学，店不大，书架林立，有点儿密不透风，但分类明显，很好挑书。这里的书大多是从芝加哥大学教授那里收购的，大多是各个专业方面学术类的书籍。他们淘汰的书，像流水一样循环到了这里，成为学生们很好的选择。那些书上有老师留下的印记，可以触摸到老师学术的轨迹，读来别有一番味道和情感。小铁的好多书，都是从这里淘到的。

一处是书虫书屋，在新泽西的小红莓镇。它建于二十世纪的七十年代，是一座独栋别墅，典型的美国老式住宅。书架高抵屋顶，地上地下和院子里堆满书，几乎难以下脚。每间屋门上都有标识，写着书的种类，历史、小说、诗歌、画册……很方便查找。一楼右侧是结账的地方，四周也被书籍包围，对面的柱子上贴着一张旧报纸，上面刊载着半版对书屋的报道。从报道上知道，这里的书一部分是主人收购来的旧书，一部分是小镇居民把看过的旧书捐献给书屋的。

在书虫书屋，我花十美金买了一本《500年世界文学书籍插图集》，花二十美金买了一册《梵高的速写》，成为小铁在这里买书的延续，也给自己留一份纪念。

流年碎影，在书店里闪现，孩子长大了，我老了，很多书店找不到了。

聪明是一张漂亮的糖纸

　　小铁上初二的时候，有一天下午我和他妈妈出门，问他去不去，他摇摇头，一个人闷在家里。晚上，我们回到家，他问我："你发现咱家有什么变化吗？"我望了望四周，一切如故，没发现有什么变化。他不甘心，继续问我："你再仔细看看。"我还是没有发现什么蛛丝马迹。倒是她妈妈眼尖，洗脸时一下子看见脸盆和脸盆旁边的水管上贴着小纸条，上面写着脸盆和水管的英文名称。

　　我这才发现屋子里几乎所有的地方，柜子、书桌、房门、厨房、暖气、音响、书架……上面都贴着小纸条，纸条上面都用英文写着他们的名称。每一张小纸条剪的大小都一样，都是手指一般窄长形的，不仔细看还真不容易看到。

　　他很得意地望着我笑。

　　不用说，这是他一下午忙碌的结果。

　　我表扬了他。

那一年，他对外语突然有了兴趣。他就是这样开始外语学习的。他所付出的努力，一般是在家里，总是默默的。贴满在家里的那些小纸条，仿佛是安徒生童话中神奇的手指。他抚摸着那些东西，使得那些东西花开般地有了生命，和他对话，彼此鼓励，使得枯燥而艰苦的学习有了兴趣和色彩，有了学下去、学到底的诱惑力。

从小到大，总是有人夸奖小铁聪明。读中学时，他的老师当着班上的同学表扬他，说："只要肖铁想学好哪一门功课，他总是能把它学好。"大学期间，同学们也都认为他很聪明，都说他总是很轻松地就把功课学好了。我应该庆幸的是，小铁很清醒。每当别人夸他聪明时，他从来只是笑笑，没有骄傲而忘乎所以。他知道要论聪明，比他聪明的同学有的是，比如当时他最佩服的同学中男的任飞、女的刘斯庸，后来都考取了清华大学。他所要做的就是认真，而且重复，把要学的东西弄得牢靠扎实。

当别人夸奖小铁聪明时，我当然很高兴，虚荣心得到了满足。但是我很清楚，孩子是以他的刻苦取得他应有的成绩的。

有一次，和另外一所学校的同学开座谈会，有个同学问他为什么能取得那么好的成绩，他回答说："没有别的好办法，就是得学、得背。比如历史，高考前老师带领大家复习之前，我已经把书从头到尾背三遍了，而且要注意那些图边上和注解的小字，要背得仔细，才能万无一失。"

那天座谈，我坐在他的身边，听到他的话，我很高兴，比他取得好成绩还要高兴。也许，只有我知道他是如何刻苦的。小学毕业时，我整理他书桌的抽屉，光是从四年级到六年级三年的作文练习的草稿，就装满了一抽屉，每一篇都改过不止一遍。小学毕业准备考中学，他把所有要背的准确答案都录在录音机里，每天晚上躺在床上，先把录音机打开，一遍又一遍地听，哪怕睡觉前的一点时间也不浪费。而光他抄写别人文章的本子，所作笔记的本子，不知该有多少，虽然许多本子都只记了半本就扔下换了新本子。尽管我批评他太浪费了，他还是愿意一个本子一个内容，频繁跳跃着他的新内容。

有时候，他很贪玩。读中学时最迷恋的是 NBA，哪怕考试再忙，电视里只要有 NBA 的比赛，他必看不误，你怎么说，他也是雷打不动。为此，我和他发生过冲突。你想想，都快要考试了，他一个大活人还在整晚看电视，做家长的心里能不慌？做家长的都希望孩子是个听话的小羊羔，到了晚上都要赶进圈里去学习，不要受外面的种种诱惑，外面净是大灰狼。冲突到了极点，弄得他哭着对我说："我什么时候因为看 NBA 把功课耽误了？现在看电视耽误的时间，我会安排时间补回来。"

现在，我相信他了。他读大学期间，时间更紧张了，偶尔回家一趟，或是陪她妈妈逛商店，或是陪我聊聊天，其实都是很耽误他时间的。我们大人的时间显得越来越慵散了，但孩子正是忙的时候。而且，我发现我变得爱唠叨了，也许好不容易看到孩子回家一趟，总想和他多说说话，便缺少节制。而他变得懂事了许多，从来没有不耐烦过，总是放下手中的书本，听我说完之后，他会对他妈妈开句玩笑："妈，你看我爸又耽误了我的时间，我得晚睡几个小时了。"

有一次，他让我帮他买盏应急灯，说晚上一过 11 点，宿舍就熄灯了。我劝他少熬夜。他说同学都这样，每个人的床上都有一盏应急灯。

应急灯要是妨碍同学了，他会骑上车跑出校园，到学校旁边的 24 小时永和豆浆店，买点吃的，就开始温书，一坐就是一个通宵或半夜。

虽然，我不赞成他熬夜，但我赞成他刻苦、努力。在智商方面，孩子之间的差别不是很大，关键在于每个人付出的努力，努力不一样，结果就会不一样。要知道，聪明只是一张漂亮的糖纸，外表可能闪闪发光挺好看，但包裹在里面的东西才是最重要的，这最重要的东西，就是刻苦。

大三的一天晚上，小铁来电话告诉我和他妈妈："英语六级成绩出来了，我得了 89.5 分。"他知道做家长的就是一根筋——只认成绩，他很遗憾地说："就差半分，要不就 90 分了。"这个成绩是他们系里的第一。他的英语四级考试也是全系第一，得了 92 分。

我忽然想起初二时，他在家里几乎贴满每一个地方的那些小纸条。

大四的那一年，他考了托福和 GRE，成绩分别是 647 分和 2390 分，考得都不错。都说分数是学生的命根，其实分数更是家长的命根，做家长的只有看着分数才踏实，我也一样，未能免俗。

我再次想起初二时，他在家里几乎贴满每一个地方的那些小纸条。

前两年搬家的时候，我发现厨房、房门、厕所……好多地方居然还保留着那些小纸条，只是颜色已经变得发黄，但蓝色圆珠笔写的英文字迹依然清晰，好像岁月在它们上面没有留下什么痕迹。

十年过去了，孩子如今已经在美国读书。他的房间空荡荡的，却总能发现在他的茶杯或玩具的背后，贴着当年他写着英文的小纸条。就让这些小纸条一直保留着吧，保留着那一份回忆和感情。

YES 和 NO

对于我们中国的孩子，一般的家长和老师愿意听的是孩子说yes，而不愿意听孩子说no。不管怎么说，听 yes 就是顺耳，听no 就容易让大人皱眉头。我们自己当孩子是这样，我们当了家长也是这样。希望孩子顺从于大人，已经成了一种惯性，渗透在我们的血液之中。

有时，我想为什么我们当中贾桂式的人太多，站惯了再让坐下都不习惯，也就明白其中原因了。我曾经当过整整十年的老师，常常看到那些顺从听话尤其是听老师话的孩子最得宠，不是当班上的干部，就是理所当然地被选为三好生，也就明白了其中的必然。我自己当老师时，其实喜欢的不也是这样的好学生吗？

一代代就这样延续下来。

到了小铁长大的时候，我不希望他仍然和我一样，只会服从而不会反对，更不会反抗，而将一个孩子天然的个性，在他成长的过程中，被我们大人的惯性无意地扼杀掉。在他小的时候，我就对他说：“爸爸讲的话，如果是对的，你必须要按照爸爸说的去做。如果爸爸说的是错的，允许你反对，你要敢于说话。只要是你说得对，我愿意承认错误。”我希望起码在家中能营造一种平等的氛围。

可能是我这样的话起的作用，小铁小时候个性比较强，如果说不服他，不管什么事，他会拧着脖子不做的。这给我做家长的有时造成很大的难处，你要砸姜磨蒜来回不停地对他讲道理，真是费心费力费时。但我想这是做家长的事，不能因麻烦就将其推给孩子，而让孩子只做你的一头顺毛驴，将孩子自己头上本来长着的犄角，都退化乃至磨光。

印象深的有这样几件事——

小铁上幼儿园的时候，每天老师会让一个叫刘小颖的小女孩发各种各样的玩具。一连几天，发到小铁手里的玩具，都是一种式样的积木，而他发现刘小颖自己却总能挑她喜欢玩的插片等其他的玩具玩。有一天，他举手问老师：“老师，我提个问题。”老师让他讲，他说：“为什么刘小颖能够挑玩具？”老师一愣，没想到一个四五岁的孩子，能够提这样的问题，不过，老师立刻表扬了小铁。他妈妈接小铁时，老师还对他妈妈说：“小铁这孩子说话挺冲，敢说话，明是非，挺好！”小铁应该感到幸运，他碰见了一位好老师。因为并不是所有老师，都愿意听孩子说 no 的。

小铁上小学后，我坚持让他和我们大人分床而睡。开始，一到晚上让他自己单独一人去睡时，他躺在床上就跟杀猪似的大哭大叫，闹得他妈妈心先软，然后是奶奶出面：“孩子才多小，干嘛让他睡不好觉？”但是，我还是坚持了，舍不得孩子打不了狼，没有这样的锻炼，孩子永远长不大。有好多孩子上到中学了，恋母或恋父情结依然浓得化不开，心理出现障碍就麻烦了。

孩子哪懂什么心理障碍？只知道眼下跟着爸爸或妈妈在一起睡踏实、舒服。有一天晚上睡觉的时候，小铁又开始杀猪似的又哭又叫。全家人谁也没法睡，因为我态度的坚决，谁也不敢出面救小铁，就听他一人在哭叫。他像和大人拉锯战，就那么一直坚持不懈地哭，希望用他的哭声软化你，让你向他走来。他妈想动，我拉住了她，如果大人一软，立刻前功尽弃。最后，小铁哭累了，渐渐睡着了。

第二天清早醒来，我问他："昨晚上你哭什么呀？真没有一点儿男子汉的味儿！"

他说得倒直爽："我想我妈。"

我说他："你呀，太软弱。"

他立刻反驳我："你说得不对，这不叫软弱，这叫感情！"

这话说得我真是一点儿思想准备也没有，忍不住笑了起来。

小铁上小学四年级的时候，正赶上亚运会在北京举办，学校天天练队，准备参加开幕式的团体操表演。但学校心里有数，并不是所有的学生都能够参加，只会在这样的练习中挑选一部分。于是，每天的练习成了各班的比赛，班主任老师尤其重视，生怕自己的班落后。小铁的班主任当着全班同学的面说："现在天太热，哪个同学觉得坚持不了，现在可以举手，就可以不参加练队了，别到练队时坚持不了出洋相。"全班同学没有一个人举手，老师又问了一遍，这时，只见小铁举起手来。

事后，我批评了小铁："你也太蝎子拉屎独一份了吧，别人都不举手，你充什么大尾巴鹰呀？"

小铁不服气："老师说得很清楚嘛，让举手我才举的手。再说，老师也没说我什么呀。"

一个孩子就这样长大了起来。他养成了这样的性格，同时付出了必要的代价。他渐渐在被我们大人说成熟的同时，也渐渐少说了不少 no，而渐渐地多了一些 yes。

可以这样说，在 yes 和 no 之间反复的磨炼，一个孩子才渐渐长大了起来，不是长成了和我们一样的人，就是长成了和我们不一样的人。

百忍成金

高一那一年，是小铁最春风得意的一年。因为是全班同学满票选他当的班长，他干得如鱼得水，顺风船恰遇长风一样，行驶得格外快。

但也有老师认为他有些傲气，小尾巴有点儿往上翘。

他不管那一套，依然我行我素，带领着班上的同学自以为是地干这干那的，一天到晚跟个打足了气的皮球似的到处蹦，想把班上搞得生龙活虎，样样事情都恨不得拔尖。

学校组织了一场辩论会，以班级的形式选出代表队来比赛。这给了他显示自己的一个好机会。他回到家，先找材料，然后布置同学分别写稿子，再把同学分成对阵的双方，像实战演习一样，每天放学后在教室里一遍又一遍地练，有备无患而胸有成竹地走到赛场上。在场上，他们的表现确实不错，赢得同学们阵阵喝彩的掌声。他们都以为胜券在握了，谁想到，最后评比老师亮出的分数，胜利判给了对方。

　　这让小铁无法服气。班上的同学炸了窝，都在气头上，他作为班长，不仅没冷静，相反火上浇油带着同学向老师的办公室冲去。找到了负责评比的老师——一个教高二语文的女老师评理，不容老师解释，说自己班辩论的水平、场上的反响情况以及对方的漏洞……机关枪似的，一口气说了许多，一副非要把冠军重新拿回来不可的劲头。

　　政教处的老师被惊动了，赶紧跑了过来，怒气冲冲地批评小铁，太无师道尊严，太无大将风度，身为一班之长，不做同学的工作，相反还要带头闹事，要他先回去写检查，然后向评比老师道歉。

　　一帮孩子灰溜溜地走了，心里充满着怦怦不平之气。

　　不用老师告状，他回到家先把老师给告了，一通诉说老师的不公平，把憋了一肚子的气都倾泻了出来。他就是这么一个孩子，肚子里存不住隔夜的屁，有话憋不住，肯定要回家讲的。

　　我一时不知该说他什么好。想了想，孩子正在气头上，我只能站在老师的立场上，委婉地对他说："小铁，你们以为你们有你们的道理，老师一定也有老师的道理，不管怎么说，政教处的老师批评你是对的，你是缺少点儿大将风度，也忘记了师道尊严，老师是要尊重的，哪能像你们这样，找老师一通嚷嚷？你是应该写个检查，向老师道歉。"

　　说完这番话，自觉得无力得很，整个是政教处老师的话的翻版。我知道，被迫无奈写了检查的小铁，不再说话，却一点儿也没服气。

　　过了两天，放学过后，他们的班主任纪老师找到小铁，他以为肯定还是要说辩论会的事，再接着批评他一番罢了。纪老师从办公桌里拿出一件东西，对他说："还想着辩论会的事情吧？还不服气是不是？没关系，我也知道判得可能不公，但也在所难免啊，辩论本身弹性就很大，你说是不是？再说，人家老师无偿地为你们裁判，我们也得尊重人家的劳动，也要为人家想一想呀！"

然后，她把那件东西打开，是一幅横幅的书法，四个隶书大字——百忍成金。

纪老师又对他说："那天政教处的老师把我找了去，说了你的事情，我就想我家里有一张这东西，我得给肖铁带去呀。少年气盛，没什么不好，可大了以后你就明白了，随意地发怒、不冷静带来的后果很不好，我以前经历过许多这样的事情。以后办事多想一想，别那么着急！"

纪老师把他一直送到学校大门口，又不放心地嘱咐他说："肖铁呀，少年气盛，没什么不对，但以后做事一定要三思而后行。"

那一晚，他回到家，拿出了那张"百忍成金"的字幅，对我讲了老师对他讲的话。他说他没有想到老师会以这样的方法来待他，让他非常感动。

我也非常感动，我想起事情发生后我对小铁那苍白无力的教育，再来看看人家纪老师，我看到自己的差距。好的教育方法，从来不是居高临下或盛气凌人，也不是仅仅成为大道理的罗列。平等而亲近的潜移默化，好比润物无声的细雨，总会比暴雨倾盆更容易让孩子接受和吸收。

　　我真是要感谢小铁有好多类似纪老师这样的老师，他们让我学到好多东西，帮助小铁健康而有力地成长。

　　高二时，也巧了，班上换了一位语文老师，正是高一时那次辩论会负责评比的老师。小铁的心里犯起了嘀咕，这老师还不得找自己的茬儿呀，给自己穿小鞋呀？他想错了，老师对他不错，经常表扬他的作文。

　　高三时，北京市评选十名杰出中学生，这是由香港企业家胡楚南先生赞助的一项活动，不仅有金牌，还有5000元奖金。学校推荐了小铁和另一个同学——他们学校学生会的主席，由政教处的老师考察审核，最后定下一个人，报到市里，再由市里评选。小铁觉得自己没戏，这样的好事，怎么能够落在自己的头上？他想的道理很简单，因为名单最后落在政教处老师的手里，他不由得想起高一那次辩论会，就是政教处的老师对他批评最狠，他们一直都认为小铁太傲气，小铁见了他们，总是绕着走。小铁对这几位老师太有成见。事实上，正是这几位老师权衡，最后觉得还是小铁更有特点，到市里进行最后的评选更有竞争力。是他们最后报上了小铁，才使得小铁有了机会，获得北京市十名杰出中学生这一奖项。

　　小铁应该感谢这么多老师对他的厚爱。一个孩子在成长的过程中，需要批评、帮助、劝诫、提醒、耐心，更需要的是这种爱，带有宽容、期待和信任的厚爱。在这些方面，学校老师起的作用，是家长起不到的。因为一个孩子的成长，需要家庭小环境、学校亚环境和社会大环境三者相互的作用，缺一不可，而且是彼此无法替代的。小铁是幸运的，他遇到了不止一位好的老师。

　　在以后许多日子里，我和小铁还常常想起他高一、高二、高三这一连串的事，便会常常想起小铁的那位高一的班主任纪老师，想起她送给小铁的那张"百忍成金"的字幅，怀念那过去了的却难以忘记的事情。

西北之行

高二的暑假，我要去西北，小铁非常想和我一起去。从小到大，只要有机会，我都是愿意带着他到处转转的。我一直认为古人说的读万卷书、行万里路，是有道理的。小孩子到他没有去过的地方，会开阔眼界，滋养精神世界。

但是，这一次，我有些犹豫。因为暑假过后就高三了，紧张的高考迫在眉睫，哪一个家长不把考大学当成唯此为大的事情？我劝他说，还是先把考大学的事情放在前面吧，等以后考完大学有机会时再去西北也不迟。全家人也是这么说，纷纷劝着他。

小铁还是想去，西北带有野性的粗犷和几分神秘，早就吸引着他。那瀚海沙漠、丝绸古路，戈壁中的芨芨草，西出阳关的左公柳和李广杏，落日里的鸣沙山和月牙泉……尤其是藏有珍贵壁画的敦煌的莫高窟，让他心往神驰。在知道我要去西北的消息之后，他就悄悄地翻开地图，查看资料，憋足了劲儿要和我一同前往。现在，让他以后再说，他噘起了小嘴，说："以后，不知得等到多长时间的以后了，再去还有什么意思！"

这句话，在我的心里打起一个旋涡。孩子今年18岁，上高二，等以后再有机会去西北，他能够还是18岁、还在上高二吗？时间对于我们大人来说已经无所谓了，今天和明天，只是日子的累加和重复，现在去西北，和过几年以后去西北，眼睛里看到的风景，和风景在心中的感觉，不会有多么大的不一样。但对于一个正在成长的孩子来说，他的眼、他的心和他的骨骼，每分钟都在变化着，他就像一棵正在发育成长着的树，现在的枝叶所吸收的阳光雨露，和以后再有阳光的倾洒和雨露的滋润，哪怕是再充足的阳光和丰沛的雨露，意义是不一样的。现在的都化为他的成长着的生命，而以后可能只是他的头前辉映的一种点缀。也许，对于一个成长着的孩子来说，现在进行时，比过去时和未来时都更重要。

与其在他以后水分充足的时候为他肥肉添膘，不如现在他正口渴的时候给他一罐他渴望的清凉的水喝。

我的心有些动摇。小铁看出来了，马上给我添薪加火，好把我的犹豫彻底地烧干净。他对我说："爸，耽误的时间我回来补，您还不放心呀？哪一回我因为玩把功课给耽误了？"

这话倒是，他会堤内损失堤外补，把时间安排好。我还能再说什么呢？绿灯放行！

家里人还是有些不放心，不劝小铁，改为劝我别大意失荆州，孩子考大学事关重要。不过既然答应了孩子，就权当给小铁来一次高考前的加油吧，或者让他在紧张之余放松放松、散散心吧。

　　上了飞机，他一直趴在窗户上往外望。一个多小时后，飞机飞到甘肃境内了，我看见小铁从书包里掏出一个新的笔记本，开始在本上记着什么。我偷偷地歪过头，看看他在记着什么。我看见他开头的几句话："再次睁开眼睛，拉开塑制的窗帘向下望时，飞机已经起飞一个半小时了，知道该到甘肃的境地，在汉代已是边陲了……"

　　他就这样记着，我没有打搅他。他的头几乎埋在笔记本中了，写得很投入。飞机在兰州降落了，要在这里加油。走到候机室，这时突然狂风大作，他离开我，坐在远一些稍稍安静的沙发上，一点儿也没有注意到窗外的狂风，旁若无人地继续往本上写着，一直到飞机重新起飞。我的心里忽然漾起一阵感动和安慰，也许，只有18岁的孩子才会有这样的投入和认真，才会和陌生而新奇的一切，在邂逅中彼此诉说着真切的感受。我还会像他一样做到用笔迫不及待地写下刚刚看到的一切吗？不会，我已经做不到了，不是因为懒，而是麻木迟钝了。年龄，就是这样拉开了岁月一样长的距离。

　　上了飞机，小铁继续写着他没有写完的笔记，记述着西北给予他的第一印象，一直到飞机快要达敦煌机场了，灿烂的晚霞辉映得机舱里一片辉煌。

　　他就是拿着这个笔记本，走上了西北之路。等我们回来时，他已经记了大半本。

　　因为好心的朋友的盛情，我们不仅去了甘肃和青海，还去了陕北的壶口和延安，此次西北之行的时间，是耽误大发了。回家之后，好多人都责怪我，谁家的孩子就要高考了，还绕世界去玩呀？马上就要开学，一暑假的时间怎么补？

　　唯一的收获是，他带回了这大半本笔记。高考也不考这笔记呀，这笔记有什么用呢？

　　也是，这笔记对于高考一点儿用也没有。但我相信他18岁时的西北之行，对于他的一生都会是难忘的。留在生命记忆中的，除了高考，毕竟还有同样重要的东西。

　　我永远不会忘记，我们从壶口回来的路上，天突然下起了倾盆大雨，汽车窗前的雨刷，拼命地刷开遮挡视线的雨柱，外面被暴雨撕扯得几乎什么也看不见，小铁还趴在车窗前使劲往外望着。不一会儿，再也顾不上大雨了，除了司机，疲惫不堪的全车的人都昏昏沉沉地睡着了。等我一觉醒来，回过头一看，坐在我后面的小铁还在颠簸中往本上记着什么。车子在大雨中一颠一颠地行驶着，他的身子和手里的笔也随之上下起伏着，那场景，真是一幅动人的画。

　　那一刻，我庆幸自己在出发之前没有再犹豫，而是带上小铁有了这次西北之行。

牛 皮 鱼

　　现在的孩子，一般都是独生子女，在蜜罐里娇惯长大，从小到大的生日，都是爸爸妈妈或爷爷奶奶给过，生日礼物想尽办法地买，不怕花钱，不怕高级，宠得是孩子指着要天上的月亮，不敢给摘星星。很少听说孩子给爸爸妈妈大人过生日的，等到孩子想起给大人过生日了，一般都是在孩子长大以后，而爸爸妈妈大概都已经是老的时候了。

　　我的孩子也是如此，想想从小长到 21 岁了，我生日的时候，只收到过一次他送给我的生日礼物。4 岁的时候，他和他的妈妈在天津，还没有调到北京，他寄给我一幅画。记得很清楚，画的是一条小狗拉着一列车，车上装满了蘑菇、苹果、樱桃之类童话般的东西。不管怎么说，是他的心意，我很高兴。

　　不过，我心里很清楚，一定是他妈妈的特意提醒，告诉他，你爸爸的生日快到了，你应该给你爸爸画张生日卡寄去，你爸爸肯定会高兴。与其说是他，不如说是他的妈妈想起了我的生日。

况且，那时候，孩子正迷上了画画，见到人就会向人展示他画的画，他送给我的生日卡，同样也是为了显示显示他的画，满足孩子骄傲的自尊心，一举两得。

我的这种想法，并不是要拂逆孩子的好心。我的推测不是没有道理的，验证的最好方法，就是从这一次生日之后，我再也没有收到过他送给我的生日礼物，哪怕再是他画的一张小小的画片。

而他每一年的生日时，他都会收到我送给他的礼物。

有时候，我会感到一些不满足，对孩子会生出一些意见，为什么家长总是想着你，而你却总是不想着父母呢？

这种心理不平衡的时候，让我常常想起从孩子小时候懂事时开始，我和他的妈妈总是在他生日那一天，模仿着安徒生在犹特拉金林区为林务区长7岁的小姑娘过生日的样子，过得让孩子高兴无比。安徒生是在森林的蘑菇下、树根旁、花朵边埋下一粒糖、一颗枣、一条丝带，或一枚别针……然后让小姑娘到森林来寻找，给小姑娘一种意想不到的惊喜。我们也是在当时窄小家中的沙发背后、枕头底下、书桌夹缝，或是孩子自己的书包里面……凡是能藏东西的地方藏上橡皮、尺子、铅笔、巧克力或小小的玩具。每一次这样的把戏，总让孩子在生日的那一天充满快乐。这样重复的把戏一直延续到孩子10岁那一年的生日，他虽然已经上四年级了，是大孩子了，还是求我和他的妈妈再为他最后藏一次安徒生式的生日礼物。

父母的能力和条件也许是有限的，但总是希望尽力给孩子的生日礼物花样翻新，能让孩子在高兴的同时不忘记每一个伴随他长大的难忘生日。当然，也希望他不忘记做家长的一片苦心和爱心。

可是，我再没有收到过一次孩子送给我的生日礼物。双方就是这样的不均等。也许，这就是做孩子的和做家长的差别，家长总是贱骨头，千方百计地为孩子着想，而孩子总是撂爪就忘，将家长的包括生日在内的事不放在心上。

说心里话，想起这事，心里会掠过一丝遗憾。并不是要求孩子也像家长一样，在你每一次生日时想得都是那样周全；也并不希望孩子非要照葫芦画瓢，展现安徒生式的别样心意。在一个失去童话色彩的时代，这一切要求，都显得有些奢侈，我只是希望孩子哪怕再有一次想到家长的生日，而不是在别人的提醒，或是家长自己沉不住气之后的一种被动、一种弥补。我想这要求并不高吧？

但是，没有。在我的孩子从小长到今年 21 岁时，没有。

今年春天，我生日的那一天，孩子在学校，没有回家。我本来是一直等他的，希望他在家中突然出现，给我一个意外的惊喜。但是，一直到晚饭过后，一直到躺在床上睡觉了，他的影子也没有出现。再忙，总该打个电话吧？我心里隐隐有些不满。

第二天白天上班，呼机在响，是有人呼我，打开 BP 机，顺便看看前面的信息，忽然看到一行字："爸爸，我爱你，今天是你的生日，祝你生日快乐。"一看时间，是昨天半夜时分。后来，我知道那一天晚上他有课，上完课已经是半夜了，他怕再给家里打电话，影响我们的休息，特意打来一个传呼，只是昨天半夜我没有听到。

说实在的话，当时看到呼机上这一行小字，我非常感动。也许，是糖少才觉出甜来，因为孩子长到 21 岁时，我唯一一次收到他的生日礼物，才格外感到珍惜吧？虽然只是一句祝福。

那个周末，孩子回来得很晚，天早已经黑了，才见他疲惫地回到家，还没吃晚饭。他提着一条牛皮做的鱼的工艺品，造型很奇特，棕色的牛皮纹路，使得鱼古色古香，仿佛从远古时代游来。孩子一边饿狼似的扒拉着饭，一边说是朋友帮助他一起挑的，从西单到王府井，整整跑了半天，才买到这件满意的生日礼物送给我。

我忽然想起孩子小时候曾经抄过的诗：

> 童年是雨，老打湿妈妈的心；
> 童年是风，老刮走妈妈的梦；
> 童年是雪，染白了妈妈的头发；
> 多么希望啊再来一次童年，
> 把太阳还给妈妈。

也许，到孩子长到 21 岁的时候，才稍稍懂得了这首诗。

也许，是我们当家长的心太迫切，一个孩子的长大，不会像街头崩的爆米花，顷刻之间就能够完成，得需要耐心地等待，需要时间。12 岁是没有到达长大的时候，21 岁才稍稍长大一点点？

吹着口哨走来

　　儿子上高中时，有一天曾经忽然很虚心地问我："爸，口哨怎么吹？我怎么总也吹不响？"这给了我一次好为人师的机会。因为儿子上了高中之后，长大了许多，很多时候不再像小时候那样什么事都会请教我了，学的功课尤其是外语，是我远远不会的，让我很是失落。

　　那一次，我教他如何吹口哨，虽然我吹的口哨并不嘹亮，但吹个曲子还是绰绰有余。他却怎么也过不了这一关，任我怎么教，他只是翕动着嘴唇，把嘴唇吹干，也只能吹出像是蛐蛐叫唤般细细的声音。弄得我失去了耐心和信心，嘲笑他说："你算了吧，不是这虫别爬这树了！"他也只好苦笑，甘拜下风。从心里讲，我认为他实在是够笨的，这么使劲地教他，连这样简单的口哨都学不会。以后好多天，偶尔听他独自在屋子里还在练吹口哨，但仍然是蛐蛐般的细声，没见任何长进。我知道，他是不大甘心，又无可奈何。

我们家有儿子的笑声、哭声、喊叫声，和驴吼马叫般的唱歌声，但一直再没有儿子的口哨声。

一晃，儿子就长大了，这么快读到了大学。岁月毫不留情地流逝，孩子的个头和日子一起飞快地蹿，不知不觉高过了我。

去年春节，我们北大荒插队的一些朋友到南方聚会。儿子破天荒同意和我们一起同行。我知道，他是个懂事的孩子，这次南方之行完全是为了陪陪我们。其实，他和家住南京的同学早约好春节期间到南京玩的。

第一站在无锡。聚会中，大家拼命唱歌，当然也要小铁唱，他却脸皮薄得厉害，说死说活就是不敢上台。我觉得他平常在家里吼唱得惊天动地的，唱得不错，但我知道他就是这么一个孩子，凡事要好上加好，有绝对的把握，才敢在众人面前亮相。这样的性格，真不知是好还是坏。实在没办法，也实在塌我的脸面，我没有了耐心，就刺激他说，怎么这样胆小，一点也不男子汉，整个一摊稀牛屎糊不上墙……把他说急了，拍拍屁股走人了，气得我一点辙也没有。

从无锡到了上海，一天晚上，多年未见的上海知青朋友请我们到锦江饭店的巴西餐厅吃饭，饭间有巴西的黑人击鼓弹琴唱歌助兴，不断邀请进餐者和他们一起共歌共舞，气氛很是热闹。本来就是玩嘛，又不是到这里来比赛唱歌的。我们想起在无锡的情景，有朋友非要让儿子在这个场面唱唱歌，就故意指着儿子对走下台来邀请进餐者唱歌的黑人歌手说："这个小伙子唱得最好！"黑人歌手高兴地用英文对儿子说："下一个你来上台！"大家冲他开玩笑说："黑大哥都请你唱了，看你怎么办吧！"

　　这一下，把儿子弄得格外紧张，巴西烤肉也吃不下了，小脸涨得通红。我猜得透他的心思，这回他是没法子逃脱了，他是顾脸面的人，当着这么多外人，尤其又有黑大哥这样的外国友人，算是把他逼上梁山了。不过，我心里有数，虽说他平常没怎么正经练过唱歌，但他唱得不错，乐感也不错，黑大哥的歌本来就都是即兴的，只要放开喉咙和胆子，就没问题。

　　台上的黑大哥弹着吉他，唱着唱着，忽然坐了下来，对着麦克风吹起口哨。这是一支南美的民歌，熟悉的旋律让满场兴奋起来，感到格外亲切。这时候，我们谁也没有想到，儿子竟然像离弦的箭一样从座位上弹起，打足了气的球似的一下子蹦跳到台上，将嘴对着麦克风，跟着黑大哥一起吹起了口哨。他的口哨声从嘴唇刚一出来，就是那样嘹亮，清爽得如同天外刮来的浩荡清风，在偌大的餐厅里清澈地回荡，不仅让我为之一惊，也让别人吃惊，全场立刻安静了下来。他清亮透明的口哨声完全盖过了黑大哥，黑大哥便也自动让贤，把麦克风推给了他，自己不再吹，而只是弹着吉他为他伴奏。两个人配合得极棒，口哨吹毕，赢得满场掌声。

　　我真是为儿子的口哨惊讶了。他是从什么时候开始学会了口哨，而且吹得竟然这样出色？我想到还是他读高中时那只有蛐蛐般细弱的口哨声，那情景恍若昨天一般。怎么就一夜恨不高千尺，成长得如此飞快，以至让我有些认不出来了？

　　事后，我曾经问过儿子："什么时候学会的口哨？"他说也忘了具体是什么时候，反正，高中那阵子总也学不会，不知哪一天突然就吹响了口哨，立刻就告别了蛐蛐般的细细声音，嘹亮得让他自己也有些吃惊，仿佛那口哨声是藏在他嘴唇边上多年的老朋友，突然在那一天天晴日朗地跑了出来，给他意外的惊喜，和他蓦然重逢。

前些天的一个晚上，儿子和一个同学在校园里吹口哨，排遣一天紧张学习带来的心绪。两个人的口哨吹得都不错，高低音两个声部配合得也很得意。忽然，一只大手从背后拍到他的肩膀上，回过头一看，是个陌生人，对他们说："兄弟，口哨吹得不赖呀！够专业水平。周末愿不愿意到我们酒吧来吹？一晚上200元钱！"这让他们很是意外。回到家，儿子高兴异常，分外得意地告诉我这一消息。仿佛英语考级得到通过似的，这次的认可，比在上海和黑大哥合作那次还要级别高上一筹。

我和他一样高兴，真是没有想到，他居然还将口哨吹出了水平，以前我认为他肯定不是这虫的呢。看来，什么时候也别把话说绝，每一个孩子的潜力都像是埋在地底下的煤，我们不要以为暂时看不见，就以为什么也没有埋下，或者只是以为埋的是一些枯树枝。那煤层不知什么时候就会燃烧起腾腾的火焰，只是需要时间的积淀。做家长的，最沉不住气的时候，就是孩子成长的这段时间。面对这段时间，我们不少家长往往所做的，不是拔苗助长，就是怨天尤人。

我不知道儿子到底去没去酒吧吹口哨。我问他，他只是笑。他将这个秘密保留在他的心里，也将悬念留给了我。

有这样两个地方

我的孩子小的时候，我常带他去的地方是美术馆。那时候，他很爱画画，正在和我同学的孩子，他的小姐姐学画国画。他的两幅画——一幅《熊猫和一休》，一幅《老师和学生》——还曾经在美术馆里展览过。在他童年的生活里，涂抹着绘画活泼而鲜亮的色彩。许多个星期天，我和他都徜徉在美术馆里。

北京的美术馆在闹市区中，繁华热闹的王府井和隆福寺离得都不远。但走进美术馆，一下子就安静了下来，凉爽了下来，喧嚣被遮挡了，阳光被遮挡了，温柔的光线只能透过天窗细微地折射进来，像是走进浓荫匝地的树林，让你的身心沁透着一种清新凉爽的感觉，仿佛滤就得澄净透明。

在美术馆里，我和孩子一起看过李可染的牛，看过吴作人的骆驼，看过齐白石的虾，看过徐悲鸿的马；看过吴昌硕的山，看过林风眠的花，看过郑板桥的竹，看过八大山人的傲骨铮铮的莲；也看过伦勃朗的肖像、莫奈的睡莲、米罗的抽象和毕加索的变形……

对于我们，美术馆是一部打开的、流动的中外美术史。走入那里，我们不说话，心里涌出的话却有很多很多。那些美术大师和那些绘画，都在向我们说着许许多多的话，碰撞在我们的心头，像水流激荡在礁石上，迸溅出湿润的雪浪花。

如今，我的孩子已经长大，他没有学成绘画，但美术并没有离他而去，却是铭刻进他的生活和生命里。那些缤纷美好的色彩永远挥洒在他的眼前，那些绘画所洋溢的生命气息，永远流动在他的心里。

他曾经不止一次对我说，他最大的遗憾就是没有坚持把画学到底，要是学会了绘画，那该有多好！

我问过他：你后悔吗？

他摇摇头：毕竟我是真诚地喜爱过绘画的。不见得所有喜爱绘画的人都能会画画，但美术培养了我的素质，让我懂得了怎样去欣赏美、珍惜美。

我带孩子进音乐厅听音乐是很晚的事情，到了孩子读中学的时候。起初，他不大喜欢去，因为看不见的音乐，毕竟不像绘画那样，可以形态毕现地在眼前真真切切呈现。他说他听不大懂那些没有一句歌词的交响乐。到音乐厅去，不如买盘磁带，可听音乐又可看歌词。我对他说，听磁带和到音乐厅听音乐是两回事，听带歌词的流行音乐和听古典音乐是两回事。这就和看画家的原作，同看画册里复印的画是两回事一样。这就和走进开阔的原野，同走进公园的人造景观里是两回事一样。

许多事必须身临其境，人才会明白而变得聪明一点。

　　许多事必须等待时间，孩子才能渐渐长大一些。

　　在这个世界上，人心越来越浮躁，情感越来越粗糙，道德越来越动摇，信仰越来越苍白。因为我们刚刚经历着从政治时代走进商业时代这样新旧交替的阶段，我们渐渐变得只会低下自己的头，看得越来越实际、实惠与实用，而忘记了应该仰起头来，看看头顶的蓝天；我们已经折断了自己飞翔的翅膀，而成为只会匍匐在地的爬行动物；我们已经没有耐心去倾听看不见摸不着的音乐，而只会去看那些近在眼前逗人一笑的小品。我们现在常说的所谓喜爱听音乐，其实只是喜爱听带通俗歌词唱男欢女爱的流行歌曲，我们把音乐在内的一切艺术削足适履，只适合世俗的口味。我们常说的音乐发烧友，不少只是喜欢摆弄或炫耀自己拥有的高级音响和占有的唱盘。我们离真正的音乐已经越来越遥远。

　　但是，我告诉我的孩子：在这个世界上，一切都染上了功利甚至铜臭色彩，包括艺术在内，只有音乐除外。真正的音乐不靠语言，不靠外在的一切东西，只靠心灵。在音乐的面前，人和音乐一样通体透明。好的音乐，并不在乎你能听懂听不懂，而在乎你是否真心去感受；好的音乐，让你的心净化，让你的头垂下，让你的精神飞翔，让你的眼泪纯净得露珠儿一样晶莹，让你觉得你的周围再物欲横流、再污浊窒息、再庸俗不堪……毕竟还有着美好与神圣的存在。

　　前些天，我的孩子突然这样对我说：将来我要是找女朋友，我一定先带她到美术馆和音乐厅去。如果这两个地方她不愿意去，那就得吹了……

　　我笑他一时孩子气的话。但他说得没有一点道理吗？一个人的成长过程中，需要多种营养，没有音乐与绘画营养的人，照样能长大成人，但他和她肯定会缺少些什么。缺少些什么呢？缺少心灵上和精神上那一点轻柔、湿润的东西。这一点东西，也许一时不会显山显水，但关键时刻它会支撑着你的生命的存在。生命中需要坚强，有时也极需要柔韧。如果坚强是生命的高山与大地的话，柔韧则是生命的水脉和天空。

在越来越繁华热闹的都市里，商厦会越建越多，饭店会越建越多，酒吧和咖啡馆会越建越多……美术馆和音乐厅不会很多。但它们两个是城市的双胞胎、并蒂莲，对于一座城市来说，它们的作用是不可取代的。在繁忙之余，在嘈杂之时，在污染之际，在种种诱惑与侵蚀扑面而来的包围之中，走进美术馆和音乐厅，会让我们的心稍稍沉静下来、纯净下来，起码暂时得以逃脱和安歇，是同走进商厦、宾馆、饭店、酒吧、咖啡馆里绝对不一样的感觉与感受。

我对孩子说：你说得对，选择朋友时别忘记了去这样两个地方，以后你长大了，真正走进了社会，无论多么忙、多么闷、多么烦躁、多么挫折重重、多么艰难不顺心，也不要忘记到美术馆和音乐厅去。它们起码是我们心灵的一帖伤湿止痛膏和去皱护肤霜。

常到美术馆和音乐厅这样两个地方去的人，和常到饭店、酒吧、舞厅去的人，和常到银行、证券交易所的人，内心深处泛起的涟漪是不一样的。

四块玉和三转桥

　　四块玉，是元曲曲牌中的一个名字，也是北京一条胡同的名字。这个名字在明朝就存在了。当初，有人为这条胡同起名字的时候，是不是想起了元曲曲牌"四块玉"这个名字，这只能是一种揣测和联想了。

　　我对四块玉这条胡同一直充满感情。二十世纪九十年代，我的儿子上小学四年级。他在光明小学读书，放学回家，抄近道，就是走西四块玉胡同。那时候，他刚刚学会骑自行车，骑得正来劲儿，特别愿意在这样弯弯曲曲的胡同里骑车，"游龙戏凤"般显示自己的车技。一天下午放学，在西四块玉胡同一个拐弯儿的地方，看见前面走着一位老太太，他的车已经刹不住了，一下子撞上了老太太。老太太倒没有撞倒，老太太手里提着的一个篮子，被撞倒在地上，篮子里装满刚刚买来的鸡蛋，被撞碎了好几个。

　　孩子下了车，知道自己闯下了祸，心里有些害怕，除了一个劲儿地道歉，不知如何是好。老太太一看，是个孩子，把篮子拾起来，没有责怪他，只是对他笑笑，嘱咐他骑车要小心，就挥挥手让他走了。

那一年，孩子十一岁。这位老奶奶对他影响至深。以后，对他人的善意和宽容，让孩子格外在意。以后，每一次走进四块玉胡同，他都会忍不住想起这位老奶奶，而且，不止一次地对我说起这位老奶奶。

三转桥，也是北京的一条老胡同的名字，没有四块玉好听。相传它有一座汉白玉的转角小桥，但和四块玉无玉一样，它并没有桥。桥和玉，都只是它们的幻想。

三转桥离我读的汇文中学不远。读高三那一年，我才学会骑自行车，比儿子晚了八年。有一天中午，我借同学的自行车骑车回家吃午饭，回学校穿过三转桥的时候，撞上一个小孩，把小孩撞倒在地上。我赶紧下车，扶他起来，倒是没有撞伤，但是，孩子的裤子被车刮开了一个大口子。孩子一下子就哭了起来。我忙哄他，问他家住在哪儿，说是就在附近不远，我把孩子送回家。一路走，心里沉重得像压着块大石头，毕竟把人家孩子撞倒了，把人家孩子的裤子撞破了。家里，只有孩子年轻的妈妈在，我向她说明情况，一再道歉，听凭发落。她看看孩子，对我说：没事，快上你的学去吧，待会儿我用缝纫机把裤子轧轧就好了！她说得那么轻巧，一下子就把我心里压着的那块石头搬走了。

成长道路上，我和儿子竟然有着这样多的相似。或许，是我们遇到的好人实在太多，让我和儿子都相信，这个世界上尽管沙多金子少，但好人还是多于坏人的，善良是多于邪恶的，宽容是多于刻薄的。

我常想，如果当初那位年轻的母亲不是说了那样轻松的话就把我放走，而是非要让我赔她孩子的裤子的话，会是一种什么样的结果呢？同样，如果当初那位老奶奶，即便不是像现在常见的"碰瓷儿"的老人那样倒在地上，非要他送她到医院，再找上家长赔一笔钱，而只是让他赔鸡蛋，又会是一种什么样的结果呢？

如果是这样，一个孩子对这个世界和这个世界上的人与事的认知和理解，也许就会大不一样了。这个世界上，存在着恶，也存在着善；人和人之间，存在着怀疑，也存在着信任。普通人应该是本能的善多一些，信任多一些，而如今普通人身上的善和信任，却被恶和怀疑挤压得如茯苓夹饼里稀薄的馅。或许对于我们大人，一切都已经见多不怪，对于一个孩子，这样的凡人小事，却常常是他们进入这个世界的通道，从而见识到人生，以为世界和人生就是这样子的。他遇到这位老奶奶，和我遇到的那位年轻的妈妈，让这个世界的爱，如一粒种子，种在了我们的心头。对于我，时间已经是五十七年过去了；对于孩子，时间已经是三十三年过去了；这位老奶奶和这位年轻的妈妈，一直没有让我们忘记。这粒种子生根、发芽、长叶，至今仍在我们的心中郁郁葱葱。

四块玉和三转桥，像古诗里的一副美丽的对仗。

荞麦皮枕头

我家枕的一直是荞麦皮做的枕头，已经很有些年头了。那还是父母在世的时候就开始用的，是他们从农村老家拿回来的荞麦皮，用清水洗净，晾干，再缝进枕头套里面。我从来没有见过田地里种的荞麦，据说它开着浅粉红色的小花，很好看。我见到母亲缝进枕头套里的荞麦皮，却是黑乎乎的，一点也想象不出它曾经有过的花样年华。

荞麦皮枕头软硬适度，冬暖夏凉，特别是枕在上面不会"落枕"。母亲夸它的功能的时候，还会特别加上一条，说枕着它睡觉不会做噩梦。我就是这样一直枕着它长大，枕到结婚。结婚那年，做了新被子新褥子，总不能再枕旧枕头了吧。我买了一对棉枕头，却是谁枕都不舒服，索性放在一边，还是枕原来的荞麦皮枕头。

就这样枕着，一天几乎有一半的时间和它相亲相近，枕巾和枕头罩都不知换了多少，不变的是里面的荞麦皮。几乎每年，母亲都要用清水洗干净它，再在阳光下把它晒干，然后缝进枕头套里。枕在新洗的荞麦皮枕头上面，确实很舒服，有种暖洋洋的阳光的气息，和荞麦皮特殊的香味。

儿子落生的时候，母亲把家里的荞麦皮枕头都拆了，把里面的荞麦皮都倒在洗衣盆里，彻底清洗晾干。再装进枕头套之前，特意留出了一部分荞麦皮，给儿子做了一个枕头。那枕头不大，是用一块小碎花布做的枕套，袖珍玩具似的，伴随着儿子整个童年。有意思的是，儿子从小就不愿意用枕巾，睡觉的时候，总是把铺在枕头上面的枕巾拽走，直接枕在荞麦皮枕头上。他睡得踏实，荞麦皮枕头似乎和他更有亲和力。我们只好随他，他的那个枕头套总是很快就脏兮兮了。

儿子10岁那年，我的母亲去世了。儿子枕的便是母亲的枕头。考入大学，要住校，带去的也是这个枕头。这个枕头陪伴他从小学四年级开始，一直到高中毕业，又和他一起走进大学。

去年的夏天，儿子大学毕业，带回家一箱子书，一堆脏衣服，被子和褥子都扔在学校不要了，却没有忘记把这个枕头带回来。这个枕头蜷缩在他的背包里，油渍麻花的，像一根油条。

两个月后，儿子要到美国读研，要带的东西很多，两个30公斤重的大箱子都挤得满满的。我给买了一个十二孔棉的枕头，这是用新材料做的枕头，蓬松柔软，可以压缩成一小条，不仅不占地方，而且很轻，不占分量。儿子却对这新枕头不屑一顾，坚持带他那个沉甸甸的荞麦皮枕头。他说他晚上本来就睡眠不好，只有睡这个枕头能够睡着，睡别的枕头就是怎么也睡不着。只好把他那个脏油条似的枕头里的荞麦皮倒出来，重新洗净晾干，装进他妈妈帮他缝的新枕套里。虽然这个枕头占据了他箱子里一个很大的空间，但他心里很踏实地带着它离开了家。

　　后来，过了很长的一段时间，儿子才告诉我们：到达美国他的学校已经是深夜，那一夜，枕在这个荞麦皮枕头上，怎么也睡不着。一下子，天远地远，只有它，让他感到家还在自己的身边。

第一次回家做饭

孩子出国留学前，在家里，自己没有做过饭。大学毕业出国的时候，他23岁了。我们做父母的，缺乏眼光，没有为他做未雨绸缪的准备，好让他应对在异国他乡独自一人的生活。

他到美国后没过多久，给我们打来一个电话，人正在厨房的灶台前，问面条怎么煮。这让我们非常惊讶，怎么连面条都不会煮？想当然他应该会，毕竟是这么简单的事情嘛。他只吃过面条，从来没有煮过面条，就是不会。他学会了很多我们不会的知识，但是，他确实不会这么简单的煮面条。

我们告诉他怎么煮。那一天，尽管按照我们教他的法子煮了面条，但是他把买来的一包面条，都下进锅里，结果煮成了一锅糨糊。

一年之后，他回国探亲，对我们说：我给你们做顿饭吧！

我们很高兴，想看看他为我们做的饭是什么样子。这可是他活到24岁的时候，给我们做的第一次饭呀。

他给我们做的是一个菜：清炒油菜；一个饭：牛肉粥。他说都是跟同学学来的。

牛肉粥是重头戏。看他先把米淘好，沥去水，把湿米放进冰箱，放了一夜之后，从冰箱把米拿出来，把切好的牛肉片用各种料汁煨好，把泡好的米放入倒好水的锅里，又放了几滴橄榄油，起大火，等水开了之后，改小火慢煮。一直等米粒完全煮烂，把煨好的牛肉片倒入锅中，粥沸腾之后，加盐、糖、白胡椒粉，点几滴香油，撒一点儿葱花。齐活儿！牛肉粥做成了。

油菜是最后炒的，他炒得很嫩，先用花椒炝锅，再放入蒜片，油菜下锅，搁了一点儿盐和糖，翻炒几下，点几滴香油，就起锅装盘。

他给我们一人盛了一小碗牛肉粥，然后，指着这一菜一粥，不无得意地说：尝尝。

面对这一盘油菜，一碗牛肉粥，我们感到很新奇，不管味道怎么样，这是我们第一次看他做饭，第一次吃他做的饭。

味道还真不错，菜很嫩，很脆。粥很香，很滑，很好吃，而且，牛肉很嫩，米粒完全煮烂，看不到米的魂儿了，很像广州的煲仔粥。我们夸奖了他，忍不住说起了他到美国第一次煮面条的囧状。他笑，我们也笑了。

仅仅一年的时间，孩子的变化真大。忍不住想起曾经看过日本的一个电影《狐狸的故事》，必须得把小狐狸扔出去，小狐狸才能真正长大。如果这一年孩子还是在家里，他是不会炒这样的菜、熬这样的粥给我们喝的。孩子的长大，有时只是一瞬间的事情，在陌生的环境里，在无助的情境中，在生存的逼迫下，在失败的经验里，靠自己去面对，去学习，去实践，比在父母身边成长得快。

　　如今，孩子已经在国外生活二十余年，他会做的菜已经很多，中餐、西餐、印度菜、墨西哥菜，都会做一些。我们到美国看望他时，看他炸的牛排、烤的火鸡、煎的三文鱼、做的黄油蘑菇、牛油果沙拉……都样是样、味是味。便常会想起，也会说起，他来美国第一次给自己煮面条，回国第一次给我们炒油菜、煮牛肉粥的事情。一晃，举头已是千山绿，不觉竟过了这么多年。孩子大了，我们也老了。

年轻时去远方漂泊

寒假的时候，儿子从美国发来一封 e-mail，告诉我，利用这个假期，他要开车从他所在的北方出发到南方去，并画出了一共要穿越 11 个州的路线图。出发的第三天，他在得克萨斯州的首府奥斯汀打来电话，兴奋地对我说，这里有写过《最后一片叶子》的作家欧·亨利博物馆，而在昨天经过孟菲斯城时，他参谒了摇滚歌星猫王的故居。

我羡慕他，也支持他。年轻时就应该去远方漂泊。漂泊，会让他见识到他没有见到过的东西，让他的人生半径像水一样蔓延得更宽更远。

我想起有一年初春的深夜，我独自一人在西柏林火车站等候换乘的火车，寂静的站台上，只有寥落的几个候车的人。其中一个像是中国人，我走过去一问，果然是，他是来接人的。我们闲谈起来，知道了他是从天津大学毕业到这里学电子的留学生。他说了这样的一句话，虽然已经过去了十多年，我依然记忆犹新：

"我刚到柏林的时候，兜里只剩下了 10 美元。"就是怀揣着仅仅的 10 美元，他也敢于出来闯荡，我猜想得到他为此所付出的代价。异国他乡，举目无亲，餐风宿露，漂泊是他的命运，也塑造了他的性格。

我也想起我自己，比儿子还要小的年纪，坐车北上，跑到了北大荒，自然吃了不少的苦。北大荒的"大烟泡"一刮，就先给了我一个下马威，天寒地冻，路远心迷，仿佛到了天之外，漂泊的心，如同断线的风筝，不知会飘落在哪里。但是，这些经历让我见识到了那么多的痛苦与残酷的同时，也让我触摸到了那么多美好的情感，而这一切不仅谱就了我当初青春的谱线，也成为了我今天难忘的回忆。

没错，年轻时心不安分，不知天高地厚，想入非非，把远方想象得那样好，才敢外出漂泊。而漂泊不是旅游，肯定是要付出代价的，它的滋味，绝不是冬天坐在暖烘烘的星巴克里啜饮咖啡的味道。但是，也只有年轻时才有可能去漂泊。漂泊，需要勇气，也需要年轻的身体和想象力，便收获了只有在年轻时才能够拥有的收获，和以后你年老时的回忆。人的一生，如果真的有什么事情叫作无愧无悔的话，在我看来，就是童年有游戏的欢乐，青春有漂泊的经历，老年有难忘的回忆。

一辈子总是待在舒适的温室里，再是宝鼎香浮、锦衣玉食，也会弱不禁风、消化不良的；一辈子总是离不开家的一步之遥，再是严父慈母、娇妻美妾，也会目短光浅、膝软面薄的。青春时节，更不应该将自己的心，锚一样过早地沉入窄小而琐碎的泥沼里，沉船一样跌倒在温柔之乡，在网络的虚拟中和在甜蜜蜜的小巢中，酿造自己龙须面一样细腻而细长的日子，消耗着自己的生命，让自己未老先衰，变成了一只蜗牛，只能够在雨后的瞬间从沉重的躯壳里探出头来，望一眼灰蒙蒙的天空，便以为天空只是那样的大，那样的脏兮兮。

青春，就应该像是春天里的蒲公英，即使力气单薄、个头又小、还没有能力长出飞天的翅膀，借着风力也要吹向远方；哪怕是飘落在你所不知道的地方，也要去闯一闯未开垦的处女地。这样，你才会知道世界不再只是一扇好看的玻璃房，你才会看见眼前不再只是一堵堵心的墙。你也才能够品味出，日子不再只是白日里没完没了的堵车、夜晚时没完没了的电视剧和家里不断升级的鸡吵鹅叫、单位里波澜不惊的明争暗斗。

意大利尽人皆知的探险家马可·波罗，17 岁就曾经随其父亲和叔叔远行到小亚细亚，21 岁独自一人漂泊整个中国；美国著名的航海家库克船长，21 岁在北海的航程中第一次实现了他野心勃勃的漂泊梦；奥地利的音乐家舒伯特，20 岁那年离开家乡，开始了他在维也纳的贫寒的艺术漂泊；我国的徐霞客，22 岁开始了他历尽艰险的漂泊，行万里路，读万卷书……

当然，我还可以举出如今被称之为"北漂一族"——那些生活在北京农村简陋住所的人们，也都是在年轻的时候开始了他们最初的漂泊。年轻，就是漂泊的资本，是漂泊的通行证，是漂泊的护身符。而漂泊，则是年轻的梦的张扬，是年轻的心的开放，是年轻的处女作的书写。那么，哪怕那漂泊是如同舒伯特的《冬之旅》一样，茫茫一片，天地悠悠，前无来路，后无归途，铺就着未曾料到的艰辛与磨难，也是值得去尝试一下的。

　　我想起泰戈尔在《新月集》里写过的诗句："只要他肯把他的船借给我,我就给它安装一百只桨,扬起五个或六个或七个布帆来。我决不把它驾驶到愚蠢的市场上去……我将带我的朋友阿细和我做伴。我们要快快乐乐地航行于仙人世界里的七个大海和十三条河道。我将在绝早的晨光里张帆航行。中午,你正在池塘洗澡的时候,我们将在一个陌生的国王的国土上了。"

　　那么,就把自己放逐一次吧,借来别人的船张帆出发吧,别到愚蠢的市场去,而先去漂泊远航吧。只有年轻时去远方漂泊,才会拥有这样充满泰戈尔童话般的经历和收益,那不仅是他书写在心灵中的诗句,也是你镌刻在生命里的年轮。

蒙德里安玻璃杯

在中国，知道梵高的人很多，知道蒙德里安的人少。几年前，我就属于后者，对蒙德里安一无所知。如今，梵高已成为时髦的符号，他的杰作《向日葵》，克隆得到处都是，被炒成"傻子瓜子"或"正林瓜子"一般，消费在街头，装点于客厅。其实，蒙德里安和梵高是老乡，都是荷兰人。但那时，提起荷兰，我只知道梵高，再有就是风车和郁金香。

那是好多年前，儿子读大学的时候，一个星期天，他拿回来几幅印刷品的油画，画面上全是直线构成几何图案的色块，完全是由水平和垂直线条构成的图案。红、黑、黄、蓝和灰五种颜色，分别涂抹在线条组合而成的大小不一的矩形中，有些像是马赛克的感觉，也有些像是拼贴画的感觉。这样的油画，似乎谁都可以画，只要有一把三角板和一个调色盘就行了，并不需要任何技巧和手法。

那时候，我不知道这就是蒙德里安的作品。无技巧，恰恰是最大的技巧，所谓大味必淡。那种简单而规矩的线条，明快而干净的色块，呈现出来的高度单纯化和抽象化的风格，完全是和他的老乡梵高不一样的艺术。一种尘埃落定的宁静舒缓的节奏，沉淀在心头，有一种"明月松间照，清泉石上流"的感觉。

儿子告诉我，他就是蒙德里安，和梵高一样的荷兰伟大的画家。他是特意拿回来给我看的，在他的学校里，常常可以接触到一些新鲜的东西。我明白他的意思，他不仅把好东西和我一起分享，也希望我不要落伍，只知道梵高和那臭了街的向日葵。

以后，我和儿子一起在书店里买到了河北教育出版社出版的蒙德里安的画册。蒙德里安，从我们家里一位新朋友，渐渐成为了老朋友。

儿子刚到美国留学的那一年寒假，他来了一封信，特别高兴地告诉我，他去芝加哥美术馆看到蒙德里安的真迹了。他知道，蒙德里安是我们共同的喜爱，他乡遇故知的那种意外感觉，他总愿意告诉我，就像他第一次拿回家蒙德里安的印刷品油画一样，仿佛蒙德里安真的是我们家什么熟人或亲戚。

那年暑假，儿子回家探亲，飞回北京已经是夜晚。回到家，第一件事是迫不及待地打开行李箱。一层层细细包裹的衣服里面，像是剥开一层层卷心菜的菜叶，露出里面的菜心，是一只宽口玻璃杯。那么远的路途奔波，还要中途在东京转机，却带回一只玻璃杯，磕磕碰碰的，不怕碎了吗？我刚要责怪儿子，玻璃杯已经如一只漂亮的小鸟，小心翼翼地托在儿子的手心里，端在我的眼前。我看清了，原来是蒙德里安，玻璃杯的四周，是蒙德里安的那再熟悉不过的图案。

那是他前些日子到纽约大都会美术馆特意买的，带回学校，又特意带给我的。那由水平和垂直线条以及红、黑、黄、蓝和灰五种颜色构成的图案，曾经在我们家里，是那样的亲切、亲近，交织着过去的那一段难忘的日子。那一段日子是儿子读大学的日子，是每个星期天回到家里和我们在一起的日子。蒙德里安，用他那独特的线条和色彩，充实着那些日子，让那些日子有了骨架的支撑和色彩的滋润。玻璃杯上的图案，就是蒙德里安一幅题名为"红、黑、黄、蓝、灰构成"作品的一部分，那是蒙德里安1920年的作品，在画册上，我们早已和它相遇过。

暑假过后，儿子又回美国上学去了。这只蒙德里安玻璃杯一直在家里的茶盘里。蒙德里安便一直在我的身边，儿子便也一直在我的身边。蒙德里安那独特的线条和色彩，曾经充实过儿子思念我们的那些日子，现在，开始充实着我们思念儿子的日子。

今年春天，我去美国看望儿子，利用春假，儿子带我去纽约。在大都会美术馆里，我知道一定能够看到蒙德里安的作品，没有想到的是，竟有满满一间展室，陈列的都是蒙德里安的作品。看到的是蒙德里安的真迹，而不是在画册上，仿佛蒙德里安就在面前，真的如老朋友一般，让我涌出一种意外的激动。

在美术馆的商店里，摆着好几摞玻璃杯，上面都是蒙德里安那独特的图案。儿子就是从这里买给我那个玻璃杯的，从这个柜台前带到北京，送到我的手里。遥远的距离，就是这样在一瞬间被跨越，蒙德里安带我们一起漂洋过海，我们也带蒙德里安一起回家。

搬 家 记

　　小铁去美国后的前 10 年时间里，先后搬了 7 次家。

　　他的第一个家，是还没有去美国的时候，在北京从网上预定的，说好一人一间，房租一人一半。室友是他北大的校友，虽然从未谋面，却应该算作他的师哥。到那里已经是半夜，师哥在麦迪逊机场接的他，帮助他把行李搬到家。新家位于麦迪逊市区靠近体育场的位置，离他就读的大学很近。他的住处却是客厅，并不是一个独立的房间，师哥自己住的是一个房间。到美国的第一夜，小铁失眠了，心里很不舒服，觉得有些受骗的感觉。都是穷留学生，在经济压力的面前，已经顾不上什么校友，面子是赶不上美元实用的。

　　这件事，他一直没有对我讲。一直到那年我第一次去美国看他，他特意带我看这间房子，才对我说起往事。这是个坐落在小山坡上木制的二层小楼，在我们这里要被尊称为独栋别墅。但是，这一带都是这样的房子，也都大多租给了在附近读书的大学生。小铁就住在了二层。正是黄昏，夕阳明亮地辉映在他曾经睡过的窗口。望着这扇窗口，我想起他来到这里第一次做饭，煮面条，把整整一包面条都扔进锅里的情景。生活的滋味，需要我们一起品尝。

他告诉我住进这里没几天，他向室友提出，他愿意多付一些钱，从客厅搬进了里面的房间。很快，他就搬进另一处住所。那该算作他第二次搬家。那是学校的公寓。环境幽静，房子也宽敞了许多，每个学生有自己独立的房间，房间前是宽敞的草坪，可以在那里打球和烧烤，草坪紧靠着麦迪逊漂亮的湖。只是这里比他原来的住所远了许多，学校在湖的对岸。每天学校有班车运送他们往来。

那年看小铁的时候，我也来到这里看过，湖畔起伏的坡地上，星罗棋布地散落着一座座二层小楼，掩映在枫树和橡树之间。环境和房子都无可挑剔，就是买东西不大方便，需要下山到几公里以外的超市去。那时，小铁没有车，只好搭一位韩国同学的一辆"现代"一起去超市，采购一次，可以对付好长时间的吃用。老麻烦同学，他心里有些过意不去。第一年春节回家探亲，他对我说起这事，想买一辆二手车。我问他需要多少钱？他说美国的二手车很便宜，一般的车，车况比较好的，跑的年头不长的，五千美元左右，差一点的只要一两千美元。他返校后，我给他汇寄了五千美元。他买了一辆"丰田佳美"，是辆跑了三年的旧车，但车不错，一直开到了现在。

两年后，他开着这辆车从麦迪逊来到芝加哥。他考入了芝加哥大学读博，这是他第三次搬家。还是事先在网上预定的房子，不过，他多少有了经验，找的是学校管理的学生公寓。位于五十三街边的一个 U 字形的三层楼，三个大门，每个大门进去，每层楼里有各带厨房和卫生间的 6 个房间，每个房间二三十平方米不等，分别住着 6 个学生。小铁在宜家买了一个床垫，下面放几块木板，权且住了下来。虽然木板硌得他浑身难受，却还可以忍受。他住在二楼临街的一个房间，街对面有一个小广场，是个商业中心。他的楼下是底商，是一家咖啡馆。每天有咖啡的香味飘进窗来，也有震耳欲聋的音乐闯进窗来，那都是黑人停靠在街边汽车里的音响里肆无忌惮的摇滚乐。黑人开车愿意敞开车窗，让摇滚乐尽情摇荡。小铁白天基本不在家，即使晚上也到学校里的图书馆。但是，有时半夜里也会奔驰过黑人开的车，依然有这样的音乐冲天回荡。这让爱好摇滚乐的他都有些受不了了。他酝酿着再次搬家。

这次他找的还是学校的公寓，位置在隔两条街的五十一街。因为五十三街有超市，是周围的小中心，所以比较热闹，五十一街没这么多店铺，相对清静一些。这是一处一室一厅的房子，连接客厅和卧室之间还有一条走廊，几乎比原来的房子大出将近一倍，每月房租却只多一百美元。关键是不临街。他可以独享一下清静了。最有意思的是，他刚刚搬到这里来没几天，下楼看见一套八成新的三人沙发扔在街上，他捡了回来，正好放在客厅里。来个同学借宿，可以暂时在那里栖身。

总算安定下来，他对我说，再也不搬家了，太累了，所有的家具都是那个韩国同学和他的女友一起帮助他搬的。最沉的是书，可学生哪能没有书呢？一箱子一箱子的书，就这样搬来搬去，越搬越多，越搬越沉。搬家让他感受到生活沉重和孤独的一面，如果是北京，可以有那么多的亲人帮忙，在异国他乡，只有靠自己。他说他就像小时候看过的一部日本电影《狐狸的故事》里被老狐狸扔到野外的小狐狸，必须咬牙忍受面临的一切。

比孤独和沉重更厉害的是漂泊的感觉，总觉得在一次次搬家中如同迁徙的鸟一样，没有自己的落栖之枝。在这样漂泊不定的生活中，他的心情和心理常常会出现一些焦躁和焦虑。我发现了这一点，并没有意识到这是一个问题。

我说这是你必须付出的代价。比起你的出国留学的前辈，你的条件好多了，如果和我年轻时在北大荒艰苦插队相比，就更是天壤之别。可是，这样的说教是难以说服并打动他的，比起他的前辈和我们这一代来，青春期成长的时代背景和心理背景，都是那样的不同，这个不同，主要体现在他和他的同学是属于独生子女的特殊一代。

独生子女一代已经长大了，真正成为新的一代。他们再不是孩子那样充满天真和可爱，那样笔管条直地听话了。这样的事实，让我有些触目惊心，如何面对、沟通、帮助这样在我国千年历史中独一无二的这一代孩子，让我有些准备不足，甚至有些力不从心。

独生子女政策最早始于二十世纪的七十年代末。独生子女中最大年龄者，正好是小铁这样大的孩子。他们很快到了而立之年。三十年过去了，新的一代随日子一起长大，成为了不可回避而必须正视的人群。独生子女一代，改变了我国的人口结构，由此也使得社会的构架、心理和性格，以及流通的血脉，同时产生了潜移默化的变动。独生子女一代，是和社会变革的新时代几乎同步伴生的；独生子女一代，是和商业时代的到来一起成长的。他们和他们的父母一代成长的背景，是那么的不同，在社会和时代动荡、激烈碰撞的重要转折时刻，他们如种子播撒在了中国新翻耕的土壤中。命中注定，独生子女一代的成长，在得到得天独厚的优越生活和教育条件的同时，其自身的心理也容易产生种种新的问题，这是他们也是他们的父母乃至全社会无可预料的，缺少准备的，却又是必须面对的。

这样，就不仅需要作为家长的我们和孩子，也需要新的时代和全社会的调适和引导，偏偏商业社会的到来，使得原有的价值系统颠覆，他们的上一代正处于摸着石头过河的迷茫和探索之中，代际之间的隔阂与矛盾，便由此而越发隔膜和加深。由于上一代对独生子女的望子成龙期望值超重，也由于独生子女自身无根感的迷茫与失重，两代之间，都会出现种种或深或浅的矛盾冲突与分裂。面对独生子女所出现的整体一代的心理与性格问题，作为家长确实缺乏足够的研究与应对措施。所以，人们曾说这是"孩子的青春期遇上了父母的更年期"，是"老革命遇到了新问题"。应该说，代际矛盾是在每个时代普遍存在的，但面对中国社会崭新的独生子女一代，却是开天辟地的头一次，其矛盾的深刻和独特，可以说是世界独具。如何化解这种矛盾，解决两代人彼此的心理问题，沟通两代人之间的关系与情感，已经成为了刻不容缓的课题。

在美国看望小铁的时候，我常常和他进行这样的交流，有时是争执。有时，我会反思自己，也许我并不真正理解孩子在异国他乡求学的苦处，他有全额奖学金，经济上并没有困难，但是更为重要的离家那么遥远的精神上的痛苦和心理上的苦闷，我无法设身处地想象，也缺少足够的理解。作为家长，也许更多的是为他出国留学并在一所不错的大学里读书而骄傲，而多出一些的虚荣心。

5 年之后，小铁开始第 5 次搬家。因为学习和工作的关系，他要在普林斯顿住一段时间。事先，利用假期，他先从芝加哥飞到普林斯顿，在靠近普林斯顿大学的附近看了一圈房子，最后预定下一处，是一幢独栋的二层小楼，每层住有四户，每户一室一厅一卫。他选择的东南角，卧室窗户面南，客厅窗户面东，应该是最好的位置了，可以尽情享受阳光。还有一个宽敞的阳台，阳台前是开阔的草坪和雪松，再前面是一条清澈的小河。环境和居住的条件，比在芝加哥强多了。我对他说，你要知足常乐！

寒假，他开车从芝加哥出发，向普林斯顿进行长途跋涉，等于从美国的中部向东海岸横穿半个美国。满车塞满了行李和书籍。而此时普林斯顿租的房间里还空空如也，什么东西也没有呢。临出发前打电话的时候，我问他，连张床都没有，到了那儿睡什么地方？他说带了个充气的气垫床。这个充气床垫是他在美国旅行时常带的东西，说起它，我想起有一次他去纽约玩，住在长岛同学家，带去了这个床垫，却忘了带充气口的塞子，没法用了。我嘱咐他，别再忘了那个塞子。

到达匹兹堡，他住了两天，在那里参观了匹兹堡大学和美术馆。从匹兹堡到普林斯顿大约有六个小时的车程。早晨，离开匹兹堡前，他在网上查到普林斯顿正好有个人要卖一张床，便立刻联系好，到达普林斯顿先去看床。到达普林斯顿是黄昏，见到的是位在普林斯顿一家公司工作的非洲女子，公司要派她回非洲分公司工作，床很不错，当场买下，非洲人把她的所有餐具和灯具一起送给了小铁。睡觉的问题，那么容易就解决了。带来的充气床垫没有了用场。发愁的是这张大床可怎么运回家，一个瘦弱的非洲女子，手无缚鸡之力，显然帮不了他的忙。

非常巧，那天是当地的搬家日，很多人家都在卖东西，因为周围居住的大多是在附近公司工作的人员和大学生，来自世界各地，流动性很大。卖各种家用品的很多，小铁很方便就从一个日本人那里买了一台电视机和 DVD 机，又从一个印度人那里买了一个真皮沙发和桌子。包括床在内的所有这些东西一共花了一千多美元，居家过日子的日常用品，一天之内都置办齐全了。我对他说，比在国内都便宜，还方便了。

下面他要想办法怎么把这些家伙搬回家。在镇中心吃晚饭的时候，顺便打听到这里有一家汽车租赁公司，可以租大型汽车，按所跑的公里收费。他找到这家租赁公司，只是这种没鼻子的大型汽车，他从来没开过，愣是坐上去，看了看仪表盘，一咬牙，豁出去了，便也把车开走，把这些家具都运回家。如果在家里，一切都需要家里帮忙，但是，在美国，现实生活磨炼了他，他必须面对。他知道，不会有人帮他。

晚上运送家具的时候，普林斯顿下起了雨。说心里话，我挺担心的，毕竟他头一次开着那么个大家伙，路滑天黑的，生怕出什么意外。不过，这种担心起不到一点作用，相反只会增加他的负担，不如把担心变为鼓励，让他鼓足勇气去应对一切意想不到的困难。对于独生子女，家长容易事无巨细的担心，和事必躬亲的越俎代庖，有时不是爱孩子，相反容易让孩子弱不禁风，缺乏了生活和生存的能力。我很高兴小铁有能力独自去应对这一切，想象着雨刷在车窗前挥洒，车灯穿透雨雾，小铁开着笨重的大车行驶在普林斯顿的林荫道的时候，心里感到孩子真的长大了。

第二年的春天，我去美国看望小铁。有一天，他特意开车带我来到一片树林边，告诉我，这是当年搬家时租车的那家汽车租赁公司。它离普林斯顿镇中心不远，门口停放着几辆大货车，不知哪辆曾经是小铁租过的车。

日子过得飞快，他在普林斯顿度过了整整 5 年的时光。在这 5 年中，他又搬过一次家，不过，不远，是一套两居室，有宽敞的客厅，还有一个阁楼。他住得宽敞多了，因为他已经新添了孩子。

我离开美国不久，刚入冬，小铁第 7 次搬家。他在印第安纳大学教书，全家要搬到布卢明顿大学城。这一次，联系好了搬家公司，定好了日期，把家里的东西，包括车，统统都交给了搬家公司负责，一切都比以前几次搬家简单了许多。谁想到，这时候，赶上了纽约和新泽西州遇到百年不遇的"桑迪"飓风，一下子遭遇停电，所有的店铺关门，搬家公司也联系不上。眼瞅着搬家的日子到了，眼前却是一抹黑，让人忧心忡忡。谁想到，就在搬家的日子的前一天，电来了，搬家公司联系上了，天也晴了。一切如约进行，有惊无险，和风暴擦肩而过。

如今，小铁在布卢明顿的新居已经住了两年。

夏天，我来这里看他。新居比以前所有的住处都要宽敞明

亮，房前屋后还有开阔的草坪。有意思的是，好像小铁并没有把
这里当成自己最后的安营扎寨之地。那天，他请来工人帮他彻底
修窗户查房顶，我问他干嘛这样兴师动众，他说得修好，要不以
后房子不好卖。刚刚两年，他就想着卖房子了。不过想想，也很
正常，在美国，工作的流动性很大，搬家成为很多人的常事。流
水不腐，生命就像水一样，在流动中流逝；人生就像水一样，在
流动中成长。真的是所谓岁月如流，人生如流。

重回土城公园

门口变得很窄，为防止自行车进入，曲形铁栏杆的入口只能容一个人进出。迎面原来是一片地柏，已经没有了。右手一侧的土高坡还在，那就是元大都的城墙，土城因此得名。

三十多年前，我家住在土城旁边，走路两分钟就到。这一道土城如蛇自东向西迤逦而来，上面只有稀疏零落的树木和荆棘。风一刮，暴土扬尘，是名副其实的土城。四围正在修路，土城公园也在绿化。那时候，我的孩子才四岁多一点，土城公园成为了他的乐园，几乎天天到那里疯玩。一直到他读小学四年级，全家搬家，他转学，才离开了这片他儿时的乐园。

今年夏天，孩子从美国回来，想去看看他的这片儿时的乐园。他自己的孩子都到了当年他自己最初见到土城公园的年龄，直让人感慨流年暗换之中人生的轮回。

我陪孩子重回土城公园，正是合欢花盛开的时节。记得那时候进得公园穿过土城，下坡处的一片空地上，便栽有好几株合欢，这是土城公园留给我最深的记忆。合欢盛开的夏天，我曾经指着开满一片绯红云彩的合欢树，对刚刚读小学的孩子说：这树的叶子像含羞草，到了晚上就闭合，第二天白天自己又会张开。孩子眨眨眼睛，不信。晚上，他一个人从家里悄悄跑来，看到满树那两片穗状的叶子果真闭合了，兴奋异常，像发现了新大陆。

从十一岁读四年级时转学，孩子没来过土城公园已经二十六年。我也二十六年未到土城公园了。对于孩子，成长的背景中，土城公园是浓墨重彩的一笔；对于我，土城公园因对于孩子曾经的重要性，而成为我人生之书中一页色彩浓郁的插图。

有时候，大人其实很难理解孩子的心。事物的好与坏、高级与低级、好玩与不好玩、平常与不平常、丰富与简陋……孩子的价值标准和家长的并不一样。孩子大学毕业离开北京到美国读书后，我曾经翻看他留下的日记和作文，许多地方不厌其烦地记述着、诉说着、倾吐着、回忆着、留恋着土城公园那一片他童年的天地，令我格外惊讶。没有想到楼后面这座普通的土城公园，对于一个小孩子的成长，作用居然如此巨大。对于一个独生子女，土城公园，不仅成为陪伴他玩耍的伙伴，也成为伴随他成长的一位长者或老师，甚至像童话里的魔术师，可以点石成金，瞬间怒放他正渴望的能装满衣袋的满天星斗。

"小时候，我家楼后便是元大都遗址，虽也算是文化古迹，其实没什么可以游览的，只有一座不高的山坡。但那里昆虫特别多，也就成了我的乐园。童年像梦一样，我的童年是在大自然中和小动物和昆虫一起度过的。夏天，是我最快乐的时候。因为这时候昆虫特别多。

"雨前捉蜻蜓、午后粘知了、趴在草丛里逮蚂蚱、找来桑叶喂蚕宝宝……最有趣的要算是捉瓢虫了。我钻进铁栏杆就来到元大都遗址的后山，树荫下是一片小草，草尖是青的，草根是绿的，草中夹杂着蒲公英，黄色的小花像米罗随意撒了几点黄。远远的，就能看见在那绿和黄中间零星的几点红，走近了，这就是瓢虫，像玩魔术一样和我捉迷藏。蹲下身，睁开眼，啊，它们就在身边的花上、草上呢！瓢虫的壳大多是红色的，但壳上的星的多少却不同，有一星、二星、七星、二十八星的，星数决定了它们的种类。小时候，富于正义感，这片草地就是我伸张正义的舞台。小心地把瓢虫从草叶和花中挑出来，仔细地数它们背上的星。小孩的心总是更善良，生怕害了好人，如果是二十八星的，我就就地处决，攥起小拳头狠狠地说：'让你吃小草！'心里轻松极了，像做了一件大好事，大快我心。有一次错害了七星的，心里真是难过了好几日，发誓下次要再认真数星。如果是七星的，我就一只只捉来，攒一大把，张开手向天空一扔，就像放了星星，放飞了一颗颗红色太阳。天便红了，脸也红了，我便醉了，醉在漫天飞舞的瓢虫之中了……"

这是孩子初三时的日记。说实话，看完之后，我很感动。只有孩子才会有这种感情。我们大人还能有这种心境吗？我会精心去数二十八星的瓢虫，然后把它们就地处决吗？我能放飞那一只只七星瓢虫而感觉出是在放飞一颗颗红太阳吗？在孩子童年的那些岁月里，我和孩子其实一样天天从那片土城公园走过，我却从未看见过一只瓢虫，自然也就看不见漫天飞舞的红太阳的童话世界了。

　　"小时候，家里没什么玩具，更没什么游戏机。和我相伴最多的也是我最爱的就是楼后元大都土坡上的树、草和树间草间的小生命了。或许，小孩都是爱小动物的，望着、捉着那些小生命，总让我想起普里什文和列那尔写过的树林和动物的文字，幻想着身边的这个废弃的小土坡会不会变成文中写的那种样子。晚上会不会也'没来由的飘下几片雪花，像是从星星上飘下来的，落在地上，被电灯一照，也像星星一般闪亮'？晚上十点左右，会不会'所有的白睡莲也会个个争炫斗巧，河上的舞会就开始了'呢？……那里不高的山坡，山上那一片浓郁的树林和山下几丛常绿的地柏，以及藏在草丛里的那些小生命，就是我童年全部美好的回忆了。它影响我整个的审美情趣和对人生理想的探求方向。我认为我童年美好的一切都在那一片不大的公园、一座不高的山上山下了。"

　　这两段日记，给我留下很深的印象，在去土城公园的路上，再一次想起。我和孩子一路都没有说话，不知道他的心里是否也想起了他自己写过的话。只看见他带着他的孩子跑进公园，先爬上了土城墙，像风一样从这头一直跑到了那头，然后从那头走下来。公园里的树木都长高了，长密了，浓荫匝地，将燥热的阳光都挡在外面，偶尔从树叶缝隙洒下来几缕阳光，也变成绿色，如水般轻轻荡漾，显得格外轻柔凉爽。远远地，看着他领着孩子，从浓密的树荫下一步三跳地向我走过来的情景，仿佛走来的是我领着读小学的他。人生场景的似曾相识，在重游故地时会格外凸显，仿佛真的可以重现昔日，却已经是"人事有代谢，往来成古今"。不过，土城公园，确实对于孩子来说不可取代，起到了家里父母和学校老师起不到的作用。是它让孩子能够学会听得懂小虫子的语言，看得懂花的舞蹈，嗅得到树木的呼吸，和七星瓢虫对话，幻想着树林中的童话和河上的舞会……

可惜，孩子没有找到他童年最心爱的七星瓢虫，他带着他的孩子在他童年曾经非常熟悉的草丛中仔细寻找了好多遍，都没有找到。

我也没有看到一株合欢树。公园入门后下坡处那一片空地上，没了合欢树的踪影。我沿着公园找了一圈，没有找到。

校园的记忆

　　2006 年的春天，我第一次来到芝加哥的校园。那时，儿子在这所大学读博。十年过去了，多次来美国，只要是在芝加哥入境，我都要到芝加哥大学的校园里转转，尽管儿子早已经毕业，不在这里了。

　　我很喜欢在校园里走走，尤其是在美国大学的校园里。我们国内的大学，其实也有很不错的校园，比如北大、武大、厦大，但是，不知这么搞的，最近这几年校园里一下子人流如潮，爆满得如同集市。或许是大学扩招之后的缘故，或许是家长和孩子对好大学的渴望，参观校园成为了一种时尚。再有，和美国大学的校园不同，我们的大学都有院墙，挡住了人们随意进出的路，有些不大方便。想想，自从儿子从北大毕业，我已经有十四年没有去北大的校园了。去年樱花开放的时候，我去了武大一次，校园里，人群如蚁，人头攒动，感觉人比樱花还要多，没有了校园里独有的幽静。

来芝加哥大学，有时候是白天，有时候是晚上。无论什么时候，这里的校园人并不多，抱着书本或电脑疾步匆匆的，大多是学生；举着相机拍照的，大多是外地的游客；嗓门儿亮亮的呼朋引伴的，大多和我一样是来自国内的同胞。即便是这样的嗓门儿，在偌大的校园里，也很快就被稀释了，校园就像一块吸水的海绵，包容性极强。它容得下来自世界各地的莘莘学子，也容得下来自世界各地的如我一样的过客。

夏天的芝加哥，感觉似乎比北京都要热，但只要走进校园，尤其是树荫下，一下子就凉爽了许多。有时候，我会到图书馆，或到学生的活动中心，那里的空调又过于凉快了，需要多带一件外套。在美国大学里，学生的活动中心，是特别的建筑，一般都会十分轩豁和讲究，仿佛它是大学的一个窗口。芝加哥大学的学生活动厅是一幢大楼，楼上楼下有很多房间，房间里有沙发和座椅，学生可以在那里学习、休息，也可以在那里的餐厅用餐。有时候，我也会在那里吃午饭，那里的饭菜要照顾不同国家学生的口味，有西餐，也有墨西哥菜和印度菜，没有中餐，印度菜中的咖喱鸡可以代替。

活动中心后面是一座小花园，有一个下沉式的小广场，还有一个小池塘，夏天时水面上浮着几朵睡莲。最漂亮的是它的一排花窗，夏天爬墙虎会沿着窗沿爬满，像是镶嵌上的绿花边。我常坐在窗前的椅子上胡思乱想，偶尔也为窗子和爬墙虎画画，有时窗下会停几辆学生的自行车，是画面里生动的点缀。

冬天的芝加哥，肯定比北京冷。芝加哥号称风城，大风一刮，路旁的枯树枝醉汉一样摇晃，真的是寒风刺骨。但是，大雪中的校园很漂亮。甬道上，楼顶上，树枝上，覆盖着皑皑白雪，校园如同一个童话的世界。校园里有好几座教堂，我特别喜欢走到其中一座教堂前，教堂全部都是用红石头垒砌，我管它叫作红教堂。在白雪的映衬下，红教堂红得如同一朵盛开的红莲。

我还喜欢到校园北边和东边去，北边有一个叫作华盛顿的公园，树木茂密，游人很少，很幽静。离公园不远一片深棕色的楼房里，奥巴马就曾经住在那里。那年，奥巴马当选美国总统的时候，芝加哥大学不少学生围在这里狂欢。东边紧靠着密歇根湖，湖边是一片开阔的沙滩。春天可以到那里放风筝，夏天可以到那里游泳。蔚蓝的湖水，像是芝加哥大学明亮的眼睛。

今年的春天，我在芝加哥乘飞机回国，专门提前一天到的芝加哥，为的就是到那里的校园转转。两年未到，校园里有一些变化，体育场和体育馆在维修，连接老图书馆的新馆建成了，是阳光玻璃房，冬阳下，在那里读书会很舒服，书上会有阳光的跳跃。过了活动中心，马路的斜对面，一幢老楼完全装饰一新，走廊墙上的浮雕，窗上的彩色玻璃，古色古香，依然让人想起遥远的过去。

美国著名建筑家莱特设计的罗比住宅的旁边，新开张一家法国咖啡馆，名字叫作"味道"。我进去喝了一杯法式咖啡，喝惯美式咖啡，会觉得那里的杯子太小，但里面的人却很多，每个人都守着那么小的一杯咖啡，意不在喝。坐在我旁边的一位美国学生，手里拿着一摞打印好的材料在学，我瞄了一眼，是《资治通鉴》的中文注释。窗外对面坐着一对墨西哥男女学生，不知在热烈交谈什么。外面有很多木桌木椅，夏天，一定会坐满人，树荫下，会很风凉，让校园多了一道风景。

当然，我又去了一趟美术馆。这是我每次来这里的节目单上必不可少的保留节目。芝加哥大学的美术馆可谓袖珍，但藏品丰富，展览别致。这次来，赶上一个叫作"记忆"的特展。几位来自芝加哥的画家，展出自己的油画和雕塑作品之外，别出心裁地在展室中心摆上一张桌子和一把椅子，桌上放着一个本子，让参观者在上面写上或画上属于自己的一份记忆。然后，将这个本子收藏并印成书，成为今天展览"记忆"的记忆。

这是一个有创意的构想，让展览不仅属于画家，也属于参观者。互动中，让画家的画流动起来，也让彼此的记忆流动起来。记忆和梦想，是人类区别于动物的主要标志。

我在本上画了刚才路过图书馆时看到的甬道上那个花坛和花坛上的花钟。它的对面是学生活动中心，它的旁边是春天一排树萌发新绿的枝条。我画了一个人从它旁边走过。那个人，既是曾经在这里求学的儿子，也是我。然后，我在画上写上"芝加哥大学的记忆"。那既是儿子的记忆，也是我的记忆。

剪 纸

小铁在印第安纳大学教书，我去过那里好几次。那是一个叫作布卢明顿的小城，小城很小，人口只有六万，其中一半是印第安纳大学的师生。小铁已经有了两个孩子，老大叫高高，老二叫得得。几次到那里，两个小孙子在我的眼皮底下一天天长大。

那天，小铁的学校美术馆里，有马蒂斯的剪纸展览。我带高高去美术馆参观。这个题名为"马蒂斯剪纸：'爵士'"的展览，规模不大，只有一个展厅，全部都是马蒂斯的一组剪纸画，共有20幅。这是马蒂斯1942年的作品，那时，马蒂斯73岁，正在病中，为转移病痛，消磨时间，信手拿起了剪刀和纸。剪刀在他的手中，鬼魂附体一般，灵动如仙；鲜艳的色块和诡异的线条，充满难得的童趣，让我看到了他绘画艺术的另一面。这一组剪纸，成为了马蒂斯消除病痛的一剂解药。

我指着马蒂斯的剪纸，问高高：好看吗？

他回答我说：挺好玩的！

　　我又向他讲了马蒂斯在病中坚持剪出这一组剪纸的故事。他听了似懂非懂，没有说话。

　　那时，高高只有四岁半。他刚才的那个回答，还是让我高兴，因为他没有顺着我的问话回答说好看，而是说好玩。他所说的这个好玩，正是马蒂斯这些剪纸画最主要的特点，也就是童趣。很多大人画的画，更适合成人欣赏，能够让孩子接受，也能喜欢的，就是要有童趣。有些画作，画得非常好，但缺少童趣，或者根本没有童趣，就如同宗白华说的小说中缺少了诗意，像是看花架上的花，看不见花，只能看见花架，是不大适合孩子的。

　　剪纸的品种有很多，我国的剪纸有着悠久传统，其民间性更强。对于孩子，剪纸和正儿八经的油画或国画不同，正在于好玩。油画，需要画笔、颜料、画布和画架；国画，也需要最起码的墨汁、毛笔等必备的工具。剪纸，只要一把剪刀和一张纸，就可以了。所以，剪纸来自民间，油画来自宫廷和学院。

　　我和高高说话的时候，高高的爸爸正在前面，俯身趴在马蒂斯的一张剪纸前观看，不知道他看出了什么，又会想起什么。那一刻，我想起了他小时候，和高高差不多大的年龄，有一天，我和他妈妈有事外出，把他丢给奶奶照看。小孩子，没有一盏省油的灯，他开始磨着奶奶和他一起玩，玩他的积木、魔方、变形金刚和电动火车。那时候，奶奶已经七十多岁了，哪里会玩他的这些新式玩具。便总在玩的时候出差错，不是积木坍塌，就是火车出轨。他玩的兴趣锐减，开始磨着奶奶要找爸爸妈妈。奶奶没有办法，从针线筐箩里拿出一把剪刀，让他找张纸，说奶奶教你剪纸吧！

　　儿子眨巴着眼睛，望着奶奶，有些奇怪，但听说剪纸，还是来了情绪，飞快地跑走找纸去了。那时，我家里有很多杂志，花花绿绿的封面，正好成了剪纸的好材料。不一会儿，他抱来一摞杂志，递给奶奶说，你教我剪纸吧！

　　其实，奶奶哪里会什么剪纸！除了剪鞋样儿，她老人家一辈子也没有剪过一回纸，眼下实在是被这个磨人精磨得没招儿了。年轻时候，在农村生活，她看过村里人剪纸，是过年的时候剪出的窗花和吊钱，贴在窗户上，挂在房梩前，红红火火的，吉祥又好看。那些窗花里有很多如喜鹊登梅等好看却又复杂的图案，那些吊钱里有元宝和福禄寿喜等更复杂的图案，奶奶哪里会剪呀！奶奶被赶上架，只好拿起剪刀，冲着杂志封面开剪了，完全是有枣一棒子，没枣一棒子，剪刀没有任何章法地随意游走。彩色的纸屑抖落在奶奶的衣襟上之后，剪出来的剪纸，虽然祖孙俩谁也认不出是什么花样，却都很开心。儿子说了句：真好玩，便从奶奶的手里拿过剪刀，冲着另一本杂志的封面下笊篱。他觉得原来剪纸这么简单，一点儿都不难。

　　我回家的时候，看见床上和地上都是彩色的纸屑，桌上铺满祖孙俩的杰作。儿子跑过来对我说，全是我和奶奶剪的，好看吗？我连说好看，那一幅幅剪纸，比马蒂斯的剪纸还要抽象，完全看不出剪出来的是什么东西。但是，随意甚至肆意的线条，如水如风，在彩色的纸上游龙戏凤，留下了祖孙俩的心情和想象的痕迹。这些剪纸，让我第一次真正地意识到，包括剪纸和绘画在内的艺术，不见得都得让人看懂，关键是里面要有你的心情、想象和真挚的情感。

从此，很长一段时间，我家总会是一地彩色纸屑，如同开春后的五花草地。奶奶成为了孙子的剪纸老师，祖孙俩让家里的那些杂志变废为宝。我从他们两人的剪纸里各挑出一张，夹在我的笔记本里，成为一段美好的记忆。

一晃，三十多年过去了，儿子长到我当年的年龄，而孙子和他当年一样大了。生命的循环，像梦一样呈现在眼前。

那天，从儿子学校的美术馆回家的路上，我向高高讲了他爸爸小时候剪纸的事情。他睁大了眼睛，比听马蒂斯的故事还要好奇地望着我，不知在想些什么。回到家中，我拿出剪刀，对高高说：去，看看你爸爸那里有没有废杂志，爷爷教你剪纸！

高高眨动着眼睛，好奇地问我：你会剪纸？剪出像马蒂斯一样的剪纸？

我信心满满地对他说：对，比马蒂斯还要好看好玩的剪纸！

我和高高头一回学剪纸，只是把纸叠几层，拿着剪子就像战士拿着冲锋枪一头冲进了战场，不管不顾，从中间往外开始转着圈地乱剪，别说，也能囫囵个儿成形。只是，那怪异的图案，我和高高谁也不知道剪出来的是什么东西。不过，没关系，高高挺乐呵的，我也挺乐呵。好多天，我们都是这样胡乱地剪，好多天都是一地彩色的纸屑。

第二年，我们再来美国的时候，特意买了一本学习剪纸的书带来。剪纸有了学习的章程和方法。不过，高高还是更愿意不照着书中提供的样子，而是随心所欲地在纸上乱剪。得得跟着哥哥学，虽然也是乱剪，但也可以剪出好多连他自己都认不出来的图案来。小哥俩自得其乐，剪得很是惬意，很是痛快。和以前的画画相比，手中的笔换成了剪刀，就像玩游戏时手中的水枪换成了激光枪，给了他们不一样的感觉和乐趣。

我说过，小孩子都是喜新厌旧，其实是更愿意接受新鲜一些的事物，在频繁更换的事物中，心思容易蓬随风转，不那么定性，却也可以不断学习新的东西。关键是做家长的在这样的变化中，自己要有主心骨，才可以对孩子有所把握。我自己的想法是，剪纸挺好玩的，干嘛不让孩子玩玩呢？但是，剪纸的基础，还是绘画。因此，画好画，对于像剪纸等其他艺术形式的把握，才容易些，其中获得的乐趣也才会更多些。

马蒂斯的剪纸给了孩子启发，也给了孩子随心所欲的勇气。同画画一样，不设那么多的条条框框，像与不像，都不是问题，画成什么样就是什么样，剪成什么样也就是什么样。他们自己在剪纸的过程中，摸索出了属于自己的喜好，自己的规律，剪出来的东西，也就越来越有模有样了，或者说是越来越有他们自己心中的模样了。

我从美国回到北京，和孩子的联系靠视频，常常从视频中看到两个孩子新剪出的花样，比最开始，真的是进步很大。去年春节前，我们对两个孩子说：快过年了，你们给爷爷奶奶剪个窗花吧，过年时我们好贴在窗户玻璃上。

春节前，两个孩子把剪好的窗花寄来了，是四朵窗花，两个孩子一人剪了两朵，图案都不一样，但都挺好看的。我们把这几朵窗花都贴在阳台的窗户玻璃上了，大年初一，明亮的阳光一照，分外醒目，很带喜气儿。

今年春节，我们又来到美国看望他们。一眼望见书柜的最高处，摆着他们新剪的剪纸，和以前剪过的那些剪纸完全不同。我仔细观看，是用一张墨绿色的彩纸，镂空一块，然后，把镂空的这一块和镂空下来的那块彩纸，一起直接紧紧地贴在下面另一张白纸上，构成了一个彩色和空白的对应关系，便形成了一种独特的剪纸图案。这种图案，看不出是什么具象的形状，也看不出我们大人惯性思维中某种什么具体指向的意义，但是，却挺别致，有一种装饰的效果。

这是他爸爸借来的一本书，书中介绍了这样剪纸的具体方法，高高是从书里学来的。今年来美国，看到两个孩子的剪纸，有了新花样，他们能剪窗花，也能像马蒂斯一样剪出图形。他们剪出的戴着黑色大帽子的侍卫，伸开双臂，守卫在楼房前，头上是放光的太阳，脚下是草地和小兔子，挺有趣的；他们剪的树、房子、太阳、蝴蝶、小人，组合成一幅清早上学图，贴在一张蓝色的纸上，很好看。哥哥用彩纸剪出他的英文名字 Easton，在旁边贴上他剪出的一组鱼、章鱼、青蛙，真的很别致。他们的进步真大。想想，从带高高看马蒂斯的剪纸，三年半的时间过去了，孩子们的剪纸当然得有进步了。

我对两个孩子说：你们的剪纸都很棒，能不能现场给我剪一个，看看你们的本事？

两个孩子二话没说，立刻拿来剪刀和彩纸，连想也没想，当场一人剪了一张给我们看。他们随心所欲，按照各自的想法，很快就剪成了。

我问他们：没有学习比照的样子吗？

他们点点头说：没有。

　　我又问他们：就这么随便剪，想怎么剪就怎么剪？

　　他们又点点头：对!

　　孩子随着日子一起长大了。

　　今年的春节，我和孩子们在一起。春节前夕，高高准备给他们班上二十六个同学每人剪一张剪纸，告诉他们中国过年的时候要剪窗花贴在窗户上，让这些美国孩子和他一起过年。看着灯下他拿着剪刀低着头专心致志又随心所欲的剪纸的样子，想起三年半前带他去看马蒂斯剪纸展览的情景，实在让人感慨时间过得真快，仿佛一眨眼的工夫，孩子就长大了。

　　高高忙不过来，弟弟帮他一起剪。二十六张剪纸，满满的铺在地板上，五颜六色的，像是盛开一地的烂漫春花。

　　最后，他给他的老师剪了一个红红的"福"字。

新年之叶

入冬几场雨后，树上的叶子几乎落光了。地上铺满树叶，五颜六色，像铺上一层彩色的地毯。每天下午放学，高高从校车上跳下来，见到我的第一句话就是：爷爷，咱们找树叶去吧！我们便先不回家，沿着落叶缤纷的小路找树叶。

他是想找来树叶，让我帮助他一起做手工。

秋末时分枝头上的树叶，或金黄，或红火一片，在秋风的吹拂下，是那样地灿烂炫目。把枫叶拿在手中，近在眼前，才发现同样都是枫树，有三角枫、五角枫和七角枫的区别。而且，不同的枫叶，像伸出不同的触角，活了一般，让那红色的叶脉弯弯曲曲，像是有血液在流动。不同流向的叶脉，让叶子的触角有了不同的弧度，那弧度像是舞蹈演员柔软而变幻无穷的手臂，富有韵律，充满想象，便也成为做手工最佳的选择。

我和高高捡了好多这样红色和黄色的枫叶，回到家里，铺满一桌子，找出合适的叶子，用它们做成一只金孔雀和一只红孔雀。连我自己都惊讶，那一片片枫叶怎么那么像孔雀开屏时漂亮的羽毛呢？好像它们就是特意落在地上，等着我们弯腰拾起。高高更是高兴地拍起小手叫了起来。没有想到，小小的树叶，摇身一变，竟然可以出现这样神奇的效果。

高高对我说：鱼最好做！没错，只要找好一片叶子，不管圆的也好，长的也好，都可以做成鱼的身子；再找好一片小点儿的叶子，最好是分叉的，比如三角枫，就可以做成鱼的尾巴。只要有了这样两片叶子，一条鱼就算做成了。

那些槭树和石楠的叶子，椭圆形，粗看起来，大同小异，细看大有玄机。石楠叶小，槭树叶大。石楠叶薄，薄得几乎透明，红红的颜色像是过滤过一样，淡淡的胭脂似的，可以随风起舞蹁跹。槭树叶厚，又有光亮的釉色，整棵树像穿着盔甲的武士，似乎能够听到拍打在"盔甲"上的风雨声。

槭树叶和石楠叶最好找，几乎遍地都是。我和高高常常会如同进山寻宝的人，总有些贪婪，弯腰拾起了这片，又抬头看见了那片，捧在手里一大捧，反复权衡，恋恋不舍，好像它们都是我们的至爱亲朋。我和高高一起用不同的槭树叶做成了不同形状的鱼，圆圆的，长长的，扁扁的，再用绿色的树叶剪成水草，贴在它们的旁边，鱼就像在水里面尽情地游动了。

当然，这些落叶，和枝头上的叶子相比，色彩也不一样了。别看落叶没有了在枝头连成一片的金黄和火红耀眼的阵势，但落叶也不是像落花一样，顷刻辗转成泥，溃不成军。落叶区别于树上叶子的关键，在于树上连成一片的金黄和火红，让所有的叶子变成了一种颜色，淹没在相同的色彩之中，而落叶散落在草丛

儿子小铁和孙子高高、得得。2021年秋，美国布卢明顿。

我和两个孙子。2023年夏，北京大觉寺。

中，灌木间，或泥土里，却是色彩不尽相同，彰显每一片叶子舒展的个性，甚至色彩渗进叶脉，都是那样赏心悦目。

同样是杜梨树上落下的叶子，经霜和被雨水反复打湿后，每一片叶子上的红色已经相同，那种沁入红色深处的黑色光晕，浸淫红色四周的褐色斑点，像磨出的铁锈、溅上的眼泪似的，似乎让每一片落叶都有了专属于自己的童话故事，更让每一片落叶都成为了一幅绝妙而无法复制的图画。由于杜梨叶厚实，叶面上有一层釉色，显得很是油亮，每一片落叶都像一幅精致的油画小品。那些随心所欲而富有才华的大色块渲染，毕加索未见得能胜上一筹。

我常会捡到一片好看的杜梨叶子，招呼高高过来看。高高也特别注意看那些落满一地的杜梨叶子，如果看到一片特别奇特的叶子，也会高声叫我：爷爷，快来看呀，这儿有一片不一样的叶子！

有好多天，我们两人都钟情于杜梨叶。路两旁有好多杜梨树，落下的叶子成堆。我们常常在地上仔细寻找，不放过任何一片闯入眼帘的叶子。常常会有美丽的邂逅而让我们赏心悦目，便常常会听见高高的大呼小叫：爷爷，快看，这里我又看见一片好看的树叶！

这片最好看最别致的杜梨叶，竟然是黑色的。那种黑，油亮油亮的，叶子边缘有一层浅浅的灰色，像黑色的火焰燃尽之后吐出的一抹余韵，像淡出画面之外的空镜头里的远天远水，充满想象的韵味。

我问高高：你见过这样黑色的树叶吗？

他摇摇头，说：没见过。

我对他说：爷爷也没见过。

我们用别的杜梨叶做的热带鱼或大公鸡，让不同色彩的杜梨叶尽显各自的英雄本色，让那种不同的红色交织成一曲红色的交响。

我们用三片红红的树叶，做成了鸵鸟的身子，剪了一半的叶子做成了鸵鸟的脖子，另外两片叶子，成了鸵鸟的两条大长腿。

高高又用不同形状和颜色的树叶，做成一棵五彩树。这五彩树的名字，是他自己起的。树叶是他自己捡的，自己挑的，自己贴上去的。

树叶手工越做越多，摆满一桌子。高高问我：爷爷，你最喜欢哪个？

我说：我喜欢这个小丑。你们看，这个小丑做得多有趣呀，黄色的叶子成了他的脸，三角枫做他的帽子，五角枫做他的裙子，那两片带刺的绿叶子，你们看像不像他穿的灯笼裤？那片小小的三角形的绿叶做成他的领带，多扎眼呀。最有意思的是，还有一个小丑抛在半空中的红苹果。他像不像正在演杂耍？

那个红苹果，是用一小片杜梨树的叶子做成的，是高高的主意。自然，他也喜欢这个小丑，只不过，这个小丑是我和他一起完成的，高高还是最喜欢他自己独自完成的五彩树。

转眼新年就要到了。老师要求大家做准备送给每一个同学的新年礼物。放学回家，高高问我送什么礼物好。我说送你做的树叶手工多好！其实，他也是这么想的。只是，全班二十多个同学呢，爷爷，你得帮我！我帮他一起做了鱼、树、花、船……贴在一张张白纸上，用中英文写下了新年快乐的字样。高高想象着把它们带到学校，被同学一抢而光，被老师夸奖的场面，心里有说不出的高兴！

这些新年礼物用了高高和我捡来的大部分叶子，只是那片黑色的杜梨叶，一直没有舍得用。也不是真的舍不得，是不知道用在哪里才恰到好处。高高曾经想用它做成一只海龟，它黑亮黑亮的釉色和粗粗的叶脉，还真有几分海龟的意思。也曾经想把它一剪两半，做成两条木船，在上面用银杏叶和红枫叶做成它们各自的风帆。刚上一年级的他还拿不定主意。另外，要是做好了，他想送给老师，又想送给妈妈。到底送给谁，他也没有拿定主意。

自己做书

如今，在美国，自己动手做一本书，很流行，老少咸宜，尽人可为。它既可以成为一种工艺品，也可以成为一种游戏。它可以制作得很复杂，也可以制作得很简单；可以自己把玩珍藏，也可以作为礼物，送给亲朋好友，甚至自己的恋人。当然，还可以展览交流，甚至出售。

做书的各种纸张，薄的厚的，大的小的，齐整的和毛边的，带光的和亚光的，白色的和彩色的，封面用的和封底用的，应有尽有，为的就是方便大家自己动手做书。

有一天，在印第安纳大学美术馆里看到一则广告，有手制书展览在美术系举办，我便去参观。展览的手制书不是很多，只是在几张阅览桌上陈列着几十种，不过，没有一般展览常见的玻璃罩的阻隔，那些书可以随便翻阅，手和书是并列的主角。也是，没有手的重要参与，哪来的这样特制的书？

如今的世界上，书的形态越来越多。农耕时代延续至今的纸质书籍，只是其中一种了。当然，还会是最重要的一种。不过，电子书这个后起之秀现在越来越流行。除此之外，便是这种手制书，更是后起之秀的后起之秀。心里暗想，手制书和电子书，呈两极态势发展。电子书借助的是高科技，是向前发展的产物；手制书则走的是倒退复古的路，向着农业时代纸质书的前身大踏步地倒退，从设计到绘画，从剪贴到书写，从选材料到裁页装订，退回到完全手工制作的个体作业模式，甚至连书上面的图画和文字，也是手工完成的。一新一旧，完成着人们对于书的前世与今生的想象。

展览中的手制书，生动形象地证明了这一点。如果说书不仅仅作为知识的一种载体，也可以是一种艺术来展现的话，世界上所有的艺术，都是既可以朝着激进的方向发展，也可以退回到保守主义层面的。那么，手制书更可以实现这样一种艺术个性张扬与多样性纷呈的追求和愿望。在正式出版的传统纸质书中，一种书，是千篇一律的内容和包装，个性被淹没在共性当中。即使有专业藏书家，他藏的孤本是很少见的，但大多数的书，他有，你也可以拥有。手制书却可以一本书是一种样子，就像大自然中每一片树的叶子，每一朵花的颜色，都不尽相同一样。如果你藏的是手制书，那么，完全可能你拥有的是世界的唯一，独此一家，别无分店。

我没有想到，有一天，高高的老师居然要求全班同学每人自己动手，也做一本这样的手制书。我才忽然感觉得到，原来，这样自己动手做的书，并不仅仅是在展览馆中的展示，而成为了小孩子的作业。高傲的机器印刷的精致书籍，如同迟归的鸟儿一样，如今已经飞入寻常百姓家。

没错，这是小孩子的作业。高高才上一年级。老师布置的第一份作业的题目是"All about me! On the weekend"。这个作业不复杂，也不难，老师给了一张纸，纸上印着好多个画好的钟，让同学们在这个周末几点的时候做什么，就画什么，然后写一行字注明，再把钟剪下来，贴在你画的纸上。书中的一页就算完成了。高高画的第一页，是几点起床；又画了几点刷牙，几点游泳……把这几页纸装订在一起，自己再画一个封面，一本书就算完成了。挺简单的，也挺有意思的。以前，看的都是别人写的画的印的书，这一次，别看只有简单的几张纸，却是孩子自己动手做的书呢。

老师布置的第二个作业，题目是"Things you might see in December"。这个题目起得也很适合孩子，你在这个十二月里看见了什么就画什么，并不是很难。而且，十二月里有一年一度的圣诞节，特点突出。高高写了我看见了雪花，我们堆起了雪人；我看见了圣诞树，和圣诞树上挂着的礼物，我喜欢拐棍糖；便在文字的旁边或下面，画上雪人和圣诞树和拐棍糖……

转年春天来了，老师布置的作业是《摘草莓》。参观动物园了，老师布置了《关于美洲狮》。老师还给每个同学发了一个精装的小本，要求他们记录进入学校后他们自己觉得值得纪念的事情，题目叫作"Easton 的记忆之书"……

一个学期下来，很多语文作业，大多是让孩子们自己动手做书。也许是我的见识有限，这种教学的路数，我还真的从来没有见过。自己动手，从画到写，再到装订，既学了字，练了表达，又学了画画，还得学着做手工，一举多得。孩子很喜欢做这样的作业，而不净是那些默写、背诵等让人头疼的作业。

有一次，老师布置了这样一份作业，题目是"I am thankful for……"。高高第一页画了一个地球，写我感谢地球；第二页画了一男一女，写我感谢我的家；第三页画了太阳，写我感谢太阳；第四页画了房子，写我感谢我的爸爸妈妈；第五页画了一棵树，写我感谢树木；第六页画了地上开了一排小花，写我感谢大地；最后一页，写我感谢我的老师。封面和封底，连体画了一个大南瓜，和一只五根手指形状的鸡，鲜艳又醒目。

几次自己动手做书，做到这一本，已经看出了他的进步。

自己动手做书，是一种作业，也是一种手工，带有游戏色彩，孩子很喜欢玩。看着哥哥这样做书，弟弟得得也跃跃欲试，也想自己动手做一本书。爸爸妈妈教他，和他一起想主意，动手和他一起做，毕竟他还小，还没有上学呢。

弟弟得得做的第一本书是 *Porcupine's Adventure*（《豪猪历险》）。从封面开始，每一页在不同的位置上，都挖了一个小洞洞，豪猪从这个洞里跑走，到下一页不知会落到一个什么地方，比如，顺着天梯坐上了飞机，从飞机上掉进了鳄鱼的嘴里，又不停地掉进拉煤的车上，等等，好不热闹！这些小动物，都是平常画过的，对他一点儿都不难，但让它们汇聚一起，随意由他调遣，和这头豪猪一起上天入地，一通折腾，他的兴奋劲儿就上来了。

由于有爸爸妈妈的帮助，弟弟的这本书画得很复杂，天上有飞机和气球，地上有火车和狐狸，水里有鳄鱼和青蛙，画面比哥哥做的书要好看。哥哥在一边不干了，非要磨着爸爸妈妈，帮他也做一本这样的书。

爸爸妈妈也和他一起做了一本这样的书，在每一页挖一个小洞洞，哥哥这一次要让一只小兔子从这一个洞里钻进那一个洞里，和弟弟的那个豪猪一样，在魔宫一样的天上地上水里转圈圈。他给书起的名字是"Rabbit runs away"。

看他们在灯下，小脑袋和爸爸妈妈蒜瓣一样挤在一起，又是画又是剪地忙乎，再看他们自己动手做成的书，乐趣真大。这种乐趣，和在游乐场中，或在电子游戏里，或在孩子最喜欢摆弄的乐高里，不尽一样呢。

猫和老鼠的争论

暑假，两个小孙子从美国来北京，一个上小学一年级，一个上小学三年级，在美国每周日都要上中文课，学习中文的兴趣都很浓。我找来两篇童话，让他们读，一篇是老舍先生 1945 年写的《小白鼠》，一篇是新近一期《儿童文学》绘本中萧袤写的《老鼠养了一只猫》。

两篇童话，写的都是猫和老鼠。这是自古以来童话中最爱写的题材。

《小白鼠》，讲小白鼠自认为和小白兔长得一样漂亮，比小白兔还要聪明。鼠妈妈警告他说，附近有一只大黄猫，又大又凶又饿，一口能咬住两只老鼠，让他小心。可是，小白鼠不听妈妈的话，觉得自己长得这么好看，大黄猫不仅不会欺负自己，还会和自己交朋友呢。没想到，他和大黄猫碰到一起时，大黄猫一口咬住了他的脖子，几口就把他吃净。

《老鼠养了一只猫》，讲一只推销猫粮的猫，向一只老鼠推销，并建议他养一只猫。老鼠有些害怕，担心猫一生气还不把自己吃了！猫劝他说：有了猫粮吃，猫为什么还要吃老鼠呢？猫进一步建议，让老鼠就养他自己这样的一只猫。老鼠养了这只猫，猫天天吃猫粮，和老鼠相安无事。可是，时间一长，猫粮吃腻了，猫望着老鼠忍不住直吞口水。于是，有一天夜里，猫不辞而别，老鼠伤心大哭。

难得的是，两个小孙子，除了个别的字不认识，需要我教，基本能够读下来，比我想象中认字要多。有意思的是，读完之后，关于这两篇童话的感想，两个孙子截然不同，竟然争论不休。

老二喜欢《小白鼠》。老大喜欢《老鼠养了一只猫》。

老二喜欢的原因，一是短，好读；二是写出了猫的可怕。老大喜欢的原因，说是比《小白鼠》写得更有意思，而且，有感情，你看，猫不想自己忍不住吃了老鼠就走了，老鼠舍不得猫走便哭了。

老二反驳哥哥：哪有猫不吃老鼠的？《小白鼠》写出了大黄猫的可怕。对老鼠来说，猫就是可怕！文章里说了，美丽保护不了小白鼠他自己。

老大反驳弟弟：这是童话，童话里可以让猫不吃老鼠，童话里的猫不可怕了，相反还有了感情。

谁也说服不了谁。我抹抹稀泥，做和事佬：你们两人，一个是现实派，一个是童话派！

说说笑笑过去了，争论也带有温情。两篇童话，相隔了74年，无论作者还是读者，都已经不止两代人。对于生活和童话的理解与认知，拉开了遥远的距离，是再正常不过的了。不过，两个小孙子的争论，倒让我想到如今儿童文学的创作中，一个常常会出现的问题，便是无论对于孩子自身的成长，还是对于现实的生活，是真正的触及，还是曲意的迂回。真正的触及，现实生活中，有种种不如意，或令孩子迷惑不解之处，甚至如我家老二所说的可怕之处，尤其是如今进入商品社会和电子时代急遽变化的现实生活，更是纷乱如万花筒。这些东西是可以进入儿童文学的领地，还是应该被屏蔽？

同时，连带儿童文学创作的另一个问题，是作者应该俯下身子，装作和孩子一般高去写作儿童的生活，还是应该就站在成人一样的高度，以成人的视角去写儿童生活？显然，这不仅是两种写作姿态，更是两种儿童文学观；作为写作的成果，便会呈现出两种儿童文学作品。也就是说，面对正在渴望阅读的孩子，我们应该给予他们什么样的儿童文学作品更合适。无疑，前者会显得假，因为俯下身子，哪怕是蹲下来，也是装出来的。后者会显得做作，因为会有意无意地加进一些成人的东西，而远离孩子本身。

显然，《小白鼠》写出了生活可怕的一面，《老鼠养了一只猫》写了生活温情的一面。《小白鼠》让孩子知道，猫就是猫，弱小的老鼠不要心存幻想，可以和猫交朋友。《老鼠养了一只猫》则写了生活中的虚幻，或者可以称之为梦想，为生活蒙上一层温情脉脉的轻纱。

猫走鼠哭的结局，是作者有意的安排。我不知道这种安排好不好，也不知道这样两种截然不同的写作，哪一种更好，或者更

适合孩子，或者可以共存而让孩子自己去选择。我只知道，在我
所读有限的儿童文学作品中，如老舍先生这样写法的不多，倒是
更多的作品愿意写成甜蜜蜜的棒棒糖，愿意让猫和老鼠相见时难
别亦难，或者熬成一锅糊涂没有了豆。如今，我们城市里弱不禁
风妈宝式的孩子在增多，和这样的作品阅读，有关还是无关？

贝壳之乐

没有一个孩子没有玩具，哪怕是再简单的原始玩具。因为孩子天生爱玩，玩具和游戏共生，玩具派生出很多好玩的游戏，游戏反过来激发新玩具的层出不穷，满足孩子玩的需要。

从玩具的变化，可以看到世界的发展真是神速。现在的玩具，已经虚拟到电脑和手机上玩了，花样繁多，刀光剑影，过关斩将，可谓惊心动魄，眩人耳目。不要说我小时候了，那时的玩具有什么呀，记得大院里有钱人家的女孩子抱着一个眼睛能眨动的布娃娃，就足以让我们瞠目结舌，觉得是奇迹了；我们男孩子只能蹲在地上撅着屁股玩弹球，或者是拍洋画；滚铁环，抽陀螺，都得爹妈给点儿钱买才行。

有了孩子以后，孩子拥有的玩具，已经和我小时候不可同日而语。记得给儿子买的第一个自己会动的玩具，是一个大象转伞，一头大象拉着一辆小车，车上支着一把伞，只要往大象的身上安上电池，大象就可以拉着车转动。车一转，彩色的伞就会漂亮地打开，这是那时候很新鲜的玩具了。

儿子五岁那一年的夏天，他的玩具发生了根本性的变化。那一年的夏天，我去了一趟深圳。那时，深圳的建设刚刚起步，沙头角刚刚开放，在那条人头攒动的中英街上，我给孩子买了一辆遥控小汽车。这是当时我家最现代的玩具了。只可惜我家地方太小，地又不平，小汽车无法跑得开。我只好让儿子抱着它，到陶然亭公园去玩。小汽车在公园的空地上尽情地奔跑，一直奔跑到远处的草坪中，像兔子似的钻进草丛中出不来。看着孩子用遥控器控制着汽车左右前后奔突的样子，才会明白，不同的玩具带给孩子的欢乐是多么不同。小汽车上面的天线，在风中颤巍巍像小手一样向他挥舞抖动，让孩子兴奋不已，欢叫声和小汽车的喇叭声此起彼伏。

如今，儿子已经长大，他自己的孩子都长到比他当年玩遥控小汽车还要大的年龄了。我对他说起这些玩具，他居然已经都不大记得了。这让我有些奇怪，便问他还记得小时候玩的什么玩具呢？他说让他记忆犹新的玩具，是当年在家里存放的那些贝壳。

这让我更有些惊奇。比起那些电动玩具，贝壳如果也算玩具的话，大概是很简单甚至是最原始的玩具了。这些贝壳不是买的，许多是他自己从海边捡回来的，一些是朋友送给他的。特别是他光着小脚丫，自己从海边捡回来的那些贝壳，让他格外珍惜，家里只要来了客人，他都会拿出来向人显摆。那些贝壳，给他带来很多意想不到的快乐。好长一段时间里，他对照着一本少年百科辞典，一一查出了这些宝贝的名字，然后把名字写在小纸条上，贴在贝壳上，熟悉得像是自己的朋友。然后，他让妈妈帮助他把其中一些诸如东方鹑螺、唐冠螺、竖琴螺、夜光蝾螺、焦棘螺、虎纹贝等他珍爱的贝壳粘贴在盒中，摆放在柜子里，可以天天和他对视对话，彼此诉说着关于大海和童年许多有趣的事情。

八年前，儿子到法国工作半年，带着他的两个孩子一起住在那里，放假的时候，他和孩子最喜欢到海边去拾贝壳。那时候，老大五岁多，老二才三岁多一点儿，他带着这小哥俩儿，在退潮的沙滩上寻找贝壳，孩子获得意外发现之后的大呼小叫，大概让他想起了自己的童年。半年之后，他和孩子拾了满满两大瓶贝壳，沉甸甸地带回北京，全部倒在桌子上给我看，然后听孩子细数每一粒贝壳是从哪里的海边捡到的，那股子兴奋劲儿，让我想起了儿子的小时候。

三年前年初，他妻子去日本工作半年，全家刚在神户住稳没多少天，日本疫情开始蔓延起来。想去看富士山，看樱花，都没有看成。他们便到没有多少人的海边，还是去捡贝壳。爸爸的爱好，遗传到两个孩子身上。这一次，两个孩子都各长了五岁，不仅捡贝壳的劲头更足，对贝壳知识的了解要多了许多。虽说日本不大，但四周被海包围，都不算远。沙滩上的贝壳，像是他们最好的伙伴，在向他们召唤，让他们情不自禁，捡不胜捡。每一次捡到新鲜的贝壳，他们都会通过视频给我看，连说日本的贝壳品种比法国的多。他们还专门到神户边上的西宫贝壳博物馆参观，那里让他们大开眼界，格外惊异，原来世界上竟然有这么多这么神奇的贝壳！博物馆还赠送他们每人十枚小贝壳，让他们在模拟的袖珍沙滩里自己去找去挑，更是让他们像大海探宝一样雀跃不止。

半年之后，离开日本前，他们特意买了好几个透明玻璃盒子，把那些捡到的贝壳，按照大小和品种分类装进盒中。回到美国，两个小孙子把那些宝贝贝壳统统从盒子里倒出来，摊开满满一桌子，向我介绍都是从哪儿捡到的，它们叫什么名字……兴奋劲儿，不亚于看他们爱看的动画片，他们爱玩的那些各式各样的电子和乐高玩具。

去年暑假，儿子开车带着孩子去佛罗里达。我有些担心，美国疫情那么严重，这时候出门行吗？他劝我放心，他们不去大城市人多的地方，只是去人少的海边。这一年了，孩子都是在家里上网课，憋得实在够呛，得出去喘口气，放松放松。

他们开车开了一天，到了佛罗里达，他们主要是去海边捡贝壳。去了一个星期，捡了好多贝壳，回家视频给我看，两个孩子兴奋得不得了，告诉我他们在海里还抓到了海星，海水退去藏在沙滩里的贝壳和寄居蟹纷纷露头儿的壮观场面，特别像大幕拉开之后大戏上演。他们告诉我，佛罗里达海里的贝壳，和法国、日本的不一样的地方，他们觉得这里的贝壳品种更多，个头儿也更大。而且，海水特别暖和，他们可以畅快地一边游泳，一边找贝壳、捡贝壳。找贝壳、捡贝壳，成为了他们特别喜欢的游戏，和在电脑上、手机上或游乐场上玩的乐趣不一样。那里也好玩，但没有这样的无穷乐趣，每天都会有新的贝壳发现，有意想不到的情况出现，每天都让他们有期待而跃跃欲试。

他们还兴奋地告诉我，佛罗里达也有一个贝壳博物馆，就在海边，以人名命名，叫作贝利·马修斯贝壳博物馆。日本的贝壳博物馆是白色的，这里是座好多颜色的二层楼，比日本的大；日本的小孩不要票，大人门票每张 107 日元，这里的大人一张门票 20 多美元，小孩半价，比日本贵；日本还送贝壳，这里也不送；而且，这里更多是有关贝壳知识的介绍，不像日本多是贝壳的展览。老大说，这里更想教育人，像老师上课。比较之中，看出这些差异，让他们有些忿忿不平，也有些兴奋异常，纷纷说着，就像他们在海里争先恐后发现了好看的贝壳一样——这也是一种发现呢。

他们把活着的贝壳，都放回了大海，把那些干贝壳带回家，成为了他们的标本。我对他们说：你们小哥俩把从法国、日本还有这次从佛罗里达捡回来的贝壳，整理整理，也可以弄一个你们的贝壳展览了！

我不仅被他们的兴奋所感染，也因这些贝壳引发感慨。时代的发展，日新月异的玩具和电子游戏的变化，带给新一代孩子们更多新颖、神奇的数字化高科技的惊喜，还有那些琳琅满目、百变不止的乐高，都会令他们眼花缭乱，应接不暇，很容易将过去一代的玩具和游戏视为老掉牙，乃至不屑一顾。比如，这些贝壳，无论如何也不会比那些电子玩具和游戏更对孩子有吸引力。我很高兴，儿子和他的孩子居然都很珍惜这些并不起眼、没有一点科技含量的贝壳，并能够从中找到属于他们自己的乐趣。

其实，不仅是孩子，我们大人也一样，都会有些喜新厌旧和唯新是举的心理，乃至价值观趋向。在日新月异、变幻万千的时代，更容易被潮流，主要是时尚潮流所裹挟，而产生从众心理，情不自禁，不能自拔。名牌的、时尚的、高级的玩具和电子游戏，自然会轻而易举俘虏我们和孩子的心。最自然、最朴素、最普通、最原始的玩具，原来也可以最富有生命力，可以和孩子的天性与童心童趣，密切联系在一起。

　　孩子的童心童趣，其实更多和大自然亲密地联系在一起。贝壳，不过是神奇而丰富的大自然给予孩子和我们的馈赠之一。

学　画　记

一

小的时候，我没有专门学过画画。升入初中，有一门图画课。我画的水平一般般，再怎么努力画，老师给的分数最多只是一个"良"。这很让我扫兴，甚至丧气，对画画也就失去了兴趣。

但是，我相信小孩子天生都是画家。对于美术的认知，小孩子要比大人更接近美术的真谛。这也就是为什么一些非写实派的画家的作品，如毕加索、梵高、马蒂斯，或米罗、达利的画，有很多大人看不懂，小孩子却会很喜欢。尽管他们说不出其中的道理，却天然能和这些画家的画作心灵相通。这就是美术这门艺术对于小孩子独特的意义。它比识字和算术，乃至弹琴、舞蹈、武术等一切如今热门的课外辅导班的内容，要简单、容易、直观。而且，从生理的感官到心理的感觉上，更能引起孩子本能的兴趣，只要动手，即便成画，无师而自通。

小孩子为什么要学画画，原因就在于此。这个感性的认识，是在我有了儿子以后逐渐领悟到的。至今，我还清晰地记得，儿子三岁左右的时候，和他的妈妈住在天津一个叫作小王庄的仓库里面。暑假我去看望他们，白天，他妈妈上班去了，屋子里剩下我们两人，无事可干。我对儿子说，我教你画画吧。掀开床板，伏在床头，我用三角、方块和圆这样简单的图形，画出一个个不同的小动物。儿子就是从这些最简单笨拙的三角、方块和圆，喜欢上了画画。尽管那些三角、方块和圆画得歪七扭八，但不妨碍他画得来劲儿，画的小动物比我画的生动可爱。

孩子长大，似乎是一瞬间的事，如梦如烟。2009 年的年底，儿子的大儿子出生了。两年之后，儿子的二儿子出生了。生命的轮回，在时间的流逝中完成。教这两个小孙子画画的事情，不知不觉，命定的一般，又落在我的身上。

没有一个孩子不是天生就喜欢画画的，看大人拿笔，孩子也会跟着学你拿笔的样子，甚至会抢你手中的笔，在纸上随手乱画。所谓涂鸦，就是这般样子，所有孩子画画都是这样开始的。教孩子画画，一般比教孩子识字更要早些。因为这时候小孩子画画，要比识字简单、容易，可以随心所欲，尽情涂抹，而痛快淋漓。

为什么我们大人要教孩子学画画？在教孙子画画的时候，我问自己这个问题。

教孩子学画画，是为了让孩子以后当一名画家吗？我从来没有这种想法，两个孙子的父母也从来没有这样的想法。以往的经验告诉我们，很多被称之为神童的画家，曾经风光一时，长大以后却都没有成才，没有成为真正意义上的画家。以我自己的儿子为例，他小时候画得也不错，作品曾经在中国美术馆展览过，其中两幅儿童画还被送到日本参加过展览，但是，长大以后也没有成为画家。所以，教孩子画画，一定先要端正我们做家长的思想，不要做望子成龙的非分虚妄和功利之想。

那么，教孩子学画画，为了什么呢？

以我一己的实际经验而言，在于这样几点——

一是让孩子坐得住。小孩子没有一个是不爱玩的，特别是男孩子，俗话说：三四岁，讨人嫌。坐不住，爱动，爱闹，是孩子的天性。小时候，我的父母说我坐不住时候讲是"屁股底下长了草"。这时候，能让孩子坐住的法子，一般除了给孩子讲故事、玩玩具之外，教孩子画画是最有效的法子，尽可能地让屁股底下的草，变成纸上的花。

让孩子坐得住，是从小养成良好习惯的一种，这种习惯对于孩子的成长很重要。特别是他们长大以后，在求学的各种阶段，特别需要这种坐得住的习惯。坐得住，就是能够精神贯注，不要心有旁骛，排除外界的干扰。这种静心的培养，尤其是如今电子时代里手机、iPad 等纷繁游戏的诱惑，对于任何一个孩子都不那么容易。我们的孩子学画画，以后绝对成不了画家，但是，能够从小养成这样的习惯，是比成为画家更重要的事情。

二是让小孩子从小对世界万物有兴趣。兴趣这个东西，很多人都觉得与生俱来，哪个孩子都有。可很多小孩子的兴趣，常常是三分钟的热乎气，如同蒸汽熨斗，热得快，凉得也快。而且，很多小孩子的兴趣变化得很快，如同夏天里的云彩，今天有雨，明天没雨，没有常性。教小孩子学画画，让孩子看见自己在纸上涂鸦的变化而有了兴趣，并能够将这种兴趣长期坚持，特别在孩子学龄前，学画画是行之有效的法子，和学习舞蹈、钢琴、小提琴、跆拳道相比，是最便宜的通道。无须出门，在家里就行。

这里会出现一个问题，即我们做家长的，绝大多数都不是绘画的专业人士，我们教得了孩子画画吗？不会误人子弟吗？如果，我们不是抱有让孩子成名成家的功利想法，只是旨在培养孩子的兴趣，任何一位家长都是可以做得到和孩子一起学画画的。况且，这时候，即使把孩子送到外面跟专业老师学画画，这样年龄的小孩子，学的也只是儿童画。学习正规的素描，孩子还得再大一点儿。

兴趣，是学习最好的老师。从学画画蔓延开来，培养孩子对世界万物的兴趣，对于孩子长大以后的学习至关重要，由此培养孩子对世界万物的观察兴趣和能力，便是比仅仅会画画更重要的事情。而这种观察能力的培养，对于日后他的学习和生活能力的提高，是很有帮助的。我们常说，一个孩子既要有智商，也要有情商，包括美术在内的一切艺术教育，对于大多数孩子而言，不在于成为专门艺术的专家，而旨在培养提高自己的情商。从兴趣出发，培养观察能力，则不过是通过学画画这样一种美育的形式，埋下一粒种子，待以后发芽长大。

三是在学习绘画的过程中，沟通我们和孩子之间的感情。这是和孩子小时候，大人必须要抽出时间来和孩子一起玩，在玩中加强和孩子之间的感情交流的作用，是一样的。如果认同这一点，那么，学画画，其实也是一种游戏，大可不必那么认真，更不必那么功利，非要让孩子学一技之长，成为日后混日子的一种本事。还有比和小孩子沟通交流情感更重要的事情吗？我们常说的天伦之乐，其中的乐趣，正在于和孩子沟通交流的点滴碰撞之中。孩子的童年转瞬即逝，如此感情相融的机会，过了这村就没这店了。这一切，在学画画的过程中，为我们天然铺设下了这样一条色彩缤纷的道路，花木繁盛，曲径通幽，乐趣无穷。

二

老大高高半岁的时候，我到普林斯顿去看他，在那里住了小半年。待我要走的时候，高高快一岁了，可以蹒跚地满地走了。那时，我没有教他画画，他毕竟还小。但买了一些彩笔，在小黑板上随手画一些画逗他玩。他也拿起彩笔，在黑板上涂抹。这便是孩子最初的绘画，我们大人一般会说，这是瞎画，乱画。

没错，就是瞎画，就是乱画。如果像我们大人一样，一本正经有条有理地去画，就不是孩子了，尤其不是小孩子了。

有一天，我们大人都没有注意，他拿起彩笔，一边走，一边在墙上画了起来，一道一道，画谁也看不明白的线条，如蛇走泥地留下的弯曲蔓延的痕迹，搞得干净洁白的墙乱七八糟，再用小脏手一抹，更像给墙涂抹上了小花脸。

但是，这就是孩子最初的绘画。

我在责备了孩子以后，想起了两桩往事，很后悔对孩子的责备。

一桩是我小时候，放学回家，很喜欢拿着一块滑石，那种滑石，现在早见不着了，是那时候我们在小黑板上专门用来写字的，在经济拮据年代里，它是完成作业而节省作业本的一种替代形式。放学的时候，拿出它来，我在胡同那一溜儿灰墙上，一边走一边用它在墙上划出一道印痕来。那些弯弯曲曲长长的滑石印痕，带给我特别不一样的快感。这不正和高高用彩笔在墙上画出的这一道道印痕异曲同工吗？

那时，我都上学了，比高高大多了，不还是一样的心思，一样的玩法吗？无论时代发生了怎样的变化，孩子的心理都是一样的。

另一桩事，是好多年前曾经在北京美术馆里看过一次画展，是西班牙画家米罗在我国举办的第一次画展。最有意思的是，其中有一面墙那样大的一幅照片，照片上是一面墙，保留着米罗故意在墙上涂抹的各种颜色的线条和图案。这是米罗小时候留给他家墙上的杰作，和高高一样是在瞎画、乱画。

想来，所有的孩子都是一个德行，绘画的成果仅仅显现在纸上是不够带劲的，必须要在墙上一显身手，方才找到了更能施展孩子天性的地方，像唱戏的找到了舞台。这和我们大人的想法不一致，我们的想法是要画画就必得正规在纸上画，在墙上画，会把墙弄脏。想法不一样，是因为心理不一样，儿童心理，觉得世界上的一切都是新奇的，一切拿在手里都要试一试，一切东西都可以用来玩，随心所欲，甚至有点儿破坏欲，才好玩。

在这里，玩很重要，小孩子学画画，千万不要一本正经，正襟危坐，先给孩子制定那么多的条条框框。

又有一天，一家大人在厨房里忙乎，高高一个人在客厅里玩。他又拿起了彩笔，这一次，他不是在墙上挥舞，而是往地毯上招呼。等我们出来一看，他已经在地毯上完成了他的杰作，地毯上一大块，被他画得五颜六色。当然，照样是瞎画、乱画。一块地毯，怎么洗也洗不干净了，比墙上画的那些线条还要惹人眼目。对于我们大人，地毯上那脏兮兮的一大块，像块癞疮疤；对于孩子，却是他一岁时的绘画杰作。

我家老二得得第一次来北京，两岁不到，无师自通，跟哥哥一样，在我家的墙上，也用彩笔画下了一道道痕迹，像是雁过留声，水过留痕。他要告诉我们，我得得来过北京了！

有什么办法呢？瞎画、乱画，就是孩子学画画的第一步。也可以这样说，孩子最初的乱画、瞎画，就是最原始的儿童画。所以，在米罗的画展中，特意将他最原始的儿童画拍成照片，让我们观看。

三

高高快三岁的时候，我教他画画。

我拿来一张白纸，一支圆珠笔，递给他，对他说：你随便画，想画什么画什么，想怎么画就怎么画！

他听我这样说，毫不犹豫，信心十足，上来大笔一挥，弯弯曲曲的线条，像链环一样，更像铁丝一样，密密麻麻的，交错地套在一起，缠在一起，占满了纸上上下下的空间，仿佛他是在拿着水龙头肆意喷洒，浇湿了花园里所有的地皮，自己也被浇得湿淋淋一身。

我问他：你说说，这画的是什么呀？

他摇摇头，以为我在责怪他。他望着我，仿佛在说：你不是让我想画什么画什么，想怎么画就怎么画吗？

我拿过他手里的圆珠笔，在纸的左下端弯曲的乱线中，他无意画出的一个圆圈的中间，画了一个小黑点。我又问他：你看这回像什么？

立刻，他兴奋地叫道：鸟！

是的，孩子笔下看似乱七八糟的曲线，瞬间活了似的，变成了一只抖动着漂亮羽毛的鸟。是动物园里从来没有见过的鸟，是我们大人永远画不出来的鸟。

我和他一起用彩笔，在这只鸟的不同乱线之间，涂抹上了不同的颜色。特别有意思的是，在眼睛下面露出一个尖尖的小三角，好像是他刚才画时有意留出来的鸟嘴，我让他在那里涂上了鲜艳的红色。一下子，小嘴格外漂亮。孩子望着自己画的画，很高兴，刚才还是一团乱麻的曲线，像是变魔术一样，立刻变成了一只鸟，让孩子兴奋不已。

孩子最初的画，都是这样一团乱麻的曲线。从来没有见过哪一个孩子最初能够画出笔直的直线或浑圆的圆形来。这和孩子最初学走路一样，总是歪歪扭扭、跌跌撞撞的，不会如同仪仗队一样健步整齐。但是，我相信任何一个孩子笔下任意挥就的曲线，都可以是一幅充满童趣的画。在毕加索变形的和米罗抽象的画中，我们都能够找到孩子们挥洒的曲线的影子。比起直线来，曲线就有这样神奇的魔力和魅力，它将万千世界化繁为简，浓缩为随意弯曲的线条，有了柔韧的弹性和想象力。

所以，与毕加索和米罗是老乡，同样出生在西班牙巴塞罗那的著名的建筑家高迪，曾经说过："直线是人为的，曲线是上帝的。"

在高迪的眼里，曲线如此至高无上。从高高这第一幅画的鸟来看，高迪说得还真有点儿道理。大自然中，谁见过有直线存在吗？常说笔直的大树，是夸张的形容，树干也是由些微的曲线构成，才真的好看，就更不用说起伏的山脉、蜿蜒的河流，或错落有致的草地花丛、鸟飞天际那摇曳的曲线。巴甫洛夫说动物都知道两点之间直线距离最短，其实，两点之间动物跑出的从来不会是一条直线，看雪地里小狗踩出的那一串脚印，弯弯曲曲的，才如洒下一路细碎的花瓣一样漂亮。

没错，"直线是人为的，曲线是上帝的"。也可以说，直线是大人的，曲线是孩子的。因为这个上帝属于自然、属于艺术，同时也属于孩子。因为只有这三者最容易接近上帝。

四

高高一岁多就上幼儿园了，比一般孩子早。美国的幼儿园，和我们国家的幼儿园相比，很多相同，很多不同，其中最大的不同是，这里的幼儿园主要就是玩，很少有我们的识字、算术等所谓的早期教育，也没有什么不要输在起跑线上之类的焦虑。

很长一段时间，幼儿园的老师让孩子画画。她们没有任何的教材和方法，有很多彩笔和各种颜色的水彩、水粉、油画棒、油画颜料，各种颜色的纸张，应有尽有，任孩子随意挑选，随意挥洒，以此让孩子们玩，在这样的玩之中认识色彩。这样的方法，符合这个年龄段孩子的心理特点。

记得画家高更曾经说过这样的话：色彩给我们的感觉是谜一样的东西，色彩经常赋予他音乐感，这种音乐感出自自然属性。高更说的色彩的这种"自然属性"，用在孩子的身上最恰当不过。孩子不懂色彩，他们的任意涂抹，才是色彩挥发真正的自然属性。所谓自然，就是孩子的天性。大人，尤其是画家，懂得了色彩，这种自然属性会渐渐被人为所替代。

每天傍晚，幼儿园放学，老师会把孩子画的画交给接孩子的家长。家长、老师和孩子，都会望着这些任性的画，谁也看不懂的画，忍俊不禁，送走了孩子在幼儿园里尽情玩耍的一天。

这种无为而治的方法，我觉得不错，挺适合小孩子。一般，我们往往愿意从具象的路数教孩子画画，比如教孩子先画个房子，画个太阳，画朵小花、小草、小兔子之类，如果孩子画得挺像，或者有点儿像，孩子和大人都非常高兴。

当然，这种方法没有什么不好，只是孩子在还很小的时候，对于具象的事物无从把握，像，不应该是这时候教孩子画画最主要的策略和意图。像，往往容易束缚孩子最初画画的思维和乐趣，乃至积极性。我一直以为，像和不像，是我们最初教孩子画画的一个误区，是以我们大人的思维模式强加给孩子的，是不大符合这种年龄孩子的心理特点的。

从某种意义而言，不像才是儿童画，太像了，就不是儿童画了。我一直认为，像与不像，是儿童画的分野。

有一天，高高拿回好几张画，都是他用水粉在牛皮纸上涂抹的。一张是在暗红色的牛皮纸上，涂抹着几块白色的长条，和随手洒下的点点白色斑点（大概不是有意而是不小心），老师很喜欢这张，给它取了名字叫"Ghost"（《幽灵》）。一张是在褐色的牛皮纸上横涂竖抹的，底色很沉，是那种棕色，还有一些黑色的斑斑点点，和一抹抹橙黄，上方的一角，涂抹的却是一团纷乱鲜亮的红色和粉色。当然，这是我的观后感，小孩子是不会有那种明暗关系的感觉的，他只是随意泼洒着他手中的颜色，觉得挺好玩而已。

我更喜欢这张，把这幅画剪裁了一下，去掉了大部分，只留下这一角，突出了上方的那一团鲜亮的红粉色，然后把它装进一个小镜框里。大家看了，都觉得好看。为什么好看，又都说不出来其中的道理和奥妙。好像前后色彩明暗的对比，是孩子有意做出来的，其实，如果真的让孩子按照这种意图来画，他就画不出来了。

那一团鲜亮的粉色和红色，像一朵盛开的花？那一抹棕色和橙黄，又像什么呢？像石头或者山崖吗？黑色呢？像山崖的顶端吗？

随你怎么想都行。

我给它起了个名字叫"山上的花"。

这是高高三岁左右的时候，色彩给他快乐，还给了他成就感。漂亮的颜色，就像是给画穿上了漂亮的衣服。孩子对于颜色，天生会有一种比我们大人更多的敏感。记得我国最早一批到法国留学的画家之一庞薰琹先生，在回忆他小时候对画画的喜爱，最初就是从色彩开始，从家里晾衣绳上挂着的衣服开始的，他觉得那些颜色不一样的衣服色彩非常好看，他常常站在那些衣服之间看好久，痴迷阳光下闪烁着光斑的鲜艳色彩。

那张幼儿园老师起名为"幽灵"的画，后来在幼儿园展览。那幅我称之为"山上的花"的画，被高高的爸爸拿走，放在他的办公室写字台上。

五

老二得得也是三岁开始学画画，和哥哥高高当年学画画的年龄一样。但是，他比哥哥进入状态要快，起步更好。因为在哥哥学画画的时候，他常常站在一旁看，有时候，还会像小猫一样跳上桌子，蹲在那儿，一动不动看着哥哥画画。耳濡目染，对于家庭教育的氛围很重要，尤其对于小孩子，家长就是他们最开始的榜样。对于得得，哥哥就是他的榜样。

记得高高最开始能够将画画成囫囵个儿的时候，最爱画火车。得得也跟着学画火车。这种火车很好画，一个方块，下面加几个小圆圈，就是火车的车厢和车轮。一列火车，画多少列车厢，都是一样的方块和小圆圈的复制。最多在最前面的车头加一个长条作烟囱。高高特别爱让烟囱冒出一串长长的浓烟。刚学会阿拉伯数字和英文字母时，他会在那一长串的浓烟两旁写上123……和 ABC……成为了火车冒出的另外两种奇怪的烟。

那时候，我在美国，高高不去幼儿园的时候，我带他到小区的儿童乐园玩，小区外面不远处的树林里，常常有火车驰过，那是开往纽约的城际列车。火车撞击铁轨的轰隆隆的声音，是安静的小区里唯一的声音，孩子竖起耳朵听，睁大了眼睛，寻找着火车驶动的方向。我有时会开玩笑对他说：高高，你以后可以坐着这列火车到北京去找爷爷！他会望着我，问：真的吗？

好长一段时间，哄孩子睡觉的时候，我常常唱一首儿歌，是根据电影《护士日记》里王丹凤唱的那首《小燕子》，自己胡乱瞎改的词：小少爷，小少爷，火车火车到哪里去？少爷说，我要去北京看爷爷……我总是开玩笑叫他小少爷。他常常听着听着，搂着我就睡着了。

好长一段时间，高高画了好多火车，他要坐火车去北京看爷爷。去北京，是他的一个梦。

记得那时候指着他画的火车，我对高高说：光坐火车你是到不了北京的。

他问我为什么。

我说美国和中国之间隔着大海呢。

后来，他在一列火车的下面画了一道曲线，那是大海的波浪，水下面有鱼和乌龟。他的火车可以凭空跨过大海了。这就是孩子的思维，和大人不一样。

得得最开始画画的时候，学着哥哥也画了好多火车，让火车头也喷出一长串的浓烟，让天上有小鸟追着火车在飞，让海里有鱼儿在游。

后来，得得的画画水平提高了之后，火车画得有模有样，特别画了猪、大象、兔子、熊猫、狮子五种动物，从五个车窗里探出头；天空中还有一个红红的太阳，和两只追着车飞的小鸟。他比哥哥画得要好。

那些火车，带有孩子的想象，也带有孩子的心情和感情。在孩子最初的画画中,这样两点是最重要的,是可遇而不可求的。缺少了孩子自己的心情和感情,画很容易单调苦涩,缺少生气。没有想象,则彻底失去了儿童画最基本的要素。儿童画之所以可爱,就在于孩子们的想象力,天生比我们大人要丰富。

六

暑假,两个孩子要来北京,我提前在长安大戏院买好了票,等他们来了看戏。是一场京剧的折子戏专场,其中有《三岔口》、《时迁偷鸡》、《秋江》……我想他们一定喜欢。京剧,是中国的国粹,在场上虚拟世界中进行有声有色的无实物表演,可以说是全世界绝无仅有的艺术。孩子在美国难得看到,和看惯的电影、电视或一般舞台剧,是完全不一样的。

果然,两个孩子都非常喜欢,看得津津有味,毕竟这是他们第一次看京剧,他们感到格外新奇,戏散场回到家,向我们一通地说,说得有声有色的。

我问他们:最喜欢哪一个?

他们几乎异口同声地回答:《三岔口》和《时迁偷鸡》!

以前,我给他们讲过《水浒》,他们早知道鼓上蚤时迁。我便先问:演《时迁偷鸡》的时候,里面有真的鸡吗?

他们回答:没有。

我问:没有鸡,你们怎么感觉到时迁把鸡偷到手了呢?

表演的呗!

我问他们:《三岔口》是在黑夜里发生的事情,台上的人物黑咕隆咚的什么也看不见，为什么你们能看得见？

他们说：他们演的呀！然后，两个孩子模仿着戏里的样子，相互打了起来，却又相互打不着，最后在地上滚成一团，乐不可支。

我说：好玩不好玩？

他们连声说：好玩！

我问他们：爷爷教你们画画京剧好不好？

好啊！他们很乐意，但不知道怎么画。

我说：你们不是最喜欢《三岔口》吗，咱们就先画《三岔口》。

我先给他们画了个样子，然后说：你们看，就是你们以前画过的人物，只不过穿的衣服不一样，每个人的手里拿着把刀。衣服肥肥大大，人还好画了呢。不信，你们试试！

他们试了试，画得不大好。以前画的都是现在的人物，小孩子多，这穿着一身武打装扮的戏服，再让两个人都拿一把刀比划着，还真不大好画。

我说：先不画刀，先画人，人的帽子、腰带什么的都先不用画，把人的动作的形儿找到了，就行了。你们看，一个人的身子是往这边歪，一个人的身子是往那边拧，看明白了吧？这么画，就容易画了！

他们又画了一张，两个人物像两个小孩装模作样在打架，但意思有了。我再让他们给每个人戴上一顶帽子和一个头巾。腰带，我教他们画两个长方形就行了。最难的是，让人手里拿着刀，确实不好画，人的手是最难画的。我说：把一把刀别在一个人的身后，就好画点儿了吧？另一把刀就画在那个人的两手之间，有那么个意思也可以了。

《三岔口》，我帮助他们画完了。该涂颜色了，他们问我：怎么涂？

我说：怎么涂都行，你们随便涂，就是脸得注意，你们看戏里面，人物都要勾脸，你们别把脸都涂满了颜色，涂一半，就像戏里的人了。他们涂了，虽然和戏里的人物勾的脸不一样，但有了这样一半颜色的脸，让人一看，像是京剧了。

看看自己画的京剧，他们也觉得挺有意思的。和以前画过的人物不一样，而且画的是自己看过的京剧里的人物。他们能够对着他们画的人物，讲出看过的戏里面的故事，有些兴奋，一连几天，磨着我，让我教他们画京剧。

哥哥喜欢时迁这个人物，让我教他画《时迁偷鸡》。我帮他从书上找来时迁的造型，对他说：你看这是不是和你在戏里看到的时迁一样？就照着这个人物的模样画。鸡你会画，你就把偷来的那只鸡放在时迁的怀里，就行了。

他画的那只鸡，挺好玩，一个圆圈就是鸡身子，里面乱七八糟缠搅在一起的黑线就是鸡毛，大红嘴，好多个长方块里涂满五颜六色，就是鸡的尾巴，倒也简单，画得飞快。

哥哥还画了《武松》和《孙悟空打白骨精》，武松和孙悟空的故事，他都听过，画起他们，仿佛不大陌生。

弟弟画得比哥哥还要多。他很喜欢这种戏剧人物，觉得色彩鲜艳，造型也比真人好看得多。他画的《击鼓骂曹》、《穆桂英挂帅》、《钟馗》，都比哥哥画的要复杂。他比哥哥有更多的耐心，坐在那里，先用铅笔打草稿，一笔笔地画，画得不好，用橡皮涂掉，重新画。再没有画好，就让我帮忙。他一般会这样说，比如画人的胳膊，他说：你就帮我画两个点，告诉我应该从哪儿画到哪儿。我就帮他点上两个点，他连上这两个点，就把一只胳膊伸出的动作画出来了。他画的人物，动作感很强，无论男的还是女的，都像那么回事，仿佛活灵活现地正在舞台上做精彩的表演。

有一天清早，弟弟早早醒来，叫我教他画京剧。他迷上了画京剧人物呢。我一连教他画了两张。哥哥醒了，揉着惺忪的眼睛，跑进我们画画的屋子里，一眼看见我正教弟弟画画呢，不干了，大声叫着奶奶：我爷爷教得得画画，不教我！

奶奶说：谁说爷爷不教你？你刚才不是睡觉还没醒嘛！

他还是不依不饶地叫着：不行！然后问清楚弟弟刚才我教他画了几张画，又嚷嚷道：刚才爷爷教得得画了两张画，待会儿爷爷得教我画四张！

我说：行，先洗脸刷牙去，待会儿我教你画八张！

七

美术课上，老师教学生们画草莓。

夏天的时候，老师曾经带他们到果园里采摘草莓。大家都见过草莓，吃过草莓，老师说：今天我们来画草莓。

同学们觉得画草莓不新鲜。但是，老师教大家画的草莓，和大家摘过的、吃过的草莓不一样。草莓不是画成了红色，而是画成了彩色。草莓不是画成一体，而是被分割成好多块，每块的空间画上不同的线条、涂抹上不同的颜色，组合在一起，成为了一块色彩斑斓的图案，装饰性很强，不像草莓，倒像是一块花手绢、一块彩色的地毯。

老师发给每人一张硕大的水彩纸，让大家用水彩照着老师教的样子照葫芦画瓢。这样的画难不倒高高，他先用铅笔勾勒出草莓心形的形状，里面的图案，他不想用铅笔画草图，准备直接用水彩随心所欲涂抹。他开始挥洒着水彩颜色，弄得一手一身都是斑斑点点水彩的水渍。

他很快就画完了。一张大纸上，画上了一大一小两颗草莓，准确地说，是两幅草莓形状的装饰画。老师是想用这样的方法，教学生设计图案，让简单和单调的草莓，变得生动有趣，吸引孩子们画画。无疑，这要比只是教孩子画草莓好玩得多。

高高画完之后，没有什么事情，他觉得这么快画完了，只是画了两个草莓样子的图案，没有意思。于是，他重新拿起画笔，朝着绿色的水彩伸过去，使劲儿地蘸上浓浓的绿色，在草莓上面心形凹下去的地方，添上了好几笔粗细不一、四处分散的道道，又在草莓底部尖尖的地方，画上了三笔短短的绿色线条。这一下，望着被他重新改造过的草莓，他有些心满意足了，就像给睡着的弟弟涂上了一个小花脸一样，有种恶作剧似的得意和满足。

他把这幅水彩画拿回家给我看，问我：你看看我画的是什么？

开始，我以为画的是两颗心。

他说：不对！是老师让我们画的草莓。

我说：这也不像草莓呀！

他又问我：不像草莓，你说像什么？

我仔细看了看，明白了，像两个大萝卜！他画上下画出的那几笔绿色的道道，原来是萝卜缨子。

我告诉他像萝卜。

他有些得意，却又有些掩饰，头一歪，不说话，扭头跑出去玩了。

爸爸妈妈下班回来了，高高把这幅水彩画拿出来，让爸爸妈妈猜他画的是什么。爸爸妈妈看出来了，是萝卜，并夸奖他画得好，尤其是添加的那几笔绿色，让草莓变成了大萝卜，真的是好！

他很高兴。老师也是这么夸奖他的。

小孩子学画画，不在乎画得多么像，多么好，更在于在画画中学会发挥自己的想象力。这样让画画不仅仅成为一种技能的培养，而成为一种乐趣。墨守成规，照本宣科，哪怕是再一丝不苟地画，也不如随心所欲地挥洒，对于孩子更需要，也更重要些。

我们的孩子，再怎么努力地学习画画，能成为画家的可能性也是极小的。但是，在学习画画的过程中，找到乐趣，让自己的想象力像蒲公英被风吹得漫天飞舞，则是比成为画家更重要的。

把草莓画得再怎么像草莓，也没有什么意思。把一个草莓变成大萝卜，把色彩挥洒成心情，把童年抒写成童话，这将是孩子最美好的纪念，也是我最美好的回忆。

俄罗斯前辈作家巴乌斯托夫斯基曾经说过这样的话：只有当我们成为大人的时候，我们才开始懂得童年的全部魅力。

可以将他的话改为这样：只有当我们成为孩子的时候，我们才开始懂得绘画的全部魅力。

学 琴 记

一

高高三岁时学小提琴。

家住在印第安纳大学边，学琴的地方就在大学音乐学院的教室里，倒是很方便。教琴的老师，是音乐学院的退休老师和在读的学生，师资雄厚。而且，这样的教学已经有传统，老师不为赚钱，志在音乐，怡然自得。同时，城里有琴行配套服务，备有不同年龄的孩子学习用的大小琴种，可以租用。需要换琴，到年龄便可替换，非常方便。每年学习结束，老师组织孩子进行一场汇报演出，按年龄由小到大，每一个孩子都会出场，家长都被请来，观看孩子们的演奏。因为有大学依托，音乐学院里的大小剧场无偿提供方便，算是近水楼台。剧场堂皇，舞台正规，灯光华美，观众席座位舒服，孩子们登台，家长们观看，都非常有满足感和成就感。

这样得天独厚的条件，高高却显得不那么高兴。开始学琴，两眼一抹黑，什么都不会，一切从头学，自然对一个三岁的孩子难度不小。每周几次的学习，从全班孩子一起学，到老师单独教，然后，回家还要对着五线谱不停地练习，单调枯燥，日复一日，对于正是贪玩年纪的孩子来说，不会如吃冰淇淋那样地痛快。一直觉得好像国内专门办给孩子的各种补习班特别多，其实，在美国也一样。那么多的家长一样，都是望子成龙；那么多的孩子也一样，都要艺不压身。忙得家长马不停蹄地陀螺般团团转，也忙得孩子有苦难言。

我到美国看孩子的时候，正是高高学琴的最初阶段。俗话说得好，头三脚难踢，那么小的孩子过这一关，不那么容易。五线谱，高高学得很快，但拉琴的指法，音符的准确，总会出问题。他妈妈负责他学琴，每次带他去学琴，在一旁听老师讲，一边自己在本上记，久病成医一般，也学会了不少，回家后，不错眼珠地看着他拉琴，和国内的家长一样的望子成龙，一样的疲惫不堪。特别是高高拉琴时候出现了错误，而且是一错再错，不时重复，当家长的耐心会消磨殆尽，常会责怪孩子、批评孩子。家长越说，孩子越错。最后，弄僵了，孩子哭天抹泪，几乎是国内不少学琴孩子的翻版。

二

高高五岁的时候，弟弟得得三岁，妈妈想高高是三岁时候开始学琴的，也想让得得这时候学琴。那时候，虽然学了小两年，但是，高高还在艰难阶段，费了妈妈不少周折、心血，正是和高高不时摩擦，高高不时掉眼泪的时候。

那时候，我正在美国，劝他妈妈说，先别这么急，一个高高就够你忙乎的了，再加上一个得得，容易按下葫芦起了瓢，心急吃不了热豆腐。

他妈妈听从了我的建议。

大约一年之后，高高度过了最初学琴的难关，渐渐拉得有模有样了。得得紧跟哥哥步伐，开始跟着学琴。因为妈妈有了和哥哥学琴相处的经验，也因为前面有哥哥的榜样，整天听高高拉琴的琴声，耳濡目染，弟弟学琴要比哥哥顺利得多，没有那么多严厉的批评，没有那么多委屈的眼泪。这便是两个孩子的好处，两个年龄差不多的孩子在一起，彼此的影响和学习，有时候，起到的作用比老师和家长还要大。

小提琴给他带来的乐趣，和其他学习和游戏是不一样的。他们不仅学会了拉琴，还学到了不少有关音乐的知识，知道了世界上有那么多伟大的音乐家，他们不在了，但他们创作的音乐，如今可以复活在他们的琴声中。

高高六岁那一年，跟着爸爸到德国的莱比锡，专门去了一趟巴赫故居参观。他知道我喜欢音乐，在故居买了一套明信片，明信片上印着巴赫的照片、乐谱，展现着故居的角角落落。那一年，他从国外回到北京，见到了我，先让爸爸打开行李箱，拿出这套明信片，跑过来递给了我。

有音乐伴随的童年，和没有音乐伴随的童年，自然，一个人都可以度过童年，但那是不一样的童年。当然，对于我们普通人来说，童年时候学习音乐，并不是要有以后成为音乐家这样功利而不切实际的奢想和欲望。但是，有音乐伴随，无形中滋养一个孩子的心的作用，和其他知识或技能的学习不尽相同。

三

高高九岁、得得七岁那年，他们回北京，下了飞机，走出机场大厅，我看见他们每人身上都背着一个琴盒。老师和妈妈要求他们每天必须练琴。在我家里，他们每天下午或晚上，都会把琴谱放在暖气上，开始拉琴，一个人拉完，一个人接着拉。有时候，他们会合奏，那是他们的额外作业，是专门拉给我听的赠品。

有一天，正好是住在天津的大姨姥姥的生日。我对他们说：你们给大姨姥姥拉段琴，录个视频发去好不好？

他们想了想，哥哥先在琴上试着拉了几下，开始，我没有听出是什么曲子，弟弟认真在听。渐渐的，我们都听出来了，是《祝你生日快乐》歌曲的开头。他会唱这个歌，但从来没有拉过这个曲子，用琴弓在琴弦上小心试探。试了几下，很快就拉出调调来了。然后，不知他用英语对弟弟说了几句什么，又在琴弦上比划了几下，然后，两个人就开始拉起琴来。几分钟不到，《祝你生日快乐》歌曲就在满屋里荡漾了。

我高兴地对他们说：你们俩真是多了一样本事了！

音乐，给他们，也给我们，带来了意想不到的快乐。

四

布卢明顿市里举办少年儿童作曲比赛，比赛获奖者，只有一纸奖状，没有奖品，奖品是最后在印第安纳大学的音乐厅，举办一场音乐会，由印第安纳大学的交响乐队，演奏他们的获奖作品，并将他们作品的主题发展成一支曲子。这真是一次有趣的比赛，一场别开生面的音乐会，一个成人世界与儿童世界沟通与融合的实验。

自己简单幼稚的曲子，居然可以让这些音乐家演奏，而且，还会把自己的音乐主题发展成一支乐曲。得得非常感兴趣，跃跃欲试。高高没有那么大的兴趣。但是，他帮助得得出主意，一起在琴上练习，反复琢磨，得得终于用五线谱写出了自己的参赛作品。

得得没有想到，自己的作品竟然能够获奖。他和哥哥和爸爸妈妈一起来到音乐厅，听到自己的简单的几行乐谱，居然被这些大人演奏出一支动听的曲子，轰轰鸣响着，回荡在音乐厅里。难以想象，简直觉得有些神奇，自己写出的那几串简单的音符，从庞大的交响乐队里飞出，就像从夜晚的草丛飞出的一只只萤火虫，熠熠闪亮在眼前，又飞满整个夜空。

爸爸妈妈将音乐会的视频发给我，我看后，问高高：你没参加这个比赛，后悔不后悔？

高高笑笑，没有说话。

那一年，高高十一岁，得得九岁。

五

转眼，孩子就长大了。孩子，是我们大人一天天苍老的参照物。

一年前，高高升入中学。他十二岁了。中学里，有一门艺术课，学生可以从中挑选自己喜欢的任何一门课。高高选择了萨克斯。

爸爸妈妈问他为什么选萨克斯。

我也问他：你小提琴拉得挺好，干嘛不接着学了呢？萨克斯，你一点儿也不会呀！

他说他就是想学一种自己还不会的乐器。这样好玩，也有意思。

他又补充说：吹萨克斯得用气，可以练肺活量，对游泳有帮助！那时候，他正练游泳上瘾。

他选择了难度大的萨克斯。

每天上午有一节课学萨克斯，学不同乐器的孩子，分别到不同的教室，由不同的老师教他们。

开始学的时候，我让他吹给我听听。视频中，看见他抱着萨克斯，像青蛙一样，鼓足了腮帮子，使劲儿地吹，费力巴拉的，只能吹出个嘶哑的声儿来。我心里想，放着河水不洗船，自己小提琴拉得好好的，轻车熟路，干嘛非得啃这块硬骨头。这话没敢对他讲，怕影响他的积极性。

什么事情都需要学，学就要能够坚持。只要坚持了，铁杵即使磨不成针，起码可以磨细一些。

一个学年坚持了下来，期末，学校举办演出，铜管乐队演奏，其中有三个萨克斯手，高高是其中一个，坐在乐队中的第二排中间。乐队队员统一身穿学校发的黑色演出服，非常正规。老师站在前面指挥。演奏了两支曲子，第一支是《先哲之谷》，第二支是《云》。我都没有听过。演奏得很像那么回事，初中的小孩子们配合得不错。视频中，我看见高高鼓足了腮帮子，吹得很带劲。

初一就这样在铜管乐嘹亮的鸣响中结束了。

暑假过后，就要升入初二了。艺术课，学生们可以有新的选择。爸爸妈妈对高高说：你小提琴都拉了十年了，还不选小提琴？要是选小提琴，你在管弦乐队中，就是第一把小提琴！

当然，第一小提琴手，是个荣誉，是个诱惑。

可是，高高却依旧选择了萨克斯。

爸爸妈妈有些奇怪。

他对爸爸妈妈说：我们铜管乐队里另外两个萨克斯手对我说，不希望我走。他们说我们还需要你。

音乐的旋律中，荡漾着友谊和信任的音符。

游 泳 记

一

疫情泛滥的时候，两个孩子一直上网课。2020年下半年，他们才开始可以到学校正式上课。那时候，他们一个十岁半，一个八岁半。课余的时间，参加了游泳训练。

没有上学之前，他们就学会了游泳，但参加正规的游泳训练，这是第一次。在美国，小孩子的游泳训练和比赛，有多年的传统，训练之中，会有春季和秋季的两轮比赛，是分级制，这种分级，分年龄组（每隔两岁为一组）和分级别比赛，从最开始的市镇，到郡到州，再到中部、东部、西部分区赛，直至全美各大级别的比赛，次第进行，有全国统一的标准。这种训练和赛制，既可以从中选拔专业的游泳人才，又可以带动全民的游泳运动。这里既有成绩的激励，更有普及的快乐，没有那么多功利的色彩和压力。

　　别看只是最基层的教练，却都曾经是专业运动员，有很多是在全国比赛甚至奥运会中拿过奖牌的老运动员。和我国不大一样的是，这些功勋运动员退役之后，很少入仕或经商，而是乐于在基层教小孩子游泳。教练的水平，无疑带动着孩子的训练和比赛水平，这种潜移默化，是时间经历过后的水滴石穿和水涨船高。这样的游泳传统，和我国的乒乓球很相似。

　　训练和比赛的费用，没有政府的什么补贴。孩子交的费用，也并不高。这些教练员一般都有自己的本职工作，他们并不从这里赚钱。游泳是他们的爱好，教小孩子游泳，则是他们自觉的职责和上一代传承下来的传统。各级比赛，一般都会在各地的高中和大学的游泳馆里进行，那里都有正规的比赛泳池。比赛所需费用不高，由参赛孩子的家长掏钱，每人交的钱很少，只是象征性的，众人拾柴而已。裁判员以及工作人员，也都是由家长做志愿者担任。参赛时，孩子的交通和住宿、吃饭等问题，都是由家长自行解决。于是，比赛日，常常会看见家长们开着自己的私家车，从四面八方涌来，而且，住的常常是同一家宾馆。比赛结束，教练会组织孩子办个庆功宴，也是由家长 AA 制，没有什么政府或商业的赞助，所谓羊毛都出在羊身上，也都用在羊身上。

二

　　两个孩子训练半年之后，第一次参加比赛，见识了这种美式比赛的阵势。无论场地的泳池和泳道，还是裁判的计时和大屏幕的记分牌或领奖台，都很现代；而且，和成人的正规比赛完全一样，并不会因为是小儿科而降低比赛的规格。

最有意思的是运动员出场，有奏响的音乐，有高举牌子的引领员，绕场一周，营造出比赛的浓郁气氛，和成人比赛完全一样。让两个孩子感到新奇的是，出场顺序，按照每个年龄组孩子的成绩，由低到高，先后出场。也就是说，成绩低的先出场，成绩最牛的，最后压轴出场。这很有点儿梁山泊英雄排座次的感觉，大将总是最后才威风凛凛地亮相。

不仅第一次比赛，以后好多次比赛，两个孩子都是第一组出场的。这让他们很不服气，走得有些无精打采，心里暗暗较劲，希望尽快脱颖而出，能够在最后出场，长出一口气，也牛一把！

希望自己在后面乃至最后出场，成为他们的目标。要实现这样的目标，没有别的办法，就是要在平常艰苦的训练中付出代价。他们每周有四个到五个训练时间，平常日子，是放学之后的晚上，周六日在下午，一下水，教练要求先一口气游五千米。好几个晚上，他们的爸爸或妈妈给我打电话的时候，他们都还在游泳，没有回来，爸爸或妈妈正去接他们。等接他们回来，我问他们：累不累？老二得得说：还行！老大高高说：挺累的！我便心疼地对他们说：赶快洗脸刷牙睡觉去吧，明天一早还得上课呢！想想每一次下去先要游五千米，这绝对不是件容易的事情。

后来，高高对我说，游泳队里，也有人偷懒，老说去厕所，就从泳池里爬上岸，一走走了老半天。他说他和弟弟不会，他们按照教练的要求，下水后一口气先游五千米。

游泳训练第一课，先教会了他们刻苦和坚持。

下面迎接他们的便是失败的磨炼和考验。失败，是那样地不可避免，有时又是那样地猝不及防。常会在比赛成绩仅仅差了零点一秒甚至是零点零一秒，而无法晋级。这对付出那么多艰苦努力的他们，无疑是沉重的打击和磨砺。或许，这便是体育独有之处，在锱铢必较中看得见摸得着的失败，让你无言以对，没有脾气，只能默默接受。

在一次比赛中，高高的泳镜突然脱落，影响了成绩；还有一次，因为转身犯规，干脆被直接取消了成绩。赛后，教练安慰他，他没有说话，也没有告诉我。他自己接受这个现实，消化这样的失败，调整自己的心态，改进游泳的动作。除此之外，别无他法。这是一个孩子必须经历的，任何人无法替代。从那次以后，他再也没有犯规过，也没有出现泳镜脱落的意外。

必须面对这样的失败，以及失败之后的心理调适和行动付出，对于一个小孩子，尤其是城市里被娇惯的孩子的磨炼和考验，是我们大人难以品尝到的，甚至是刻意回避的。说心里话，看到两个孩子这样，我挺心疼他们的，干嘛要这样玩命地训练，和这样一次次没完没了地比赛？所以，隔辈人带孩子，只会从心疼迅速滑向溺爱，从来都不是最佳选择。孩子，一定要由自己的父母带。

这样日复一日的刻苦和坚持，给他们带来好成绩，也给他们带来了课堂和课本上没有的快乐。在这样的训练、比赛和失败的磨砺中，他们自己体会到，艰苦和坚持是一棵树扎下的根，失败是树上掉下的残枝败叶，成绩是树上结的果，快乐是树上开的花。

说来有些奇怪，两个孩子蛙泳、仰泳、蝶泳和自由泳四个项目，各有偏好和特长：老大高高擅长仰泳，老二得得擅长蛙泳。尽管我不在他们的身边，也能感受到他们一天叠加一天的努力。一年又一年，从参加市区比赛到参加州赛，他们已经从最先出场到最后出场。他们的蛙泳、仰泳、蝶泳和自由泳四个项目，都进入决赛，获得奖牌。去年，2022年，高高还代表州参加了美国中部地区赛，获得了200米仰泳第六名。

我能感受到，对于一个孩子的意志力、面对失败不服输的竞争力，以及愿意付出艰苦努力等诸多方面的磨砺，体育无疑是一所学校，是其他学科无法比拟的。而这恰恰是体育对于孩子最大的魔力与魅力。有过体育训练和比赛的孩子，和没有这样训练和比赛的孩子，成长路上所获得的营养是不一样的；而且，会越发在日后的日子里显现。

高高曾发来一张照片，是他参加美国中部地区赛时，一位摄影师抓拍的。他在泳池中展开双臂奋力击水的样子，让我感到他好像就在我的面前。碧蓝的泳道，飞溅的水花，在他的身前身后。他真的长大了，那么快就长大了。

三

老二得得有一个好朋友，同班同学，美国人。游泳带给他的快乐，他很想传递给自己的好朋友，便希望这个好朋友也能和他一样，参加游泳训练。这个好朋友，以前并不像他那样喜欢游泳，架不住他拉着他，劝着他，便跟着他，一起来到了游泳队。好朋友嘛，就是这样相互传染着彼此的爱好，这便是友情的力量吧。

　　毕竟参加训练的时间比得得晚，得得这个好朋友的成绩一时没有练上去，有点儿灰心。怕他打退堂鼓，得得对他说起自己刚开始来游泳队时，一样也是落在后面的，不用灰心，只要坚持练，就一定能把成绩练上去。

　　现身说法，在小孩子之间，最有说服力。这是非常奇特的，记得小时候，得得三四岁左右，还不会使筷子，我们大人教他半天，也没有教会他。他哥哥高高拿着筷子，对着他比划了几下，不知说了几句什么，他立刻就学会了。小孩子之间的相互影响，有股神奇的力量，更何况是好朋友之间呢。

　　得得的这位好朋友，训练很刻苦，成绩逐渐有了提高，他自己很高兴，他的父母也非常高兴，他能够交了得得这样一个好朋友。

　　逐级参加比赛，像竹子拔节节节高。不到一年的工夫，得得的这位好朋友就要参加进入州级的晋级赛了。比赛在离他们城市较远的另一座城市埃文斯维尔进行，它历史悠久，坐落在俄亥俄河边，风景不错。在各自家长的带领下，他们来到这座城市，住在同一家宾馆。没有心情看这里的风景，马上就要到来的比赛，让他们都有些紧张。得得知道，他的这个朋友非常渴望能赛出好成绩，达标，进入州级比赛。这是游泳比赛晋级的一个重要而醒目的节点，朋友的心情紧张，可想而知。得得的心情也很紧张，生怕有什么闪失，让这次晋级的希望落空，这对朋友的打击太大。

　　比赛开始了，得得站在泳池上面看，朋友在泳池里面游。得得觉得比自己比赛还要紧张。结果，朋友只差了零点一秒，与晋级失之交臂。实在是太遗憾了！

朋友伤心地哭了，哭得很厉害。

得得也跟着哭了，哭得比朋友还厉害。

回家的路上，得得对他爸爸说：游泳是一种最纯粹的运动。

他爸爸问他：为什么是最纯粹？

他说：因为游泳让人的感情最纯粹！

想了一想，他又补充说：游泳只是人跟时间赛跑。

他爸爸夸奖了他，说他说得还挺有哲理的呢。尽管他说得还不够清楚，但是，他爸爸明白了。这个时间，是游泳比赛时候的时间，零点一秒，就决定了比赛的胜负，和命运的走向；更主要的，这个时间指的是孩子自身成长过程的时间。每一个孩子，在每一个时间节点上，都是一团正在变幻着的星云。

四

老大高高长得英俊，今年才十三岁，个头已经长到一米七五，而且，练就了一身结实的肌肉。这样的个头儿，这样的力量，无形中帮助了他提高成绩。成绩好，长得又帅，在游泳队里很有些显山露水。但他懂得谦虚谨慎，不爱张扬，只是埋头苦练，所以，人缘不错。

游泳队里，有一个小姑娘，美国人，和高高不在同一所学校，两年前，刚进游泳队不久，就悄悄地喜欢上了高高。那时候，她不敢直接和高高接触，曾经和高高的同学悄悄地说，想让这个同学帮助要高高的手机号。但是,高高没有手机。高高比赛的时候,她便会使劲儿给高高加油,呐喊助威,声音响亮震天。

一起在游泳队两年了。高高明白了小姑娘的心思。十三岁的小男孩和小女孩,感情是朦胧的,也是美好的。更何况,有一池碧水映衬着爽朗的蓝天,让孩子之间的感情更加清澈而温馨。

高高的爸爸妈妈看到这一切,他们没有任何干涉,装作什么都不知道。他们相信高高自己会处理好的。

记得一年前,刚进中学,学校篮球队选队员,教练选中了他,让他打中锋。这不是他擅长的,他自己喜欢打前锋,他的中投和三分球都不错。没有想到教练让他打中锋。虽然,他个头儿高,但校队里有比他还高还壮的中锋,打得更好。教练只是让他当二队替补的中锋,上场的时间很少,得分几乎没有。这让他很有些扫兴,甚至郁闷,后悔来篮球队。他对爸爸说,很想退出篮球队。爸爸对他说,篮球队不是你想参加就参加,想退出就退出的。你再好好想想,处理好这个事情。后来,是靠他自己和队友和教练的相处,靠他自己上场时候的表现,既然自己发挥不了三分球的优势,就多给队友创造得分的机会,于是,他赢得了教练的信任,上场的时间多了,有时候,还能作为第一中锋首发出场。后来,他对他爸爸说:篮球和游泳不一样,游泳是自己一个人跟自己的比赛,篮球不是,得和其他人一起才能打好比赛。

高高和这个小姑娘保持着良好的友情。他对小姑娘说:现在,我还小,不想这么早交女朋友。我们做一般的朋友最好!

小姑娘点点头。

前不久去埃文斯维尔比赛的时候,各家的家长带着孩子住在同一家宾馆。高高对爸爸说：咱们最好不要和她的一家在一起吃饭。

爸爸问他：为什么？

他说：有些别扭。

在这样突如其来的感情面前，他还是显得稚嫩，远不如游泳比赛那样挥洒自如。也难怪，他才十三岁嘛！而且，老二得得说了嘛，体育，相对更纯粹一些。

孩子，亲爱的孩子，等着你们快快地长大，又怕你们快快长大。童年、少年是人生中多么美好的时光！普希金诗里说："每一天时光都带走一部分生活。"我说：也带来我一部分的记忆，美好、难忘又有些惆怅的记忆！

2024 年 2 月 16 日全书整理完毕于北京